TRANZLATY

Language is for everyone

ژبه د هر چا لپاره ده

Folk Tales of Bengal

د بنگال ولسي کیسي

Part One
لومړی برخه

1 / 2

Lal Behari Day

English / پښتو

Folk Tales of Bengal*
دبنګال ولسي کيسي

Life's Secret

د ژوند راز

Phakir Chand

فاکير چند

The Indignant Brahman

ناراضه برهمن

The Story of the Rakshasas

د رکشاسا کيسه

The Story of Swet and Bachanta

د سويټ او بچنتا کيسه

The Evil Eye of Sani

د ثاني بد نظر

The Boy whom Seven Mothers Suckled

هغه هلک چي اوو ميندو يي شيدي ورکړي وي

The Story of Prince Sobur

د شهزاده سوبور کيسه

The Origins of Opium

د اپينو اصليت

Strike, but Listen First.

اعتصاب وکړه، خو لومړی واوره۔

Life's Secret
د ژوند راز

Once upon a time there was a king.

یو وخت یو پاچا وو۔

This King had married two Queens.

دي پاچا له دوو ملکپانو سره واده کړی و۔

The two queens were called Duo and Suo.

دوي ملکي د دوو او سو په نومونو یادي شوي۔

Both of the queens were childless.

دواړه ملکي بی اولاده وي۔

One day a Faquir came to the palace gate.

یوه ورځ یو فقیر د مانی دروازي ته راغی۔

The Faquir had come to ask for alms.

فقیر د خیرات غوښتلو لپاره راغلی و۔

Queen Suo went to the door.

ملکه سو دروازي ته لاړه۔

And she gave him a handful of rice.

او هغي ورته یو موټی وریجی ورکړي۔

The mendicant asked her a question.

فقیر له هغي څخه یوه پوښتنه وکړه۔

"Do you have any children?"

آیا ته ماشومان لري؟

The queen had no children.

ملکي اولاد نه درلود۔

"I wish had children, but I have none"

کاشکي مي اولاد درلوداى، خو زه هیڅ نه لرم

The holy man refused to take alms from her.

سپیڅلي سړي له هغي څخه د خیرات اخیستلو څخه انکار وکړ۔

In these times there were different traditions.

په دي وختونو کي مختلف دودونه وو۔

And the people believed many different things.

او خلکو په ډېرو مختلفو شیانو باور درلود۔

Don't take charity from the hands of a childless woman.

دبي اولادي ښځي له لاسونو صدقه مه اخلئ۔

Such hands were ceremonially unclean.

داسي لاسونه په رسمي ډول ناپاک وو۔

The mendicant offered her a drug.

فقیر هغې ته یو درمل وراندي کړل۔

This drug was to remove her barrenness.

دا درمل د هغې د بانجھ والي د لري کولو لپاره وو۔

She expressed her willingness to take the drug.

هغې د مخدره توکو د خوړلو لپاره خپله لیوالتیا څرگنده کړه۔

The mendicant told her how to take the drug.

اروابناد ورته وویل چي څنگه درمل وخوري۔

"This is the potion you must swallow"

دا هغه درمل دي چي تاسو یي باید وخورئ

"Prepare the juice of a pomegranate flower"

د انارو د گل جوس چمتو کړئ

"Swallow the drug with the juice"

درمل د جوس سره وخورئ

"If you do this, you will soon have a son"

که دا کار وکړي، دېر ژر به زوی ولري

"Your son will be exceedingly handsome"

ستا زوی به دېر ښکلی وي

"His complexion will be beautiful"

د هغه رنگ به ښکلی وي

"He will have the colour of pomegranate flowers"

هغه به د انارو د گلونو رنگ ولري

"And you shall call him Dalim Kumar"

او ته به هغه ته دالم کمار نوم ورکړي

"But he will also have enemies"

خو هغه به دښمنان هم ولري

"They will try to take your son's life"

دوی به هڅه وکړي چي ستا د زوی ژوند واخلي

"But there is a secret to his life"

خو د هغه د ژوند لپاره یو راز شته

"And I will tell you this secret"

او زه به تاسو ته دا راز ووایم

"In front of your palace is a pond"

ستاسو د ماڼۍ مخي ته یو حوض دی

"In that pond there is a big Boal fish"

په هغه حوض کي یو لوی بوال کب دی

"Your son's life is connected to that fish"

ستاسو د زوی ژوند له دي کب سره تړلی دی

"In the heart of the fish is a small box"

د کب په زړه کې يو کوچنی صندوق دی

"This small box is made of wood"

دا کوچنی بکس د لرګيو څخه جوړ شوی دی

"In the box of wood is a necklace of gold"

د لرګيو په صندوق کې د سرو زرو غاړه ده

"That necklace is the life of your son"

دا غاړه ستا د زوی ژوند دی

The mendicant gave her the drugs.

فـقير هغې ته درمل ورکړل۔

And they said their farewells.

او دوی الوداع وويل۔

Soon all in the palace whispered of an heir.

ډېر ژر په ماڼۍ کې ټولو د وارث په اړه غږ وکړ۔

Great was the joy of the King.

دپاچا خوشحالي ډېره وه۔

He had visions of an heir to the throne.

هغه د تخت د وارث خوبونه ليدل۔

A never-ending succession of powerful monarchs.

دځواکمنو پاچاهانو نه ختميدونکي لړی۔

He dreamt of how they perpetuated his dynasty.

هغه خوب وليد چې څنګه دوی د هغه کورنۍ ته دوام ورکوي۔

These ideas floated before his mind.

دا نظرونه د هغه په ذهن کې ګرځېدل۔

It made him the happiest he had ever been.

دې هغه تر ټولو ډېر خوشحاله کړ چې هغه يې تر اوسه درلود۔

Many ceremonies were performed for the occasion.

په دې مناسبت ډېر مراسم ترسره شول۔

The people of the kingdom played loud music.

دسلطنت خلکو په لور غږ موسيقي غږوله۔

The birth of a prince was a truly special event.

دشهزاده زيږيدنه په رښتينيا سره يوه ځانګړي پېښه وه۔

Soon queen Suo gave birth to a son.

ډېر ژر ملکي سو يو زوی وزيږاوه۔

He was more beautiful than anyone had imagined.

هغه د هر چا د تصور څخه ډېر ښکلی و۔

The King saw his son's face.

پاچا د خپل زوی مخ وليد۔

And his heart leaped with joy.

او زره يې له خوښۍ ټوپ کړ۔

Soon the child ate his first rice.

ژر ماشوم خپل لومړی وريجي وخوړلي۔

Mukhe bhaat was celebrated with great joy.

مکه بهت په ډیرا خوښۍ سره ولمانځل شو۔

And the whole kingdom was filled with gladness.

او ټوله سلطنت له خوښۍ ډک شو۔

Dalim Kumar grew up to be a fine boy.

دليم کمار يو ښه هلک شو۔

There was one activity he particularly liked.

يو فعاليت و چي هغه يې په ځانګړي ډول خوښاوه۔

He loved playing with the pigeons.

هغه د کوترو سره لوبي کول خوښول۔

However, the pigeons often flew to Queen Duo.

خو، کوتري اکثره وخت ملکي دويو ته الوتلي۔

Nobody knows why they did this.

هيڅوک نه پوهيږي چي ولي يي دا کار وکړ۔

And they flew into her apartment.

او دوی د هغې اپارتمان ته الوتنه وکړه۔

So Dalim Kumar often met Queen Duo.

نو داليم کمار اکثرا د ملکي دوه سره ليدل۔

At first, she happily gave the pigeons back.

په لومړي سر کي، هغي په خوښۍ سره کوتري بيرته ورکړي۔

But later she wasn't as willing to return the pigeons.

خو وروسته هغه دومره ليواله نه وه چي کوتري بيرته ورکړي۔

She gave the pigeons up with some reluctance.

هغي په يو څه بې زړه توب سره کوتري پريښودي۔

She felt she could use this to her advantage.

هغي احساس وکړ چي هغه کولی شي دا د خپلي ګټي لپاره وکاروي۔

She naturally hated the child.

هغي په طبيعي ډول له ماشوم څخه کرکه درلوده۔

Since Dalim's birth the king had neglected her.

ددليم د زيږون راهيسي پاچا هغه له پامه غورځولي وه۔

And the King idolized the mother of Dalim.

او پاچا د دليم مور ته درناوی کاوه۔

Somehow, she had heard of the mendicant.

په یو ډول، هغې د زاري کوونکي په اړه اوریدلي وو۔

She heard he had given queen Suo a medicine.

هغې واورېدل چي هغه ملکي سو ته درمل ورکري دي۔

She had also heard about what he had said.

هغې هم د هغه د خبرو په اړه اورېدلي وو۔

There was a secret to the prince's life.

دشهزاده په ژوند کي یو راز وو۔

She had heard his life was bound to something.

هغې اورېدلي وو چي د هغه ژوند په یو څه پورې تړلی دی۔

But she did not know what his life was bound to.

خو هغه نه پوهېده چي د هغه ژوند له څه سره تړلی دی۔

She was determined to get the secret.

هغې هوډ درلود چي راز ترلاسه کړي۔

Of course, the pigeons came back to her.

البته، کوترې بیرته هغې ته راغلي۔

And the pigeons flew into her room again.

او کوترې بیا د هغې کوټي ته والوتي۔

This time she refused to give the pigeons back.

دا ځل هغې د کوترو بیرته ورکولو څخه انکار وکړ۔

"I won't just give you your pigeon back"

زه به ستا کوتره بیرته نه درکوم

"First, you have to tell me something"

لومړی، ته باید ماته یو څه ووایي

"What do you want, aunty?" the boy asked.

ملک وپوښتل :تروري، ته څه غواړي؟

"Oh, my darling, do not worry"

او زما ګرانه، اندیښنه مه کوه

"It's just a small thing I want"

دا یوازي یو کوچنی شی دی چي زه یي غوارم

"I want to know where your life is hidden"

زه غوارم پوه شم چي ستا ژوند چیرته پټ دی

The boy was very confused by this.

ملک په دې خبره ډېر مغشوش شو۔

"What is that, aunty?"

دا څه شی دی، ترور؟

"Where can my life be, except in me?"

زما ژوند چیرته کیدی شي، پرته له ما څخه؟

"No, child, that is not what I meant"

نه، ماشومه، دا زما مطلب نه و

"A holy mendicant told your mother a secret"

يوه مذهبي زاهد ستا مور ته يو راز وويل

"Your life is bound up with something"

ستاسو ژوند په يو څه پورې تړلی دی

"I wish to know what that thing is"

زه غوارم پوه شم چي دا څه شی دی

The boy was confused by what she said.

هلک د هغي په خبرو مغشوش شو۔

"I never heard of any such thing"

ما هيڅکله د داسي څه په اړه نه دي اوريدلي

But Queen Duo insisted it was true.

خو ملکه ډويو ټينګار وکړ چي دا ريښتيا وه۔

"Promise to find out from your mother"

ژمنه وکړه چي له خپلي مور څخه به خبر شم

"Ask her where your life is hidden"

له هغي وپوښتنه چي ستا ژوند چيرته پټ دی

"Then I will let you have the pigeons"

بيا به زه تاسو ته کوتري درکړم

"Otherwise, I will keep the pigeons"

که نه نو، زه به کوتري وساتم

The boy wanted his pigeons back.

هلک خپلي کوتري بيرته غوښتلي۔

So he agreed to get the information.

نو هغه موافقه وکړه چي معلومات ترلاسه کړي۔

But first she made him promise.

خو لومړی هغي له هغه څخه ژمنه واخيسته۔

"Promise me you won't tell your mother"

ژمنه وکړه چي خپلي مور ته به نه وايي

And the boy promised not to tell her.

او هلک ژمنه وکړه چي هغي ته به نه وايي۔

"I promise I won't tell my mum"

زه ژمنه کوم چي خپلي مور ته به نه وايم

Queen Duo freed the prince's pigeons.

ملکي ډو د شهزاده کوتري آزادي کړي۔

Dalim was overjoyed to have his birds again.

دالم ډېر خوښ و چي خپل مرغان بيا يي درلودل۔

And he forgot the entire conversation.

او هغه ټوله خبري هېري کړي۔

The next day Dalim was playing again.

بله ورځ دالم بیا لوبه کوله۔

You can imagine what happened again.

تاسو تصور کولی شئ چي بیا څه پیښ شوي۔

The pigeons flew to Queen Duo's apartment.

کوتري د ملکي دویو اپارتمان ته والوتي۔

And they flew into her room again.

او بیا یي د هغي کوټي ته الوتنه وکړه۔

Dalim went in to his stepmother's apartment.

دالیم د خپلي میري اپارتمان ته لاړ۔

And he asked her for the pigeons.

او هغه له هغي څخه د کوترو غوښتنه وکړه۔

Of course she asked him for the information.

البته هغي له هغه څخه د معلوماتو غوښتنه وکړه۔

Dalim could not tell her where his life was hidden.

دالم نشوای کولی چي هغي ته ووایی چي د هغه ژوند چیرته پټ دی۔

"I promise I will ask her today"

زه ژمنه کوم چي نن به تري پوښتنه وکړم

"But please can I have my pigeons"

خو مهرباني وکړئ زه خپل کوتري لرم

She didn't give the pigeons back so quickly.

هغي کوتري دومره ژر بیرته نه ورکړي۔

But, in the end, he got his pigeons again.

خو، په پای کي، هغه خپل کوتري بیا تر لاسه کړي۔

After playing, Dalim went to his mother.

له لوبي کولو وروسته، دلیم خپلي مور ته لاړ۔

"Mamma, please tell me where my life is hidden"

موري، مهرباني وکړئ راته ووایاست چي زما ژوند چیرته پټ دی

"What do you mean, child?" asked the mother.

مور وپوښتل :څه مطلب لري بچیه؟

She was astonished at the question.

هغه په دي پوښتنه حیرانه شوه۔

Why would her child ask her this?

ولي به یي ماشوم دا پوښتنه وکړي؟

"Yes, mamma," replied the child.

هو، موري، ماشوم ځواب ورکړ۔

"I have heard of a holy mendicant"

ما د يو مقدس زاهد په اړه اوريدلي دي

"He told you something about my life"

هغه زما د ژوند په اړه يو څه وويل

"He said my life is hidden in something"

هغه وويل چي زما ژوند په يو څه کي پټ دی

"Tell me what that thing is"

ما ته ووايه چي دا څه شی دی

"My child, my darling, my treasure"

زما ماشومه، زما ګرانه، زما خزانه

"My golden moon," his mother pleaded.

زما د سرو زرو سپوږمی، مور يي غوښتنه وکړه۔

"Do not ask such a question"

داسي پوښتنه مه کوه

"Cover my enemies' mouths with ashes"

زما د دښمنانو خولی په ايري ډکي کړئ

"Let my Dalim live forever," she begged.

هغي زاري وکړي، زما دالم دي د تل لپاره ژوندی پاتي شي۔

But the child insisted knowing the secret.

خو ماشوم ټينګار وکړ چي په راز پوه شي۔

He refused to eat or drink until he knew.

هغه تر هغه وختھ پوري لھ خوړلو يا څښلو ډده وکړه تر څو چي پوه شو۔

Queen Suo had no choice but to tell him.

ملکه سو بلھ چاره نھ درلوده پرتھ لھ دي چي هغھ تھ وواپي۔

Eventually she told him the secret of his life.

بالاخره هغي هغھ تھ د خپل ژوند راز ووايه۔

The next day Dalim was playing again.

بلھ ورځ دالم بيا لوبھ کوله۔

You can imagine where the pigeons flew.

تاسو تصور کولی شئ چي کوتري چيرتھ الوتلي۔

Dalim chased after the birds into the apartment.

داليم مرغان په اپارتمان کي تعقيب کړل۔

His stepmother told him many sweet words.

دهغھ د ميري مور ډېري خوږي خبري ورتھ وکړي۔

And finally, she got his secret from him.

او بالاخره، هغې د هغه راز له هغه څخه ترلاسه کړ۔

She wasted no time to start her wicked plan.

هغې د خپل شریر پلان د پیل کولو لپاره وخت ضایع نه کړ۔

And she gave orders to her servants.

او هغې خپلو نوکرانو ته امر وکړ۔

"Get some dried stalk from the hemp plant"

د کنف بوټي څخه یو څه وچ ډډ واخلئ

"Make sure the stalks are very brittle"

داد ترلاسه کړئ چي ډډونه ډیر نازک دي

Brittle hemp stalks make a cracking sound.

دکنف ماتیدونکي ډډونه د ماتیدو غږ کوي۔

The sound is similar to the cracking of joints.

غږ یی د بندونو د ماتیدو سره ورته دی۔

And it sounds like the bones of old people.

او دا د زړو خلکو د هډوکو په څیر غږیږي۔

She put the brittle hemp stalks under her bed.

هغې د کنف ماتېدونکي ډډونه د خپل بستر لاندي کېښودل۔

And then she lied on her bed.

او بیا هغې په خپل بستر کي پروت و۔

She wanted to test the hemp stalks.

هغې غوښتل چي د کنف ډډونه وازمایي۔

The stalks cracked just as much as she wanted.

ډډونه یي هومره مات شول لکه څنگه چي هغې غوښتل۔

She was satisfied with how her plan was going.

هغه د خپل پلان له پرمختگ څخه راضي وه۔

She gave more orders to her servants.

هغې خپلو نوکرانو ته نور امرونه ورکړل۔

"Tell the King I am very ill"

پاچا ته ووایه چي زه ډیر ناروغه یم

"He must come to see me immediately"

هغه باید سمدلاسه زما لیدو ته راشي

The king did not love this queen.

پاچا له دي ملکي سره مینه نه درلوده۔

But he still had a duty to care for her.

خو هغه لا هم د هغې د پاملرني دنده درلوده۔

If she was ill, he had to look after her.

که هغه ناروغه وه، نو هغه باید د هغې پاملرنه وکړي۔

The King came to her bedroom.

پاچا د هغې د خوب خونۍ ته راغی۔

She rolled on the bed in pain.

هغه په درد کي په بستر کي وغورځیده۔

The King heard the cracking of her bones.

پاچا د هغې د هډوکو د ماتېدو غږ واورېد۔

He ordered his best physician to attend her.

هغه خپل غوره ډاکتر ته امر وکړ چي د هغې درملنه وکړي۔

But the queen had thought of this.

خو ملکي دا فکر کړی و۔

She had already spoken with the physician.

هغې لا دمخه له ډاکتر سره خبري کړي وې۔

"There is only one remedy," he told the king.

هغه پاچا ته وويل :یوازي یوه درملنه شته۔

"There's a pond in front of the palace"

د مانۍ مخي ته یو حوض دی

"In the pond there's a large Boal fish"

په حوض کي یو لوی بوال کب دی

"The remedy is in that fish"

درملنه يي په هغه کب کي ده

So the king let the physician catch the fish.

نو پاچا طبیب ته اجازه ورکړه چي کب ونیسي۔

Meanwhile Dalim was busy playing.

په عین حال کي دالم په لوبو بوخت و۔

He knew nothing of his aunt's illness.

هغه د خپلي ترور د ناروغۍ په اړه هیڅ نه پوهیده۔

The fish was taken out the water.

کب له اوبو راوویستل شو۔

Dalim fell to the ground immediately.

سمدلاسه په ځمکه ولوېد ۔

He flopped around on the floor.

هغه په فرش باندي وغورځید۔

And he could not breathe.

او هغه ساه نه شوای اخیستلی۔

The guards immediately noticed.

ساتونکو سمدلاسه ولیدل۔

Dalim was taken to his mother's room.

دالیم د خپلي مور کوټي ته یوړل شو۔

And the King was informed of his son.

او پاچا د خپل زوی په اړه خبر شو۔

He couldn't believe his son's illness.

هغه د خپل زوی په ناروغۍ باور نه شو کولی۔

The fish was taken to Queen Duo.

کب د ملکې دوو ته يوړل شو۔

Queen Duo was being saved.

ملکه دويو ژغورل کېده۔

At the same time Dalim was dying.

په ورته وخت کي داليم مر کېده۔

The fish was cut open.

کب خلاص شو۔

And they found the wooden box.

او دوی د لرګیو صندوق وموند۔

In the box lay a necklace of gold.

په صندوق کي د سرو زرو غاړکۍ وه۔

Queen Duo put on the necklace.

ملکي دويو غاړکۍ واغوستي۔

And Dalim died at the very same moment.

او دالم په هماغه شېبه کي مر شو۔

News of the tragedy reached the king.

دغمیزې خبر پاچا ته ورسېد۔

He was plunged into an ocean of grief.

هغه د غم په سمندر کي ډوب شو۔

News of Queen Duo's recovery did not help.

دملکي دويو د رغېدو خبرونو مرسته ونه کړه۔

He wept painful and bitter tears.

هغه دردناک او ترخي اوبنکي وژړلي۔

No one thought he would recover.

هیچا فکر نه کاوه چي هغه به روغ شي۔

He could not bear to bury his son.

هغه د خپل زوی د ښخولو زغم نه درلود۔

Nor did he allow his body to be burned.

او نه یی اجازه ورکړه چي خپل بدن وسوځوي۔

He could not accept that his son had died.

هغه دا نه شو منلی چي زوی یی مر شوی دی۔

His death was so sudden and senseless.

دهغه مړینه ډېره ناڅاپي او بي معنی وه۔

He had the dead body moved to a garden-houses.

هغه مړی د باغ کورونو ته ولېږداوه۔

This garden-house was in the suburbs.

دا باغچه په ښارگوټي کي وه۔

Here his son was laid in state.

دلته د هغه زوی په حالت کي ښخ شو۔

All sorts of provisions were put there.

هلته هر ډول سامانونه اېښودل شوي وو۔

Although everyone knew it was unnecessary.

کـه څه هم هرڅوک پوهېدل چي دا غير ضروري وه۔

The young boy did not need food anymore.

ځوان هلک نور خوارو ته ارتيا نه درلوده۔

The house was kept locked day and night.

کـور شپه او ورځ تړلی و۔

Dalim had had one very close friend.

دالم يو ډېر نژدي ملگری درلود۔

Only this friend was allowed to visit.

یوازي دي ملگري ته اجازه ورکړل شوه چي ليدنه وکړي۔

He was the son of the prime minister.

هغه د لومړي وزير زوی وو۔

He was entrusted with the key of the house.

هغه ته د کور کيلي وسپارل شوه۔

Once a day he could visit his dead friend.

په ورځ کي یو ځل هغه کولی شوای چي خپل مړ ملگری ووینی۔

Queen Suo retired after the loss of her son.

ملکه سو د خپل زوی له لاسه ورکولو وروسته تقاعد شوه۔

Now the King spent the nights with Queen Duo.

اوس پاچا د ملکي دوه سره شپي تېري کړي۔

The Queen wanted to avoid suspicion.

ملکي غوښتل چي له شک څخه ځان وساتي۔

So she took the necklace off at night.

نو هغي د شپي غاړه کي غاړه لري کړه۔

But Dalim's life was tied to the necklace.

خو د دليم ژوند د غاړي سره تړلی و۔

And his death was not so simple.

او د هغه مرگ دومره ساده نه و۔

He was dead when the queen wore the necklace.

هغه مړ و کله چي ملکي غاړکی واغوسته.

But when she took the necklace off, he returned to life.

خو کله چي هغي غاړه لري کړه، هغه بیرته ژوندی شو.

And so he returned to life every night.

او په دي توګه هغه هره شپه بیرته ژوند ته راستون شو.

Every morning she put the necklace on again.

هره سهار به هغي غاړکی بیا په سر کړه.

And so, he died again every morning.

او له همدي امله، هغه هر سهار بیا مړ شو.

At night he ate whatever food he liked.

دشپي به یي هر هغه خواره خورل چي خوښیدل.

Because there was plenty of food for him.

ځکه چي د هغه لپاره ډېر خواره وو.

He walked around in the premises.

هغه په وداني کي ګرځېده.

And he meditated on the strangeness of his life.

او هغه د خپل ژوند په عجیبه والي فکر وکړ.

Dalim's friend only visited him during the day.

ددلیم ملګری یوازې د ورځي په جریان کي ورسره لیدلو ته راغی.

So he always saw him as a lifeless corpse.

نو هغه تل هغه د یو بي ژونده جسد په توګه لیدل.

But his body never seemed to change.

خو د هغه بدن هیڅکله بدلون نه ښکاریده.

There was no sign of putrefaction.

دسرېدو کومه نښه نه وه.

The body was lifeless and pale.

بدن یي بي جانه او ژېر و.

But there were no symptoms of death.

خو د مرګ نښي نښاني نه وي.

It all seemed too strange for him.

دا ټول ورته ډېر عجیب ښکارېدل.

So he decided to watch the corpse more closely.

نو هغه پریکړه وکړه چي جسد ډېر نږدي وګوري.

And he visited his friend at night.

او هغه د شپي له خپل ملګري سره لیدنه وکړه.

He was astonished at what he saw that night.

هغه په هغه شپه د هغه څه له امله حیران شو چي هغه ولیدل.

His dead friend was walking about in the garden.

دهغه مر ملگری په باغ کی گرځیده۔

At first he thought Dalim might a ghost.

په لومړي سر کي هغه فکر کاوه چي داليم ممکن يو ارواح وي۔

So he went to see if he could touch him.

نو هغه لار چي وگوري ايا هغه لمس کولی شي۔

And then he saw it was really his friend.

او بيا يي وليدل چي دا په ريښتيا د هغه ملگری و۔

Dalim told his friend everything that had happened.

دليم خپل ملگري ته هرڅه وويل چي پيښ شوي وو۔

He told him all the circumstances of his death.

هغه ورته د خپل مرگ د ټول حالات وويل۔

And soon they solved the mystery.

او ډېر ژر يي راز حل کړ۔

They understood why he revived only at night.

دوی پوهېدل چي ولي هغه يوازي د شپې ژوندی شو۔

Every night the king came to see Queen Duo.

هره شپه پاچا د ملکي دوو لېدو ته راتلل۔

When the King visited, she took off her necklace.

کله چي پاچا راغی، هغي خپل غاړکی لري کړه۔

The life of the prince depended on the necklace.

دشهزاده ژوند په غاړکی پوري تړلی و۔

So the two friends worked on a plan.

نو دوارو ملگرو په يوه پلان کار وکړ۔

Night after night they consulted together.

شپه په شپه دوی په گډه مشوره وکړه۔

But they could not think of any feasible scheme.

خو دوی د کومي عملي طرحي په اړه فکر نه شو کولی۔

Eventually the Gods must have taken pity.

بالاخره خدايانو بايد رحم کړی وي۔

And they decided to free Dalim.

او دوی پرېکړه وکړه چي دالم خوشي کړي۔

But we must understand how the Gods work.

خو موږ بايد پوه شو چي خدايان څنگه کار کوي۔

These things are planned long before.

دا شيان ډېر پخوا پلان شوي دي۔

The sister of Bidhata-Purusha had had a daughter.

دبدهتا پروش خور يوه لور درلوده۔

Bidhata-Purusha was a great fortune teller.

بدهتا-پروشا یو لوی بخت ورکونکی و۔

He had written something on the child's forehead.

هغه د ماشوم په تندي یو څه لیکلي وو۔

"This child will marry the dead bridegroom"

دا ماشوم به د مړه شوي زوم سره واده وکړي

Her mother was very saddened by this.

مور یې په دي خبره ډېره خواشینې شوه۔

She did not want this destiny for her daughter.

هغې د خپلي لور لپاره دا برخلیک نه غوښتل۔

But she could not argue with him.

خو هغې ورسره بحث نشو کولی۔

He never changed what he had written.

هغه هیڅکله هغه څه نه دي بدل کړي چي هغه لیکلي وو۔

The child became exceedingly beautiful.

ماشوم ډېر ښکلی شو۔

But the mother could not take any pleasure in this.

خو مور یې په دي کي هیڅ خوند نه شوای اخیستلی۔

Because she knew the destiny of her child.

ځکه چي هغه د خپل ماشوم برخلیک پوهیده۔

Eventually the girl came to marriageable age.

بالاخره نجلی د واده عمر ته ورسېده۔

She had to find a way to avoid her fate.

هغې باید د خپل برخلیک څخه د مخنیوي لپاره یوه لاره وموندله۔

So the mother fled the country with her child.

نو مور یې له خپل ماشوم سره له هیواده وتښتېده۔

Perhaps she could avoid her dreadful destiny.

شاید هغه د خپل وحشتناک برخلیک څخه خان وژغوري۔

But what was written was written.

خو هغه څه چي لیکل شوي وو، لیکل شوي وو۔

And fate cannot be overruled like this.

او برخلیک په دي ډول نشي رد کیدی۔

Together they journeyed through the land.

دوی یوځای د ځمکي له لاري سفر وکړ۔

You can imagine how fate was working.

تاسو تصور کولی شئ چي برخلیک څنګه کار کاوه۔

They wandered past Dalim's resting place.

دوی د دلیم د استراحت ځای څخه تېریدل۔

The shade of the evening was approaching.

دماښنام سيورى نږدي کېده۔

"Mother, I am thirsty," said her child.

موري، زه تږی يم، د هغي ماشوم ووېل۔

"Sit at this gate," replied her mother.

مور يي ځواب ورکړ :په دي دروازه کي کښېنه۔

"I will search for water in the village"

زه به په کلي کي اوبه لټوم

The girl was curious about the garden.

نجلۍ د باغ په اړه ليواله وه۔

And in the garden she saw strange house.

او په باغ کي هغي يو عجيب کور وليد۔

She pushed the gate, which opened itself.

هغي دروازه وتکوله، چي پخپله خلاصه شوه۔

When she went in, she saw a beautiful palace.

کله چي هغه دننه لاړه، نو يوه ښکلي مانۍ يي وليده۔

But she had an uneasy feeling about the palace.

خو هغي د مانۍ په اړه يو نارامه احساس درلود۔

However, the door had shut itself.

خو، دروازه پخپله تړل شوي وه۔

So she had no way of getting out.

نو هغي د وتلو کومه لاره نه درلوده۔

When night came the prince revived.

کله چي شپه شوه شهزاده بيا راژوندی شو۔

As usual, he walked around in the garden.

دمعمول په څېر، هغه په باغ کي ګرځېده۔

But this time he saw a female figure.

خو دا ځل يي يوه ښځينه څېره وليده۔

The figure was standing near the gate.

دا څېره د دروازي سره نږدي ولاړه وه۔

Soon he saw that it was a girl.

ډېر ژر يي وليدل چي دا يوه نجلۍ وه۔

And he saw she was of unsurpassed beauty.

او هغه وليدل چي هغه بې ساري ښکلا وه۔

"Who are you?" he asked her.

ته څوک يي؟ هغه تري وپوښتل۔

She told Dalim everything that had happened.

هغې داليم ته هرڅه ووېل چي پېښ شوي وو۔

All the details of her little history.

دغې د کوچني تاریخ ټول جزئیات۔

"My uncle is the divine Bidhata-Purusha"

زما تره الهی بدهتا-پورشا دی

"He wrote on my forehead at birth"

هغه زما د زېږون پر مهال زما په تندي لیکلی وو

"This child will marry the dead bridegroom"

دا ماشوم به د مړه شوي زوم سره واده وکړي

"My mother did not want that life for me"

زما مور زما لپاره دا ژوند نه غوښتل

"So we left our house and city"

نو مور خپل کور او ښار پرېښود

"And we wandered through the country"

او مور په ټول هېواد کي ګرڅېدو

"We had come to the gate of your palace"

مور ستا د ماڼی دروازي ته راغلي وو

"After our journey I was thirsty"

زمور له سفر وروسته زه تږی وم

"So my mother went to look for water"

نو زما مور د اوبو په لټه کي لاړه

"And now I am standing here before you"

او اوس زه دلته ستاسو په وراندي ولاړ یم

Dalim Kumar knew the meaning of the story.

دالم کمار د کیسی په معنی پوهیده۔

"I am the dead bridegroom," he told the girl.

هغه نجلی ته ووېل :زه مړ زوم یم۔

"It is me who you will marry"

دا زه یم چی ته به ورسره واده کوی

"Come with me to the house," he asked of her.

هغه له هغي څخه وپوښتل :زما سره کور ته راشه۔

But the girl wasn't so easily persuaded.

خو نجلی دومره په اسانی سره قانع نه شوه۔

"You are standing and speaking to me"

ته ولاړ یی او له ما سره خبری کوی

"How can you be the dead bridegroom?"

څنګه کولای شی چی مړ ناوی شی؟

The prince understood her objection.

شهزاده د هغي اعتراض درک کړ۔

"You will understand it afterwards"

ته به وروسته پوه شي

The girl followed the prince into the house.

نجلۍ د شهزاده پسي کور ته لاړه۔

She had been fasting the whole day.

هغي ټوله ورځ روژه نيولې وه۔

So the prince gave her wonderful food.

نو شهزاده هغي ته ډېر خوندور خواړه ورکړل۔

Meanwhile, the girl's mother had come back.

په عين حال کي، د نجلۍ مور بيرته راغلي وه۔

She was standing at the gates of the garden.

هغه د باغ په دروازو کي ولاړه وه۔

But her daughter was not there anymore.

خو لور يي نور هلته نه وه۔

She cried out for her daughter.

هغي د خپلي لور لپاره چيغي وهلي۔

But she got no reply from her daughter.

خو هغي د خپلي لور څخه هيڅ خواب ترلاسه نه کړ۔

So she went looking for her in the village.

نو هغه په کلي کي د هغي په لټه کي لاړه۔

As usual, Dalim's friend came that night.

دمعمول په څير، د دليم ملګري په هغه شپه راغی۔

Dalim was still entertaining his guest.

دالم لا هم خپل ميلمه ساتيري کوله۔

He was not expecting to see a stranger.

هغه تمه نه درلوده چي يو اجنبي به ويني۔

And the girl retold him her story.

او نجلۍ خپله کيسه ورته تکرار کړه۔

You can imagine his surprise when she told him.

تاسو د هغه حيرانتيا تصور کولی شئ کله چي هغي ورته وويل۔

He was able to confirm Dalim's story.

هغه د دليم کيسه تاييد کړه۔

Soon they had all accepted destiny.

ډېر ژر دوی ټولو تقدير ومانه۔

That night they fulfilled their fates.

په هغه شپه دوی خپل برخليک پوره کړ۔

They decided to unite the couple in matrimony.

دوی پریکړه وکړه چي دا جوړه په واده کي سره یوځای کړي.

It was going to be impossible to get a priest.

دپادری پیدا کول ناممکن وو.

So Dalim's friend performed the hymeneal rites.

نو د دلیم ملګري د وینی د ویستلو مراسم ترسره کړل.

The friend of the bridegroom left the palace.

دزوم ملګری له مانی ووت.

The newly-weds had the palace to themselves.

نوي واده شوي جوړي مانی خان ته درلوده.

The happy couple did not sleep much that night.

خوشحاله جوړه په هغه شپه ډیر خوب ونه کړ.

So it was long after sunrise that they woke up.

نو ډیر وخت وروسته له لمر ختو څخه راویښ شول.

Of course it was only the young wife that woke up.

البته دا یوازي ځوانه ښځه وه چي له خوبه راویښ شوه.

The prince had become a cold corpse again.

ش‍هزاده بیا په یوه سړه جسد بدل شوی و.

The queen had put on her necklace.

ملکي خپل غاړکی اغوستی وه.

And life had departed from him again.

او ژوند بیا له هغه څخه لاړ.

You can imagine how the young wife felt.

تاسو تصور کولی شئ چي ځوانی میرمني څنګه احساس کاوه.

She shook her husband to try and wake him.

هغي خپل میړه وښنوروه ترڅو هغه راویښ کړي.

She kissed him on his cold lips.

هغي یی په سړو شوندو ښنکل کړ.

But all her efforts were in vain.

خو د هغي ټولی هڅي بی ګټي وي.

He was as lifeless as a marble statue.

هغه د مرمر د مجسمي په څیر بی جانه و.

The young wife was stricken with horror.

ځوانه ښځه له وحشته ډکه شوه.

She smote her breast with her fists.

هغي په خپلو سوکانو خپله سینه ووهله.

She struck her forehead with her palms.

هغي په خپلو لاسونو خپل تندی وواهه.

And she tore her hair from her head.

او هغې خپل ويښتان د خپل سر څخه وشلول.

She ran through the garden like a mad woman.

هغه د يوې ليونۍ ښځې په څير په باغ کي منډه کړه.

Dalim's friend did not come during the day.

ددليم ملګری د ورځي په اوږدو کي نه راغی.

He did not want to see his friend this way.

هغه نه غوښتل چي خپل ملګری په دې ډول ووېني.

The poor girl did not know what to do.

بېچاره نجلۍ نه پوهېده چي څه وکړي.

Time could not pass quickly enough.

وخت دومره ژر نه شو تېربدلی.

The day seemed as long as a year.

ورځ د يو کال په څير اوږده ښکاريده.

But the even longest day has its end.

خو تر ټولو اوږده ورځ هم پای ته رسيږي.

The shades of evening were descending.

دماښام سيوري راښنکته کېدي.

Her dead husband was awakened into consciousness.

دهغې مړ ميړه په شعور کي راويښ شو.

He rose up from his bed again.

هغه بيا له خپل بستر څخه راپورته شو.

And he embraced his new wife.

او هغه خپله نوي ښځه غيږ کي ونيوله.

Again they ate, drank, and became merry.

بيا دوی وخوړل، وڅښل او خوشحاله شول.

His friend made his usual appearance.

دهغه ملګري خپل معمول ښکاره شو.

And the whole night was spent celebrating.

او ټوله شپه په لمانځلو تېره شوه.

They spent the next seven years this way.

دوی راتلونکي اووه کاله په دې ډول تېر کړل.

During the day Dalim was lifeless.

دورځي په اوږدو کي داليم بي ژونده و.

But at night he came to life.

خو د شپي هغه ژوندی شو.

And their life was quite usual.

او د دوی ژوند ډېر عادي و۔

The princess gave her husband two lovely boys.

شهزادګۍ خپل میره ته دوه ښکلي هلکان ورکړل۔

They were the exact image of their father.

دوی د خپل پلار دقیق انځور وو۔

Of course the king and Queens did not know.

البته پاچا او ملکي نه پوهېدل۔

They did not know they were grandparents.

دوی نه پوهېدل چي دوی نیکه او انا دي۔

And they did not know Dalim was alive.

او دوی نه پوهېدل چي دالم ژوندی دی۔

To be precise I should say he was alive at night.

په دقیق ډول باید ووایم چي هغه د شپي ژوندی و۔

They all thought he had long been dead.

ټولو فکر کاوه چي هغه ډېر وخت مر شوی دی۔

They assumed his corpse would now be gone.

دوی فکر کاوه چي د هغه جسد به اوس ورک وي۔

But the heart of Dalim s wife was yearning.

خو د دلیم د میرمني زړه لیواله وو۔

She wanted nothing more than her mother-in-law.

هغي د خپلي خواښي پرته نور څه نه غوښتل۔

Over the years she had come up with a plan.

دکلونو په اوږدو کي هغي یو پلان جوړ کړی و۔

Perhaps she could see her mother-in-law.

شاید هغه خپله خواښي لیدلی شي۔

Maybe they could get hold of the necklace.

شاید دوی غاړکۍ ونیسي۔

She asked for the consent of her husband.

هغي د خپل میره رضایت وغوښت۔

And he allowed her to disguise herself.

او هغه هغي ته اجازه ورکړه چي ځان پټ کړي۔

She took on the appearance of a female barber.

هغي د یوي بنڅېنه نايي بڼه غوره کړه۔

Like every female barber, she needed equipment.

دهري بنڅېنه نايي په څېر، هغي تجهیزاتو ته ارتیا درلوده۔

She took the following tools;

هغي لاندي وسایل واخیستل؛

An iron instrument for preparing finger nails.

دګوتو د نوکانو د چمتو کولو لپاره د اوسپني يوه وسيله۔

Another iron instrument for scraping the feet.

دپښو د سکريچ کولو لپاره يو بل اوسپنيز وسيله۔

A piece of burnt jhama brick.

دسوځُيدلي جما خښتي يوه ټوټه۔

For rubbing the soles of the feet.

دپښو د تلو د مسح کولو لپاره۔

And paint for the edges of the feet.

او د پښو د څنډو لپاره رنګ کړئ۔

She took all her tools with her.

هغي خپل ټول وسايل له ځانه سره يوړل۔

And she stood at the gate of the King's palace.

او هغه د پاچا د ماڼۍ په دروازه کي ولاړه وه۔

I forgot something else she brought.

ما يو بل څه هېر کړل چي هغي راوړي وو۔

She had come with her two sons.

هغه له خپلو دوو زامنو سره راغلي وه۔

She spoke with the guards.

هغي له ساتونکو سره خبري وکړي۔

"I work as a barber"

زه د نايي په توګه کار کوم

"I have come to offer my services"

زه راغلي يم چي خپل خدمات وراندي کړم

"I desire to see Queen Suo"

زه غواړم چي ملکه سو ووينم

Queen Suo quickly gave her an interview.

ملکه سو په چټکي سره هغي ته مرکه ورکړه۔

The queen was quite fond of the two little boys.

ملکه د دوو کوچنيو هلکانو سره ډېره مينه درلوده۔

They strangely reminded her of her own son.

دوی په عجيبه توګه هغي ته د خپل زوی يادونه وکړه۔

And she remembered her lost treasure.

او هغي ته خپله ورکه شوي خزانه را په ياد شوه۔

Tears fell profusely from her eyes.

دهغي له سترګو څخه اوبنکي ډېري راغلي۔

She had not the remotest idea who they were.

هغي ته هيڅ درک نه و چي دوی څوک دي۔

Of course we know who they are.

البته مور پوهیږو چي دوی څوک دي۔

The two little boys are her grandsons.

دوه کوچني هلکان د هغي لمسيان دي۔

She spoke to the barber.

هغي له نايي سره خبري وکړي۔

"My son died when he was young"

زما زوی په ځوانۍ کي مړ شو

"I have given up these vanities"

ما دا باطل شیان پریښنودل

"I stopped having my feet ceremoniously dyed"

ما په رسمي ډول د پښو رنگ کول بند کړل

"But I would be glad to see your two fine boys"

خو زه به خوشحاله شم چي ستاسو دوه ښه هلکان ووینم

The barber agreed to let Queen Suo see her boys.

نايي موافقه وکړه چي ملکي سو ته اجازه ورکړي چي خپل هلکان وویني۔

But she had one question before she went.

خو هغي د تگ دمخه یوه پوښتنه درلوده۔

"Are there other ladies in the palace?

ایا په ماڼۍ کي نوري ښځي هم شته؟

"Someone else I could provide my service to"

بل چا ته چي زه خپل خدمت وراندي کولی شم

She was told there was another queen.

هغي ته وویل شول چي بله ملکه هم شته۔

And she was also allowed to go to that queen.

او هغي ته هم اجازه ورکړل شوه چي هغي ملکي ته لاړه شي۔

Queen Duo allowed her to prepare her nails.

ملکي دو هغي ته اجازه ورکړه چي خپل نوکان چمتو کړي۔

And she was allowed to scrape her feet.

او هغي ته اجازه ورکړل شوه چي خپلي پښي وخوري۔

She painted her feet with alakta.

هغي خپلي پښي په الکتا رنگ کړي۔

And the queen was very pleased with her skill.

او ملکه د هغي له مهارت څخه ډیره خوښه وه۔

She also enjoyed the sweetness of her disposition.

هغي د خپل خوږ مزاج څخه هم خوند واخیست۔

So she booked to have more of her services.

نو هغي د خپلو نورو خدماتو ترلاسه کولو لپاره بک وکړ۔

The female barber had come for something else.

بنځينه نايي د بل څه لپاره راغلي وه.
And she quickly noticed the necklace.
او هغي ژر تر ژره غاړکۍ ته پام وکړ.
The necklace was around the Queen's neck.
غاړه د ملکي په غاړه کې وه.

The day of her second visit had come.
دغي د دوهمي ليدني ورځ راغله.
She gave her eldest son the instructions.
هغي خپل مشر زوی ته لارښووني وکړي.
"We are going into the palace again"
موږ بيا مانۍ ته ځو
"When in the palace you have to cry"
کله چي په مانۍ کې وي، بايد ژاړي
"Say you would like the queen's necklace"
ووايه چي د ملکي غاړکۍ غواړي
"Don't stop crying until you have her necklace"
تر هغه چي د هغي غاړه نه وي خلاصه شوي، ژړا مه پريږده
The female barber went to queen Duo's apartment.
بنځينه نايي د ملکي دو اپارتمان ته لاړه.
Soon the elder boy started to cry.
ډېر ژر مشر هلک په ژړا پيل وکړ.
The boy acted his role well.
هلک خپل رول په ښه توګه ترسره کړ.
Nothing would console the boy.
هيڅ شی به هلک ته تسليت ورنه کړي.
"What is wrong?" Queen Duo asked.
څه خبره ده ؟ ملکه دو پوښتنه وکړه.
They boy could hardly speak.
دوی هلکان په سختۍ سره خبري کولي.
"Your necklace is so beautiful"
ستا غاړکۍ ډېره ښکلي ده
And he continued to sob.
او هغه ژړل دوام ورکړ.
"Can I please hold the necklace?"
ايا مهرباني وکړئ زه غاړکۍ ونيسم؟
Queen Duo did not want to let him.
ملکه دو نه غوښتل چي هغه ته اجازه ورکړي.

"I cannot part with my necklace"

زه نشم کولی له خپلي غاړي جلا شم

"It is my most valuable jewel"

دا زما تر ټولو قیمتي زیور دی

But the boy did not stop crying.

خو هلک ژړل بس نه کړل۔

So she took the necklace off her neck.

نو هغي له غاړي څخه غاړه کړه لري کړه۔

And she put the necklace into the boy's hand.

او هغي غاړه د هلک په لاس کي ورکړه۔

The boy quickly stopped crying.

هلک ژر ژړل ودرول۔

And he held the necklace in his hand.

او هغه غاړه یي په لاس کي نیولي وه۔

The female barber had finished her work.

ښځینه نایي خپل کار پای ته رسولی و۔

She was packing up her tools.

هغي خپل وسایل راټولول۔

And she was about to leave the palace.

او هغه د ماڼی څخه د وتلو په حال کي وه۔

So the queen wanted the necklace back.

نو ملکي غاړکی بیرته وغوښته۔

But the boy would not let her have the necklace.

خو هلک هغي ته د غاړي هار نه ورکولو۔

His mother attempted to snatch the necklace from him.

مور یی هڅه وکړه چي له هغه څخه غاړکی واخلي۔

But he wept bitterly when she tried.

خو کله چي هغي هڅه وکړه، هغه په ژړا شو۔

And he cried as if his heart would break.

او هغه داسي وژړل لکه زړه یي چي مات شي۔

The female barber politely asked the queen;

ښځینه نایي په ادب سره له ملکي وپوښتل؛

"Please let the boy take the necklace home"

مهرباني وکړئ هلک ته اجازه ورکړئ چي غاړه کور ته یوسي

"He will fall asleep after drinking his milk"

هغه به د شیدو څښلو وروسته ویده شي

"And then I will bring your necklace back"

او بیا به ستا غاړکی بیرته راوړم

She could see she had no choice.

هغې ليدلى شو چي بله چاره نه لري۔

The boy would not allow her to take the necklace.

ھلک ھغې ته اجازه ورنه کړه چي غاړکی واخلي۔

So she agreed to the proposal.

نو ھغې ور اندیز سره موافقه وکړه۔

"Dalim must now be long dead," she thought.

ھغې فکر وکړ :دالیم باید اوس ډېر وخت مړ شوی وي۔

And she had nothing to worry about.

او ھغې د اندیښنې لپاره ھیڅ شی نه درلود۔

The princess had the prized necklace.

شھزادگۍ قیمتي غاړکی درلوده۔

The treasure bound to her husband's life.

ھغه خزانه چي د ھغې د میړه ژوند پوري تړلي ده۔

She rushed back to the garden-house.

ھغه بیرته د باغ کور ته لاړه۔

And she gave the necklace to Dalim.

او ھغې غاړه دالیم ته ورکړه۔

Dalim had been alive all morning.

دالم ټوله سھار ژوندی و۔

It was the first time he saw the sun again.

دا لومړی ځل و چي ھغه لمر بیا ولید۔

Their joy of his life knew no bounds.

دھغه د ژوند خوښنی ھیڅ حد نه درلود۔

Their friend advised them to go to the palace.

ددوی ملگري دوی ته مشوره ورکړه چي ماڼۍ ته لاړ شي۔

"Go to the palace tomorrow"

سبا ماڼۍ ته لاړ شه

"Present yourselves to the King and Queen"

خپل ځانونه پاچا او ملکي ته وراندي کړئ

"Let them know you're alive and well"

دوی ته خبر ورکړئ چي تاسو ژوندي او بنه یاست

The couple accepted their friend's advice.

دي جوړي د خپل ملگري مشوره ومنله۔

And they prepared everything for their arrival.

او دوی د خپل راتگ لپاره ھرڅه چمتو کړل۔

An elephant was brought for the prince.

دشهزاده لپاره يو فيل راورل شو۔

A pair of ponies were brought for the boys.

دهلکانو لپاره يوه جوړه ټوني راورل شوي۔

And there was a grand chaturdala.

او هلته يوه لويه چترداله وه۔

It was furnished with curtains of gold lace.

دا د سرو زرو د پردي سره سينگار شوی و۔

Word was sent to the king and the Queen Suo.

پاچا او ملکي سو ته خبر واستول شو۔

"Prince Dalim Kumar is alive and well"

شهزاده دليم کمار ژوندی او بنه دی

"And he is coming to visit you"

او هغه ستا ليدو ته راځي

"Now he has a wife and two sons"

اوس هغه يوه بنځه او دوه زامن لري

The King and Queen Suo could hardly believe it.

پاچا او ملکه سو په سختی سره باور کولی شول۔

But they were assured that it was all true.

خو هغوی ته ډاډ ورکرل شو چي دا ټول ريښتيا دي۔

Queen Duo quickly realized her predicament.

ملکه دويو ژر تر ژره خپله ستونزه درک کړه۔

And she became overwhelmed with grief.

او هغه له غمه ډکه شوه۔

A band of musicians followed the prince.

دموسيقارانو يوه ډله د شهزاده پسي روانه شوه۔

Prince Dalim Kumar approached the palace-gate.

ش‌هزاده دليم کمار د مانۍ دروازۍ ته نږدې شو۔

The King and Queen Suo went to the gates.

پاچا او ملکه سو دروازو ته لاړل۔

And they welcomed their long-lost son.

او دوی د خپل اوربد ورک شوي زوی هرکلی وکړ۔

You can imagine how happy they were.

تاسو تصور کولی شئ چي دوی څومره خوشحاله وو۔

Dalim told his parents of his death.

دالم خپل مور او پلار ته د خپل مرگ خبر ورکړ۔

He told them of the pond by the palace.

هغه ورته د مانۍ په څنگ کي د حوض په اړه وويل۔

And he told them of the fish in the pond.

او هغه ورته په حوض کي د کبانو په اړه وویل۔

He told them of the wooden box in the fish.

هغه ورته د کب په لرګیو کي د لرګیو صندوق په اړه وویل۔

He told them of the necklace in the wooden box.

هغه ورته د لرګیو په صندوق کي د غاړکۍ په اړه وویل۔

And he told them the secret of his life.

او هغه ورته د خپل ژوند راز وویل۔

He told them how he died each night.

هغه به هغوی ته ویل چي څنګه هره شپه مر کیږي۔

Of course he also mentioned his new wife.

البته هغه د خپلي نوي میرمني یادونه هم وکړه۔

The king was inflamed with rage at the news.

پاچا د دي خبر په اورېدو سره په غوسه شو۔

He ordered Queen Duo into his presence.

هغه ملکه دویو ته امر وکړ چي خپل حضور ته حاضر شي۔

A large hole was dug in the ground.

په ځمکه کي یو لوی کنده کیندل شوی وه۔

The hole was as deep as the height of a man.

سوری د یو سړي د قد په اندازه ژور و۔

Queen Duo was made to stand in the hole.

ملکه دویو په سوري کي ودرول شوه۔

Prickly thorns were heaped around her.

دهغي شاوخوا اغزي ډېرى شوي وو۔

The thorns went up to the crown of her head.

اغزي د هغي د سر تاج ته پورته شول۔

And in this manner she was buried alive.

او په دي ډول هغه ژوندی ښخ شوه۔

Phakir Chand
فاکیر چند

There was once a king, who had a son.

یو وخت یو پاچا وو، چي یو زوی یي درلود۔

The king's minister also had a son.

دپاچا وزیر هم یو زوی درلود۔

The two sons loved each other dearly.

دواړو زامنو یو بل سره ډیره مینه درلوده۔

And they did everything together.

او دوی هر څه په گډه وکړل۔

The two sons sat and stood up together.

دواړه زامن سره کښېناست او یوځای ودرېدل۔

They walked together to the same places.

دوی یوځای ورته ځایونو ته لاړل۔

They ate their meals together.

دوی خپل خواړه یوځای وخوړل۔

They slept and got up together.

دوی یوځای ویده شول او یوځای پاڅېدل۔

They spent years in each other's company.

دوی کلونه د یو بل په ملگرتیا کي تېر کړل۔

One day they both felt a new desire.

یوه ورځ دوی دواړو یوه نوې هیله احساس کړه۔

They wanted to see foreign lands.

دوی غوښتل چي بهرني ځمکي ووینی۔

And so they set out on their journey.

او له همدي املّه دوی خپل سفر پیل کړ۔

One of them was the son of a king.

یو یې د پاچا زوی و۔

One of them was the son of his chief minister.

یو یې د هغه د اعلی وزیر زوی و۔

So of course they were both quite rich.

نو البته دوی دواړه ډېر شتمن وو۔

But they did not take any servants with them.

خو هغوی هیڅ نوکران له ځانه سره نه وړل۔

They went by themselves, on horseback.

دوی پخپله، په اسونو سپاره لاړل۔

The horses were beautiful to look at.

"

اسونه د لیدلو لپاره ښکلي وو۔

They were Pakshirajes horses.

دوی د پکشیراج اسونه وو۔

Such horses are known as the kings of birds.

دا ډول اسونه د مرغیو د پاچاهانو په نوم پیژندل کیږي۔

The two sons rode together for many days.

دواړه زامن د ډیرو ورځو لپاره یوځای موټر چلاوه۔

They passed through extensive plains.

دوی د پراخو دښتو څخه تېر شول۔

And the plains were covered with paddy.

او دښتی په وریجو پوښل شوي وي۔

And they passed through strange cities.

او دوی د عجیبو ښارونو څخه تیریدل۔

And they passed through towns, and villages.

او دوی د ښارونو او کلیو څخه تېر شول۔

They passed through treeless deserts.

دوی د بې ونو دښتو څخه تېر شول۔

And they passed through forests.

او دوی د ځنګلونو څخه تېر شول۔

And the forests were dense with trees.

او ځنګلونه په ونو ډک وو۔

These forests were the abode of the tiger.

دا ځنګلونه د پرانګ استوګنځای وو۔

And the bear also lived in these forests.

او ریره هم په دې ځنګلونو کي اوسېده۔

One evening they were overtaken by the night.

یوه ماښنام دوی د شپې له خوا ونیول شول۔

They had not seen any human habitations.

دوی هیڅ انساني استوګنځای نه و لیدلی۔

But it was getting darker and darker.

خو تیاره او تیاره کېده۔

So they dismounted beneath a lofty tree.

نو دوی د یوي لوړي ونې لاندي ښکته شول۔

They tied their horses to the tree.

دوی خپل اسونه په ونې پوري وتړل۔

And then they climbed up the tree.

او بیا دوی ونې ته وخوخېدل۔

They covered the branches with thick foliage.

دوی ځانګی په ګنو پانو پوښلی۔

So that they could sit on the branches.

ترڅو دوی په ځانګو کی کښیني۔

The tree had grown near a large body of water.

ونی د اوبو یوي لویی ځندي ته نږدي وده کړي وه۔

The water was as clear as the eye of a crow.

اوبه د کارغه د سترګی په څیر شفافي وي۔

The two friends made themselves comfortable.

دواړو ملګرو ځانونه آرام کړل۔

Of course it wasn't very comfortable in a tree.

البته دا په ونی کی ډیر آرام نه و۔

But it wasn't uncomfortable in the tree either.

خو په ونی کی هم نا آرامه نه وه۔

They had decided to spend the night there.

دوی پریکړه کړي وه چی شپه هلته تیره کړي۔

They sometimes chatted together in whispers.

دوی کله ناکله په پټو سترګو سره خبري کولی۔

They felt whispering was better than talking.

دوی احساس کاوه چی د خبرو کولو په پرتله پسپسي کول غوره دي۔

Because the region seemed very strange to them.

ځکه چی سیمه دوی ته ډیره عجیبه ښکاریده۔

And soon they were falling into a doze.

او ډیر ژر به دوی په خوب کی راولوېدل۔

But their attention was suddenly jolted.

خو د دوی پام ناڅاپه واوښت۔

From the water they heard a noise.

له اوبو څخه یي یو غږ واورېد۔

It sounded like the rushing of water.

دا د اوبو د چټکتیا په څیر غږېده۔

In front of them was a terrible sight!

ددوی په وراندي یو وحشتناک منظره وه ۔

A huge serpent came from under the water.

یو لوی مار د اوبو لاندي راووت۔

The snake swam ashore and slithered around.

مار ساحل ته لامبو وهله او شاوخوا وخوځېد۔

But something else attracted their attention.

خو بل څه د دوی پام ځانته راواړوه۔

The crested hood of the serpent was shining.

دمار د سر پوښ ځلیده۔

The snake had a brilliant manikya embedded.

مار یو ځلیدونکی مانیکیا په کې ځای پر ځای کړی و۔

The jewel shone like a thousand diamonds.

دا جواهر د زرو الماسو په څیر ځلیده۔

The crystal lit up the water in the tank.

کرستال په ټانک کې اوبه روښنانه کړي۔

The embankments and trees were irradiated.

دبندونو او ونو ورانگي خپري شوي وي۔

The serpent doffed the jewel from its crest.

مار جواهر له خپلي څوکي څخه راوویست۔

And the serpent threw the jewel on the ground.

او مار جواهر په ځمکه وغورځاوه۔

And then the serpent went in search of food.

او بیا مار د خورو په لټه کې لاړ۔

They could not believe what they had seen.

دوی په هغه څه باور نه شو کولی چي دوی لیدلي وو۔

They stayed in the safety of the tree.

دوی د ونې په خوندیتوب کې پاتي شول۔

But they greatly admired the jewel.

خو دوی د جواهر ډیره ستاینه وکړه۔

The ruby shed an ineffable luster.

یاقوت یو نه بیانیدونکی ځلا خپره کړه۔

Everything had a magical glow around it.

هر څه شاوخوا یو جادویی ځلا درلوده۔

They had never seen anything like it.

دوی هیڅکله داسي څه نه وو لیدلي۔

Although, they had heard of this treasure.

که څه هم، دوی د دې خزانی په اړه اوریدلي وو۔

The jewel equaled the treasures of seven kings.

دا جواهر د اوو پاچاهانو د خزانو سره برابر و۔

But their admiration soon changed to fear.

خو د دوی ستاینه ډیر ژر په ویره بدله شوه۔

The serpent came to the foot of their tree.

مار د دوی د ونې د پښو ته راغی۔

The serpent had found their horses!

مار خپل اسونه موندلي وو۔

The poor horses had been tied to the tree.

غريب اسونه په وني پوري ترلي وو۔
The animals had no way of escaping.
څارويو د تيښتي هيڅ لاره نه درلوده۔
One by one the serpent ate their horses.
مار يو په يو د دوی اسونه وخورل۔
But the serpent's appetite did not seem satisfied.
خو د مار اشتها نه پوره کېده۔
They feared they would be the next victims.
دوی ويره درلوده چي دوی به راتلونکي قربانيان وي۔
But their fears were soon relieved.
خو د دوی وېره ډېر ژر ارامه شوه۔
The gigantic cobra had not seen them.
لوی کوبرا دوی نه وو ليدلي۔
And eventually the snake left again.
او بالاخره مار بيا لاړ۔
The minister's son saw an opportunity.
دوزير زوی يو فرصت وليد۔
This was his chance to take the gem.
دا د هغه د قيمتي ډبري د ترلاسه کولو چانس و۔
But there was one problem they had.
خو يوه ستونزه وه چي دوی يي درلوده۔
The jewel shone incredibly bright.
جواهر په حيرانونکي ډول روښنانه شو۔
The serpent would know what had happened.
مار به پوه شي چي څه پيښ شوي دي۔
But there was a way to overcome this problem.
خو د دې ستونزي د حل لپاره يوه لاره وه۔
And the minister's son knew the solution.
او د وزير زوی د حل لاره پوهيده۔
He had to cover the stone with horse-dung.
هغه مجبور و چي ډبره د آس په ګودر پوښ کړي۔
And there was some horse-dung by the tree.
او د وني تر څنګ د اسونو ګودر و۔
He quietly came down from the tree.
هغه په خاموشۍ سره له وني څخه راښکته شو۔
He picked up the horse-dung off the floor.
هغه د آس ګودر له فرش څخه پورته کړ۔
And he threw the dung upon the precious stone.

او هغه په قيمتي ډبره باندي غوايي وغورځوله۔

And then he climbed up into the tree again.

او بيا هغه بيا وني ته وخوت۔

The serpent noticed something had happened.

مار وليدل چي يو څه پيښ شوي دي۔

The light of the jewel had vanished.

دجواهراتو رنا ورکه شوي وه۔

The serpent rushed back with great fury.

مار په ډېر قهر سره بيرته منډه کړه۔

The serpent returned to where it had left the stone.

مار بيرته هغه ځای ته راستون شو چيري چي يي ډبره پرېښنوده وه۔

The serpent let out a frightful hiss at the night.

مار د شپي يوه وهروونکی چيغه ووهله۔

The snake's groans and convulsions were terrible.

دمار ژړا او تکانونه ډېر وحشتناک وو۔

The snake went round and round the jewel.

مار د جواهر شاوخوا ګرځېده۔

But the stone was covered with horse-dung.

خو ډبره د آس په ګودر پوښل شوي وه۔

This way the serpent could not see its treasure.

په دي توګه مار خپله خزانه نه شوه ليدلی۔

Finally, the serpent breathed its last breath.

بالاخره، مار خپله وروستی ساه واخيسته۔

The two friends did not sleep much that night.

هغه شپه دوارو ملګرو ډېر خوب ونه کړ۔

In the morning they came down from the tree.

سهار دوی له وني څخه ښکته شول۔

They went to where the crest-jewel was.

دوی هغه ځای ته لاړل چي د تاج ګانه وه۔

The mighty serpent was still laying there.

هغه زورور مار لا هم هلته پروت و۔

But now the snake's body was perfectly lifeless.

خو اوس د مار بدن په بشپړه توګه بي جانه و۔

The friend of the prince stepped over the dead snake.

دشهزاده ملګري د مړ مار پر سر وخوځېد۔

And he picked up the dung covered jewel.

او هغه د خټو پوښل شوی جواهر پورته کړ۔

Both of them went to the bank of the water.

دواړه د اوبو غاړي ته لاړل۔

And they washed the precious stone.

او دوی قیمتي ډبره ومینځله۔

Finally, all the dung had been washed off.

بالاخره، ټول فاضله مواد ومینځل شول۔

And the jewel shone as brilliantly as before.

او جواهر د پخوا په څیر په ډیر ځلیدونکي ډول ځلیده۔

The jewel lit up the entire bed of the tank of water.

دې جواهر د اوبو د ټانک ټوله بستره روښانه کړه۔

Now they could see the innumerable fishes.

اوس دوی بې شمیره کبان لیدلی شول۔

But the light also revealed something else.

خو رڼا یو بل څه هم څرګند کړل۔

This astonished them more than all the fishes.

دې کار دوی د ټولو کبانو څخه ډیر حیران کړل۔

In the bottom of the water there was something.

داوبو په تل کي یو څه وو۔

They could see there were lofty walls.

دوی لیدلی شو چي لوړ دیوالونه وو۔

The walls were from a magnificent palace.

دېوالونه د یوې شانداري ماڼۍ څخه وو۔

The prince's friend was feeling venturesome.

دشهزاده ملګري د جرات احساس کاوه۔

He convinced the king's son to follow him.

هغه د پاچا زوی قانع کړ چي د هغه تعقیب وکړي۔

And then they wanted to swim to the palace below.

او بیا یې غوښتل چي لاندې ماڼۍ ته لامبو ووهي۔

The prince's friend took the jewel in his hand.

دشهزاده ملګري جواهر په خپل لاس کي واخیست۔

And they both dived into the waters.

او دواړه په اوبو کي غوټه شول۔

Soon they stood at the gate of the palace.

ډیر ژر دوی د ماڼۍ په دروازه کي ودریدل۔

To their surprise the gate was open.

ددوی په حیرانتیا سره دروازه خلاصه شوه۔

They saw no being, human or superhuman.

دوی هیڅ موجود، انسان یا فوق العاده انسان ونه لید۔

So they decided to venture inside the gate.

نو دوی پریکره وکره چي د دروازې دننه ننوځي.

Inside the walls there was a beautiful garden.

ددیوالونو دننه یو ښکلی باغ و.

In the middle of the garden was a house.

دباغ په منځ کي یو کور و.

No one had ever seen so many flowers.

دومره ډېر ګلونه چا نه وو لیدلي.

There were roses of all imaginable varieties.

دټولو تصور وړ ډولونو ګلابونه وو.

There were endless numbers of yellow jessamine.

بې شمېره ژېړ جیسمین وو.

And there were numerous white bell flowers.

او ګڼ شمېر سپین زنګانه ګلونه وو.

These flowers were the king of smells.

دا ګلونه د بویونو پاچا وو.

The most scented lily of the valley.

ددري تر ټولو خوشبویه لیل.

There were the flowers from the champaka tree.

هلته د چمپکا ونې ګلان وو.

And a thousand other sweet-scented flowers.

او زرګونه نور خوږ بوی لرونکي ګلونه.

Acres covered with the delicious jessamine.

په جریبه ځمکه کي خوندور جیسمین شامل دی.

All the plants were gemmed with flowers.

ټول بوټي په ګلونو سینګار شوي وو.

And all the flowers were in full bloom.

او ټول ګلونه په بشپړ ډول غوړیدلي وو.

So the air was loaded with rich perfume.

نو هوا د خوشبویي څخه ډکه وه.

A wilderness of sweet scents everywhere.

دخوږو بویونو یوه صحرا هر ځای.

They went through this paradise of perfumery.

دوی د عطرو له دي جنت څخه تېر شول.

And eventually they reached the house.

او بالاخره دوی کور ته ورسېدل.

The house was surrounded by lofty trees.

کور د لوړو ونو په شاوخوا کي و.

Soon they stood at the door of the house.

دپر ژر دوی د کور په دروازه کې ودرېدل.

Now they could see it was a fairy palace.

اوس دوی لیدلی شو چي دا د پری مانۍ وه.

The walls were of burnished gold.

دېوالونه د سوځېدلي سرو زرو څخه جوړ شوي وو.

Here and there shone diamonds of dazzling hue.

دلته او هلته د ځلیدونکو رنګونو الماسونه ځلیدل.

But they did not see any beings.

خو دوی هیڅ موجود ونه لید.

So they went inside the palace.

نو دوی مانۍ ته دننه لاړل.

The palace was richly furnished.

مانۍ په غني ډول سمبال شوي وه.

They went from room to room.

دوی له کوټي څخه بلي ته لاړل.

But they did not see anyone.

خو هغوی هیڅوک ونه لیدل.

It seemed to be a deserted house.

داسي ښکارېده لکه یو وران کور وي.

At last, however, they found a special room.

خو بالاخره، دوی یوه ځانګړي کوټه وموندله.

In this room there was a young lady.

په دي خونه کي یوه ځوانه ښځه وه.

She was sleeping on a golden bed.

هغه په یوه طلایي بستر ویده وه.

The young lady was of exquisite beauty.

ځوانه ښځه د فوق العاده ښکلا څخه برخمنه وه.

Her complexion was a mixture of red and white.

دهغي رنګ د سور او سپین مخلوط و.

She seemed to be about sixteen years of age.

هغه شاوخوا شپارس کلنه ښکارېده.

The two friends gazed upon her.

دواړو ملګرو هغي ته وکتل.

They were enchanted by her beauty.

دوی د هغي ښکلا ته متوجه شول.

But they could not admire her for long.

خو دوی د اوږدي مودي لپاره د هغي ستاینه نشوه کولی.

Because the young lady opened her eyes.

څکه چي ځواني ښځي سترګي پرانيستي۔

Her eyes seemed like the eyes of a gazelle.

دغي سترګي د هوسی د سترګو په څېر ښکاريدي۔

On seeing the strangers she said;

دپرديو په ليدلو سره هغي وويل؛

"How have you come here, ye unfortunate men?"

تاسو دلته څنګه راغلي ياست، بدبخته سري؟

"Be gone, be gone! I beg of you two"

لار شه، لار شهـزه له تاسو دوارو څخه بخښنه غوارم

"This is the abode of a mighty serpent"

دا د يو قوي مار کور دی

"The serpent which has devoured my parents"

هغه مار چي زما مور او پلار يي خوړلي دي

"And my brothers, and all my relatives"

او زما ورونه، او زما ټول خپلوان

"I am the only one that he has spared"

زه يوازينی کس يم چي هغه يي ژغورلی دی

"Flee for your lives while you still can"

تر هغه چي کولی شئ د خپل ژوند لپاره وتښتئ

"Or else the serpent will eat you both"

که نه نو مار به تاسو دواره وخوري

The prince's friend told her what had happened.

دشهزاده ملګري هغي ته وويل چي څه پيښ شوي وو۔

"The serpent has breathed his last breath"

مار خپله وروستی ساه واخيسته

"The snake's body lies lifeless on the floor"

د مار جسد په فرش باندي بی جان پروت دی

"We took the head-jewel of the serpent"

مونږ د مار د سر ګانه واخيسته

"The jewel's light showed us to the palace.

د جواهراتو رڼا مونږ ته ماڼی وښووده۔

She thanked the strangers for their bravery.

هغي د نا اشنا خلکو څخه د دوی د زړورتيا لپاره مننه وکړه۔

"You have freed me from the infernal serpent"

تا ما د دوزخي مار څخه خلاص کړ

"Please live with me in my palace"

مهرباني وکړئ زما سره زما په ماڼی کي ژوند وکړئ

"But please promise never to desert me"

خو مهرباني وکړئ وکړئ ژمنه وکړئ چي هیڅکله به ما يوازي نه پریږدئ

They gladly accepted the invitation.

دوی په خوښۍ سره بلنه ومنله۔

The king's son was smitten with the princess.

دپاچا زوی د شهزادګۍ سره مینه درلوده۔

He adored the charms of the peerless princess.

هغه د بي ساري شهزادګۍ ښکلا سره مینه درلوده۔

And he married her after a short time.

او لږ وخت وروسته یی ورسره واده وکړ۔

There was no priest at the palace.

په ماڼۍ کي کوم پادري نه وو۔

So the hymeneal knot was tied by other means.

نو د هایمینیل غوټۍ په نورو لارو تړل شوې وه۔

A simple exchange of garlands of flowers.

دګلونو د هارونو ساده تبادله۔

The king's son became inexpressibly happy.

دپاچا زوی په بي ساري ډول خوشحاله شو۔

He delighted in the company of the princess.

هغه د شهزادګۍ په ملګرتیا کي خوشحاله شو۔

The prince's friend also had a wife.

دشهزاده ملګري هم یوه ښځه درلوده۔

Of course she was living in the upper world.

البته هغه په لوړه نړۍ کي ژوند کاوه۔

But he participated in his friend's happiness.

خو هغه د خپل ملګري په خوښۍ کي برخه واخیسته۔

The time they spent together passed merrily.

هغه وخت چي دوی یوځای تیر کړ په خوښۍ سره تیر شو۔

But they could not live here forever.

خو دوی دلته د تل لپاره ژوند نشو کولی۔

The prince had to return to his kingdom.

شهزاده مجبور شو چي خپل سلطنت ته راستون شي۔

But he knew the return would require some planning.

خو هغه پوهیده چي بیرته ستنیدل به یو څه پلان جوړولو ته اړتیا ولري۔

The occasion would come with a lot of pomp.

دا موقع به په ډیر شان او شوکت سره راشي۔

There were going to be many ceremonies.

ډیر مراسم به کیدل۔

Because there was a lot to be celebrated.

ځکه چي د لمانځلو لپاره ډېر څه وو۔

First the prince's friend was going to go.

لومړی د شهزاده ملګری غوښتل چي لار شي۔

And then he was going to return with the attendants.

او بیا هغه د خپلو ملګرو سره بیرته راستنیدو ته روان و۔

Horses, and elephants for the happy pair.

دخوشحاله جوړي لپاره اسونه او فیل۔

The prince accompanied his friend.

شهزاده د خپل ملګري سره لار۔

Together they went back to the surface.

یوځای دوی بیرته سطحي ته لاړل۔

And they saw the upper world again.

او دوی بیا پورته نړی ولیده۔

The two friends bid each other adieu.

دوارو ملګرو یو بل ته الوداع وویل۔

The prince returned to his lovely wife.

شهزاده خپلی ښکلي میرمني ته راستون شو۔

Before leaving everything had been organized.

دتگ څخه مخکي هرڅه تنظیم شوي وو۔

The prince's friend arranged his return.

دشهزاده ملګري د هغه د راستنیدو بندوبست وکړ۔

He said when he was going to go the embankment.

هغه وویل کله چي هغه د بند ته د تگ په حال کي و۔

He was going to have the horses that they needed.

هغه به هغه اسونه ولري چي دوی ورته اړتیا درلوده۔

Elephants were going to be there too, and attendants.

فیلان به هم هلته وي، او خدمتګاران به هم۔

They were going to wait upon the prince and princess.

دوی د شهزاده او شهزادگی انتظار کاوه۔

The snake-jewel gave them the rights to this.

دمار ګانی دوی ته د دي حق ورکړ۔

The prince's friend went back to his country.

دشهزاده ملګری بیرته خپل هیواد ته لار۔

To prepare for the return of his friend.

دخپل ملګري د راستنیدو لپاره چمتووالی ونیسي۔

One day the prince was sleeping.

یوه ورئ شهزاده ویده وو۔

He had just had his midday meal.

هغه یوازي د غرمي ډوډۍ خوړلي وه۔

The princess had never seen the upper regions.

شهزادگی هیڅکله پورتنی سیمی نه وي لیدلي۔

She felt the desire to see the upper world.

هغي د پورته نړۍ د لیدلو هیله احساس کړه۔

For this she needed the snake-jewel.

ددي لپاره هغي ته د مار گانۍ ته اړتیا وه۔

Only this could help her through the water.

یوازي دا کولی شي هغي سره د اوبو له لاري مرسته وکړي۔

The jewel was shining its bright light in the room.

جواهر په خونه کي خپله روښنانه رڼا روښنانه کوله۔

She took the snake-jewel into her hand.

هغي د مار گانه په خپل لاس کي واخیسته۔

And then she left the palace and the garden.

او بیا هغي ماڼۍ او باغ پریښود۔

She successfully swam to the upper world.

هغي په بریالیتوب سره پورته نړۍ ته لامبو ووهله۔

No mortal had caught sight of her.

هیڅ فاني هغه نه وه لیدلي۔

At the edge of the water were some steps.

داوبو په څنډه کي ځیني زیني وي۔

The steps were for the convenience of bathers.

زیني د حمام کوونکو د اسانتیا لپاره وي۔

And this is also where she sat.

او دا هغه ځای دی چي هغه پکي ناسته وه۔

She scrubbed her body with the sand.

هغي خپل بدن په شګو ومینځه۔

She washed her hair with the fresh water.

هغي خپل ویښتان د تازه اوبو سره ومینځل۔

And she played with the water for fun.

او هغي د تفریح لپاره له اوبو سره لوبي کولي۔

She walked about on the water's edge.

هغه د اوبو په څنډه کي ګرځیده۔

And she admired all the scenery around.

او هغي د شاوخوا ټولو منظرو ستاینه وکړه۔

But finally she returned back to her palace.

خو بالاخره هغه بيرته خپل مانى ته راستنه شوه۔

Her husband was still deep in sleep.

دغې ميره لا هم په ژور خوب کې و۔

But eventually he had slept enough.

خو بالاخره هغه کافي خوب وکړ۔

She did not tell him about her adventures.

هغې هغه ته د خپلو سفرونو په اړه ونه ويل۔

The next day her husband fell asleep again.

بله ورځ يې ميره بيا ويده شو۔

And again she paid a visit the upper world.

او بيا هغې د نړۍ پورته برخې ته سفر وکړ۔

And she remained unnoticed by mortal man.

او هغه د فاني سري له پامه ونه غورځول شوه۔

Her success was starting to give her courage.

دغې برياليتوب هغې ته زړورتيا ورکول پيل کړل۔

So she repeated her adventure a third time.

نو هغې خپله ماجرا دريم ځل تکرار کړه۔

The rajah's son was out hunting that day.

د راجه زوى په هغه ورځ ښکار ته تللى و۔

He had his tent not far from the water.

دغه خيمه د اوبو څخه لري نه وه۔

His attendants were cooking his meal.

دغه خدمتگارانو د هغه لپاره خواړه پخول۔

So, he wandered about along the water.

نو، هغه د اوبو په اوږدو کې ګرځېده۔

Nearby an old woman was gathering sticks.

نږدې يوه زړه ښځه لرګي راټولول۔

She was collecting dried branches of trees.

هغه د ونو وچې څانګکی راټولولی۔

She needed the sticks for kindling wood.

هغې د لرګيو د سوزولو لپاره لرګيو ته اړتيا درلوده۔

This was when the princess came out the water.

دا هغه وخت و چې شهزادگۍ له اوبو راووتله۔

She gazed around and she saw a man.

هغې شاوخوا وکتل او يو سړى يې وليد۔

And then she saw there was also a woman.

او بيا يې وليدل چې يوه ښځه هم وه۔

The princess knew she didn't want to be seen.

ش هزادگی پوهیده چی نه غواري ښکاره شي۔

So she went back down to her palace.

نو هغه بیرته خپلی ماڼۍ ته لاړه۔

But the rajah's son had caught a glimpse of her.

خو د راجه زوی هغې ته یوه کتنه کړې وه۔

And the old woman gathering sticks saw her too.

او هغه زړي ښڅي چی لرګي راټولول هم هغه ولیده۔

The rajah's son stood gazing on the waters.

د راجه زوی ولاړ و او اوبو ته یی کتل۔

He had never seen such a beautiful woman.

هغه هیڅکله دومره ښکلی ښڅه نه وه لیدلي۔

She seemed to him to be a deva-kanyas.

هغه ورته داسی ښکاریده لکه یوه دیو کنیا وي۔

Heavenly goddesses he had read of in old books.

هغه په زړو کتابونو کی د آسماني خدایانو په اړه لوستلي وو۔

They are said to visit the upper world.

ویل کیږي چی دوی پورته نړۍ ته سفر کوي۔

And the upper world is honored to have them.

او پورتنۍ نړۍ د دوی په درلودلو ویاړي۔

But it is said to happen only rarely.

خو ویل کیږي چی دا ډیر کم پیښیږي۔

The way that angels only visit rarely.

هغه لاره چی فرښتي یوازی په ندرت سره لیدنه کوي۔

He had seen the princess' unearthly beauty.

هغه د شهزادگی بی ساري ښکلا لیدلي وه۔

She had made a deep impression on his heart.

هغي د هغه په زړه ژور تاثیر کړی و۔

Although he had seen her only for a moment.

که څه هم هغه هغه یوازی د یوي شیبی لپاره لیدلي وه۔

But her beauty distracted his mind.

خو د هغي ښکلا د هغه ذهن ګډوډ کړ۔

He stood there like a statue, for hours.

هغه هلته د یوي مجسمي په څیر ولاړ و، ساعتونه ساعتونه۔

All he could do was gaze into the waters.

هغه یوازی دا کولی شو چی په اوبو کی یی وګوري۔

In the hope of seeing the lovely figure again.

د ښکلي څهري د بیا لیدلو په هیله۔

But all his time was spent in vain.

خو د هغه ټول وخت بې ګټې تېر شو۔

The princess did not appear again.

شهزادګۍ بیا راخرګنده نه شوه۔

The rajah's son became mad with love.

د راجه زوی په مینه لیونی شو۔

He kept muttering, "now here, now gone!"

هغه په غوسه سره وویل، اوس دلته، اوس لار۔

He refused to leave the water's edge.

هغه د اوبو له غاړې څخه د وتلو څخه انکار وکړ۔

His attendants had to forcibly remove him.

دهغه خدمتګاران اړ شول چې په زور سره هغه لرې کړي۔

They took him to his father's palace.

هغوی هغه د خپل پلار ماڼۍ ته بوتلو۔

But he was in a state of hopeless insanity.

خو هغه د نا امیدی په حالت کې و۔

He couldn't be made to speak to anyone.

هغه له چا سره خبرې نه شوای کولای۔

And he spent his days sobbing heavily.

او هغه خپلې ورځې په سختو ژړاګانو تېرې کړي۔

No others words came out of his mouth.

له خولې یې نورې خبرې نه راووتلي۔

"Now here, now gone!"

اوس دلته، اوس لار۔

"Now here, now gone!"

اوس دلته، اوس لار۔

You can imagine the rajah's grief.

تاسو د راجه غم تصور کولی شئ۔

"What could have deranged my son's mind?"

څه شی زما د زوی ذهن خرابولی شي؟

"'Now here, now gone,' what does it mean?"

اوس دلته، اوس لار، 'دا څه معنی لري؟'

He could not unravel the words' meaning.

هغه د کلمو معنی نه شوه خلاصولی۔

His attendants couldn't decipher the words either.

دهغه خدمتګاران هم د کلمو په لوستلو نه شول توانیدلي۔

The land's best physicians were consulted.

دځمکې له غوره ډاکټرانو سره مشوره وشوه۔

But their consultation had no effect.

خو د دوی مشوري هيڅ اغيزه نه درلوده۔

The sons of æsculapius were not able to help.

دايکولاپيوس زامن د مرستي توان نه درلود۔

No one could ascertain the cause of the madness.

هيڅوک د ليونتوب لامل نه شو معلومولی۔

Without knowing the cause there was no cure.

دلامل له پوهېدو پرته، هيڅ علاج نه و۔

The physicians tried to ask the prince.

ډاکټرانو هڅه وکړه چي له شهزاده څخه پوښتنه وکړي۔

But all he said was, "now here, now gone!"

خو هغه يوازي دا وويل، اوس دلته، اوس لاړ۔

The rajah was distracted with grief.

راجه د غم څخه ډېر خفه شو۔

Day and night he worried for his son.

شپه او ورځ به د خپل زوی په اړه اندېښمن وو۔

He wished for his son's intellects to return.

هغه هيله درلوده چي د زوی عقل بيرته راشي۔

A proclamation was made in the capital.

په پلازمېنه کي يوه اعلاميه خپره شوه۔

Town criers were sent into the city.

ښار ته د ښنارګوټي غندونکي ولېږل شول۔

And they beat their drums for attention.

او دوی د پاملرني لپاره خپل ډولونه وهل۔

"The rajah's son has lost his mental faculties"

د راجه زوی خپل ذهني ورتياوي له لاسه ورکړي دي

"The rajah seeks a cure for his son"

راجا د خپل زوی لپاره درملنه غواړي

"A reward is offered for the cure"

د درملني لپاره انعام ورکول کيږي

"The hand of the rajah's daughter"

د راجه د لور لاس

"Her hand comes with half his kingdom"

د هغي لاس د هغه د نيمايي سلطنت سره راځي

The drum was beaten around the city.

ډول په ښار کي وهل کېده۔

But no one felt they could touch the drum.

خو هيچا احساس نه کاوه چي دوی ډول ته لاس اچولی شي۔

No one knew the cause of his madness.

هیڅوک د هغه د لیونتوب لامل نه پوهېدل۔

At last an old woman came forward.

بالاخره یوه زړه ښځه مخې ته راغله۔

And she stepped up to touch the drum.

او هغې د ډول د لمس کولو لپاره گام پورته کړ۔

"I will discover the cause of his madness"

زه به د هغه د لیونتوب لامل پیدا کړم

"And I will cure him from his disease"

او زه به د هغه له ناروغۍ څخه روغ کړم

She had seen what happened to the boy.

هغې لیدلي وو چی هلک سره څه پیښ شوي وو۔

She was at the water's edge that day.

هغه ورځ د اوبو په غاړه وه۔

It was her who was gathering up sticks.

دا هغه وه چی لرګي یی راټولول۔

This woman had a crack-brained son.

دې ښځي یو بی عقل زوی درلود۔

Her son was named of Phakir-Chand.

دهغې د زوی نوم د فکیر چاند په نوم کپنودل شو۔

So she was called Phakir's mother.

نو هغې ته د فاکیر مور ویل کېده۔

The woman was brought before the rajah.

ښځه د راجه مخې ته راوړل شوه۔

And the following conversation took place.

او لاندي خبري اتري وشوی۔

"You are the woman that touched the drum"

ته هغه ښځه یی چی ډول یی لمس کړ

"You know the cause of my son's madness?"

ته زما د زوی د لیونتوب لامل پیژنی؟

"Yes, oh incarnation of justice!"

هو، ای د عدالت مجسمه۔

"I know the cause of your son's madness"

زه ستا د زوی د لیونتوب لامل پیژنم

"But I will not say the cause of his madness"

خو زه به د هغه د لیونتوب لامل ونه وایم

"First I will cure your son of his madness"

لومړی به ستا زوی د هغه لیونتوب روغ کړم

"How can I believe you are able to?"

زه څنګه باور وکړم چي ته يي کولای شي؟

"The best physicians of the land have failed"

د خُمکي غوره ډاکټران ناکام شوي دي

"You need not now believe, my king"

زما پاچا، اوس باور ته ارتيا نشته

"Wait till I have performed the cure"

انتظار وکړئ تر هغه چي زه درملنه وکړم

"Many an old woman knows many secrets"

ډيری زړي ښځې ډيری رازونه پيژني

"Secrets wise men are unacquainted with"

هغه رازونه چي هوښياران ورسره نا اشنا دي

"Very well, let me see what you can do"

ډير ښه، اجازه راکړئ وګورم چي تاسو څه کولی شئ

"In what time will you perform the cure?"

تاسو به په کوم وخت کي درملنه ترسره کوئ؟

"It is impossible to fix the time"

د وخت تنظيم کول ناممکن دي

"Ff course I will begin work immediately"

البته زه به سمدلاسه کار پيل کړم

"But I need your lordship's assistance"

خو زه ستاسو د رب مرستي ته ارتيا لرم

"What help do you require from me?"

ته له ما څخه څه مرسته غواړي؟

"Your lordship will please order a hut"

ستاسو رب به مهرباني وکړي چي يوه کوته وغواړئ

"Have the hut raised on the embankment of the water"

د اوبو په بند باندې کوته جوړه کړئ

"Where your son first caught the disease"

ستاسو زوی لومړی په کوم ځای کي ناروغي ونيوله

"I mean to live in that hut for a few days"

زه غواړم چي په هغه کوته کي د څو ورځو لپاره ژوند وکړم

"And please order some of your servants"

او مهرباني وکړئ خپلو څينو نوکرانو ته امر وکړئ

"They have to be in attendance at a distance"

دوی بايد په فاصله کي حاضر وي

"Tell them to be about a hundred yards away"

دوی ته ووايه چي شاوخوا سل ګزه لري وي

"That way I can call them over when we need them"

په دي توګه زه کولی شم دوی ته زنګ ووهم کله چي مور ورته ارتيا لرو

The king had listened attentively.

پاچا په غور سره غور نيولی و۔

"I will order that to be immediately done"

زه به امر وکړم چي دا سمدلاسه ترسره شي

"Do you want anything else?"

ايا ته بل څه غواري؟

"Those are all the preparations I need"

دا ټول هغه چمتووالی دي چي زه ورته ارتيا لرم

"But let me remind you of the agreement"

خو اجازه راکړئ تاسو ته د ترون يادونه وکړم

"You promised the hand of your daughter"

تا د خپلي لور د لاس ژمنه کړي وه

"And you promised half your kingdom"

او تا د خپلي نيمي سلطنت ژمنه کړي وه

"But I can't marry your daughter"

خو زه ستا له لور سره واده نشم کولی

"Because your daughter has to marry a man"

ځکه چي ستا لور بايد له يو سړي سره واده وکړي

"But I also have a son of marriageable age"

خو زه يو زوی هم لرم چي د واده ور عمر لري

"Allow my son to marry your daughter"

زما زوی ته اجازه ورکړئ چي ستا لور سره واده وکړي

"Allow him to have half of your kingdom"

هغه ته اجازه ورکړئ چي ستاسو د سلطنت نيمايي برخه ولري

The king was agreed with the terms.

پاچا د شرايطو سره موافق و۔

"If you find a cure, he marries my daughter"

که تاسو درملنه وموئ، هغه زما لور سره واده کوي

"And half of my kingdom shall be his"

او زما د سلطنت نيمايي برخه به د هغه وي

A temporary hut was quickly erected.

په چټکی سره يوه لنډمهاله کوټه جوړه شوه۔

The hut was built on the embankment of the water.

کوټه د اوبو په بند باندي جوړه شوي وه۔

And Phakir's mother took up her abode.

او د فاکير مور د هغي استوګنځی واخيست۔

An outpost was also erected at some distance.

پـه يو څه واتن کي يوه پوسته هم جوړه شوه۔

Because the woman might require some attendance.

خُکه چي بنځه ممکن يو څه گدون ته ارتيا ولري۔

Strict orders were given by Phakir's mother.

دفاکير مور سخت حکمونه ورکړل۔

No one was allowed to go near the water.

هيچا ته اجازه نه وه چي اوبو ته نږدي لاړ شي۔

Only she was allowed to stay by the water.

یوازي هغي ته اجازه ورکړل شوه چي د اوبو په غاړه پاتي شي۔

But let us leave Phakir's mother at the water.

خو راځئ چي د فاکير مور په اوبو کي پريږدو۔

Let us hasten down the subterranean palace.

راځئ چي د ځمکي لاندي ماڼۍ ته ژر ورسيږو۔

To see what the prince and the princess are doing.

ددي لپاره چي وگورئ شهزاده او شهزادگۍ څه کوي۔

The princess did want to go up again.

شهزادگۍ غوښتل چي بيا پورته لاړه شي۔

But she now knew that it would be dangerous.

خو اوس هغه پوهيده چي دا به خطرناک وي۔

And she had given up the idea of a fourth visit.

او هغي د څلورمي ليدني نظر پريښود۔

But women generally have greater curiosity.

خو بنځي عموماً ډېره لېوالتيا لري۔

And the princess was no exception to the rule.

او شهزادگۍ هم له دي قاعدي څخه مستثنى نه وه۔

One day her husband was asleep.

یوه ورځ یي میړه ويده وو۔

He always slept after his noonday meal.

هغه تل د غرمي له ډوډۍ وروسته ويده کېده۔

She took the snake-jewel in her hand.

هغي د مار گانه په خپل لاس کي واخيسته۔

And she rushed out of the palace.

او هغه له ماڼۍ څخه په منډه ووته۔

And she came up to the upper world.

او هغه پورته نړۍ ته راغله۔

There was an upheaval in the waters.

په اوبو کي يو لوی توپان راغی۔

And Phakir's mother was on high alert.

او د فاكير مور په ډېر احتياط سره وه۔

She was hiding in the hut.

هغه په كوټه كي پټه وه۔

And she was looking through the chinks.

او هغه د سترګو له لاري كتل۔

The princess saw no human being nearby.

شهزادګۍ نږدي هيڅ انسان ونه ليد۔

So she came to the bank of the water.

نو هغه د اوبو غاړي ته راغله۔

Phakir's mother showed herself outside the hut.

دفاكير مور خان د كوټي څخه بهر ښكاره كړ۔

And she addressed the princess politely.

او هغي شهزادګۍ ته په ادب سره خطاب وكړ۔

"Come, my child, thou queen of beauty"

راشه، زما ماشومه، د ښكلا ملكه

"Come to me, and I will help you to bathe"

ما ته راشه، زه به تا سره د غسل كولو كي مرسته وكرم

So saying, she approached the princess.

دا خبره يي وكره، هغه شهزادګۍ ته نږدي شوه۔

The princess saw she was just an old woman.

شهزادګۍ وليدل چي هغه يوازي يوه زړه ښځه وه۔

So she made no resistance to her offer.

نو هغي د خپل وراندېز په وراندي هيڅ مقاومت ونه كړ۔

The old woman was washing the princess' hair.

بوډۍ ښځه د شهزادګۍ وېښتان مينځل۔

And she noticed the bright jewel in her hand.

او هغي په لاس كي روښنانه ګاڼه وليده۔

"Out the jewel here till you are bathed"

تر هغه چي غسل وكړي، دلته جواهر وباسه

Now the jewel was in the hands of Phakir's mother.

اوس دا ګاڼه د فاكير د مور په لاس كي وه۔

She wrapped the jewel up in a cloth.

هغي جواهر په توكر كي تاو كړ۔

And she wrapped the cloth around her waist.

او هغي توكر د خپل كمر شاوخوا تاو كړ۔

Now the princess was unable to escape.

اوس شهزادګۍ د تېښتي توان نه درلود۔

And Phakir's mother gave the signal.

او د فاکیر مور اشاره ورکړه۔

The attendants rushed to the water.

خدمتگاران اوبو ته منډه کړه۔

And they took the princess captive.

او دوی شهزادگۍ اسیر کړه۔

The news soon reached the city.

خبر دېر ژر ښار ته ورسېد۔

"Phakir's mother had captured a water-nymph"

د فاکیر مور د اوبو یوه شفیه نیولي وه

And the people rejoiced at the news.

او خلک په دې خبر خوشحاله شول۔

All came to see the"daughter of the immortals"

ټول د د تلپاتي لور لیدو ته راغلل

She was brought to the palace.

هغه ماڼۍ ته راوړل شوه۔

And she was brought to the rajah's son.

او هغه د راجه زوی ته راوړل شوه۔

The rajah's son was still of impaired intellect.

د راجه زوی لا هم کمزوری عقل درلود۔

But that cloud on his brain soon dissipated.

خو هغه ورېځ چي د هغه په دماغ کي وه دېر ژر ورکه شوه۔

"I have found you! I have found you!"

ما ته وموندلي۔ما ته وموندلي ۔

His eyes had been vacant and lusterless.

سترگي یې تشي او بې ځلا وي۔

But now his eyes had the fire of intelligence.

خو اوس یې سترگو کي د هوښیاری اور و۔

He had almost lost the use of his tongue.

هغه تقریبا د خپلي ژبي کارول له لاسه ورکړي وو۔

"Now here, now gone!" was all he had been able to say.

اوس دلته، اوس لاړ۔هغه یوازي دومره ویلای شو۔

But this sense too was restored.

خو دا احساس هم بېرته را ژوندی شو۔

The joy of the rajah knew no bounds.

د راجه خوشحالي هیڅ حد نه درلود۔

There was great festivity in the city.

په ښار کي دېر بنه جشن وو۔

The people praised Phakir-Chand's mother.

خلکو د فقیر دچاند د مور ستاینه وکړه۔

And everyone soon expected the marriage.

او هرڅوک ژر د واده تمه درلوده۔

The rajah's son was to wed the water-nymph.

د راجه زوی باید د اوبو له شفیري سره واده وکړي۔

The princess, however, had made a promise.

خو شهزادگۍ ژمنه کړي وه۔

She told Phakir's mother of her promise.

هغي د فاکیر مور ته د خپلي ژمني په اړه ووېل۔

"I won't as much as look at another man"

زه به دومره بل سړي ته ونه گورم

"For one year my vows shall last"

زما ژمني به د یو کال لپاره دوام وکړي

"The marriage cannot happen in that time"

په هغه وخت کي واده نشي کېدای

The rajah's son was somewhat disappointed.

د راجه زوی یو څه مایوسه شو۔

But he readily agreed to the delay.

خو هغه په اسانۍ سره د څنډ سره موافقه وکړه۔

"Delay enhances the sweetness of the pleasure"

څنډ د خوښۍ خوږوالی زیاتوي

Of course the princess spent her time in sorrow.

البته شهزادگۍ خپل وخت په غم کي تېر کړ۔

She spent her days and nights sighing.

هغي خپلي ورځي او شپي په ژړا تېري کړي۔

And she lamented her idle curiosity.

او هغي په خپل بي کاره تجسس افسوس وکړ۔

The curiosity that led her to the upper world.

هغه تجسس چي هغه یي لوري نړي ته ورسوله۔

The curiosity that separated her from her husband.

هغه تجسس چي هغه یي له خپل میړه څخه جلا کړه۔

She thought of her unfortunate husband.

هغي د خپل بدبخته میړه په اړه فکر وکړ۔

She had left him all alone below the waters.

هغي هغه د اوبو لاندي یوازي پرېښود۔

And she wept bitter tears each day.

او هغي هره ورځ ترخي اوښکي ژړلي۔

She wished that she could run away.

هغي غوښتل چي وتښتي.

But that would have been impossible.

خو دا به ناممکنه وه.

Because she was immured within walls.

ځکه چي هغه په دیوالونو کي بنده وه.

And there were walls within the walls.

او د دیوالونو دننه دیوالونه وو.

And what use was getting out the palace?

او له ماڼی څخه د وتلو څه ګټه وه؟

She couldn't get to her husband anyway.

هغه په هرصورت نشوای کولی چي خپل میړه ته ورسیږي.

She didn't have the serpent jewel.

هغي د مار جواهر نه درلود.

The ladies of the palace tried to comfort her.

دماڼی میرمنو هڅه وکړه چي هغي ته تسلیت ورکري.

And Phakir's mother tried to divert her mind.

او د فاکیر مور هڅه وکړه چي د هغي ذهن بلي خوا ته بوځي.

But their efforts were in vain.

خو د دوی هڅي بی ګټي وي.

She took pleasure in nothing.

هغي په هیڅ شی کي خوند نه کاوه.

She hardly spoke to anyone.

هغي ډیر کم له چا سره خبري کولي.

She wept throughout the day.

هغي ټوله ورځ ژړل.

And she wept through the night.

او هغي ټوله شپه ژړل.

The year of her vow was drawing to a close.

دهغي د نذر کال پای ته ورسېد.

But she was still disconsolate.

خو هغه لا هم نا امیده وه.

The marriage, however, had to be celebrated.

خو، واده باید ولمانځل شي.

The rajah consulted the astrologers.

راجه له ستوروپوهانو سره مشوره وکړه.

The day and the hour had been decided.

ورخ او ساعت ټاکل شوی وو۔

The nuptial knot was to be tied.

دواده غوټه باید وتړل شي۔

Great preparations were made.

ډېر بنه چمتووالی نیول شوی و۔

The confectioners were busy day and night.

خوږوونکي شپه او ورځ بوخت وو۔

They prepared all sorts of sweetmeats.

دوی ډول ډول خواږه چمتو کړل۔

Milkmen supplied the palace with tanks of curds.

شیدي ورکوونکو مانۍ ته د شیدو ټانکونه ورکول۔

Great quantities of gunpowder were manufactured.

په لویه کچه بارودي مواد تولید شول۔

There were going to be grand fireworks.

هلته به لوی اورلوبي کېدي۔

Stages were erected everywhere.

هر ځای سټیجونه جوړ شوي وو۔

And musicians were selected to play music.

او موسیقاران د موسیقی غږولو لپاره غوره شول۔

All the city assumed an air of mirth.

ټول ښار د خوښی هوا غوره کړه۔

All looked forward to the festivities.

ټول د جشنونو په تمه وو۔

We must return out attention to the minister's son.

موږ باید د وزیر زوی ته پام واړوو۔

He had left his friend in the subterranean palace.

هغه خپل ملګری په ځمکه لاندي مانۍ کي پرېینود۔

And he had gone to his country.

او هغه خپل هیواد ته تللی و۔

He was bringing horses and elephants.

هغه اسونه او فیلان راوړل۔

And he had with him many attendants.

او ډېر خدمتګاران ورسره وو۔

For the return of the king's son.

دپاچا د زوی د راستنیدو لپاره۔

And for the return of his lovely princess.

او د خپلی ښکلي شهزادګی د راستنیدو لپاره۔

So that the ceremony had due pomp.

ترڅو مراسم په پوره شان او شوکت سره ترسره شي۔

The preparations took him many months.

چمتووالي هغه ته ډېرې مياشتي وخت ورکړ۔

But eventually all was prepared.

خو بالاخره هر څه چمتو شول۔

And the minister's son started on his journey.

او د وزير زوی خپل سفر پيل کړ۔

He was accompanied by a long train of elephants.

له هغه سره د فيلانو يوه اوږده ډله وه۔

And behind the elephants were horses.

او د فيلانو تر شا اسونه وو۔

And all the horses had their own attendants.

او ټولو اسونو خپل خدمتګاران درلودل۔

He reached the water ahead of schedule.

هغه له مهالويش څخه مخکي اوبو ته ورسېد۔

So he had two or three days to spare.

نو هغه دوه يا درې ورځي وخت درلود۔

Tents were pitched in the mango slopes.

دآمو په لمنو کي خيمي ودرول شوي۔

So the men and cattle had accommodation.

نو سړيو او غواګانو د استوګني ځای درلود۔

The minister's son kept his eyes on the water.

دوزير زوی خپلي سترګي په اوبو کي ساتلي۔

The sun of the appointed day sank below the horizon.

دټاکل شوي ورځي لمر د افق لاندي ډوب شو۔

But there was no sign of the prince.

خو د شهزاده هيڅ نښه نه وه۔

Nor did the princess come to the surface.

او نه هم شهزادګۍ سطحي ته راغله۔

He waited two or three days longer.

هغه دوه يا درې ورځي نور انتظار وکړ۔

Still the prince did not make his appearance.

بيا هم شهزاده راڅرګند نه شو۔

What could have happened to his friend?

دهغه ملګري ته څه پيښ شوي وو؟

And where was his beautiful wife?

او د هغه ښکلي ښځه چيرته وه؟

Had another serpent beaten them to death?

ایا بل مار دوی په وهلو سره وژلي وو؟

Possibly the mate of the one that had died.

شاید د هغه چا ملګری چي مر شوی وي۔

Had they somehow lost the serpent-jewel?

ایا دوی په یو ډول د مار جواهر له لاسه ورکری وو؟

Or had they perhaps visited the upper world?

یا شاید دوی پورته نړی ته سفر کری وي؟

And had they been captured in the upper world?

او ایا دوی په پورتنی نړی کي نیول شوي وو؟

Such were the reflections of the prince's friend.

دشهزاده د ملګري انعکاسونه داسي وو۔

The prince's friend was overwhelmed with grief.

دشهزاده ملګری له غمه ډوب شو۔

The waters were quite close to the city.

اوبه بنار ته ډېري نزدي وي۔

And often the sound of music could be heard.

او ډیری وخت د موسیقی غږ اوریدل کیده۔

He asked passers-by what that music meant.

هغه له لاروریانو څخه وپوښتل چي دا موسیقي څه معنی لري۔

He was told about the rajah's son.

هغه ته د راجه د زوی په اړه ووېل شول۔

And he was told of a wonderful young lady.

او هغه ته د یوي ښکلي ځواني میرمني په اړه ووېل شول۔

And he was told they were going to marry.

او هغه ته ویل شوي وو چي دوی به واده وکړي۔

And he was told more about the wonderful lady.

او هغه ته د دي ښکلي میرمني په اړه نور معلومات ورکړل شول۔

She had come out of the waters he was waiting by.

هغه له هغو اوبو څخه راووتله چي هغه ورته انتظار کاوه۔

The marriage ceremony was in two days.

دواده مراسم دوه ورځي وروسته وو۔

The minister's son made the connection.

دوزیر زوی اړیکه ټینګه کړه۔

The wonderful young lady was the wife of his friend.

هغه ښکلي ځوانه ښځه د هغه د ملګري ښځه وه۔

He resolved, therefore, to go into the city.

له همدي امله هغه هوډ وکر چي بنار ته لار شي۔

And he was going to find out all he could.

او هغه به هر هغه څه ومومي چي هغه يي کولی شي۔

If he could, he would rescue the princess.

که هغه کولای شوای، نو شهزادگی به يي وژغورله۔

He told the attendants to go home.

هغه خپلوانو ته وويل چي کور ته لاړ شي۔

And he told them to take the elephants.

او هغه ورته وويل چي فيلان دي ونيسي۔

And he told them to take the horses.

او هغه ورته وويل چي اسونه واخلئ۔

And he himself went to the city.

او هغه پخپله بنار ته لاړ۔

And he took up his abode in the house of a Brahman.

او هغه د يو برهمن په کور کي استوگن شو۔

First, he rested from his journey.

لومړی، هغه له خپل سفر څخه استراحت وکړ۔

Then the prince's friend had his dinner.

بيا د شهزاده ملګري خپله ډوډی وخوړه۔

And then he spoke to the Brahman.

او بيا يي برهمن سره خبري وکړي۔

"Throughout the city there are musicians and bands"

په ټول بنار کي موسيقاران او باندونه شتون لري

"What is the cause of all the celebrations?

د دي ټولو جشنونو لامل څه دی؟

The Brahman was rather surprised.

برهمن ډېر حيران شو۔

"From what part of the world have you come?"

ته د نړی له کومي برخي راغلی يي؟

"What rock have you been living under?"

ته د کومي ډبري لاندي ژوند کوی؟

"Have you not heard the wonderful news?"

ايا تاسو ښنه خبر نه دی اوريدلی؟

"A young lady of heavenly beauty"

د آسماني ښکلا يوه ځوانه ميرمن

"She rose out of the waters"

هغه له اوبو څخه راپورته شوه

"And she is going to the son of our rajah"

او هغه زمونږ د پاچا زوی ته ځي

The prince's friend wanted to know more.

دشهزاده ملګري غوښتل چي نور پوه شي۔

The information could be useful.

معلومات ګټور کیدی شي۔

"I have not heard of this news"

ما د دي خبر په اړه نه دي اوريدلي

"I have come from a distant country"

زه له لري هيواد څخه راغلی يم

"The story has not reached us yet"

کیسه لا تر اوسه موږ ته نه ده رسيدلي

"Will you kindly tell me the particulars?"

مهرباني وکړئ جزييات راته ووایاست؟

The Brahman was happy to relay the story.

بر همن خوشحاله شو چي کیسه یي ورته وکړه۔

"The rajah's son went out hunting"

د راجه زوی ښکار ته تللی و

"It must have been about this time last year"

دا باید تیر کال په همدي وخت کي وي

"They pitched their tents by the waters in the suburbs"

دوی په ښارګوټو کي د اوبو په غاړه خپلي خیمي ودرولي

"One day, the rajah's son was walking near the water"

یوه ورځ، د راجه زوی د اوبو سره نږدي ګرځېده

"On this day, he saw a young woman"

په دي ورځ، هغه یوه ځوانه ښځه ولیده

"I have to mention she was of uncommon beauty"

زه باید ووایم چي هغه غیر معمولي ښکلا وه

"She had risen from the depth of the waters"

هغه د اوبو له ژورو څخه راپورته شوي وه

"She gazed about for a minute or two"

هغي د یوي یا دوو دقیقو لپاره شاوخوا ته وکتل

"And then the beautiful lady disappeared"

او بیا هغه ښکلي ښځه ورکه شوه

"The rajah's son, however, had seen her"

خو د راجه زوی هغه لیدلي وه

"He had been struck by her heavenly beauty"

هغه د هغي آسماني ښکلا ته حیران شوی و

"And so he became desperately enamored by her"

او له همدي امله هغه په هغي باندي په شدت سره مینه پیدا کړه

"Indeed, she had affected him greatly"

په حقيقت کي، هغي پر هغه ډېر اغېز کړى و

"And his mental faculties gave way to passion"

او د هغه ذهني ورتياوي جذبي ته لاره هواره کړه

"He was carried home as a mad man"

هغه د ليوني په توګه کور ته يوړل شو

"He spoke no words except a few"

هغه هيڅ خبري ونه کړي پرته له څو

"'now here, now gone!' was all he said"

اوس دلته، اوس لاړ 'يوازي دا يي وويل '

"The rajah sent for all the best physicians"

راجا ټول غوره ډاکټران راوغوښتل

"They tried to restore his son to reason"

دوی هڅه وکړه چي د هغه زوی عقل ته راستون کړي

"But the physicians were powerless"

خو ډاکټران بي وسه وو

"At last the rajah made a proclamation"

بالاخره راجه اعلان وکړ

"And he had the drum beat around the kingdom"

او هغه په ټوله سلطنت کي ډول وهلی و

"There was a reward for anyone who cured his son"

د هر هغه چا لپاره انعام وو چي خپل زوی يي روغ کړ

"They would become the rajah's son-in-law"

دوی به د راجه زوم شي

"And they would get half the kingdom"

او دوی به نيمه سلطنت تر لاسه کړي

"An old woman answered the call of the drum"

يوي زړي ښځي د ډول غږ ته ځواب ورکړ

"All knew her as Phakir's mother"

ټول هغه د فاکير د مور په توګه پيژني

"She said she could cure the rajah's son"

هغي وويل چي هغه کولی شي د راجه زوی درملنه وکړي

"She had a hut built outside the town"

هغي د ښار څخه بهر يوه کوټه جوړه کړي وه

"In the suburbs, next to the waters"

په ښارګوټو کي، د اوبو تر څنګ

"An in the hut she took her abode"

په هغه کوټه کي چي هغي خپل استوګنځی وکړ

"She also had some huts erected close by"

هغې نږدې خيني کوتي هم جوړي کړي وي

"And in those huts attendants waited"

او په هغو کوتو کې خدمتګاران انتظار کاوه

"In case she might need their help"

که چيري هغه د دوی مرستي ته ارتيا ولري

"It seems the goddess rose from the waters"

داسي بنګاري چي خدايه له اوبو څخه راپورته شوي ده

"Phakir's mother and the attendants seized her"

د فاکر مور او ساتونکو هغه ونيوله

"And they carried her in a palki to the palace"

او دوی هغه په پالکي کي مانی ته يوړه

"The rajah's son saw the water-nymph"

د راجه زوی د اوبو اپسرا وليده

"And he was soon restored to his senses"

او هغه ډير ژر خپل هوش ته راستون شو

"They would have married there and then"

دوی به هلته او بيا واده کړی وای

"But the water goddess had made a vow"

خو د اوبو خدايه نذر ورکړی و

"She wouldn't look at a man for one year"

هغي به د يو کال لپاره سړي ته ونه کتل

"The year of the vow is now over"

د نذر کال اوس پای ته رسيدلی

"The music is from the rajah's palace"

موسيقي د راجه د مانی څخه ده

"This, in brief, is the story"

دا، په لنډه توګه، کيسه ده

The prince's friend could put the story together.

دشهزاده ملګری کولی شي کيسه سره يوځای کړي۔

"a truly wonderful story!"

يوه ربنتيا هم ډېره بنګلي کيسه۔

"So where is Phakir's mother?"

نو د فاکير مور چيرته ده؟

"And where is Phakir-Chand himself?"

او فکير چاند پخپله چيرته دی؟

"Has he received the hand of the rajah's daughter?"

آيا هغه د راجه د لور لاس ترلاسه کړی دی؟

"And has he received half the kingdom?"

او ایا هغه نیمه سلطنت تر لاسه کړی دی؟

The Brahman could also answer these questions.

برهمن هم کولی شي دی پوښتنو ته ځواب ووایی۔

"No, they have not married yet"

نه، دوی لا واده نه دی کړی

"And he doesn't yet have half the kingdom"

او هغه لا تر اوسه نیمه سلطنت نه لري

"And, I should say, he is a dimwitted lad"

او، زه باید ووایم، هغه یو کم عقل هلک دی

"In fact, no one knows where the lad is"

په حقیقت کې، هیڅوک نه پوهیږي چي هلک چیرته دی

"He has been away from home for more than a year"

هغه له یو کال څخه زیات وخت راهیسي له کوره لري دی

"That is his manner," he explained.

هغه تشریح کړه :دا د هغه چلند دی۔

"He stays away for a long time"

هغه د ډیر وخت لپاره لري پاتي کیږي

"And then suddenly he comes home"

او بیا ناڅاپه کور ته راځي

"And then suddenly he leaves again"

او بیا ناڅاپه هغه بیا ځي

"I believe his mother expects him to come soon"

زه باور لرم چي مور یي تمه لري چي هغه ژر راشي

This was very useful information.

دا ډیر ګټور معلومات وو۔

"What is he like?" he asked.

هغه وپوښتل :هغه څنګه دی؟

"And what does he do when he returns home?"

او کله چي کور ته راستون شي نو څه کوي؟

These questions the Brahman could also answer.

دا پوښتنې برهمن هم ځوابولی شي۔

"Well, he is about your height"

ښه، هغه ستا د قد په اره دی

"Though he is somewhat younger than you"

که څه هم هغه ستا څخه یو څه ځوان دی

"He wears a small piece of cloth round his waist"

هغه د خپل کمر شاوخوا یوه کوچنی توته اغوندي

"And he rubs his body with ashes"

او هغه خپل بدن په ايري سره مسح کوي

"He carries the branch of a tree in his hand"

هغه د ونې څانگه په لاس کې لري

"And there is a tune to which he dances"

او يو سندره شته چي هغه پري نڅيږي

"He comes to the door of the hut of his mother"

هغه د خپلي مور د کوټي دروازې ته راځي

"And he sings 'dhoop! dhoop! dhoop!'"

او هغه سندري وايي 'دوپ-دوپ-دوپ ۔

"His articulation is very indistinct"

د هغه خبري ډيري ناڅرگندي دي

"'Come, stay with your mother,' she says"

راشه، له خپلي مور سره پاتي شه، هغه وايي

"And he always gives the same answer"

او هغه تل ورته ځواب ورکوي

"'No, I won't remain,' he says unintelligibly"

نه، زه به پاتي نه شم، 'هغه په ناپوهی سره وايي'

"You should hear him when he wants to say yes"

کله چي هغه غواړي هو ووايي، تاسو بايد هغه واورئ

"To answer in the affirmative he says 'hoom'"

په مثبت ځواب کي هغه 'هوم 'وايي

A flood of light entered the prince's friend.

درنا يو سيلاب د شهزاده ملگري ته ننوت۔

He now saw very well how matters stood.

هغه اوس ډير ښه وليدل چي حالات څنگه ولار دي۔

The princess must have taken the snake-jewel.

شهزادگی بايد د مار گانه اخيستي وي۔

And she must have left the palace alone.

او هغه بايد له مانی څخه يوازي وتلي وي۔

And she was captured without the king's son.

او هغه د پاچا د زوی پرته ونيول شوه۔

Phakir's mother must have the snake-jewel.

دفاکير مور بايد د مار گانه ولري۔

His friend was still below the water.

دهغه ملگری لا هم د اوبو لاندي و۔

The prince had no means of escape.

شهزاده د تيښتي کومه لاره نه درلوده۔

He could imagine his friends desolate state.

هغه د خپلو ملګرو د ویجاړ حالت تصور کولی شو۔

And he could imagine how hopeless he must be.

او هغه تصور کولی شي چي هغه باید څومره نا امید وي۔

The prince's friend was filled with grief.

دشهزاده ملګری له غم څخه ډک و۔

But that was not cause to give up hope.

خو دا د امید پریښودو دلیل نه و۔

Perhaps he could rescue his friend.

شاید هغه خپل ملګری وژغوري۔

"I must get the jewel from the old woman"

زه باید د زړې ښځي څخه زیور ترلاسه کرم

"Can I not do it by personating Phakir-Chand?"

ایا زه دا د فکیر چاند په شخصیت کولو سره نشم کولی؟

"His mother is expecting him soon"

د هغه مور ډېر ژر د هغه په تمه ده

"Maybe I can rescue the princess the same way"

بنایي زه هم په همدي ډول شهزادګی وژغورم

He resolved to act the role of Phakir-Chand.

هغه هوډ وکړ چي د فاکیر-چاند رول ولوبوي۔

In the morning he left the Brahman's house.

سهار هغه د برهمن له کوره ووت۔

And he went to the outskirts of the city.

او هغه د ښار څنډو ته لاړ۔

He divested himself of his usual clothing.

هغه خپل عادي جامي پریښودي۔

Around his waist he put a narrow piece of cloth.

دخپل کمر شاوخوا یي د ټوکر یوه نری ټوټه وغوله۔

The cloth scarcely reached his knees.

ټوکر یي په سختی سره د هغه د زنګونونو ته ورسېد۔

And he rubbed his body well with ashes.

او هغه خپل بدن په ایرو ښه ومینځه۔

And finally he broke some twigs off a tree.

او بالاخره یي د ونی څینی څانګی ماتي کړي۔

And thus he was ready to play his role.

او په دي توګه هغه چمتو و چي خپل رول ولوبوي۔

He went to the door of the hut of Phakir's mother.

هغه د فقیر د مور د کوټی دروازي ته لاړ۔

And he commenced the operation by dancing.

او هغه عملیات د نڅا سره پیل کړل۔

He danced in a most violent manner.

هغه په ډیر تاوتریخوالي سره نڅا وکړه۔

And he sung to the tune of"dhoop! dhoop! dhoop!"

او هغه د دوپ۔دوپ ۔دوپ ۔په سندرو کي سندري وویلي۔

The dancing attracted the notice of the old woman.

نڅا د زړي ښځي پام ځانته راوارراوه۔

The critical moment had come.

مهمه شیبه راورسیده۔

The old woman looked to her door.

زړي ښځي خپلي دروازي ته وکتل۔

"Phakir-Chand, my son, have you come?"

فکر چاند، زما زویه، ته راغلی یې؟

"my darling; the gods have become propitious to us"

زما گرانه؛ خدایان پر مور مهربان شوي دي

Her supposed son uttered the monosyllable, "hoom"

دهغي گومان شوی زوی یو واحد غږ هوم ووایه۔

And he danced more violent than before.

او هغه د پخوا په پرتله ډیر تاوتریخوالی وکړ۔

And he waved the twig in his hand.

او هغه په لاس کي بناخ وښوروه۔

"this time you must not go away"

دا ځل باید لاړ نه شی

"you must remain with me"

ته باید زما سره پاتي شی

"no, I won't remain," said the prince's friend.

دشهزاده ملگري وویل :نه، زه به پاتي نه شم۔

"remain with me," the mother tried again.

زما سره پاتي شه، مور بیا هڅه وکړه۔

"i'll get you married to the rajah's daughter"

زه به تا د راجه لور سره واده کړم

"will you marry, Phakir-Chand?"

فکیر چاند، واده به کوی؟

The minister's son replied—"hoom, hoom"

دوزیر زوی خواب ورکړ ۔ هم، هم

And he danced even more like a madman.

او هغه نور هم د لیوني په څیر نڅا وکړه۔

"will you come with me to the rajah's house?"

آیا ته به زما سره د راجه کور ته راځي؟

"I'll show you a princess of uncommon beauty"

زه به تاسو ته د غیر معمولي ښکلا یوه شهزادګی وښیم

"She rose from the waters"

هغه له اوبو څخه راپورته شوه

"hoom, hoom," was the answer from his lips.

هوم، هوم، د هغه له شونډو څخه ځواب راغی۔

And his feet stomped violently to"dhoop! dhoop!"

او پښې یي په زوره وخوځېدې ډوپ-ډوپ ۔

"Do you wish to see a jewel, Phakir?"

فکر، ایا ته غواړي چي یو جواهر ووینی؟

"The crest jewel of the serpent"

د مار د سر زیور

"The treasure of seven kings"

د اوو پاچاهانو خزانه

"hoom, hoom," was the reply.

هوم، هوم، ځواب وو۔

The old woman went back into the hut.

بوډۍ بنځه بیرته کوټي ته لاړه۔

And she brought out the snake-jewel.

او هغي د مار ګانه راوویسته۔

She put the jewel into the hand of her supposed son.

هغي دا جواهر د خپل ګومان شوي زوی په لاس کي ورکړ۔

The minister's son took the snake-jewel.

دوزیر زوی د مار ګانه واخیسته۔

He wrapped the jewel up in the piece of cloth.

هغه جواهر په توکر کي تاو کړ۔

And he wrapped the cloth around his waist.

او هغه توکر د خپل کمر شاوخوا تاو کړ۔

Phakir's mother was delighted beyond measure.

دفاکیر مور بې کچي خوشحاله وه۔

Her son had come at just the right time.

دهغي زوی په سم وخت راغلی و۔

She went to the rajah's house.

هغه د راجه کور ته لاړه۔

She announced the news of Phakir's appearance.

هغي د فاكير د ظهور خبر اعلان كړ۔

And also in order to show Phakir the princess.

او همدارنګه د فقيرو شهزادګۍ د ښودلو لپاره۔

They were given access to the rajah's palace.

دوى ته د راجه مانۍ ته د ننوتلو اجازه وركړل شوه۔

And all parts of the palace were open to them.

او د مانۍ ټولي برخي د دوى پر مخ خلاصي وي۔

The old woman had saved the rajah's son.

زړي ښځي د راجه زوى ژغورلى و۔

So she was the most important person in the kingdom.

نو هغه په سلطنت كي تر ټولو مهمه كس وه۔

She took her supposed son around the palace.

هغي خپل ګومان شوى زوى د مانۍ شاوخوا بوتلو۔

And she took him to the princess' room.

او هغه يي د شهزادګۍ كوټي ته بوتله۔

Phakir's mother introduced her son to the princess.

دفاكير مور خپل زوى شهزادګۍ ته معرفي كړ۔

You can imagine the princess was not best impressed.

تاسو تصور كولى شئ چي شهزادګۍ تر ټولو ډېره متاثره نه وه۔

She did not appreciate the company of a madman.

هغي د ليوني سري ملګرتيا نه منله۔

A madman, half naked, and covered in ash.

يو ليوني سړى، نيم بربند، او په ايرو پوښل شوى۔

And he kept dancing in a wild manner.

او هغه په وحشي ډول نڅا ته دوام وركړ۔

The three had spent the day together.

دري واړو ورځ يوځاى تېره كړه۔

It was soon going to be sunset.

ډېر ژر به لمر لوېده۔

The woman asked her son to come with her.

ښځي له خپل زوى څخه وغوښتل چي ورسره راشي۔

But the supposed Phakir-Chand refused to comply.

خو فرضي فاكير-چاند د دي خبري منلو څخه انكار وكړ۔

He said he would stay there that night.

هغه وويل چي هغه شپه به هلته پاتي شي۔

His mother tried to persuade him to come with her.

مور يي هڅه وكړه چي هغه قانع كړي چي ورسره راشي۔

But he persisted in his determination.

خو هغه په خپل هود تینگ پاتی شو۔

He said he would remain with the princess.

هغه وویل چی هغه به د شهزادگی سره پاتی شي۔

Phakir's mother went home without him.

دفاکیر مور له هغه پرته کور ته لاړه۔

And she told the guards to look after her son.

او هغی ساتونکو ته وویل چی د هغی د زوی پاملرنه وکړي۔

Eventually all the palace retired to rest.

بالاخره ټول مانی د استراحت لپاره رخصت شوه۔

The supposed Phakir spoke to the princess again.

فرضي فاکیر بیا له شهزادگی سره خبري وکړي۔

But this time he spoke in his own voice.

خو دا ځل یی په خپل غږ خبري وکړي۔

"Princess! do you not recognize me?"

شهزادگی۔ته ما نه پیژني؟

"I am the prince's friend"

زه د شهزاده ملګری یم

"I am the friend of your princely husband"

زه ستا د شهزاده میره ملګری یم

The princess was astonished for a moment.

شهزادگی د یوی شیبی لپاره حیرانه شوه۔

"Who? the prince's friend?"

څوک؟ د شهزاده ملګری؟

"Oh, my husband's best friend"

او، زما د میره تر ټولو ښه ملګری

"Please rescue me from this terrible captivity"

مهرباني وکړئ ما له دی ناوړه بند څخه وژغورئ

"This is worse than death"

دا له مرګ څخه بدتر دی

"All of this is my own fault"

دا ټول زما خپله ګناه ده

"Rescue me, oh please, thou best of friends!"

ما وژغوره، مهرباني وکړئ، ای غوره ملګرو۔

She then burst into tears.

بیا یی په ژړا شوه۔

The prince's friend spoke again.

دشهزاده ملګري بیا خبري وکړي۔

"Do not be disconsolate"

مه مايوسه كيږه

"I will try my best to rescue you"

زه به ستا د ژغورنی لپاره خپله ټوله هڅه وكرم

"I will try to have you out of here tonight"

زه به هڅه وكرم چي نن شپه له دي ځايه وباسم

"But you must do whatever I tell you"

خو ته بايد هغه څه وكړي چي زه يي درته وايم

The princess trusted the prince's friend.

شهزادگی د شهزاده په ملگري باور درلود۔

"I will do anything you tell me"

زه به هر هغه څه وكرم چي ته راته وايي

After this the supposed Phakir left the room.

له دي وروسته فرضي فاكير له كوتي ووت۔

He passed through the courtyard of the palace.

هغه د مانۍ له انگر څخه تېر شو۔

Some of the guards challenged him.

ځينو ساتونكو هغه ته ننگونه وكره۔

"hoom hoom!" he replied.

هم هوم۔هغه ځواب وركړ۔

"I'm just going out for a minute"

زه يوازي د يوي دقيقي لپاره بهر ځم

"And then I will come back again"

او بيا به زه بيرته راشم

They understood that it was the madcap Phakir.

دوی پوه شول چي دا ليونی فاكير دی۔

True to his word he did come back shortly.

دخپلي خبري سره سم، هغه ډېر ژر بيرته راغی۔

And again he went to the princess.

او بيا هغه شهزادگی ته لاړ۔

An hour afterwards he again went out.

يو ساعت وروسته هغه بيا بهر لاړ۔

And again he was challenged by the guards.

او بيا هغه د ساتونكو لخوا ننگول شو۔

He made the same reply as at the first time.

هغه هماغه ځواب وركړ لكه څنگه چي په لومړي ځل يي وركړی و۔

The guards began to talk among themselves.

ساتونكو په خپل منځ كي خبري پيل كړي۔

"This Phakir surely has no sense"

دا فاكير يقينا هيڅ عقل نلري

"He will go out and come in all night"

هغه به ټوله شپه بهر ځي او راځي

"Let us leave him to do what he likes"

راځئ چي هغه پريږدو چي هغه څه وكري چي هغه يي خوښوي

"There's no use guarding him all night"

ټوله شپه د هغه ساتنه هيڅ ګټه نلري

The minister's son had worn down the guards.

دوزير زوی ساتونكي ستړي كړي وو۔

And he was looking for a way to escape.

او هغه د تيښتي لپاره لاره لټوه۔

He kept going in and out until three at night.

هغه د شپي تر دريو بجو پوري دننه او بهر تللو۔

This time there were no guards there.

دا خل هلته ساتونكي نه وو۔

Because all the guards had fallen asleep.

ځكه چي ټول ساتونكي ويده شوي وو۔

He was overjoyed at the auspicious circumstance.

هغه په دي ښه حالت ډير خوښ و۔

Then he went back to the princess.

بيا هغه بيرته شهزادګۍ ته لاړ۔

"Now, princess, is the time for escape"

اوس، شهزادګۍ، د تيښتي وخت دی

"The guards are all asleep"

ساتونكي ټول ويده دي

"You must mount on my back"

ته بايد زما په شا سپور شي

"Tie the locks of your hair round my neck"

زما د غاړي شاوخوا د وينښتانو تسمي وتړئ

"And keep tight hold of me"

او ما ټينګ ونيسه

The princess did what she was asked of.

شهزادګۍ هغه څه وكرل چي تري وغوښتل شول۔

He passed unchallenged through the courtyard.

هغه له انګر څخه بي خنډه تېر شو۔

And he had a lovely burden on his back.

او په شا يی يو ښكلی بار و۔

Eventually he got to the gate of the palace.

بالاخره هغه د مانۍ دروازي ته ورسېد۔

And he went through without being challenged.

او هغه پرته له دي چي ننګونه وشي، بریالی شو۔

Then they went to the outskirts of the city.

بيا دوی د ښار ګُنډو ته لاړل۔

Eventually he reached the outer suburbs.

بالاخره هغه بهرنۍ سيمي ته ورسېد۔

They reached the water from which the princess had risen.

دوی هغه اوبو ته ورسېدل چي شهزادګۍ تري راپورته شوي وه۔

The princess rejoiced at her escape.

شهزادګۍ د خپل تېښتي څخه خوشحاله شوه۔

But she was still trembling with fear.

خو هغه لا هم له وېري لرزېده۔

The prince's friend untied the snake-jewel.

دشهزاده ملګري د مار ګانه خلاصه کړه۔

And together they ascended into the water.

او يوځای يي اوبو ته پورته شول۔

And soon they found back to the subterranean palace.

او دېر ژر دوی بېرته د ځمکي لاندي مانۍ ته ورسېدل۔

You can imagine how happy the prince was.

تاسو تصور کولی شئ چي شهزاده څومره خوشحاله و۔۔

He had nearly died of grief.

هغه نږدي د غم له امله مړ شوی و۔

And you can imagine the princess' happiness too.

او تاسو د شهزادګۍ خوښي هم تصور کولی شئ۔

All the three of them were mad with joy.

دري واړه له خوښۍ ليوني وو۔

For three days they remained in the palace.

دري ورځي دوی په مانۍ کي پاتي شول۔

And they retold the prince the whole story.

او دوی شهزاده ته ټوله کيسه تکرار کړه۔

They told of how the princess was seized.

دوی د شهزادګۍ د نيولو په اړه ووېل۔

They told him of her captivity in the palace.

هغوی ورته په مانۍ کي د هغي د بند په اړه ووېل۔

They described the marriage that was planned.

دوی هغه واده تشريح کړ چي پلان شوی و۔

They told him of the old woman.

دغوی هغه ته د زړی ښځي په اړه وويل.

And they told him all about her Phakir-Chand.

او هغوی ورته د هغي د فکیر ـ چاند په اړه ټول معلومات ورکړل.

They told him how he had impersonated him.

هغوی ورته وویل چي څنګه یي د هغه تقلید کړی و.

And they told him how he freed the princess.

او هغوی ورته وویل چي څنګه یي شهزادګۍ آزاده کړه.

I don't need to tell you how grateful they were.

زه اړتیا نلرم چي تاسو ته ووایم چي دوی څومره منندوی وو.

The prince's friend truly was a good friend.

دشهزاده ملګری په ربنتیا هم یو ښه ملګری وو.

They thanked him in the warmest terms.

دوی په تودو الفاظو له هغه څخه مننه وکړه.

And they vowed to always follow his counsel.

او دوی ژمنه وکړه چي تل به د هغه مشورې تعقیبوي.

They were all resolved to return home.

دوی ټولو هوډ وکړ چي بیرته کور ته ستانه شي.

They wanted to return to their native country.

دوی غوښتل چي خپل اصلي هیواد ته راستانه شي.

The king's son, the minister's son, and the princess.

دپاچا زوی، د وزیر زوی، او شهزادګۍ.

They left the subterranean palace together.

دوی د ځمکي لاندي ماڼۍ یوځای پریښوده.

They lighted the passage with the snake-jewel.

دوی د مار په جواهراتو سره لاره روښانه کړه.

And they made their way to the upper world.

او دوی پورته نړۍ ته لاره پیدا کړه.

They had neither elephants nor horses waiting for them.

دوی نه فیلان درلودل او نه اسونه.

So they had no choice but to travel on foot.

نو دوی بله چاره نه درلوده پرته له دي چي په پښو سفر وکړي.

The two friends had been bred in the lap of luxury.

دا دوه ملګري د عیش او عشرت په غیږ کي لوی شوي وو.

Both of them found walking troublesome.

دواړو ته تګ ستونزمن ښکاریده.

But the princess found it infinitely more troublesome.

خو شهزادگۍ دا بي حده ډېر ستونزمن وموند۔

She was used to even finer treatment.

هغه د لا ښه چلند سره عادت شوي وه۔

The stones of the road were too rough for her.

دسرک ډبري د هغي لپاره ډېري سختي وي۔

And the rough stones wounded her tender feet.

او سختو ډبرو د هغي نرمي پښي ټپي کړي۔

Eventually her feet became very sore.

بالاخره د هغي پښي ډېري درد شوي۔

At times the king's son carried her on his shoulders.

کـله ناکله د پاچا زوی هغه په خپلو اوږو ورله۔

The load he was carrying was of course lovely.

هغه بار چي هغه یي په غاړه درلود، البته ډېر ښنکلی و۔

But although lovely, she was heavy to carry.

خو که څه هم ښنکلي وه، خو د وړلو لپاره یي درنه وه۔

And she could not be carried a great distance.

او هغه ډېر لري نه شي وړل کېدای۔

And therefore she too had to walk often.

او له همدي امله هغه هم باید ډېری وخت قدم وو هي۔

One evening they arrived beneath a tree.

یوه ماښنام دوی د یوي ونې لاندي راغلل۔

There were no visible signs of human habitations.

دانسانانو د استوګني هیڅ ښنکاره نښني نه وي۔

So they decided to make the tree their sleeping place.

نو دوی پریکړه وکړه چي ونې ته خپل د خوب ځای جوړ کړي۔

The prince's friend offered to keep guard.

دشهزاده ملګري د ساتونکي ور اندیز وکړ۔

"Both of you can go to sleep"

تاسو دواړه ویده شئ

"I will keep watch over you both tonight"

زه به نن شپه ستاسو دوارو څارنه کوم

"In order to prevent any danger"

د هر ډول خطر د مخنیوي لپاره

The royal couple soon dozed off.

شاهي جوړه ډېر ژر ویده شوه۔

And they were locked in the arms of sleep.

او دوی د خوب په غېږ کي بند وو۔

The faithful friend of the prince did not sleep.

دشهزاده وفادار ملګری خوب ونه کړ۔

He stayed awake and watched for danger.

هغه ويښ پاتی شو او د خطر په لټه کی و۔

It so happened they camped under a special tree.

دا په داسی حال کی وه چی دوی د يوی ځانګړي وني لاندي خيمه ولګوله۔

In the tree swung the nest of two birds.

په وني کی د دوو مرغیو ځاله وه۔

The immortal birds Bihangama and Bihangami.

تل پاتی مرغۍ بهنګاما او بهانګامي۔

These birds were endowed with human speech.

دا مرغان د انسانانو د خبرو توان درلود۔

And they could also see into the future.

او دوی کولی شي په راتلونکي کي هم وګوري۔

The minister's son listened the bird's conversation.

دوزير زوی د مرغۍ خبري واورېدي۔

He was more than a little astonished at what he heard!

هغه د هغه څه په اورېدو سره لږ څه حيران شو۔

Bihangama: "The prince's friend risked his own life"

بهانګاما :د شهزاده ملګري خپل ژوند په خطر کي واچاوه

"He did everything for the safety of his friend"

هغه د خپل ملګري د خونديتوب لپاره هرڅه وکړل

"But more dangers will befall the king's son"

خو د پاچا زوی به نور خطرونه هم ولري

"And he will find it difficult to save the prince"

او هغه به د شهزاده ژغورل ستونزمن کړي

Bihangami: "Why is that?"

بهانګامي :ولی دا؟

Bihangama: "Many dangers await the king's son"

بهانګاما :ډيری خطرونه د پاچا زوی ته انتظار باسي

"The prince's father will hear of his son's approach"

د شهزاده پلار به د خپل زوی د څلند په اړه واوري

"He will send for him an elephant and some horses"

هغه به ورته يو فيل او څينی اسونه واستوي

"And he will arrange attendants to meet him"

او هغه به د هغه سره د ليدو لپاره خدمتګاران تنظيم کړي

"The king's son will ride the elephant"

د پاچا زوی به په فيل سپور شي

"But he will fall from the back of the elephant"

خو هغه به د فيل له شا څخه راولوپږي
"And he will die from his fall from the elephant"
او هغه به د فيل څخه د لوېدو له امله مر شي
Bihangami: "But suppose someone prevented this?"
ب‌هانګامي: خو فرض کړئ چي يو چا دا مخه ونيوله؟
"Suppose the king's son is not going to ride on the
elephant"
فرض کړئ چي د پاچا زوی به په فيل سپور نه شي
"What might happen if he rides on a horse instead?"
که هغه پر اس سپور شي نو څه به پېښ شي؟
"Will he not in that case be saved?"
ايا په دي صورت کي به هغه وژغورل شي؟
Bihangama: "Yes, in that case he would escape that fate"
ب‌هانګاما: هو، په دي صورت کي به هغه له دي برخليک څخه وژغورل شي
"But then a fresh danger would await him"
خو بيا به يو نوي خطر د هغه په تمه وي
"When the king's son is in sight of his father's palace"
کله چي د پاچا زوی د خپل پلار د ماڼی په مخ کي وي
"When he is in the act of passing through the lion-gate"
کله چي هغه د زمري دروازي څخه د تيريدو په حال کي وي
"In that moment the lion-gate will fall upon him"
په هغه شيبه کي به د زمري دروازه پري راپرېوځي
"And the stones will crush him to death"
او ډبري به هغه ووژني
Bihangami: "But suppose someone gets there first"
ب‌هانګامي: خو فرض کړئ چي يو څوک لومړی هلته ورسيږي
"Suppose someone destroys the lion-gate"
فرض کړئ چي يو څوک د زمري دروازه ويجاړه کړي
"If that happens the king's son couldn't go through the lion-
gate"
که داسي وشي، د پاچا زوی د زمري دروازي له لاري نشي تللی
"Will not the king's son in that case be saved?"
ايا په دي حالت کي به د پاچا زوی وژغورل شي؟
Bihangama: "Yes, in that case he would escape his fate"
ب‌هانګاما: هو، په دي صورت کي به هغه له خپل برخليک څخه وتښتي
"But then a fresh danger would await him"
خو بيا به يو نوي خطر د هغه په تمه وي
"When the king's son reaches the palace"

کله چي د پاچا زوی مانۍ ته ورسیږي

"When he sits at a feast prepared for him"

کله چي هغه په هغه میلمستیا کي ناست وي چي د هغه لپاره چمتو شوې وي

"The head of a fish will be cooked for him"

د هغه لپاره به د کب سر پخه شي

"He will put into his mouth the head of the fish"

هغه به د کب سر په خوله کي واچوي

"But the head of the fish will stick in his throat"

خو د کب سر به یی په ستوني کي بند پاتي وي

"And he will choke to death on the head of the fish"

او هغه به د کب په سر کي ساه بنده کړي

Bihangami: "But suppose someone snatches the fish"

بهانگامي: خو فرض کړئ چي یو څوک کب نیسي

"Suppose someone takes the head of the fish from his plate"

فرض کړئ چي یو څوک د کب سر له خپل پلیټ څخه وباسي

"Suppose he can't put the fish's head in his mouth"

فرض کړئ چي هغه د کب سر په خوله کي نشي اچولی

"Will not the king's son in that case be saved?"

ایا په دي حالت کي به د پاچا زوی وژغورل شي؟

Bihangama: "Yes, in that case he will escape his fate"

بهانگاما: هو، په دي صورت کي به هغه له خپل برخلیک څخه خلاص شي

"But a fresh danger would await him"

خو یو نوی خطر به د هغه په تمه وي

"When the prince and princess retire after dinner"

کله چي شهزاده او شهزادگۍ د ډوډۍ وروسته تقاعد شي

"When they go into their sleeping apartment"

کله چي دوی خپل خوب اپارتمان ته ځي

"They will lie together in bed"

دوی به په بستر کي یوځای پروت وي

"A terrible cobra will come into the room"

یو وحشتناک کوبرا به خوني ته راشي

"And the cobra will bite the king's son to death"

او کوبرا به د پاچا زوی وخوري تر مرگه

Bihangami: "But suppose someone was in the room"

بهانگامي: خو فرض کړئ چي یو څوک په خونه کي و

"Suppose this person was waiting for the snake"

فرض کړئ چي دا سړی د مار په تمه و

"And suppose that this person cuts the snake into pieces"

او فرض کړئ چی دا سری مار توتی توتی کوي

"Will not the king's son in that case be saved?"

ایا په دي حالت کي به د پاچا زوی وژغورل شي؟

Bihangama: "Yes, in that case he will escape his fate"

ب‌هانګاما :هو، په دي صورت کي به هغه له خپل برخلیک څخه خلاص شي

"In that case the life of the king's son will be saved"

په دي صورت کي به د پاچا د زوی ژوند وژغورل شي

"But he who saves him can't repeat these words"

خو هغه څوک چي هغه وژغوري دا خبري نشي تکرارولی

"If he tells his secret he will be turned into marble"

که هغه خپل راز ووایی نو هغه به په مرمر بدل شي

Bihangami: "Can the statue be returned to life?"

ب‌هانګامي :ایا مجسمه بیرته ژوندی کیدی شي؟

Bihangama: "Yes, the marble statue can be restored to life"

ب‌هانګاما :هو، د مرمرو مجسمه بیرته ژوندی کیدی شي

"The princess will give birth to a child"

شهزادګی به ماشوم وزیږوي

"They must wash the statue with the blood of the infant"

دوی باید مجسمه د ماشوم په وینه ومینځي

The prophetical birds had spoken until that point.

تر هغه وختہ پوري د پیغمبری مرغانو خبري کولی۔

But then they were interrupted by the craw of crows.

خو بیا د کارغانو د شور له امله دوی مداخله وکره۔

The eastern sky tinted in a reddish hue.

دختیځ اسمان په سور رنګ رنګ شو۔

And the travelers beneath the tree bestirred themselves.

او د وني لاندي مسافر ځانونه ستري کړل۔

The prophetic conversation came to an end.

دپیغمبری خبري اتري پای ته ورسېدي۔

But the prince's friend had heard everything.

خو د شهزاده ملګري هر څه اوریدلي وو۔

The next morning they continued their journey.

ب‌له سهار دوی خپل سفر ته دوام ورکړ۔

The prince, the princess, and the prince's friend.

ش‌هزاده، شهزادګی، او د شهزاده ملګری۔

Soon they met the king's procession.

ډېر ژر دوی د پاچا له لاریون سره مخ شول۔

There was an elephant, a horse, and a palki.

یو فیل، یو اس او یوه پالکي وه۔

And there was a large number of attendants.

او د حاضرینو ګڼ شمېر وو۔

These animals and men had been sent by the king.

دا څاروي او سړي د پاچا له خوا لیږل شوي وو۔

The king heard his son was with his friend.

پاچا واورېدل چي زوی یي د خپل ملګري سره دی۔

And he had heard that his son had married.

او هغه اوریدلي وو چي زوی یي واده کړی دی۔

And he heard they were not far from the capital.

او هغه واورېدل چي دوی له پلازمیني څخه لري نه دي۔

The elephant had been richly caparisoned.

فیل ډېر ښایه وو۔

The elephant was intended for the prince.

فیل د شهزاده لپاره و۔

The framework of the palki was of silver.

دپالکي چوکاټ د سپینو زرو څخه جوړ شوی و۔

The palki was meant for the princess.

پالکي د شهزادګۍ لپاره وه۔

And the horse was for the prince's friend.

او آس د شهزاده د ملګري لپاره و ۔

The prince was about to mount on the elephant.

شهزاده غوښتل چي په فیل سپور شي۔

But then his friend spoke to him.

خو بیا یي ملګري ورسره خبري وکړي۔

"Allow me to ride on the elephant, please"

مهرباني وکړئ، اجازه راکړئ چي په فیل سپور شم

"And you can ride back on horseback"

او تاسو کولی شئ بیرته په آس سپور شئ

The prince was not a little surprised.

شهزاده لږ حیران نه شو۔

The proposal had been made in a very cold manner.

دا وراندیز په ډېر سړه سینه شوی و۔

Maybe his friend felt a little too entitled.

شاید د هغه ملګري لږ څه ډیر حقدار احساس کړی وي۔

And the king's son was slightly annoyed.

او د پاچا زوی یو څه په غوسه شو۔

But he remembered what his friend had done for him.

خو هغه په ياد درلود چي ملګري يې د هغه لپاره څه کړي وو۔

And he remembered how he saved the princess.

او هغه په ياد ول چي څنګه يي شهزادګۍ وژغورله۔

So he mounted the horse without objecting.

نو هغه پرته له کوم اعتراض څخه په اس سپور شو۔

But his mind became somewhat alienated from him.

خو ذهن يي يو څه له هغه څخه جلا شو۔

The procession towards the capital started again.

دپلازمېني په لور لاريون بيا پيل شو۔

After some time they came in sight of the palace.

څه موده وروسته دوی د مانۍ په نظر کي راغلل۔

The lion-gate had been gaily adorned.

دزمري دروازه په ډېر ښکلي ډول سينګار شوې وه۔

There was a grand reception for the prince.

دشهزاده لپاره يو لوی استقبال وشو۔

And the princess was equally anticipated.

او شهزادګۍ هم په مساوي ډول تمه کېده۔

But the prince's friend seemed to have an objection.

خو د شهزاده ملګري داسي ښکاريده چي اعتراض لري۔

"I want the lion-gate to be broken down"

زه غواړم چي د زمري دروازه ماته شي

The prince was astounded at the proposal.

شهزاده په دي وراندیز حيران شو۔

The request was very out of the ordinary.

غوښتنه ډېره غير معمولي وه۔

And he had given no reason for his demand.

او هغه د خپلي غوښتنۍ لپاره هيڅ دليل نه و وراندي کړی۔

But he remembered all his friend had done for him.

خو هغه ټول هغه څه په ياد درلودل چي ملګري يي د هغه لپاره کړي وو۔

And he remembered how he saved the princess.

او هغه په ياد ول چي څنګه يي شهزادګۍ وژغورله۔

So he complied with the wish of his friend.

نو هغه د خپل ملګري غوښتنه ومنله۔

And the beautiful lion-gate was torn down.

او د زمري ښکلي دروازه ونړول شوه۔

But his mind became even more estranged from him.

خو ذهن يي نور هم له هغه څخه لري شو۔

The procession now went into the palace.

اوس جلوس مانۍ ته لاړ۔

The king gave a warm reception to his son.

پاچا خپل زوی ته تود هرکلی ووایه۔

He welcomed his daughter-in-law equally warmly.

هغه د خپلی نږور هرکلی په ورته ډول وکړ۔

And he was very pleased to see the prince's friend.

او هغه د شهزاده د ملګري په لیدو ډېر خوښ شو۔

The story of their adventures was related.

ددوی د سفرونو کیسه اروندہ وه۔

The king expressed great astonishment at the tale.

پاچا په کیسه ډېره حیرانتیا څرګنده کړه۔

And his courtiers were equally impressed.

او د هغه درباریان هم په مساوي ډول متاثره شول۔

All praised the minister's son's devotion.

ټولو د وزیر د زوی د وفاداری ستاینه وکړه۔

And the ladies of the palace praised the princess.

او د مانۍ میرمنو د شهزادګی ستاینه وکړه۔

The connoisseurs of beauty praised the princess.

دښکلا مینه والو د شهزادګی ستاینه وکړه۔

Her complexion was a mixture of milk and vermilion.

دهغی رنګ د شیدو او سندورو مخلوط و۔

Her neck was like that of a swan.

دهغی غاړه د هوسی په څېر وه۔

Her eyes were like those of a gazelle.

دهغی سترګی د هوسی په څېر وی۔

Her lips were as red as the berry bimba.

دهغی شوندی د بېری بیمبا په څېر سره وی۔

Her cheeks were as lovely as they could be.

دهغی ګالونه هغومره ښکلي وو څومره چی کیدی شي۔

And her nose was straight and high.

او د هغی پوزه مستقیمه او لوړه وه۔

Her hair reached down to her ankles.

دهغی ویښتان تر پښو پوري ورسېدل۔

Her walk was as graceful as that of a young elephant.

دهغی تګ د ځوان فیل په څېر ښکلی و۔

The princess whom destiny had brought to them.

هغه شهزادګی چی تقدیر ورته راوری وه۔

They sat around her wanting to know everything.

دوی د هغي شاوخوا ناست وو او غوښتل يي چي هرڅه وپيژني۔

And they put to her a thousand questions.

او هغوی هغي ته زر پوښتنی وکړي۔

They asked her about her parents.

هغوی د هغي د مور او پلار په اړه وپوښتل۔

They asked her about the subterranean palace.

هغوی له هغي څخه د ځمکي لاندي ماڼۍ په اړه وپوښتل۔

And they asked her all about the serpent.

او هغوی له هغي څخه د مار په اړه ټول پوښتنه وکړه۔

The serpent which had killed all her relatives.

هغه مار چي د هغي ټول خپلوان يي وژلي وو۔

Soon it was time for the new arrivals to dine.

ډېر ژر د نويو راغلو کسانو د ډوډۍ وخت راغی۔

The dinner was served up in dishes of gold.

ډوډۍ د سرو زرو په لوښو کي ورکړل شوه۔

All sorts of delicacies were on the table.

په مېز باندي ډول ډول خوندور خواړه وو۔

The most conspicuous dish was the head of a rohita fish.

تر ټولو مشهور خواړه د روهيتا کب سر وو۔

The large fish's head was placed in a golden cup.

دلوی کب سر په يوه سرو زرو پياله کي کيښنودل شو۔

And the cup was placed near the prince's plate.

او پياله د شهزاده د تختۍ سره نږدې کيښنودل شوه۔

All were eating and retelling the adventure.

ټول يي خوړل او د دي سفر کيسه يي بيا کوله۔

And suddenly the prince's friend snatched the head.

او ناڅاپه د شهزاده ملګري سر ونيو۔

He took the fish's head from the prince's plate.

هغه د شهزاده له پليټ څخه د کب سر واخيست۔

"Let me, prince, eat this rohita's head"

شهزاده، اجازه راکړه چي د دي روهيتا سر وخورم

The king's son was quite indignant.

دپاچا زوی ډېر په غوسه و۔

But he remembered all his friend had done for him.

خو هغه ټول هغه څه په ياد درلودل چي ملګري يي د هغه لپاره کړي وو۔

And he remembered how he saved the princess.

او هغه په ياد ول چي څنګه يي شهزادګۍ وژغورله۔

And so he made no objection to the request.

او له همدي امله هغه د غوښتنی په اړه هيڅ اعتراض ونه کړ۔

But he could not hide his terrible rage.

خو هغه خپل وحشتناک قهر پټ نه شوای کرای۔

Of course the prince's friend noticed this.

البته د شهزاده ملګري دا وليدل۔

But there was nothing else he could have done.

خو هغه بل څه نه شوای کولای۔

His conduct, however strange, was necessary.

دهغه چلند، که څه هم عجيب و، اړين و۔

It was for the safety of his friend's life.

دا د هغه د ملګري د ژوند د خونديتوب لپاره وه۔

Nor could he tell his friend the reason.

او نه هم هغه خپل ملګري ته دليل ويلی شو۔

Else he would be transformed into a marble statue.

که نه نو هغه به د مرمرو په مجسمه بدل شي۔

Soon the dinner was going to be over.

ډېر ژر به ډوډی پای ته ورسېږي۔

The prince's friend had one more request.

دشهزاده ملګري يوه بله غوښتنه درلوده۔

The two friends had spent every night together.

دواړو ملګرو هره شپه يوځای تېره کړه۔

But tonight he wanted to go to his own house.

خو نن شپه هغه غوښتل چي خپل کور ته لاړ شي۔

The prince was also shocked at his strange conduct.

ش‌هزاده هم د هغه په عجيب چلند حيران شو۔

But he remembered all his friend had done for him.

خو هغه ټول هغه څه په ياد درلودل چي ملګري يی د هغه لپاره کړي وو۔

And he remembered how he saved the princess.

او هغه په ياد ول چي څنګه يی شهزادګی وژغورله۔

And he also agreed to this request of his friend.

او هغه هم د خپل ملګري دي غوښتنتي سره موافقه وکړه۔

The prince's friend, however, had other plans.

خو د شهزاده ملګري نور پلانونه درلودل۔

He had no intentions of going to his own house.

هغه خپل کور ته د تګ هيڅ اراده نه درلوده۔

He was resolved to avert the last peril.

هغه هوډ وکړ چي د وروستي خطر مخه ونيسي۔

The last thing to threaten the life of his friend.

وروستی خبره چي د هغه د ملګري ژوند ته ګواښ پېښنوي۔

Accordingly, he took a sword into his hand.

په همدي اساس، هغه توره په لاس کي واخیسته۔

And he stealthily entered the royal room.

او هغه په پټه شاهي خوني ته ننوت۔

The room of the prince and the princess.

دشهزاده او شهزادګی کوته۔

He ensconced himself under the bedstead.

هغه ځان د بستر لاندي پټ کړ۔

The bed was furnished with mattresses of down.

بستر د ښکته رنګه توشکونو سره سینګار شوی و۔

The mosquito curtains were of the richest silk.

دمچیو پردي د خورا ښتمنو ورپنمو څخه وي۔

And all the bedding was laced with gold.

او ټول بسترونه په سرو زرو پوښل شوي وو۔

Soon the prince and princess came into the bedroom.

دپر ژر شهزاده او شهزادګی د خوب خوني ته راغلل۔

They undressed themselves and went to bed.

دوی جامي واغوستي او ویده شول۔

And soon the royal couple were asleep.

او دپر ژر شاهي جوړه ویده شوه۔

At midnight he heard the slithering of a snake.

په نیمه شپه کي یي د مار د ښویېدو غږ واورېد۔

The sound was coming from a water passage.

غږ د اوبو له یوي لاري څخه راغی۔

A snake of gigantic size entered the room.

یو دپر لوی مار کوټي ته ننوت۔

The serpent climbed up the frame of the bed.

مار د بستر چوکاټ ته پورته شو۔

The minister's son rushed out with the sword.

دوزیر زوی توره سره په منډه ووت۔

And he killed the serpent with one blow.

او هغه مار په یوه ګوزار سره ووآژه۔

And then he cut the snake into smaller pieces.

او بیا یي مار په کوچنیو توتو ووِیست۔

He put the pieces in the dish for holding betel-leaves.

هغه توتي د پان د پانو د ساتلو لپاره په لوبني کي واچولي۔

But as he did this, he spilled a drop of blood.

خو کله چي هغه دا کار وکړ، نو د ويني يو څاڅکی يي توی کړ۔

The drop of blood fell on the breast of the princess.

د ويني څاڅکی د شهزادگی په سينه ولوېد۔

Because the mosquito curtains had not been let down.

ځکه چي د مچيو پردي نه وي ښکته شوي۔

He worried for the health of the princess.

هغه د شهزادگی د روغتيا په اړه اندېښمن و۔

The blood might be of some sort of poison.

وينه ممکن د يو ډول زهر وي۔

So he resolved to lick up the blood.

نو هغه هوډ وکړ چي وينه وڅښي۔

But he could not look at the naked princess.

خو هغه بربنډ شهزادگی ته نه شو کتلی۔

It would have been a great sin.

دا به لويه گناه وه۔

So he blindfolded himself with seven-fold cloth.

نو هغه په اووه ټوکری سره سترگي وتړلي۔

And he licked off the drop of blood.

او هغه د ويني څاڅکی وڅتلو۔

But just at this time the princess awoke.

خو په دې وخت کي شهزادگی راوېښ شوه۔

Her scream roused her husband from his sleep.

دهغې چیغي د هغې مېره له خوبه راوېښ کړ۔

And he could not believe what he was seeing.

او هغه په هغه څه باور نه شو کولی چي هغه يي ليدل۔

The prince fell into a great rage.

شهزاده ډېر په غوسه شو۔

And he was prepared to kill his friend.

او هغه د خپل ملگري د وژلو لپاره چمتو و۔

But he gave his friend a chance to speak.

خو هغه خپل ملگري ته د خبرو کولو موقع ورکړه۔

"Please, my friend, restrain your anger"

مهرباني وکړه، زما ملگريه، خپله غوسه کابو کړه

"I have done this only to save your life"

ما دا يوازي ستا د ژوند د ژغورلو لپاره کړی دی

The prince was more confused than before.

شهزاده تر پخوا ډېر مغشوش شو۔

"I do not understand what you mean"

زه ستا مطلب نه پوهيږم

"From the time we came out of the subterranean palace"

له هغه وخته چي موږ د څمکي لاندي ماڼۍ څخه راووتو

"You have been behaving in a most extraordinary way"

تاسو په خورا غير معمولي ډول چلند کاوه

"First, you insisted on riding my elephant"

لومړی، تا زما د فيل د سپرلی ټينګار وکړ

"The elephant my father had sent for me"

هغه فيل چي زما پلار زما لپاره راليږلی و

"I thought it was vain of you to ask"

ما فکر کاوه چي ستا پوښتنه بی ګټي وه

"But I remembered what you had done for me"

خو ما هغه څه په ياد درلودل چي تا زما لپاره کړي وو

"And I decided to let the matter pass"

او ما پريکړه وکړه چي موضوع پريږدم

"And instead I rode back on horseback"

او پرځای يي زه بيرته په آس سپور شوم

"Secondly, you insisted on destroying the lion-gate"

دوهم، تاسو د زمري دروازي په ويجاړولو ټينګار وکړ

"The lion-gate my father had adorned for me"

هغه د زمري دروازه چي زما پلار زما لپاره سينګار کړي وه

"I thought it was strange of you to ask"

ما فکر کاوه چي دا ستا پوښتنه عجيبه وه

"But I remembered what you had done for me"

خو ما هغه څه په ياد درلودل چي تا زما لپاره کړي وو

"And I decided to let the matter pass"

او ما پريکړه وکړه چي موضوع پريږدم

"And I had the lion-gate destroyed"

او ما د زمري دروازه ويجاړه کړه

"Thirdly, at dinner you behaved most shamefully"

دريم، په ډوډۍ کي تاسو خورا شرمناک چلند وکړ

"You snatched the rohita's head from my plate"

تا زما د پليټ څخه د روهيتا سر واخيست

"And you insisted on eating the fish head"

او تا د کب د سر خوړلو ټينګار وکړ

"I thought you felt too entitled"

ما فکر کاوه چي تاسو ډير مستحق احساس کوئ

"But I remembered what you had done for me"

خو ما هغه څه په ياد درلودل چي تا زما لپاره کړي وو

"So I decided to let the matter pass"

نو ما پريکړه وکړه چي موضوع پرېږدم

"You then pretended that you were going home"

بيا تا داسي ښکارولله چي کور ته ځي

"And I was very glad you were going home"

او زه ډېر خوشحاله وم چي ته کور ته ځي

"Because you had made yourself very disagreeable"

ځکه چي تاسو ځان ډېر ناخوښنه کړی و

"And now you are actually in my bedroom"

او اوس ته په حقيقت کي زما په خوب خونه کي يي

"You are bending over the naked bosom of my wife"

ته زما د ميرمني په بربنډ سينه باندي تکيه کوې

"You must have had some evil plan"

تاسو بايد کوم بد پلان درلودی

"And now you pretend you are saving my life"

او اوس ته داسي ښکاري چي زما ژوند ژغورې

"But I don't believe you want to save my life"

خو زه باور نه لرم چي ته زما ژوند ژغورل غواړي

"I believe you want to destroy my wife's chastity"

زه باور لرم چي ته غواړې زما د ميرمني عفت له منځه يوسې

The prince's friend knew how things looked.

دشهزاده ملگري پوهيده چي شيان څنگه ښکاري۔

"Oh, do not harbor such thoughts in your mind"

او، داسي فکرونه په خپل ذهن کي مه ساته

"Please do not think badly against me"

مهرباني وکړئ زما په وراندي بد فکر مه کوئ

"The gods know what I have done"

خدايان پوهيږي چي ما څه کړي دي

"They know I did it to save your life"

دوی پوهيږي چي ما دا ستا د ژوند ژغورلو لپاره کړی دی

"You would see the reasonableness of my conduct"

تاسو به زما د چلند معقوليت وگورئ

"But I don't have liberty to state my reasons"

خو زه د خپلو دلايلو د بيانولو حق نلرم

The prince asked him to explain himself.

شهزاده تری وغوښتل چي ځان تشريح کړي۔

"And why are you not at liberty?"

او ولې ته آزاد نه یې؟

"Who has put a seal upon your mouth?"

چا ستا په خوله مهر لگولی دی؟

And the prince's friend answered.

او د شهزاده ملگري خواب ورکړ۔

"Destiny has put a seal upon my mouth"

تقدیر زما په خوله مهر لگولی دی

"If I told you, I would be transformed into marble"

که ما درته وویل، زه به په مرمر بدل شم

The prince grew angrier with his friend.

شهزاده د خپل ملگري سره نور هم په غوسه شو۔

"You should be transformed into a marble statue!"

ته باید د مرمرو په مجسمه بدل شي۔

"You must take me to be a simpleton"

ته باید ما یو ساده وگڼي

"You can't expect me to believe this nonsense"

تاسو له ما څخه دا تمه نشئ کولی چي په دې بي معنی خبرو باور وکړم

The minister's son made one last request.

دوزیر زوی یوه وروستی غوښتنه وکړه۔

"Do you wish me then, friend, for me to tell you?

نو ملگریه، ته غواړي چي زه درته ووایم؟

"You would make your friend turn into stone?"

ته به خپل ملگری په ډبره بدل کړي؟

The prince wanted to hear the reason.

شهزاده غوښتل چي دلیل یې واوري۔

He did not care about the consequences.

هغه د پایلو پروا نه درلوده۔

"Tell me, or else you are a dead man"

ما ته ووایه، که نه نو ته مړ سړی یې

The prince's friend wanted to clear his name.

دشهزاده ملگري غوښتل چي د هغه نوم پاک کړي۔

He wanted no foul accusations brought against him.

هغه غوښتل چي پر هغه باندي کوم ناوړه تورونه ونه لگول شي۔

And he deemed it his duty to reveal the secret.

او هغه دا خپله دنده وگڼله چي راز افشا کړي۔

Even if this would put his life at risk.

حتی که دا د هغه ژوند په خطر کي واچوي۔

He again warned the prince not to ask him.

هغه بیا شهزاده ته خبرداری ورکړ چي له هغه څخه پوښتنه ونه کړي۔

But the prince remained inexorable.

خو شهزاده بي رحمه پاتي شو۔

The prince's friend then told him his secret.

دشهزاده ملګري بیا هغه ته خپل راز وویل۔

"While sleeping under a lofty tree one night"

یوه شپه د یوې لوړې وني لاندي ویده کیدو پرمهال

"I overheard a conversation between two birds.

ما د دوو مرغیو ترمنځ خبري اتري واورېدي۔

"The prophesizing birds Bihangama and Bihangami"

د نبوت مرغان بهانګاما او بهانګامي

"Bihangama predicted all the dangers in your life"

بهنګاما ستاسو په ژوند کي د ټولو خطرونو وراندوینه کړي وه

"First the bird predicted your father would send an elephant"

لومړی مرغۍ وراندوینه وکړه چي ستا پلار به فیل واستوي

"The bird said you would fall from the elephant"

مرغۍ وویل چي ته به له فیل څخه ولوېږي

"And the bird said you would die from the fall"

او مرغۍ وویل چي ته به د مني له امله مړ شي

At this point the minister's son's legs turned to stone.

په دې وخت کي د وزیر د زوی پنډۍ په ډبرو بدلي شوې۔

"See? my legs have already turned to stone"

وګوره؟ زما پنډۍ لا دمخه په ډبرو بدلي شوي دي

"Go on with your story," said the prince.

ش‍هزاده وویل :خپلي کیسي ته دوام ورکړه۔

And the prince's friend continued the story.

او د شهزاده ملګري کیسه ته دوام ورکړ۔

"The bird said the lion-gate would be gaily decorated"

مرغۍ وویل چي د زمري دروازه به په خوبنۍ سره سینګار شي

"And the bird said the lion-gate would collapse on you"

او مرغۍ وویل چي د زمري دروازه به ستا په سر ونړېده

"If the lion-gate had fallen on you, you would have died"

که چیري د زمري دروازه په تا ولوېدلي وای، نو ته به مړ شوی وای

At this point the minister's son's torso turned to stone.

په دې وخت کي د وزیر د زوی بدن په ډبره بدل شو۔

But the prince insisted the minister's son continues.

خو شهزاده ټينګار وکړ چي د وزير زوی دي دوام ورکړي۔

"Go on with your story," said the prince.

شهزاده وویل :خپلي کيسي ته دوام ورکړه۔

"The bird said there would be the head of a fish"

مرغۍ وویل چي د کب سر به وي

"And the bird predicted you would choke on the fish"

او مرغۍ وړاندوینه وکړه چي ته به د کب په خوړلو سره ساه بنده کړي

Now his head was the only thing not of stone.

اوس د هغه سر یوازینی شی و چي د ډبري نه و۔

"See? my whole body has turned to stone"

وګوره؟ زما ټول بدن په ډبره بدل شوی دی

"If I continue, I will become a man of stone"

که زه دوام ورکړم، زه به د ډبري سړی شم

"Do you wish me to tell the rest"

ایا ته غواړي چي پاتي نور راته ووایم

"Go on with your story," said the prince.

شهزاده وویل :خپلي کيسي ته دوام ورکړه۔

"Very well, I will go on to the end"

ډیر ښه، زه به پای ته لاړ شم

"But you may repent after I tell you"

خو کېدای شي وروسته له دي چي زه درته ووایم، توبه وباسي

"And you may wish to restore me to life"

او تاسو ممکن وغواړئ چي ما بیرته ژوندی کړئ

"I will tell you how to reverse the spell"

زه به تاسو ته ووایم چي څنګه جادو بیرته راګرځوئ

"In a few months the princess will bear a child"

په څو میاشتو کي به شهزادګی ماشوم وزیږوي

"Wait for the birth of the child"

د ماشوم د زیږون انتظار وکړئ

"Besmear my statue with the infant's blood"

زما مجسمه د ماشوم په وینه پوش کړئ

"Only then will I be restored back to life"

یوازي بیا به زه بیرته ژوندی شم

The last word left his lips, and he turned to stone.

وروستی خبره یی له ښوندو ووته، او هغه په ډبره بدل شو۔

The princess jumped out of bed.

شهزادګی له بستره راپنکته شوه۔

She opened the vessel for betel-leaves and spices.

هغې د سپتیو پانو او مصالحو لپاره لوبنی خلاص کړ۔

And she saw the pieces of a serpent.

او هغې د مار توتی ولیدلي۔

The prince and the princess were now convinced.

ش‌هزاده او شهزادگی اوس قانع شول۔

They saw the good faith of their departed friend.

دوی د خپل ورک شوي ملگري بنه نیت ولید۔

They saw the benevolence of his actions.

دوی د هغه د کړنو سخاوت ولید۔

They went to the marble statue.

دوی د مرمرو مجسمی ته لارل۔

But the statue of their friend was lifeless.

خو د دوی د ملگري مجسمه بی جانه وه۔

They let out a loud cry lamentation.

هغوی په لور غږ د ژړا چیغه وکړه۔

But their cries were to no purpose.

خو د دوی چیغي بی ګټي وي۔

Because the statue was not moved by tears.

ځکه چي مجسمه د اوښنکو له امله نه وه خوځېدلي۔

The prince and princess knew what they had to do.

ش‌هزاده او شهزادگی پوهېدل چي څه باید وکړي۔

They concealed the marble figure in a safe place.

دوی د مرمرو مجسمه په یوه خوندي ځای کي پټه کړه۔

And they waited for the birth of their child.

او دوی د خپل ماشوم د زیږون انتظار کاوه۔

In process of time the hour came.

د وخت په تیریدو سره ساعت راغی۔

The princess's travail had arrived.

د شهزادگی د درد وخت راورسېد۔

The princess bore a beautiful boy.

ش‌هزادگی یو بنکلی هلک وزیږراوه۔

The child was the perfect image of his mother.

ماشوم د خپلي مور بشپړ انځور وو۔

The beauty of their child was striking.

د دوی د ماشوم بنکلا حیرانونکي وه۔

And they were in awe of him.

او هغوی له هغه څخه په ویره کي وو۔

They would have spared his life.

دوی به د هغه ژوند ژغورلی وای.
But they remembered their best friend.

خو دوی خپل غوره ملګری یاد کړ.
They remembered all he had done for them.

دوی ټول هغه څه په یاد درلودل چي هغه د دوی لپاره کړي وو.
But now he was a lifeless stone.

خو اوس هغه بی جانه ډبره وه.
And they remembered the vows they had made.

او هغوی هغه ژمني را په یاد کړي چي کړي یی وي.
And they cut the child into two.

او دوی ماشوم دوه ټوټي کړ.
They besmeared the statue with the child's blood.

هغوی مجسمه د ماشوم په وینو ککړه کړه.
And their friend became animated back to life.

او د دوی ملګری بیرته ژوند ته متحرک شو.
They were glad to see him alive again.

دوی خوشحاله شول چي هغه بیا ژوندی ولید.
But the prince's friend was overwhelmed with grief.

خو د شهزاده ملګری له غم څخه ډوب شو.
Because he saw the new-born in a pool of blood.

ځکه چي هغه نوی زیږیدلی ماشوم د وینو په ډنډ کي ولید.
So he picked up the dead infant.

نو هغه مړ ماشوم پورته کړ.
He carefully wrapped the child in a towel.

هغه ماشوم په ډیر احتیاط سره په تولیه کي تاو کړ.
And he resolved to get the child restored to life.

او هغه هوډ وکړ چي ماشوم بیرته ژوندی کړي.
He consulted all the physicians of the country.

هغه د هیواد له ټولو ډاکټرانو سره مشوره وکړه.
They all told him the same thing.

ټولو ورته خبره وکړه.
A cure can be found for any illness.

دهري ناروغۍ لپاره درمل موندل کیدی شي.
But life requires the spark of life.

خو ژوند د ژوند څراغ ته ارتیا لري.
When the spark is gone, it is beyond their jurisdiction.

کله چي سپرغۍ ورکه شي، نو دا د دوی د واک څخه بهر ده.
And so they had to go on with their lives.

او له همدي امله دوی باید خپل ژوند ته دوام ورکړي۔

Eventually the prince's friend returned to his wife.
بالاخره د شهزاده ملګری خپلي میرمني ته راستون شو۔

She was a devoted worshipper of the goddess kali.
هغه د کالي دیوي یوه وفاداره عبادت کوونکي وه۔

She was the only one who could return life.
هغه یوازینی وه چي ژوند یي بیرته راګرځولی شو۔

His wife was living in a distant town.
دهغه ښڅه په یوه لري ښار کي اوسېده۔

So he set out on a journey to the town.
نو هغه ښار ته په سفر روان شو۔

His wife still lived in her father's house.
دهغه ښڅه لا هم د خپل پلار په کور کي اوسېده۔

Adjoining the house there was a garden.
دکور تر څنګ یو باغ وو۔

And in the garden there was a tree.
او په باغ کي یوه ونه وه۔

The child had been stored in that tree.
ماشوم په هغه وني کي ساتل شوی و۔

His wife was overjoyed to see her husband.
دهغه ښڅه د خپل میره په لیدو ډیره خوشحاله شوه۔

She had not seen him for a long time.
هغي ډېر وخت هغه نه و لیدلی۔

But she was surprised when she saw him.
خو کله چي هغي هغه ولید نو حیرانه شوه۔

Her husband was very melancholy that day.
دهغي میره په هغه ورځ ډېر خپه و۔

He spoke very little to his wife.
هغه له خپلي میرمني سره ډېري لږي خبري کولي۔

And his wife knew that he was not himself.
او د هغه میرمن پوهیده چي هغه پخپله نه و۔

He was brooding over something in his mind.
هغه په خپل ذهن کي د یو څه په اړه فکر کاوه۔

She asked the reason for his melancholy.
هغي د هغه د خپګان لامل وپوښت۔

But he kept quiet, and wouldn't tell her.
خو هغه غلی شو، او ورته یي ونه ویل۔

One night they were lying together in bed.

یوه شپه دوی په بستر کی یوځای پراته وو۔

The wife got up and left the marital bed.

ښځه پورته شوه او د واده له بستره ووته۔

She opened the door and went into the garden.

هغی دروازه خلاصه کړه او باغ ته لاړه۔

Her husband had not been able to sleep well.

دهغی میره ښنه خوب نه شو کولی۔

Therefore he awoke from the movement of his wife.

له همدي امله هغه د خپلی میرمنی د حرکت څخه راویښ شو۔

He heard her leave in the dead of the night.

هغه د شپی په تیاره کی د هغی د وتلو غږ واورېد۔

And he was determined to follow her.

او هغه هوډ درلود چی د هغی تعقیب وکړي۔

But he was also determined not to be noticed.

خو هغه دا هم هوډ درلود چی پام یی ونه شي۔

She went to a temple of the goddess kali.

هغه د کالي دیوی معبد ته لاړه۔

The temple was at no great distance from her house.

معبد د هغی له کور څخه ډیر لري نه و۔

She worshipped the goddess with flowers.

هغی د گلونو سره د خدای عبادت وکړ۔

And she worshiped the goddess with sandal-wood perfume.

او هغی د صندل لرگي عطر سره د خدای عبادت وکړ۔

"Oh mother kali! have mercy upon me"

ای موري کالي په ما رحم وکړه

"Deliver me out of all my troubles"

ما له ټولو ستونزو څخه وژغوره

The goddess replied to the woman.

خدای ښځی ته ځواب ورکړ۔

"Why, what further grievance have you?

ولی، نور څه شکایت لري؟

"You long prayed for the return of your husband"

تا د خپل میره د بیرته راستنیدو لپاره ډیر وخت دعا وکړه

"And your prayers have been answered"

او ستاسو دعاگاني ځواب شوی دي

"Your husband has returned to you"

ستا میره بیرته ستا خوا ته راغلی دی

"So then, what ails thee now?"

نو نو اوس ستا څه ناروغي ده؟

The woman answered the goddess.

ښځي خداى ته ځواب وركړ۔

"True, oh mother, my husband has come to me"

رښتیا ده، او موري، زما میړه ماته راغلی دی

"But he has come to me in a melancholy mood"

خو هغه زما سره په غمجن حالت کي راغلی دی

"He hardly speaks to me when I speak to him"

کله چي زه ورسره خبري کوم، هغه ډېر کم له ما سره خبري کوي

"He takes no delight in me when he is with me"

کله چي هغه زما سره وي نو هغه زما څخه خوښ نه کیږي

"All he does is sit melancholy in a corner"

هغه یوازي په یوه کونج کي غمجن ناست دی

The goddess replied to her devotee.

خداى خپل عبادت کوونکي ته ځواب وركړ۔

"Ask your husband why he feels melancholy"

له خپل میړه څخه وپوښتئ چي ولي هغه ځپه احساس کوي

"When he tells you, let me know the reason"

کله چي هغه تاسو ته ووایي، دلیل یې راته ووایه

The minister's son overheard the conversation.

دوزیر زوی خبري واورېدې۔

But he stayed unnoticed by the goddess.

خو هغه د خداى له پامه ونه غورځول شو۔

And his wife did not notice him either.

او د هغه میرمني هم هغه ته پام ونه کړ۔

He quietly slunk away before his wife.

هغه په خاموشۍ سره د خپلي میرمني په وراندې وخوښېد۔

And he returned back to bed before her.

او هغه بېرته د هغې په مخکي بستر ته راغی۔

The following day the wife asked her husband.

بله ورځ ښځي له خپل میړه څخه وپوښتل۔

"My dear husband, why are you in a melancholy mood?"

زما ګرانه میړه، ولي ته په خپګان کي یې؟

Her husband retold the whole story.

دهغې میړه ټوله کیسه بیا وکړه۔

He told her about the jewel serpent.

هغه هغې ته د جواهراتو مار په اړه وویل۔

He told her about the subterranean palace.

هغه هغي ته د خُمکي لاندي ماڼی په اړه وويل۔

He told her about the princess being captured.

هغه هغي ته د شهزادگۍ د نيول کېدو په اړه وويل۔

He told her how he freed the princess.

هغه ورته وويل چي څنگه يي شهزادگۍ آزاده کړه۔

And he told her about Bihangama and Bihangami.

او هغه ورته د بهانگاما او بهانگامي په اړه وويل۔

He told her how he had turned to stone.

هغه ورته وويل چي څنگه هغه ډبره شوه۔

And he told her how he was returned back to life.

او هغه ورته وويل چي څنگه بيرته ژوند ته راستون شو۔

So he told her also about the killing of the child.

نو هغه ورته د ماشوم د وژني په اړه هم وويل۔

That night his wife left the bed again.

په هغه شپه يي ميرمن بيا له بستره ووته۔

And she returned to the goddess kali's temple.

او هغه د کالي الهی معبد ته راستنه شوه۔

And she told the goddess of her husband's melancholy.

او هغي د خپل ميره د خفگان په اړه خدای ته وويل۔

The goddess listened intently to what was said.

خدايه په غور سره هغه څه واورېدل چي ويل کېدل۔

"Bring the child here and I will restore it to life"

ماشوم دلته راوړئ او زه به يي بيرته ژوندی کړم

The next night she left the marital bed again.

بله شپه هغه بيا د واده له بستره ووته۔

She went to the tree in the garden.

هغه په باغ کي وني ته لاړه۔

And she took the child from the tree.

او هغي ماشوم له وني څخه واخيست۔

And she took the child to the goddess kali.

او هغي ماشوم د کالي الهي ته بوتلو۔

And the goddess kali returned the child back to life.

او کالي خدای ماشوم بيرته ژوندی کړ۔

The prince's friend was entranced with joy.

دشهزاده ملگری په خوښۍ سره ډوب شو۔

He picked up the reanimated child.

هغه بيا ژوندی شوی ماشوم پورته کړ۔

And he ran as fast as he could to his friend.

او هغه څومره چي کولی شوای خپل ملګري ته په چټکي سره منډه کړه۔

And he gave him his child, alive and well.

او هغه خپل ماشوم ژوندی او روغ رمټ ورکړ۔

They all rejoiced with exceedingly great joy.

هغوی ټول په ډېره ډېره خوشحالی سره خوشحاله شول۔

And they lived together happily till the day of their death.

او دوی د خپل مرګ تر ورځي پوري په خوښۍ سره يوځای ژوند کاوه۔

The Indignant Brahman
ناراضه برهمن

There was once a poor Brahman.

یو وخت یو غریب برهمن وو۔

This poor Brahman had a wife.

دې بې وزله برهمن یوه ښځه درلوده۔

And he also had four children.

او هغه هم څلور ماشومان درلودل۔

He was a very poor man.

هغه ډېر غریب سړی و۔

And he had no resources in the world.

او هغه په نړۍ کې هیڅ سرچینه نه درلودي۔

He lived from the charity of others.

هغه د نورو له خیرات څخه ژوند کاوه۔

During marriages he earned well.

دواده په جریان کې هغه ښه عاید درلود۔

And he earned well during funerals.

او هغه د جنازو په مراسمو کې ښه عاید ترلاسه کړ۔

But his parishioners did not marry daily.

خو د هغه پیروانو هره ورځ واده نه کاوه۔

And they did not die every day either.

او هغوی هم هره ورځ نه مړه کېدل۔

It was difficult to make the two ends meet.

ددوارو پایونو سره یوځای کول گران وو۔

His wife often rebuked him.

دهغه میرمن ډېری وخت هغه ملامتوله۔

"Why can you not support me?"

ولې زما ملاتړ نه شي کولای؟

"Our children run around naked"

زموږ ماشومان لوڅ گرځي

"And they suffer from hunger"

او دوی له لوږې رنځ وري

Though poor, he was a good man.

که څه هم غریب وو، خو ښه سړی وو۔

And he was diligent in his devotions.

او هغه په خپلو عبادتونو کې ډېر محنتي وو۔

Every day he said his prayers.

هره ورځ به یې خپلې دعاګانې کولې.

He prayed at the same time each day.

هغه هره ورځ په ورته وخت کې دعا کوله.

His tutelary deity was the Goddess Durga.

دهغه سرپرسته معبوده درګا وه.

She is the consort of Shiva.

هغه د شیوا ملګري ده.

She is the creative energy of the universe.

هغه د کایناتو تخلیقي انرژي ده.

Every day he wrote the name of Durga.

هره ورځ به یې د دورګا نوم لیکلو.

He wrote the name in red ink.

هغه نوم په سره رنگ ولیکه.

At least one hundred and eight times.

لږ تر لږه یو سل او اته ځله.

He did not drink or eat till he did this.

تر هغه چې دا کار یې نه وي کړی، نه یې څښاک وکړ او نه یې وخوړ.

throughout the day he uttered prayers.

ټوله ورځ یې دعاګانې کولې.

"O Durga! have mercy upon me"

ای دورګا.په ما رحم وکړه

He prayed whenever he felt anxious.

هغه به هر کله چې اندېښنه احساسوله دعا به یې کوله.

And he often felt anxious.

او هغه ډېری وخت اندېښنمن احساس کاوه.

Because he lived in poverty.

ځکه چې هغه په غربت کې ژوند کاوه.

He prayed when his worries were too much.

هغه به دعا کوله کله چې یې اندېښنې ډېرې وي.

And there were many things he worried about.

او ډېر داسي شیان وو چې هغه یې په اړه اندېښنمن و.

He worried about his wife and children.

هغه د خپلي میرمني او ماشومانو په اړه اندېښنمن و.

And he worried about supporting them.

او هغه د دوی د ملاتړ په اړه اندېښنمن و.

One day he was very sad.

یوه ورځ هغه ډېر غمجن و.

On this day he went to a forest.

په دي ورځ هغه ځنګل ته لاړ۔

The forest was far outside the village.

ځنګل د کلي څخه ډېر لري و۔

He let out all his grief.

هغه خپل ټول غمونه پرېښنودل۔

And he wept bitter tears.

او هغه ترخي اوښکي وژرلي۔

"O Durga! O Mother Bhagavati!"

اي دورګا۔او مور بهګاوتي ۔

"Please put an end to my misery?"

مهرباني وکړئ زما بدبختي پای ته ورسوئ؟

"I wish I were alone in the world"

کاشکي زه په نړۍ کي يوازي وای

"Then my poverty wouldn't worry me"

بيا به زما غربت ما اندېښنمن نه کړي

"But thou hast given me a wife"

خو تا ماته ښځه راکره

"And my wife has given me children"

او زما ميرمني ماته ماشومان راکړي دي

"O Mother, I beg of you"

ای موري، زه ستا څخه بخښنه غواړم

"Give me the means to support them"

ما ته د هغوی د ملاتړ لپاره وسايل راکړئ

Shiva and his wife Durga happened to be there.

شيوا او د هغه ميرمن دورګا په اتفاق سره هلته وو۔

They were taking their morning walk.

دوی سهار وختي ګرځېدل۔

The Goddess Durga saw the Brahman at a distance.

ديوی دورګا برهمن له لري واتن څخه وليد۔

"O Lord of Kailas, do you see that Brahman?"

اي د کيلاش څښتنتنه، ته هغه برهمن ويني؟

"He is always taking my name on his lips"

هغه تل زما نوم په خپلو شونډو اخلي

"He prays I deliver him from his troubles"

هغه دعا کوي چي زه يي له ستونزو څخه وژغورم

"Can we not do something for the poor Brahman?"

ايا موږ د غريب برهمن يو لپاره يو څه نشو کولی؟

"He is oppressed with many cares"

هغه د ډیرو پرواوو سره مظلوم دی

"And he deeply cares for his growing family"

او هغه د خپلي مخ پر ودي کورنۍ لپاره ژوره پاملرنه کوي

"We should make his life more comfortable"

مونږ باید د هغه ژوند ډیر آرام کرو

"Because the poor man never has enough to eat"

ځکه چي غریب سړی هیڅکله د خوړلو لپاره کافي نه لري

"And his family doesn't have enough to eat either"

او د هغه کورنۍ هم د خوړلو لپاره کافي خواړه نه لري

"Let us give him a pot"

راځئ چي هغه ته یو لوښی ورکرو

"A pot with an infinite supply of murukku"

یو لوښی چي د مورکو لامحدود عرضه لري

The divine consort was right.

دالهي ملګري خبره سمه وه۔

The Lord of Kailas agreed to the proposal.

دکیلاش څبنتن د دې وراندیز سره موافقه وکړه۔

On the spot he created a magical pot.

په ځای کې یي یو جادویی لوښی جوړ کړ۔

Durga went to the poor Brahman.

دورگا غریب برهمن ته لاړه۔

"O Brahman! My loyal devotee"

ای برهمن زما وفادار عقیدتمند

"I have often thought of your pitiable case"

ما ډیری وخت ستاسو د خواشینی قضیي په اړه فکر کړی دی

"Your repeated prayers have moved my compassion"

ستاسو تکراري دعاگانو زما رحم راپارولی دی

"Here is a pot for you"

دلته ستا لپاره یو لوښی دی

"You must turn the pot upside down"

تاسو باید لوښی پورته کړئ

"And then you must shake the pot"

او بیا تاسو باید لوښی وخوخوئ

"The finest murukku will pour out"

غوره مورکو به راووځي

"The murukku will keep pouring out forever"

مورکو به د تل لپاره تویبیري

"Until you put the pot upright again"

تر هغه چي تاسو لوښی بیا مستقیم نه کرئ

"You can eat as much murukku as you like"

تاسو کولی شئ هر څومره چي وغواړئ مورکو وخورئ

"Your wife and children will hunger no more"

ستاسو میرمن او ماشومان به نور وږي نه وي

"And you can sell the murukku if you like"

او که تاسو غواړئ، تاسو کولی شئ موړکو وپلورئ

The Brahman was delighted beyond measure.

برهمن له اندازي ډیر خوښ شو۔

He had received a truly valuable treasure.

هغه په رښتیا هم یوه ارزښتناکه خزانه ترلاسه کړي وه۔

He made his deepest obeisance to the goddess.

هغه خدای ته خپله ژوره سجده وکړه۔

And he expressed his eternal gratefulness.

او هغه خپله تلپاتي مننه څرگنده کړه۔

The Brahman had started walking home.

برهمن کور ته په لاره روان و۔

But first he had to test his magical pot.

خو لومړی هغه باید خپل جادویی لوښی وازمایی۔

He wanted to see if the pot really worked.

هغه غوښتل چي وگوري چي آیا دا لوښی په رښتیا کار کوي۔

He turned the pot upside down.

هغه لوښی پورته کړ۔

And he shook the pot, as instructed.

او لکه څنگه چي لارښوونه شوي وه، هغه لوښی وخوځاوه۔

Lo and behold! The pot really did work.

وگوره۔دي لوښي په رښتیا هم کار وکړ۔

The finest murukku fell to the ground.

تر ټولو غوره موړکو په ځمکه ولوېد۔

He tied the sweetmeat in his sheet.

هغه خواږه په خپل چادر کي وتړل۔

And he walked on, towards his village.

او هغه د خپل کلي په لور روان شو۔

By noon the Brahman had gotten hungry.

تر غرمي پوري برهمن وږی شوی و۔

But he could not eat without his ablutions.

خو هغه پرته له اوداسه نه شو خوړلی۔

First, he had to say his prayers.

لومړی، هغه باید خپلي دعاګاني وکړي۔

There was an inn on his way.

په لاره کي يو سرائے وو۔

Close to the inn there was a water tank.

دهوټل سره نږدې د اوبو ټانک و۔

So, he intended to halt there.

نو، هغه اراده وکړه چي هلته ودرېږي۔

In order to bathe and say his prayers.

دغسل کولو او لمونځ کولو لپاره۔

After this he could eat all the murukku.

له دې وروسته هغه کولی شو چي ټول مورکو وخوري۔

The Brahman sat at the innkeeper's shop.

برهمن د سرائے مالک په دوکان کي ناست و۔

The shopkeeper was smoking tobacco.

دوکاندار تمباکو څکول۔

He put the pot near the shopkeeper.

هغه لوښی دوکاندار ته نږدې کېښود۔

And he asked him to look after the pot.

او هغه له هغه څخه وغوښتل چي د لوښي څارنه وکړي۔

"Please take special care of this pot"

مهرباني وکړئ د دې لوښي ځانګړي پاملرنه وکړئ

"I must bathe and say my prayers"

زه باید غسل وکړم او لمونځ وکړم

"Please look after this pot for me"

مهرباني وکړئ زما لپاره دا لوښی وساتئ

"Make sure nothing happens to this pot"

ډاډ تر لاسه کړئ چي دې لوښي ته هيڅ نه پېښيږي

He thought it was a strange request.

هغه فکر کاوه چي دا يوه عجيبه غوښتنه وه۔

But he agreed to look after the pot.

خو هغه موافقه وکړه چي د لوښي ساتنه وکړي۔

And the Brahman gave him the pot.

او برهمن هغه ته لوښی ورکړ۔

He besmeared his body with mustard oil.

هغه خپل بدن د سري په تيلو ومينځه۔

And he went to do his ablutions.

او هغه د اودس کولو لپاره لاړ۔

The innkeeper grew curious about the pot.

دسرائے مالک د لوښي په اړه ليواله شو۔

"This pot must have something valuable in it"

دا لوښی باید په کي يو څه ارزښتناکه شی ولري

"Why else would he be so careful?"

که نه نو ولي به دومره محتاط وي؟

His curiosity had been excited.

دهغه تجسس ډېر زيات شوی و۔

So, he opened the pot.

نو، هغه لوښی خلاص کړ۔

To his surprise the pot was empty.

دهغه د حيرانتيا لپاره لوښی خالي و۔

"What can be the meaning of this?"

د دي معنی څه کېدای شي؟

"Why does he care so much for an empty pot?"

ولي هغه د تش لوښي دومره پروا کوي؟

He began to examine the pot more carefully.

هغه د لوښي په ډېر دقت سره معاينه پيل کړه۔

During his inspection he turned the pot upside down.

دخپلي معايني په جريان کي هغه لوښی پورته کړ۔

And then the finest murukku fell out from the pot.

او بيا تر ټولو غوره مورکو له لوښي څخه ولوېد۔

And the murukku didn't stop falling out.

او مورکو د راوتلو مخه ونه نيوله۔

The innkeeper called his wife and children.

دهوټل خاوند خپلي ښځي او ماشومانو ته غږ وکړ۔

He wanted them to witness what had happened.

هغه غوښتل چي دوی د هغه څه شاهدان وي چي پېښ شوي وو۔

An unexpected stroke of good fortune!

دنيکمرغی يوه ناڅاپي ضربه ۔

The pot gave copious showers of sugared paddy.

لوښي د بوري لرونکو وريجو ډېر باران وکړ۔

He filled all his pots and jars.

هغه خپل ټول لوښي او مرتبانونه ډک کړل۔

He knew he had to have this pot.

هغه پوهيده چي دا لوښی باید ولري۔

So, he replaced the pot with another one.

نو ، هغه لوښي په بل سره بدل کړ.

He had a pot of the same size and color.

هغه د ورته اندازې او رنګ يو لوښی درلود.

The Brahman had finished his ablutions.

برهمن خپل اودس بشپړ کړی وو.

He had performed all of his devotions.

هغه خپل ټول عبادتونه ترسره کړي وو.

He came back to the shop in wet clothes.

هغه بيرته دوکان ته په لوندو جامو کي راغی.

He was still reciting holy texts of the Vedas.

هغه لا هم د ويدونو مقدس متنونه تلاوت کول.

He put back on his dry clothes.

هغه خپلي وچي جامي بيرته واغوستلي.

In red ink he wrote the name of Durga.

په سور رنګ يې د دورګا نوم وليکه.

He wrote her name one hundred and eight times.

هغه د هغې نوم يو سل او اته ځله وليکه.

After doing this he broke his fast.

له دي کولو وروسته يې روژه ماته کړه.

And he ate the murukku he had in his sheet.

او هغه مورکو وخوړله چي په خپل چادر کي يې درلود.

He was refreshed from the meal.

هغه د ډوډۍ څخه تازه شو.

Now he could resume his journey home.

اوس هغه کولی شي خپل کور ته سفر بيا پيل کړي.

So he called to the innkeeper.

نو هغه د سرائے مالک ته غږ وکړ.

"Please could I get my pot back"

مهرباني وکړئ زه خپل لوښی بيرته ترلاسه کولی شم

The innkeeper gave him back his pot.

د سرائے مالک هغه ته خپل لوښی بيرته ورکړ.

"There, sir, here is your pot"

هلته، صاحب، دلته ستا لوښی دی

"The pot is exactly where you had put it"

دا لوښی په هغه ځای کي دی چي تا يې ايښی و

"Your pot is just as you left it"

ستا لوښی هماغسي دی لکه څنګه چي دي پرېښود

"I made sure no one has touched your pot"

ما ډاډ ترلاسه کړ چي هيڅوک ستا لوښي ته لاس نه دی اچولی

The Brahman didn't suspect a thing.

برهمن په هيڅ شی شک نه کاوه۔

He picked up the pot.

هغه لوښی پورته کړ۔

And he proceeded on his journey home.

او هغه خپل کور ته سفر ته دوام ورکړ۔

On his journey he had to think.

په خپل سفر کي هغه بايد فکر وکړي۔

He congratulated his good fortune.

هغه د هغه د نيکمرغه بخت مبارکي وويله۔

"My wife will be most pleasantly surprised!"

زما ښنځه به ډيره په زړه پورې حيرانه شي۔

"The children will devour the murukku!"

ماشومان به مورکو وخوري۔

"I shall soon become rich"

زه به ډېر ژر شتمن شم

"I will be able to lift my head up high"

زه به وکولی شم خپل سر لوړ پورته کړم

The pains of travelling had been reduced.

دسفر دردونه کم شوي وو۔

Now his problems were much more pleasant.

اوس د هغه ستونزي ډېرې خوندورې وي۔

Only anticipation made the journey difficult.

یوازي تمه سفر ستونزمن کړ۔

He finally reached his home again.

هغه بالاخره بيا خپل کور ته ورسيد۔

He called to his wife and children.

هغه خپلي ښنځي او ماشومانو ته غږ وکړ۔

"Look at what I have brought"

وګوره څه مي راوړي دي

"This pot is an unfailing source of wealth".

دا لوښی د شتمنۍ يوه نه ختميدونکي سرچينه ده۔

"We will never have to struggle again"

مور به هيڅکله بيا مبارزه ونه کړو

"I will turn the pot upside down"

زه به لوبنی پورته کرم

"And then you will see something.

او بیا به تاسو یو څه وګورئ

"Something you've never seen before"

هغه څه چي تاسو مخکي هیڅکله نه دي لیدلي

"A stream of the finest murukku will flow"

د غوره مورکو یوه جریان به بهیږي

You can imagine what his wife was thinking.

تاسو تصور کولی شئ چي د هغه میرمن څه فکر کوي۔

"My husband has gone mad," she thought.

هغي فکر وکړ :زما میره لیونی شوی دی۔

She was soon confirmed in her opinion.

ډیر ژر د هغي په نظر تایید شوه۔

Nothing fell from the pot, as promised.

لکه څنګه چي ژمنه شوی وه، له لوبني څخه هیڅ ونه غورځید۔

He turned the pot upside down again and again.

هغه لوبنی بیا بیا پورته کړ۔

The Brahman was overwhelmed with grief.

برهمن له غمه دوب شو۔

He realized that he had been tricked.

هغه پوه شو چي هغه دوکه شوی دی۔

The innkeeper must have swapped the pot.

دهوټل خاوند باید لوبنی بدل کړی وي۔

He must have stolen Durga's pot.

هغه باید د دورګا لوبنی غلا کړی وي۔

And he must have replaced the pot with a normal one.

او هغه باید لوبنی د عادي لوبني سره بدل کړی وي۔

He went back to the innkeeper the next day.

هغه بله ورځ بیرته سرائے مالک ته لار۔

And he accused him of having changed his pot.

او هغه یي په دي تورن کړ چي خپل لوبنی یي بدل کړی دی۔

At first the innkeeper acted surprised.

په لومړي سر کي د هوټل مالک حیران شو۔

Then he pretended to be angry at the accusation.

بیا یي داسي ښکاروله چي په تور یي غوسه دی۔

Finally, he chased him out of his shop.

بالاخره، هغه یي له خپل دوکان څخه وشړلو۔

He had no way of getting the pot back.

هغه د لوښي د بيرته ترلاسه کولو لپاره هيڅ لاره نه درلوده۔

The Brahman knew what he had to do.

برهمن پوهيده چي څه بايد وکري۔

He went to see the goddess Durga again.

هغه بيا د ديوی دورګا ليدو ته لاړ۔

Siva and Durga honored him with their presence.

شيوا او دورګا هغه ته په خپل ښتون سره درناوی وکړ۔

Durga spoke to the poor Brahman.

دورګا له غريب برهمن سره خبري وکړي۔

"So, you have lost the pot I gave you"

نو، تا هغه لوښي ورک کړ چي ما درکړی و

"I take pity on your situation"

زه ستا په حالت رحم کوم

"Here is another magical pot"

دلته يو بل جادويي لوښی دی

"Take this pot, and make good use of it"

دا لوښي واخله، او ښه ګټه تري واخله

The Brahman was elated with joy.

برهمن له خوښۍ څخه ډېر خوشحاله شو۔

He made obeisance to the divine couple.

هغه الهي جوړي ته سجده وکړه۔

And he took the pot with him.

او هغه لوښي له ځانه سره يوړ۔

Again he had to see if the pot worked.

بيا يي بايد وګوري چي آيا لوښي کار کوي۔

He turned the pot upside down.

هغه لوښي پورته کړ۔

And he shook the pot as before.

او هغه د پخوا په څېر لوښي وخوځاوه۔

And he waited for the murukku to fall out.

او هغه د موركو د راوتلو انتظار کاوه۔

But no, horror of horrors!

خو نه، د وحشتونو وحشت۔

Murukku did not fall from the pot.

موروكو له لوښي نه راولوېد۔

Instead of murukku, demons jumped out.

دموركو پر ځای، شيطانان کودتا وکړه۔

They began to beat the astonished Brahman.

دوی حیران برهمن وهل پیل کړل۔

The Brahman received punches and kicks.

برهمن په سوکانو او لغتو ووهل۔

But he kept his presence of mind.

خو هغه خپل ذهنیت وساته۔

He turned the pot the right way up.

هغه لوبنی په سمه توګه پورته کړ۔

And he covered the pot up again.

او هغه بیا لوبنی پټ کړ۔

Fortunately his quick thinking worked.

له نیکه مرغه د هغه د چټک فکر کار وکړ۔

The demons disappeared as soon as he did this.

کله چي هغه دا کار وکړ، نو شیطانان ورک شول۔

The Brahman tried to understand what this meant.

برهمن هڅه وکړه چي پوه شي چي دا څه معنی لري۔

It must be to punish the innkeeper!

دا باید د سرائے مالک ته سزا ورکړل شي۔

So he went to the innkeeper again.

نو هغه بیا د سرائے مالک ته لاړ۔

He gave him the new pot.

هغه ورته نوی لوبنی ورکړ۔

He begged of him to look after the pot.

هغه له هغه څخه وغوښتل چي د لوبنی ساتنه وکړي۔

Just like he had done before.

لکه څنګه چي هغه مخکي کړی و۔

He went for his ablutions and prayers.

هغه د اودس او لمانځه لپاره لاړ۔

The innkeeper was delighted.

دهوټل خاوند ډېر خوښ شو۔

He had been given a second godsend.

هغه ته دوهمه الهي ډالی ورکړل شوې وه۔

He agreed to take the greatest care of the pot.

هغه موافقه وکړه چي د لوبنی ډېره پاملرنه وکړي۔

He waited for the Brahman to go.

هغه د برهمن د تګ انتظار وکړ۔

And he called his wife and children.

او هغه خپلي ښځي او ماشومانو ته زنګ وواهه۔

"This is another pot from the Brahman"

دا د برهمن څخه یو بل لوښی دی

"This time I hope it is not murukku"

دا ځل زه هیله لرم چي دا مورکو نه وي

"I hope this pot is full of sandesa"

زه هیله لرم چي دا لوښی له سندیسا ډک وي

"Come, be ready with the baskets"

راشئ، د توکری سره چمتو اوسئ

"I will turn the pot upside down"

زه به لوښی پورته کرم

"And then I will shake the pot"

او بیا به زه لوښی وخوخوم

And he did what he said he would do.

او هغه هغه څه وکرل چي هغه وویل چي هغه به وکري۔

But the room did not fill with food.

خو کوټه له خوړو ډکه نه شوه۔

This time the room filled with demons.

دا ځل خونه له شیطانانو ډکه شوه۔

The demons caught hold of the innkeeper.

شیطانانو د سرائے مالک ونیو۔

And the demons also caught his family.

او شیطانانو د هغه کورنی هم ونیوله۔

And the demons beat them mercilessly.

او شیطانانو دوی په بی رحمی سره ووهل۔

They would have completely destroyed the shop.

دوی به دوکان په بشپره توګه ویجار کری وای۔

But the victims ran to the Brahman.

خو قربانیان برهمن ته ورغلل۔

The Brahman had returned from his ablutions.

برهمن له اودس څخه راستون شوی و۔

The Brahman showed mercy to them.

برهمن پر هغوی رحم وکر۔

And he accepted their request.

او هغه د دوی غوښتنه ومنله۔

But there was one condition to his help.

خو د هغه د مرستی لپاره یو شرط و۔

"I will only help if I get my pot back"

زه به یوازې هغه وخت مرسته وکرم که زه خپل لوښی بیرته ترلاسه کرم

The innkeeper didn't have much choice.

دهوټل مالک ډېر انتخاب نه درلود۔

He had to accept the Brahman's conditions.

هغه باید د برهمن شرايط ومني۔

The Brahman put the pot upright again.

برهمن بيا لوښی پورته کېښود۔

And he put the lid on the pot.

او هغه په لوښي باندي سر کېښود۔

He took his pot back from the innkeeper.

هغه خپل لوښی د سرائے له مالک څخه بيرته واخيست۔

And he returned back to his village.

او هغه بيرته خپل کلي ته راستون شو۔

Now the Brahman had two magical pots.

اوس برهمن دوه جادويي لوښي درلودل۔

The Brahman shut the door of his house.

برهمن د خپل کور دروازه وتړله۔

And he called his family again.

او بيا يي خپلي کورنۍ ته زنگ وواهه۔

He turned the murukku-pot upside down.

هغه د مورکو لوښی پورته کړ۔

And he shook the murukku-pot as before.

او هغه د پخوا په څېر د مورکو لوښی وخوځاوه۔

This time the magic pot worked.

دا ځل جادويي لوښي کار وکړ۔

An endless stream of the finest murukku.

دغوره موروکو يوه نه ختميدونکي جريان۔

The family devoured the sweetmeat.

کورنۍ خوارزه وخوړل۔

They ate to their hearts' content.

دوی تر خپلي وسي پوري وخوړل۔

All the pots and pans were filled.

ټول لوښي او لوښي ډک شول۔

The next day the Brahman became confectioner.

بله ورځ برهمن حلوايي جوړ شو۔

He opened a shop in his house.

هغه په خپل کور کي دوکان پرانيست۔

And he sold the best murukku.

او هغه تر ټولو غوره مورکو وپلورله۔

The whole village came to the Brahman's house.

ټول کلي د برهمن کور ته راغلل۔

They all wanted to buy the wonderful murukku.

دوی ټولو غوښتل چي دا ښکلي موروکو واخلي۔

They had never seen such murukku in their life.

دوی په خپل ژوند کي داسي مروکو هيڅکله نه وو ليدلی۔

It was the most delicious murukku they ever had.

دا تر ټولو خوندور موروکو وو چي دوی يي کله هم خورلي وو۔

No one had ever made anything like this dessert.

هيچا هيڅکله د دي خوازه په څير څه نه دي جوړ کړي۔

The reputation of the Brahman's murukku spread.

دبرهمن د مورکو شهرت خپور شو۔

Soon people from outside the city came.

دير ژر د ښار څخه بهر خلک راغلل۔

Cartloads of the sweetmeat were sold every day.

هره ورځ د خوږو ګاډی پلورل کېدي۔

The Brahman quickly became very rich.

برهمن دير ژر دير شتمن شو۔

He built a large brick house.

هغه يو لوی خښتو کور جوړ کړ۔

And he lived like a nobleman of the land.

او هغه د خمکي د يو اشراف په څير ژوند کاوه۔

Once, however, his luck almost changed.

خو، يو ځل يي بخت تقريبا بدل شو۔

His children had taken the wrong pot.

دهغه ماشومانو غلط لوښی اخيستی و۔

A large number of demons came out.

دير شمير پيريان راووتل۔

And they caught hold of the Brahman's wife.

او دوی د برهمن ښځه ونيوله۔

And they also caught his children.

او دوی د هغه ماشومان هم ونيول۔

They were striking them mercilessly.

دوی په بې رحمانه ډول وهل۔

Fortunately the Brahman came back into the house.

له نېکه مرغه برهمن بيرته کور ته راغی۔

He turned the pot back to its proper position.

هغه لوښی بیرته خپل مناسب ځای ته واړوه۔

He wanted to prevent a similar catastrophe.

هغه غوښتل چي د ورته ناورین مخه ونیسي۔

So the Brahman had a private room built.

نو برهمن یوه شخصي خونه جوړه کړه۔

And he put the pot in a secret place.

او هغه لوښی په یوه پټ ځای کي کېښود۔

Mortals, however, do not have the luck of Gods.

خو، فاني انسانان د خدایانو بخت نه لري۔

Uninterrupted prosperity is not their fortune.

بي وقفه خوشحالي د دوی بخت نه دی۔

The demon-pot had been put out of the way.

دشیطان لوښی له لاري لري شوی و۔

But why might accident not befall the murukku pot?

خو ولي ممکن د مورکو لوښي سره حادثه ونشي؟

One day the Brahman and his wife were absent.

یوه ورځ برهمن او د هغه بنځه غیر حاضر وو۔

The children decided to shake the pot.

ماشومانو پریکړه وکړه چي لوښی وخوځوي۔

Each of them wanted to do the honors.

هر یو یي غوښتل چي ویاړونه ترسره کړي۔

So there was a fight to get the pot.

نو د لوښي د ترلاسه کولو لپاره جګړه وشوه۔

In the struggle the pot fell to the ground.

په مبارزه کي لوښی په ځمکه ولوېد۔

Like any other earthen pot, it broke.

دنورو خاورینو لوښو په څېر، دا هم مات شو۔

Eventually the Braham came back home again.

بالاخره براهیم بیرته کور ته راغی۔

You can imagine how the news grieved him.

تاسو تصور کولی شئ چي دی خبر هغه څومره غمجن کړ۔

Of course the children were well cudgeled.

البته ماشومان ښه وروزل شول۔

But anger could not replace the pot.

خو غوسه د لوښي ځای نه شي نیولی۔

After some days he went to the forest again.

څو ورځي وروسته هغه بیا ځنګل ته لاړ۔

He offered many a prayer for Durga's favor.

هغه د دورگا د رضا لپاره ډېرې دعاگاني وکړي۔

At last Siva and Durga appeared to him.

بالاخره شیوا او دورگا هغه ته ښکاره شول۔

They listened to how the pot had been broken.

دوی واورېدل چي څنگه لوښی مات شوی و۔

Durga decided to give him another pot.

دورگا پرېکړه وکړه چي هغه ته یو بل لوښی ورکړي۔

But this pot was accompanied with a caution.

خو دا لوښی د احتیاط سره مل و۔

"Brahman, take care of this pot"

برهمن، د دي لوښي ساتنه وکړه

"Do not break or lose this pot again"

دا لوښی بیا مه ماتوه یا له لاسه مه ورکوه

"Next time I will not give you another pot"

بل ځل به زه تاسو ته بل لوښی نه درکوم

The Brahman made obeisance to the Gods.

برهمن خدایانو ته سجده وکړه۔

And he went straight back to his house.

او هغه مستقیم خپل کور ته لار۔

This time he did not halt at the innkeepers'.

دا ځل هغه د سرائے ساتونکو ته ونه درېد۔

He shut the door of his house.

هغه د خپل کور دروازه وتړله۔

He called his family to him.

هغه خپله کورنۍ راوغوښته۔

And he turned the pot upside down.

او هغه لوښی پورته کړ۔

And then he began to shake the pot.

او بیا یي د لوښي څنورول پیل کړل۔

They were only expecting murukku.

دوی یوازي د مورکو تمه درلوده۔

But this time it was not murukku.

خو دا ځل دا مورکو نه وه۔

A stream of beautiful sandesa poured out.

دبنکلي سندیسا یوه ویاله بهېده۔

It was the finest sandesa you can imagine.

دا تر ټولو غوره سندیسا وه چي تاسو یي تصور کولی شئ۔

It truly was the food of Gods.

دا په ریښتیا د خدایانو خواړه وو۔

The Brahman set up another shop.

برهمن یو بل دوکان جوړ کړ۔

Now he was selling sandesa.

اوس هغه سندیسا خرڅوله۔

The fame of his shop soon drew large crowds.

دهغه د دوکان شهرت ډیر ژر ډیر خلک راجلب کړل۔

People came from all over the country.

خلک د ټول هیواد څخه راغلل۔

At all festivals and marriage feasts.

په ټولو جشنونو او د واده په مراسمو کي۔

And at all funeral celebrations in the area.

او په سیمه کي د جنازې په ټولو مراسمو کي۔

No one bought any other sandesa.

بل چا سندیسا نه ده اخیستي۔

All day long the pot produced sandesa.

ټوله ورځ دي لوبني سندیسا تولید کړه۔

Gigantic jars were filled with sweet.

لوی مرتبانونه له خوړو ډک وو۔

And the jars were sent all over the country.

او مرتبانونه ټول هیواد ته واستول شول۔

The Brahman's wealth made the Zemindar jealous.

دبرهمن ښتمنی زمیندار حسد کړ۔

In these days all villages had a Zemindar.

په دې ورځو کي ټولو کلیو یو زمیندار درلود۔

He had heard strange things about the sandesa.

هغه د سندیسا په اړه عجیبي خبري اورېدلي وي۔

He heard the dessert came from a magic pot.

هغه واورېدل چي خواړه له جادویي لوبني څخه راغلي دي۔

So he devised a plan to get this pot.

نو هغه د دي لوبني د ترلاسه کولو لپاره یو پلان جوړ کړ۔

His son was going to get married.

دهغه زوی واده کولو ته روان و۔

To celebrate there was a great feast.

دلمانځلو لپاره یوه لویه میلمستیا وه۔

Many hundreds of people were invited.

په سلګونو خلک رابلل شوي وو۔

Mountain-loads of sandesa were required.

دسندیسا غرونو بارونو ته ارتیا وه۔

The Zemindar made a proposal to the Brahman.

زمیندار برهمن ته یو وراندیز وکړ۔

"Bring the magical pot to my house"

زما کور ته جادویي لوښی راوړه

At first the Brahman refused to bring the pot.

په لومړي سر کي برهمن د لوښي له راوړلو څخه انکار وکړ۔

But the Zemindar insisted.

خو زمیندار ټینګار وکړ۔

"I will have hundreds of guests"

زه به سلګونه میلمانه ولرم

"I will need mountains of sandesa"

زه به د سندیسا غرونو ته ارتیا ولرم

"More sandesa than you can carry"

د وړلو وړتیا څخه ډېر سندیسا

"Bring the vessel to my house"

کښتۍ زما کور ته راوړه

"It will be easier for you and me"

دا به ستا او زما لپاره اسانه وي

Eventually the Brahman agreed.

بالاخره برهمن موافقه وکړه۔

Himalayas of sandesa were shaken out.

دسندیسا همالیا غرونه ولړزېدل۔

But the Zemindar got hold of the pot.

خو زمیندار لوښی ونیو۔

The Zemindar insulted the Brahman.

زمیندار برهمن ته سپکاوی وکړ۔

And he chased him out of his house.

او هغه یي له کوره وشړلو۔

The Brahman didn't give vent to anger.

برهمن غوسه څکاره نه کړه۔

Instead, he quietly went back to his house.

پرځای یي، هغه په خاموشۍ سره خپل کور ته لاړ۔

He went to the private room.

هغه شخصي خوني ته لاړ۔

And he took out the demon-pot.

او هغه د شیطان لوښی راوویست۔

He came back to the Zemindar's house.

هغه بيرته د زميندار کور ته راغی.

And he went to the door of the Zemindar.

او هغه د زميندار دروازي ته لاړ.

He turned the pot upside down.

هغه لوښی پورته کړ.

And then shook the magical pot.

او بيا يي جادويي لوښی وخوځاوه.

A hundred demons fell out of the pot.

له لوښي څخه سل شيطانان راووتل.

The chaos was impossible to describe.

ګډوډي د بيانولو لپاره ناممکنه وه.

The unearthly visitors flooded the party.

نا اشنا ليدونکو په محفل کي دوب شول.

They caught hundreds of the guests.

دوی سلګونه ميلمانه ونيول.

And the demons beat them mercilessly.

او شيطانانو دوی په بي رحمی سره ووهل.

The women were dragged by their hair.

ښځي د ويښتانو له خوا کشول شوي.

The Zemindar was chased from room to room.

زميندار له کوټي څخه تر کوټي پوري تعقيب شو.

The demons' mischief was getting out of hand.

دشيطانانو شرارت له لاس څخه ووت.

Someone had to put an end to their mischief.

يو څوک بايد د دوی شرارت ته د پای تکی کیږدي.

Else all the men would have been killed.

که نه نو ټول سړي به وژل شوي وای.

And the house would have been torn to the ground.

او کور به يي په ځمکه غورځيدلی وای.

The Zemindar fell at the feet of the Brahman.

زميندار د برهمن په پښو کي ولوېد.

And he begged to be shown mercy.

او هغه د رحم غوښتنه وکړه.

The Brahman showed him great mercy.

برهمن پری ډېره مهرباني وکړه.

And he put the demons back in the pot.

او هغه شيطانان بيرته په لوښي کي واچول.

The Zemindar never disturbed the Brahman again.

زمیندار بیا هیڅکله برهمن ته مزاحمت ونه کړ۔

Nor was he disturbed by anyone else.

او نه هم هغه د بل چا لخوا خورول شوی و۔

And he lived for many happy years.

او هغه ډیر خوشحاله کلونه ژوند وکړ۔

The Story of the Rakshasas
د رکشاسا کیسه

There was once a poor dimwitted Brahman.

یو وخت یو غریب او کم عقل برهمن وو۔

This dimwitted man had a wife, but no children.

دې بی عقل سړي بنځه درلوده، خو اولاد یی نه درلود۔

But him not having children was probably for the best.

خو د هغه د اولاد نه درلودل شاید د غوره لپاره وو۔

Because he was barely able to meet his own needs.

ځکه چی هغه په سختی سره د خپلو اړتیاوو د پوره کولو توان درلود۔

And he could hardly supply enough for his wife.

او هغه په سختی سره د خپلی میرمنی لپاره کافي اندازه اکمال کولی شو۔

But his dimwittedness was not even his biggest problem.

خو د هغه کم عقلي حتی د هغه تر ټولو لویه ستونزه نه وه۔

This dimwitted man was also a rather lazy man!

دا کم عقل سړی هم یو څه سست سړی و۔

He was averse to making any long journeys.

هغه د اوږدو سفرونو کولو څخه ډډه کوله۔

Had he travelled further he might have had enough.

که هغه نور سفر کړی وای، نو شاید ډېر به یی کړی وای۔

He could have got presents from rich men.

هغه کولی شوای چی له شتمنو خلکو څخه ډالی ترلاسه کړي۔

This would have enabled them to live comfortably.

دا به دوی ته د آرامی ژوند کولو توان ورکړی وای۔

There was a great king in a neighbouring country.

په یوه ګاونډي هیواد کي یو لوی پاچا وو۔

The mother of the great king had just died.

دلوی پاچا مور تازه مړه شوې وه۔

So this king was celebrating the funeral obsequies.

نو دا پاچا د جنازې مراسم لمانځل۔

And the funeral was celebrated with great pomp.

او جنازه په ډېر شانداره توګه ولمانځل شوه۔

Brahmans and beggars were coming from faraway lands.

برهمنان او سوالګران له لری پرتو سیمو څخه راتلل۔

They all came expecting to receive rich presents.

دوی ټول د ګرانو ډالیو ترلاسه کولو په تمه راغلل۔

The Brahman's wife requested him to also go.

دیر همن بنځي له هغه څخه هم وغوښتل چي لار شي۔

"Seize this opportunity and get us a little money"

له دي فرصت څخه ګټه پورته کړئ او مورږ ته لږي پیسي راکړئ

But his constitutional indolence stood in the way.

خو د هغه د اساسي قانون بي پروايي په لاره کي خند وه۔

The woman, however, gave her husband no rest.

خو بنځي خپل میره ته آرام ورنه کړ۔

Finally she extorted from him the promise.

بالاخره هغي له هغه څخه ژمنه واخیسته۔

He promised his wife that he would go.

هغه خپلي میرمني سره ژمنه وکړه چي لار شي۔

The good woman, accordingly, cut down a plantain tree.

بنه بنځه، په دي اساس، د کیل ونی پري کړه۔

And she burnt the plantain tree to ashes.

او هغي د کیلي ونه وسوځوله او په ایرو بدله شوه۔

With the ashes she cleaned the clothes of her husband.

هغي د خپل میره د ایرو سره جامي پاکي کړي۔

And she made his clothes as white as any cleaner could.

او هغي د هغه جامي دومره سپیني کړي لکه څنګه چي هر پاکوونکي يي کولی
شي۔

Her husband was going to the palace of a great king.

دهغي میره د یو لوی پاچا مانی ته روان و۔

The king could not be approached by men in rags.

په توتو جامو کي سړي پاچا ته نږدي نشوای تللی۔

Besides, Brahman are bound to appear neat and clean.

سربېره پردي، برهمنان باید پاک او صفا بنکاره شي۔

At last, one morning the Brahman left his house.

بالاخره، یوه سهار برهمن له کوره ووت۔

And he made his way to the palace of the great king.

او هغه د لوی پاچا مانی ته لار۔

I have already mentioned he was a dimwitted man.

ما مخکي هم یادونه کړي وه چي هغه یو کم عقل سړی و۔

He did not inquire which road he should take.

هغه دا پوښتنه ونه کړه چي کومه لاره باید غوره کړي۔

Instead, he walked on and on without directions.

پرځای يي، هغه پرته له لارښوونو څخه روان و۔

And he followed wherever his nose pointed him.

او هغه به هر هغه ځای تعقیباوه چي پوزه يي ورته اشاره کوله۔

I don't need to say he was not on the right road.

زه ارتیا نلرم چي ووایم چي هغه په سمه لاره نه و۔

The regions he wandered became less and less inhabited.

هغه سیمي چي هغه پکي ګرځېده، لږي او کمي آبادي شوې۔

Soon he met no human being for many miles.

ډېر ژر یې تر ډېرو میلونو پورې له هیڅ انسان سره ونه لید۔

But there were many other things he saw there.

خو هلته ډېر نور شیان هم ولیدل۔

Things he had never seen in all his life.

هغه شیان چي هغه په ټول ژوند کي هیڅکله نه وو لیدلي۔

He saw hillocks of cowries on the roadside.

هغه د سرک په غاړه د غواګانو غوندۍ ولیدي۔

Cowries were shells used as money in those times.

غواګاني هغه ګولۍ وي چي په هغه وختونو کي د پیسو په توګه کارول کېدي۔

He kept going and saw hillocks of jewels.

هغه روان و او د جواهراتو غوندۍ یې ولیدي۔

Next, he saw hillocks of four-anna pieces.

بیا، هغه د څلورو انا ټوټو غوندۍ ولیدلي۔

Further along were hillocks of eight-anna pieces.

نور هم د اتو انا ټوټو غوندۍ وي۔

And further yet were hillocks of rupees.

او تر دې هم وراندي د روپیو غوندۍ وي۔

But the Brahman's surprise did not end there.

خو د برهمن حیرانتیا دلته پای ته ونه رسیده۔

Next there was a hill of burnished gold-mohurs.

ورپسي د سرو زرو د سوزول شویو مهرونو یوه غوندۍ وه۔

The burnished gold-mohurs were shining brightly.

دسرو زرو سوځېدلي مهرونه په روښانه ډول ځلېدل۔

Because the gold-mohurs had been freshly minted.

ځکه چي د سرو زرو مهرونه تازه جوړ شوي وو۔

Close to the hill of gold-mohurs was a large house.

دسرو زرو د غوندۍ ته نږدې یو لوی کور و۔

The house looked like the palace of a powerful king.

کور د یو ځواکمن پاچا د ماڼۍ په څېر بنکارېده۔

At the door stood a lady of exquisite beauty.

په دروازه کي یوه ښکلي او زړه راښکونکي ښځه ولاړه وه۔

The lady, seeing the Brahman, said;

ښځي، چي برهمن یې ولید، وویل؛

"Come to me, my beloved husband"

زما ګرانه میړه، ماته راشه

"You married me when I was young"

تا زما سره واده وکړ کله چي زه ځوان وم

"But you never came back after our marriage"

خو ته زموږ له واده وروسته هیڅکله بیرته نه راغلي

"Though I have been daily expecting you"

که څه هم زه هره ورځ ستا په تمه وم

"Blessed be this day," said the lady.

میرمني وویل :دا ورځ دي مبارکه وي۔

"On this day I see the face of my husband"

په دي ورځ زه د خپل میړه مخ وینم

"Come, my sweet, come in," she asked of him.

راشه، زما ګرانه، دننه راشه، هغي له هغه څخه وپوښتل۔

"You must be fatigued from your long journey"

تاسو باید د خپل اوږد سفر څخه ستړي شوي یاست

"Wash your feet and rest, and eat and drink"

خپلي پښي ومینځئ او آرام وکړئ، او وخورئ او وڅښئ

"And after that we shall make ourselves merry"

او له هغي وروسته به موږ ځانونه خوشحاله کړو

The Brahman was astonished beyond measure.

برهمن له اندازي زیات حیران شو۔

He had no recollection marrying twice.

هغه د دوه ځله واده کولو په اړه هیڅ یادونه نه درلوده۔

He remembered marrying the wife he left at home.

هغه ته د هغي ښځي سره واده کول په یاد وو چي په کور کي یي پریښوده۔

But he did not remember marrying this lady.

خو هغه د دي ښځي سره واده په یاد نه درلود۔

But he remembered that he was a Kulin Brahman.

خو هغه ته په یاد وو چي هغه یو کولین برهمن و۔

Perhaps his father got him married as a child.

ښایي پلار یي په ماشومتوب کي واده کړی وي۔

But what he thought did not matter much.

خو هغه څه چي فکر یي کاوه ډیر مهم نه وو۔

The woman was certain he was her husband.

ښځه ډاده وه چي دا د هغي میړه دی۔

And he had no reason to say he was not her husband.

او هغه هیڅ دلیل نه درلود چي ووایی چي هغه د هغي میړه نه دی۔

Because her beauty was more than he could fathom.

ځکه چي د هغي د ښکلا د هغه له تصور څخه ډيره وه۔

As beautiful as the Goddesses of Indra's heaven.

داندرا د جنت د خدایانو په څير ښکلي۔

And he was sure that she was wealthy too.

او هغه داده و چي هغه هم ښتمنه وه۔

These thoughts went through the Brahman's mind.

دا فکرونه د برهمن په ذهن کي ګرځيدل۔

But the lady interrupted his flow of thought.

خو ميرمني د هغه د فکر جريان ودراوه۔

"Are you doubting whether I am your wife?"

ايا ته شک لري چي زه ستا بنځه يم؟

"Have you lost all memories of that happy event?

ايا تاسو د دي خوښي پيښي ټولي خاطري له ياده ورکړي دي؟

"All the pomp and circumstance of our nuptials"

زمونږ د واده ټول شان او شوکت

"Come in, beloved; this is your house"

راځه ګرانه، دا ستا کور دی

"Because whatever is mine is thine also"

ځکه چي هر څه چي زما دي هغه ستا هم دي

The fair lady easily persuaded the Brahman.

ښکلي بنځي په اسانۍ سره برهمن قانع کړ۔

And he succumbed to her loving entreaties.

او هغه د هغي د ميني زارۍ ته غاړه کيښووده۔

And he went into the house of the lady.

او هغه د بنځي کور ته لاړ۔

The house was not an ordinary one.

کور عادي نه و۔

The house was in fact a magnificent palace.

کور په حقيقت کي يوه ښکلي ماڼۍ وه۔

All the apartments were large and lofty.

ټول اپارتمانونه لوی او لوړ وو۔

Every room in the palace was richly furnished.

دماڼۍ هره خونه په ډير ښه ډول سينګار شوې وه۔

But one thing surprised the Brahman very much.

خو يوي خبري برهمن ډير حيران کړ۔

There was no other person in all the house.

په ټول کور کي بل څوک نه وو۔

The only one there was the lady herself.

هلته يوازينې بنځه پخپله وه۔

He could not account for the strange phenomenon.

هغه د دي عجيبي پديدې حساب نه شو کولی۔

They meet anyone on their walks either.

دوی په خپلو پنو هم له هر چا سره مخ کېږي۔

The fact was that the lady was not a human being.

حقيقت دا وو چي هغه بنځه انسان نه وه۔

What the lady really was was a Rakshasi.

هغه بنځه چي په حقيقت کي يوه رکشاسي وه۔

She had eaten up the king and queen.

هغي پاچا او ملکه خورلي وو۔

And she had eaten all the members of the royal family.

او هغي د شاهي کورنۍ تول غړي خورلي وو۔

And gradually she had eaten their servants too.

او ورو ورو هغي د دوی نوکران هم وخورل۔

This was why there were no humans far and wide.

همدا لامل و چي لرې او لري انسانان نه وو۔

The Rakshasi and the Brahman now lived together.

راکشي او برهمن اوس يوځای ژوند کاوه۔

After a week the former said to the latter;

يوه اونۍ وروسته پخواني سړي وروستي ته وويل؛

"I am very anxious to see my sister"

زه د خپلي خور د ليدو لپاره ډيره انديښنمنه يم

"As you know, my sister is your other wife"

لکه څنګه چي ته پوهيږي، زما خور ستا بله بنځه ده

"You must go and fetch my sister; your other wife"

ته بايد لاړ شه او زما خور راوباسه؛ ستا بله بنځه

"Then we shall all live together happily"

بيا به موږ ټول په خوښۍ سره يوځای ژوند وکړو

"You must go to get her early tomorrow"

ته بايد سبا سهار د هغي د راوستلو لپاره لاړ شي

"I will give you clothes and jewels for her"

زه به تاته جامي او ګاڼي درکړم

Next morning the Brahman set out for his home.

بل سهار برهمن د خپل کور په لور روان شو۔

He was furnished with fine clothes.

هغه په ښو جامو سمبال و۔

And he wore around his wrists costly ornaments.

او هغه په خپلو مړوندونو کي قيمتي زيورات اغوستي وو۔

The poor woman was in great distress.

بي وزله بنځه په ډېره ستونزه کي وه۔

The funeral ceremony of the king's mother was over.

دپاچا د مور د جنازي مراسم پای ته ورسپدل۔

All the Brahmans and Pandits had returned.

ټول برهمنان او پنډتان بيرته راستانه شوي وو۔

And they were loaded with donations.

او دوی په بښنو ډک وو۔

But her husband had not returned.

خو ميره يي بيرته نه و راغلی۔

No one could give any news of him.

هيڅوک يي خبر نه شوای ورکولی۔

Because no one had seen him there.

ځکه چي هلته چا هغه نه و ليدلی۔

The woman therefore could only come to one conclusion.

له همدي امله بنځه يوازي يوې پايلي ته رسيدلی شي۔

He must have been murdered on the road by highwaymen.

هغه بايد د لويي لاري د غلو له خوا په سرک کي وژل شوی وي۔

She was in this terrible suspense.

هغه په دي وحشتناکه شک کي وه۔

But then one day she heard some rumors.

خو بيا يوه ورځ هغي ځيني اوازي واورپدي۔

People in her village were talking about her husband.

دهغي د کلي خلک د هغي د ميره په اړه خبري کولي۔

They said they saw him coming back.

دوی وويل چي دوی هغه وليد چي بيرته راځي۔

And they said he was dressed in fine clothes.

او دوی وويل چي هغه ښکلي جامي اغوستي وي۔

And they said he had fine jewels for his wife.

او دوی وويل چي هغه د خپلي ميرمني لپاره ښه ګاڼي لري۔

And sure enough the Brahman soon appeared.

او يقينا برهمن ډېر ژر راڅرګند شو۔

And he was carrying fine jewels for his wife.

او هغه د خپلي ميرمني لپاره ښکلي ګاڼي ليږدولي۔

On seeing his wife the Brahman thus accosted her;

بر همن د خپلي ميرمني په ليدلو سره په دي ډول ورسره مينه وکړه؛

"Come with me, my dearest wife"

زما سره راشه، زما گراني ميرمني

"I have found my first wife"

ما خپله لومړۍ ښځه وموندله

"She lives in a stately palace"

هغه په يوه شانداره مانۍ کي ژوند کوي

"Near her palace are hillocks of rupees"

د هغي مانۍ ته نږدي د روپيو غوندي دي

"And there is a large hill of gold-mohurs"

او د سرو زرو د مهرونو يوه لويه غوندي شته

"Why should you pine away in wretchedness?"

ولي بايد په بدبختي کي مر شي؟

"Why would you stay in this horrible place?"

ولي به په دي وحشتناک ځای کي پاتي شي؟

"Come with me to the house of my first wife"

زما سره زما د لومړۍ ميرمني کور ته راشه

"There we shall all live together happily"

هلته به مونږ ټول په خوښنی سره يوځای ژوند وکړو

At first, she thought her half-witted man had gone mad.

په لومړي سر کي، هغي فکر کاوه چي د هغي نيمه هوښنيار سړی ليونی شوی دی۔

She could not imagine the hillocks of rupees.

هغي د روپيو غوندي تصور نه شوای کولی۔

And she could not imagine a hill of gold-mohurs.

او هغه د سرو زرو د مهرونو غوندي تصور هم نه شو کولی۔

But then she saw how he was beautifully dressed.

خو بيا هغي وليدل چي هغه څومره ښکلی جامي اغوستي وی۔

Beautiful clothes of exquisite silks and satins.

د ښکلي ورپښمو او ساټين څخه جوړ شوي ښکلي جامي۔

Ornaments set with diamonds and precious stones.

دالماسو او قيمتي ډبرو سره سيت شوي زيورات۔

Clothes fit for the queen of the land.

جامي د ښمکي د ملکي لپاره مناسبي دي۔

Clothes only princesses were in the habit of putting on.

هغه جامي چي يوازي شهزادگی اغوندي، عادت يي درلود۔

She concluded in her mind that something was amiss:

هغي په خپل ذهن کي دا پايله وکړه چي يو څه غلط دي

Her stupid husband must have been tricked.

دغې احمق ميره باید دوکه شوی وي۔

He must have fallen into the meshes of a Rakshasi.

هغه باید د رکشاسي په جال کي راګير شوی وي۔

The Brahman, however, insisted his wife went with him.

خو برهمن تينګار وکړ چي بنځه یی ورسره لاړه شي۔

"Feel free to stay here and pine away in poverty"

دلته پاتی شئ او په غربت کي مره شئ

"As for me, I will return to the palace of my first wife"

زما په اړه، زه به د خپلي لومړي ميرمني مانۍ ته راستون شم

The good woman did her best to stop her husband.

ښي بنځي د خپل ميره د مخنيوي لپاره خپله ټوله هڅه وکړه۔

But in the end she resolved to go with him.

خو په پای کي هغي پریکړه وکړه چي ورسره لاړه شي۔

Perhaps she could judge the matter better at the palace.

ښاید هغه په مانۍ کي دا موضوع ښه قضاوت کولی شي۔

They set out accordingly the next morning.

دوی په همدي اساس بل سهار روان شول۔

They went the same road the Brahman had travelled.

دوی په هماغه لاره روان شول چي برهمن پرې سفر کړی و۔

The woman was not a little surprised by what she saw.

ښځه د هغه څه څخه چي هغي ولیدل لږ حیرانه نه شوه۔

She saw the hillocks of cowries and of jewels.

هغي د غواګانو او جواهراتو غوندی ولیدي۔

And she saw hillocks of eight-anna pieces.

او هغي د اتو انا ټوټو غوندی ولیدي۔

And she saw the hillocks of rupees too.

او هغي د روپيو غوندی هم ولیدي۔

And last of all she saw a lofty hill of gold-mohurs.

او په پای کي هغي د سرو زرو د مهرونو يوه لوړه غوندی ولیده۔

She saw also an exceedingly beautiful lady.

هغي يوه ډېره ښکلي ښځه هم ولیده۔

The lady of the palace was hastening towards her.

دمانۍ ميرمن په چټکی سره د هغي په لور روانه وه۔

The lady fell on the neck of the Brahman woman.

ښځه د برهمن بنځي په غاړه کي رابنډکته شوه۔

And she wept tears of joy, and said:

ا:و هغي د خوبنی اوښکي وژرلی او ويي ويل

"Welcome, beloved sister!"

بنه راغلاست، ګراني خور۔

"This is the happiest day of my life!"

دا زما د ژوند تر ټولو خوشحاله ورځ ده۔

"I see the face of my dearest sister again!"

زه د خپلي ګراني خور مخ بيا وينم۔

The husband and his two wives entered the palace.

ميړه او د هغه دوه ميرمني ماڼۍ ته ننوتل۔

Now he was lodged in a stately mansion.

اوس هغه په يوه شانداره ماڼۍ کي ساتل کېده۔

The most delectable food appeared, as if by enchantment.

تر ټولو خوندور خواره راترګند شول، لکه د جادو له امله۔

He was caressed and endeared by his two wives.

هغه د خپلو دوو ميرمنو لخوا په مينه او شفقت سره ومينځل شو۔

Both wives did their best to make him happy.

دوارو ميرمنو د هغه د خوشحاله کولو لپاره خپله ټوله هڅه وکړه۔

Both wives did their best to make him comfortable.

دوارو ميرمنو د هغه د آرامولو لپاره خپله ټوله هڅه وکړه۔

His two wives were competing for his love.

دهغه دوه ميرمني د هغه د ميني لپاره سيالي کوله۔

The Brahman had a jolly time of it.

برهمن په دي کي دېر خوند وکړ۔

He was steeped in an ocean of enjoyment.

هغه د خوبنی په سمندر کي ډوب و۔

The Brahman lived in this state of Elysian pleasure.

برهمن د ايليسيان خوبنی په دي حالت کي ژوند کاوه۔

Some fifteen or sixteen years he spent this way.

شاوخوا پنځلس يا شپارس کاله يي په دي ډول تېر کړل۔

During this time his two wives presented him with two
sons.

په دي موده کي د هغه دوو ميرمنو هغه ته دوه زامن ورکړل۔

The Rakshasi's son was the elder.

درکشاسي زوی مشر وو۔

He looked more like a god than a human being.

هغه د انسان په پرتله د خدای په څېر ډير ښکاريده۔

He was named Sahasra-Dal.

هغه ته د سهسرا ـ دل نوم ورکړل شو۔

His name meant the thousand-branched.

دهغه نوم د زرګونو څانګو معنی درلوده۔

The son of the Brahman woman was a year younger.

دبرهمن ښځي زوی یو کال کشر و۔

He was named Champa-Dal

هغه ته چمپا-دل نوم ورکړل شو

His name meant the branch of a champaka tree.

دهغه نوم د چمپکا ونی د څانګی په معنی و۔

The two brothers loved each other dearly.

دواړو ورونو یو بل سره ډیره مینه درلوده۔

They were both sent to the same school.

دوی دواړه یو ښوونځي ته واستول شول۔

The school was several miles distant from the palace.

ښوونځی له مانی څخه څو میله لری و۔

Every day they rode their two little ponies to school.

هره ورځ به دوی په خپلو دوو کوچنیو سپوګانو سپرلی ښوونځي ته ورلی۔

The Brahman woman had always been suspicious.

برهمن ښځه تل شکمنه وه۔

A thousand little circumstances gave her clues.

زرګونو کوچنیو حالاتو هغي ته نښني ورکړي۔

She knew her sister-in-law was not a human being.

هغه پوهیده چی د هغي د خور خور انسان نه ده۔

She was sure her sister-in-law was a Rakshasi.

هغه ډاډه وه چی د هغي د خسر خواښنی رکشاسي وه۔

But her suspicion had not yet ripened into certainty.

خو د هغي شک لا په یقین نه و بدل شوی۔

Because the Rakshasi exercised great self-restraint.

ځکه چی رکشاسي ډیر ځان کنټرول کړ۔

She never did anything which human beings did not do.

هغي هیڅکله داسي څه ونه کړل چی انسانانو نه وي کړي۔

But she couldn't hide her demonic nature forever.

خو هغه خپل شیطاني طبیعت د تل لپاره پټ نه شوای کړای۔

Her demonic nature was eventually going to reveal itself.

دهغي شیطاني طبیعت بالاخره ځان څرګند کړ۔

The Brahman had little to keep him busy.

برهمن د بوخت ساتلو لپاره ډیر لږ څه درلودل۔

In order to pass his time he went hunting.

دخپل وخت د تېرولو لپاره هغه ښکار ته لاړ۔

The first day he returned with an antelope.

په لومړۍ ورځ هغه د يو هوسۍ سره راستون شو۔

The antelope was laid in the courtyard of the palace.

دمانۍ په انګر کې د هوسۍ ښکار شو۔

The Rakshasi saw the antelope with great interest.

رکشاسي په ډېره لېوالتيا سره هوسۍ وليده۔

At the sight of the raw meat her mouth began to water.

دخامي غوښې په ليدلو سره د هغې خوله اوبنکي پېل شوې۔

The antelope was never taken to the kitchen.

انتيلوپ هيڅکله پخلنځي ته نه و وړل شوی۔

Instead, the Rakshasi took the antelope to another room.

پرځای يې، رکشاسي انتيلوپ بلي خوني ته يوړ۔

In this room she began devouring the antelope.

په دې خونه کې هغي د هوسۍ خوړل پېل کړل۔

The Brahman woman saw everything from a secret room.

برهمن ښځي هر څه د يوې پټي خوني څخه وليدل۔

Her Rakshasi sister tore a leg off the antelope.

دهغې رکشاسي خور د انتيلوپ څخه يوه پښه پري کړه۔

She saw how she opened her tremendous jaw.

هغي وليدل چي څنګه يي خپله لويه ژامه خلاصه کړه۔

And in one mouthful she swallowed up the leg.

او په يوه خوله کي يي پښه تير کړه۔

The other limbs were devoured in the same manner.

نور غړي يي په ورته ډول وخوړل۔

And opening her jaw even further, she swalled the body.

او خپله ژامه يي نوره هم پرانيستله، بدن يي ونيو۔

Only a little bit of the meat was kept for the kitchen.

يوازي لږ څه غوښنه د پخلنځي لپاره ساتل شوي وه۔

On the second day the Brahman caught another antelope.

په دوهمه ورځ برهمن يو بل هوسۍ ونيوله۔

On the third day the Brahman caught another antelope.

په دريمه ورځ برهمن يو بل هوسۍ ونيوله۔

The Rakshasi was unable to restrain her appetite.

رکشاسي ونه توانيده چي خپله اشتها کنترول کړي۔

The raw flesh brought out her demonic nature.

خام غوښني د هغي شيطاني طبيعت راووېست۔

And she devoured each antelope like the last.

او هغې د تبر په ځبر هر انتيلوپ وخور۔

On the third day the Brahman woman expressed her
surprise.

په دريمه ورځ بر همن ښځي خپله حيرانتيا څرګنده کړه۔

"Nearly three whole antelopes have disappeared"

نږدي دري بشپړ انتيلوپونه ورک شوي دي

"All that is left is a little bit of meat"

هغه څه چي پاتي دي هغه لږ غوښه ده

The Rakshasi did not appreciate the accusation.

رکشاسي د تور ستاينه ونه کړه۔

"Do I eat raw flesh?" she asked fiercely.

آيا زه خامه غوښه خورم؟ هغې په قهر سره وپوښتل۔

"Perhaps you do eat raw flesh," replied the Brahman
woman.

بر همن ښځي ځواب ورکړ :ښايي ته خام غوښه خوري؟

"I have nothing to prove the contrary"

زه د دې بر عکس د ثابتولو لپاره هيڅ نلرم

The Rakshasi knew she had been discovered.

رکشاسي پوهيده چي هغه کشف شوي ده۔

Her eyes became even fiercer than before.

دهغې سترګي تر پخوا هم ډېري توري شوي۔

And she vowed to get her revenge.

او هغې ژمنه وکړه چي خپل غچ به واخلي۔

The Brahman woman concluded her fate was sealed.

بر همن ښځي پايله وکړه چي د هغې بر خليک مهر شوی دی۔

She thought her husband would meet the same fate.

هغي فکر کاوه چي د هغې ميره به هم له ورته بر خليک سره مخ شي۔

She did not expect her son to be spared either.

هغي تمه نه درلوده چي زوی به يي هم وژغورل شي۔

That night she hardly slept at all.

هغه شپه هغي ته ډېر کم خوب راغی۔

The Rakshasi had prevented her from seeing her husband.

رکشاسي هغه د خپل ميره سره د ليدلو څخه منع کړي وه۔

Early next morning Champa-Dal went to school.

بله ورځ سهار وختي چمپا-دل ښوونځي ته لاړه۔

Before he went to school she gave her son a golden bottle.

مخکي له دي چي هغه ښوونځي ته لاړ شي، هغي خپل زوی ته د سرو زرو بوتل
ورکړ۔

In the golden bottle was her own breast milk.

په سرو زرو بوتل کي د هغي خپله د مور شیدي وي۔

"Carefully watch the colour of the milk"

د شیدو رنګ ته په دقت سره پام وکرئ

"If the milk turns red, your father has been killed"

که شیدي سره شي، نو ستا پلار وژل شوی دی

"If the milk turns redder, then I have been killed"

که شیدي سور شي، نو زه وژل شوی یم

"If the milk turns red you must gallop away"

که شیدي سره شي نو تاسو باید په منډه منډه ووهئ

"Gallop as fast as your horse can carry you"

هغومره ګرندی منډي وهه څومره چی ستا آس تا وري

"If you do not run away, you will be devoured"

که ته وتښتي نه، نو وخورل به شي

That morning the Rakshasi made a suggestion to her husband.

په هغه سهار رکشاسي خپل میره ته یو وراندیز وکر۔

"Let us bathe in the river this morning"

راځئ چی نن سهار په سیند کي غسل وکرو

She would not take no for an answer.

هغي به د ځواب لپاره نه ونه ګنله۔

The river was some distance from the palace.

سیند د ماڼی څخه یو څه لري و۔

The Brahman followed her as meekly as a lamb.

برهمن د پسه په ځیر په نرمی سره د هغي پسي روان شو۔

The Brahman woman saw that her doom was near.

برهمن بنڅي ولیدل چی د هغي عذاب نږدي دی۔

But it was beyond her power to avert the catastrophe.

خو د دي ناورین مخنیوی د هغي له وسه بهر وو۔

The Brahman and the Rakshasi did indeed reach the river.

برهمن او رکشاسي په حقیقت کي سیند ته ورسیدل۔

Soon after the Rakshasi changed into her real dimensions.

دیر ژر وروسته رکشاسي په خپل اصلي ابعاد بدله شوه۔

She tore the Brahman limb from limb.

هغي د برهمن غري له یو بل څخه پري کرل۔

She devoured him like she had devoured the antelope.

هغي هغه داسي وخور لکه څنګه چی هغي هوسی خورلي وه۔

Then she ran back to her palace.

بيا هغه بيرته خپلي ماني ته منډه کړه۔

The wive's fate was the same as the Brahman's.

دبنځي برخليک د برهمن په څير و۔

Young Champ Dal had done as his mother instructed.

ځوان اتل ډال د خپلي مور په لارښوونه عمل وکړ۔

He was diligently observing the golden bottle.

هغه په دقت سره د سرو زرو بوتل څاره۔

He paid special attention to the colour of the milk.

هغه د شيدو رنگ ته ځانگړي پاملرنه وکړه۔

He was horror-struck to find the milk redden a little.

هغه ډېر وبرېدلی و چي شيدي يي لږ سره شوي وي۔

"My father has been killed," he cried.

هغه چيغه کړه: زما پلار وژل شوی دی۔

Soon after the milk completely reddened.

لږ وروسته شيدي په بشپړه توگه سره شوي۔

"Now my mother has been killed too," he cried.

هغه چيغه کړه: اوس زما مور هم وژل شوي ده۔

Quickly he rushed to mount his pony.

هغه په چټکي سره د خپل سپي د سپورولو لپاره منډه کړه۔

His half-brother, Sahasra-Dal, was surprised.

دهغه ناسکه ورور، سهسرا-دال، حيران شو۔

"Where are you going, Champa?"

چمپا، چيرته ځي؟

"Why are you crying, brother?"

ولي ژاړي، وروره؟

"Let me accompany you to wherever you are going"

اجازه راکړئ چي هر ځای ته چي ځي، درسره يم

But Champa-Dal now feared his brother.

خو چمپا دال اوس له خپل ورور څخه وبرېده۔

"Oh! do not come to me," he objected.

اوهما ته مه راځه، هغه اعتراض وکړ۔

"Your mother has devoured my father and mother"

ستا مور زما پلار او مور خوړلي دي

"Don't you come and devour me"

راځه او ما مه خوره

"I will not devour you," he promised his brother.

هغه خپل ورور سره ژمنه وکړه: زه به تا ونه خورم۔

"I'll save you," he promised his brother.

زه به تا وژغورم، هغه خپل ورور ته ژمنه ورکړه۔

And he galloped after his brother, Champa-Dal.

او هغه د خپل ورور، چمپا-دل پسي په چټکی سره مندې وهلي۔

Soon his mother, the Rakshasi, appeared at a distance.

ډېر ژر د هغه مور، رکشاسي، په لري واتن کي راښکاره شوه۔

She demanded Champa-Dal to come to her.

هغې له چمپا-دل څخه وغوښتل چي هغي ته راشي۔

But Champa-Dal knew better than to go to the Rakshasi.

خو چمپا-دل د رکشاسي ته د تګ په پرتله ښه پوهیده۔

"Champa-Dal will not come to you, but I will"

چمپا-دال به تاته نه راځي، خو زه به راشم

And instead, Sahasra-Dal went to his mother.

او پرځای یي، سهسرا-دال خپلي مور ته لاړ۔

The young prince always carried a sword with him.

ځوان شهزاده تل له ځان سره توره ورله۔

With his sword he cut off his mother's head.

په خپله توره یي د خپلي مور سر پري کړ۔

Champa-Dal had not stayed to witness this.

چمپا-دل د دي لیدلو لپاره پاتي نه شوه۔

He had galloped off as far as his pony could carry him.

هغه تر هغه ځایه چي د هغه سپي هغه ورلی شو، په چټکی سره منډه وهلي وه۔

Because he was running for his life.

ځکه چي هغه د خپل ژوند لپاره منډي وهلي۔

But Sahasra-Dal soon caught up with his brother.

خو سهسرا-دال ډېر ژر له خپل ورور سره ونښلېد۔

And he told him that his mother was no more.

او هغه ورته وویل چي مور یي نوره نشته۔

This was small consolation to Champa-Dal.

دا د چمپا-دل لپاره یوه کوچنۍ تسلیت وه۔

The Rakshasi had already devoured both his parents.

رکشاسي لا دمخه خپل مور او پلار دواړه خوړلي وو۔

But he could still not trust Sahasra-Dal's friendship.

خو هغه لا هم د سهسرا-دال په ملګرتیا باور نه شو کولی۔

They both rode as fast as their horses could carry them.

دوی دواړه دومره ګرندي سپاره شول چي د دوی اسونه یي ورلی شي۔

And their horses could carry them very far.

او د دوی اسونه کولی شي دوی ډېر لري یوسي۔

Because their horses were Pakshirajes horses.

ځکه چي د دوی اسونه د پاکشیراج اسونه وو۔

Pakshirajes horses are the kings of birds.

دپکشیراج اسونه د مرغیو پاچاهان دي۔

On their horses they travelled over hundreds of miles.

دوی په خپلو اسونو سلګونه میله سفر وکړ۔

An hour or two before sundown they reached a village.

دلمر لوېدو څخه یو یا دوه ساعته مخکي دوی یوه کلي ته ورسېدل۔

Here they became the guests of a respectable family.

دلته دوی د یوي عزتمني کورنۍ میلمانه شول۔

But the two brothers saw the family was in gloom.

خو دواړو ورونو ولیدل چي کورنۍ په غم کي وه۔

Something was agitating the family very much.

یو څه کورنۍ ډیره خوروله۔

Some of the family held private consultations.

دکورنۍ ځینو غړو شخصي مشوري وکړي۔

And others in the family were weeping.

او د کورنۍ نور غړي ژړل۔

The mother was the eldest lady in the house.

مور یې په کور کي تر ټولو مشره ښځه وه۔

"I will go, as I am the eldest," she said.

هغي وویل :زه به ځم، ځکه چي زه تر ټولو مشره یم۔

"I have lived long enough"

زه دېر وخت ژوند کړی دی

"At most my life would be cut short by a year or two"

زیاتره زما ژوند به یو یا دوه کاله لنډ شي

The youngest member of the house was a little girl.

دکور تر ټولو کوچنی غړې یوه کوچنۍ نجلۍ وه۔

"I will go, as I am young," she said.

هغي وویل :زه به ځم، ځکه چي زه ځوانه یم۔

"I am useless to the family"

زه د کورنۍ لپاره بي ګټي یم

"If I die, I shall not be missed"

که زه مر شم، نو زما یادونه به ونه شي

The head of the house was the son of the old lady.

دکور مشر د زړي ښځي زوی و۔

"I am the representative of the family," he said.

هغه وویل :زه د کورنۍ استازی یم۔

"It is but reasonable that I should give up my life"

دا خو معقوله ده چي زه باید خپل ژوند پریږدم

He also had a younger brother.

هغه یو کشر ورور هم درلود۔

"You are the pillar of the family," he said.

هغه وویل :تاسو د کورنی ستنه یاست۔

"If you go the whole family is ruined"

که ته لاړ شي توله کورنی به تباه شي

"It is not reasonable that you should go"

دا معقوله نه ده چي ته لاړ شي

"I will go, as I shall not be much missed"

زه به لاړ شم، ځکه چي زما یادونه به ډیره نه کیږي

The two strangers listened to all this conversation.

دوو نا اشنا کسانو دا ټولی خبري واورېدي۔

You can imagine their curiosity was not little.

تاسو تصور کولی شئ چي د دوی لیوالتیا کمه نه وه۔

They wondered what the discussion could be about.

دوی حیران وو چي بحث د څه په اړه کیدی شي۔

Sahasra-Dal took the risk of being thought meddlesome.

س هسرا-دال د دې خطر په غاړه واخیست چي د لاسوهني ور وګڼل شي۔

"What is the subject of your consultations?"

ستاسو د مشورو موضوع څه ده؟

"What is the reason for your deep miserable?"

ستاسو د ژوري بدبختی لامل څه دی؟

"Why are your words full of countenances?"

ولي ستا خبري له څېرو ډکی دي؟

The head of the house gave the following answer.

دکور مشر لاندي ځواب ورکړ۔

"There is something you must know, me worthy guests"

یو څه شته چي تاسو باید پوه شئ، زما قدرمنو میلمنو

"These lands are infested by a terrible Rakshasi"

دا ځمکي د یو وحشتناک راکشي لخوا ککړي دي

"This Rakshasi has depopulated all the regions here"

دی رکشاسي دلته ټولي سیمي خالي کړي دي

"This town, too, would have been depopulated"

دا ښار به هم له نفوسه خالي شوی وای

"But that our king became suppliant to the Rakshasi"

خو دا چي زمور پاچا د رکشاسي غوښتنه وکړه

"He begged her to show mercy to us his people"

هغه له هغي څخه وغوښتل چي پر مونږ خپلو خلکو رحم وکړي

The Rakshasi replied to the king.

رکشاسي پاچا ته ځواب ورکړ۔

"I will consent to show mercy to your subjects"

زه به ستا د رعيت سره د رحم کولو موافقه وکړم

"But there is one condition for my mercy"

خو زما د رحم لپاره يو شرط دی

"Every night I demand one human being"

هره شپه زه د يو انسان غوښتنه کوم

"I don't mind if it is a male or a female"

زه پروا نه لرم چي دا نارينه دی يا ښځينه

"Put the human being in a temple for me to feast"

انسان زما لپاره په يوه معبد کي کېږده چي ډوډۍ وخورم

"If I get a human being every night I will rest satisfied"

که زه هره شپه يو انسان ترلاسه کړم نو زه به مطمئن شم

"Promise me this and I will commit no further
depredations"

ما سره دا ژمنه وکړه او زه به نور هيڅ تخريب ونه کړم

"Your subjects will be spared from my ravenous hunger"

ستاسو رعايا به زما د لوږي څخه وژغورل شي

"Our king had no other alternative than to agree"

زمونږ پاچا د موافقي پرته بله چاره نه درلوده

"What human can ever hope to contend against a Rakshasi?"

کوم انسان کولی شي د رکشاسي په وړاندي د مقابلي تمه وکړي؟

"From that day the king made a new law"

له هغي ورځي راهيسي پاچا يو نوی قانون جوړ کړ

"Every family has to send one member to the temple"

هره کورنۍ بايد يو غړی معبد ته واستوي

"To appease the wrath of the terrible Rakshasi"

د وحشتناک رکشاسي د غضب د ارامولو لپاره

"To satisfy the endless hunger of the Rakshasi"

د رکشاسي د بې پايه لوږي د پوره کولو لپاره

"All the families in this neighbourhood have had their turn"

د دي ګاوند ټولو کورنيو خپل وار درلود

"This night it is the turn of our family"

نن شپه زمونږ د کورنۍ وار دی

"One of us is to devote ourself to destruction"

زمونږ څخه يو دا دی چي ځان د تباهۍ لپاره وقف کړو

"We are therefore discussing who should go to the Rakshasi"

له همدي امله مونږ په دي بحث کوو چي څوک بايد رکشاسي ته لاړ شي

"You can now perceive the cause of our distress"

تاسو اوس زمونږ د کړاو لامل درک کولی شئ

The two friends consulted together for a few minutes.

دوارو ملګرو د څو دقيقو لپاره سره مشوره وکړه۔

After this time they concluded their consultation.

له دي وخت وروسته دوی خپله مشوره پای ته ورسوله۔

Sahasra-Dal was the spokesman for the brothers.

سهسرا-دل د ورونو وياند وو۔

"Most worthy host, do not any longer be sad"

تر ټولو وړ کوربه، نور مه خفه کېږه

"You have been very kind to us"

تاسو له مونږ سره ډېر مهربان وئ

"We have resolved to requite your hospitality"

مونږ هوډ کړی چي ستاسو د ميلمه پالني بدله واخلو

"We will go to the temple instead of you"

مونږ به ستا پر ځای معبد ته ځو

"We shall go as your representatives"

مونږ به ستاسو د استازو په توګه ځو

"We will become the food of the Rakshasi"

مونږ به د رکشاسي خواړه شو

The whole family protested against the proposal.

ټولي کورنۍ د دي وړانديز پر وراندي اعتراض وکړ۔

They declared that guests were like gods.

دوی اعلان وکړ چي ميلمانه د خدايانو په څېر دي۔

"The host must ensure the comfort of the guests"

کوربه بايد د ميلمنو آرامي دادمن کړي

"The guests must not suffer for the host"

ميلمانه بايد د کوربه لپاره تکليف ونه کړي

But the two strangers could not be persuaded.

خو دوه نا اشنا کسان قانع نه شول۔

"We will stand as proxies for your family"

مونږ به ستاسو د کورنۍ لپاره د استازو په توګه ودرېږو

There was a great deal of objection to the proposal.

په دي وړانديز ډېر اعتراض وشو۔

But eventually the guests persuaded their hosts.

خو بالاخره مېلمنو خپل کوربه قانع کرل۔

Finally the hosts consented to the arrangement.

بالاخره کوربهانو له ترتیب سره موافقه وکره۔

Sahasra-Dal and Champa-Dal rode off on their horses.

سهسرا-دل او چمپا-دل په خپلو اسونو سپاره شول۔

Immediately after candle light they reached the temple.

دشمعي له روښنانه کولو سمدلاسه وروسته دوی معبد ته ورسېدل۔

They went into the temple, and shut the door.

هغوی معبد ته لاړل، او دروازه یي وترله۔

Sahasra told his brother to go to sleep.

سهسرا خپل ورور ته وویل چی ویده شي۔

"I will guard over your sleep"

زه به ستا خوب وساتم

"I will watch out for the terrible Rakshasi"

زه به د وحشتناک رکشاسي لپاره پام وکرم

Champa was soon in a fine sleep.

چمپا ډېر ژر په ښه خوب کي شوه۔

Sahasra lay awake, waiting for the Rakshasi.

سهاسرا ویښ شو، د راکشسي په انتظار۔

Nothing happened during the early hours of the night.

دشپی په لومړیو ساعتونو کي هیڅ ونه شول۔

But then the gong of the king's bell sounded.

خو بیا د پاچا د زنگ غږ پورته شو۔

It was midnight, the dead hour of the night.

نیمه شپه وه، د شپی مر ساعت۔

Sahasra heard the sound as of a rushing tempest.

سهسرا د یو تیز طوفان غږ واورېد۔

He used the knowledge he had of Rakshasas.

هغه د رکشاسا په اړه د خپلي پوهي څخه کار واخیست۔

He concluded the Rakshasi was nigh.

هغه پایله وکره چی رکشاسي نږدي وه۔

A thundering knock was heard at the door.

په دروازه کي یو دروند تکان واورېدل شو۔

The following words accompanied the knock at the door:

د:دروازی تک تک سره لاندي کلمي هم راغلي

"How, mow, khow! A human being I smell"

ټنګه، غوا، کومزه د انسان بوی لرم

"Who keeps guard inside this temple?"

څوک د دي معبد دننه ساتنه کوي؟

To this question Sahasra-Dal made the following reply:

د:ي پوښتنې ته سهسرا-دل لاندي ځواب ورکړ

"Sahasra-Dal keeps guard inside this temple"

سهاسرا-دل د دي معبد دننه ساتنه کوي

"Champa-Dal keeps guard inside this temple"

چمپا-دال د دي معبد دننه ساتنه کوي

"Two winged horses keep guard inside this temple"

دوه وزر لرونکي اسونه د دي معبد دننه ساتنه کوي

Rakshasa blood flowed through Sahasra-Dal's veins.

درکشاسا وينه د سهسرا-دل په رګونو کي جريان درلود.

The Rakshasi knew Sahasra-Dal was not human.

راکشسي پوهيده چي سهسرا دال انسان نه و.

And so the Rakshasi turned away with a groan.

او په دي توګه رکشاسي په ژړا سره مخ واړاوه.

After an hour the Rakshasi returned to the temple.

يو ساعت وروسته رکشاسي معبد ته راستون شو.

The Rakshasi thundered at the door again.

رکشاسي بيا په دروازه کي ګرنګ وکړ.

"How, mow, khow! A human being I smell"

ټنګه، غوا، کومزه د انسان بوی لرم

"Who keeps guard inside this temple?"

څوک د دي معبد دننه ساتنه کوي؟

To this question Sahasra-Dal again replied:

د:ي پوښتنې ته سهارسرا-دل بيا ځواب ورکړ

"Sahasra-Dal keeps guard inside this temple"

سهاسرا-دل د دي معبد دننه ساتنه کوي

"Champa-Dal keeps guard inside this temple"

چمپا-دال د دي معبد دننه ساتنه کوي

"Two winged horses keep guard inside this temple"

دوه وزر لرونکي اسونه د دي معبد دننه ساتنه کوي

The Rakshasi again groaned and went away.

رکشاسي بيا ژړل او لاړ.

At two o'clock the Rakshasi appeared once more.

دوه بجي رکشاسي يو ځل بيا راڅرګند شو.

And at three o'clock the Rakshasi came again.

او په دري بجو رکشاسي بيا راغی۔

Each time the Rakshasi made the same inquiry.

هر خل چي رکشاسي ورته پوښتنه کوله۔

And each time the Rakshasi left with a groan.

او هر خل چي رکشاسي په ژړا سره لاړ۔

After three o'clock, however, Sahasra-Dal felt very sleepy.

خو، له دري بجو وروسته، سهسرا-دل ډېر خوب کاوه۔

He could not any longer keep awake.

هغه نور نشو کولی چي ويښ پاتي شي۔

He therefore roused Champa.

له همدي امله یې چمپا راویښه کړه۔

And he told him to keep guard over the temple.

او هغه ته يي وويل چي د معبد ساتنه وکړي۔

"The Rakshasi will come again in an hour"

راکشاسي به په يوه ساعت کي بيا راشي

"The Rakshasi will ask who keeps guard here"

راکشاسي به پوښتنه وکړي چي دلته څوک ساتنه کوي

"You must mention Sahasra's name first"

تاسو بايد لومړی د سهسرا نوم ياد کړئ

Having given these instructions he went to sleep.

ددي لارښوونو په ورکولو سره هغه ويده شو۔

At four o'clock the Rakshasi again made her appearance.

په څلورو بجو رکشاسي بيا راڅرګنده شوه۔

The Rakshasi thundered at the door, and said:

ر:کشاسي په دروازه کي ګرنګ وکړ او يي ويل

"How, mow, khow! A human being I smell"

څنګه، غوا، کوهزه د انسان بوی لرم

"Who keeps guard inside this temple?"

څوک د دي معبد دننه ساتنه کوي؟

Champa-Dal was in a terrible fright.

چمپا-دل په ډېره وهره کي وه۔

He had forgotten the instructions of his brother.

هغه د خپل ورور لارښووني هېري کړي وي۔

"Champa-Dal keeps guard inside this temple"

چمپا-دال د دي معبد دننه ساتنه کوي

"Sahasra-Dal keeps guard inside this temple"

سهاسرا-دل د دي معبد دننه ساتنه کوي

"Two winged horses keep guard inside this temple"

دوه وزر لرونکي اسونه د دي معبد دننه ساتنه کوي

The Rakshasi uttered a shout of exultation.

رکشاسي د خوښي چيغه وکړه.

And the Rakshasi laughed how only demons can laugh.

او رکشاسي وخندل چي څنگه يوازي شيطانان خاندي.

With a dreadful noise the door broke open.

ديو ډارونکي غږ سره دروازه خلاصه شوه.

The noise roused Sahasra from his sleep.

شور سهارسرا له خوبه راويښ کړ.

Within a moment he sprung to his feet.

په يوه شيبه کي هغه په خپلو پښو ودرېد.

He had his sword with him not only by day.

هغه نه يوازي د ورځي له خوا خپله توره ورسره وه.

He had his sword with him by night too.

دشپي هم هغه خپله توره ورسره وه.

His sword was as supple as a palm-leaf.

دهغه توره د خرما د پاڼي په څير نرمه وه.

And he cut off the head of the Rakshasi.

او هغه د رکشاسي سر پرې کړ.

The huge mountain of a body fell to the ground.

ديو جسد لوی غر په ځمکه ولوېد.

The body made a great noise when it fell.

کله چي بدن وغورځېد، ډېر لوړ غږ يي وکړ.

And the body covered many surrounding acres.

او بدن يي شاوخوا ګڼ جريبه ځمکه پوښلي وه.

Sahasra-Dal kept the severed head of the Rakshasi.

سهاسرا دال د راکشسي مات شوی سر ساتلی و.

And he slept again with the head near him.

او هغه بيا د سر سره نږدي ويده شو.

Early in the morning some wood-cutters came.

سهار وختي ځيني لرګي وهونکي راغلل.

The wood-cutters were passing near the temple.

لرګي پرې کوونکي د معبد له نږدي تېرېدل.

The wood-cutters saw the huge body on the ground.

لرګي پرې کوونکو هغه لوی جسد پر ځمکه وليد.

So they walked towards the temple.

نو دوی د معبد په لور روان شول.

Soon they saw that it was a carcass.

ډېر ژر دوی ولیدل چې دا یو مړی و۔

The carcass of the terrible Rakshasi.

دوحشتناک رکشاسي جسد۔

The Rakshasi that had nearly depopulated the land.

هغه رکشاسي چې ځمکه یي تقریبا له نفوسه خالي کړې وه۔

There had been a bounty for this Rakshasi.

ددي رکشاسي لپاره انعام ټاکل شوی و۔

The king offered the hand of his daughter.

پاچا د خپلي لور لاس ورواندي کړ۔

And the king had offered half the kingdom.

او پاچا د سلطنت نیمایي برخه ورواندي کړې وه۔

He would trade it all for the head of the Rakshasi.

هغه به دا ټول د رکشاسي د سر لپاره بدل کړي۔

The wood-cutters saw no claimant at hand.

لرګي وهونکو هیڅ مدعي په لاس کي ونه لید۔

So they went to get the reward.

نو دوی لاړل چې انعام ترلاسه کړي۔

Each wood-cutter cut off a limb from the Rakshasi.

هر لرګي پرې کوونکي د رکشاسي څخه یوه پنه پرې کړه۔

And each wood-cutter went to the king.

او هر لرګی وهونکی پاچا ته لاړ۔

And each wood-cutter tried to claim the reward.

او هر لرګی وهونکی هڅه کوله چې انعام ترلاسه کړي۔

"I am the destroyer of the great man eater"

زه د لوی انسان خوړونکي ویجاړونکی یم

"I have come to claim my reward"

زه راغلی یم چې خپل انعام ترلاسه کړم

The king knew there could only be one hero.

پاچا پوهیده چې یوازي یو اتل کیدی شي۔

So he made an inquiry with his minister.

نو هغه له خپل وزیر څخه پوښتنه وکړه۔

"What family's turn was it last night?"

تیره شپه د کومي کورنۍ وار و؟

"And who is the head of that family?"

او د دي کورنۍ مشر څوک دی؟

The king's minister set out to find the family.

دپاچا وزیر د کورنۍ د موندلو لپاره روان شو۔

He brought the head of the family to the king.

هغه د کورنۍ مشر پاچا ته راوست.

And the head of the family told of his guests.

او د کورنۍ مشر د خپلو میلمنو په اړه ووېل۔

"Last night two youthful travelers came to me"

تېره شپه دوه ځوان مسافر زما خوا ته راغلل

"We offered to be their hosts for the night"

موږ د شپې لپاره د دوی کوربه توب ور اندیز وکړ

"Soon they discovered the problem we had"

ډېر ژر دوی هغه ستونزه وموندله چې موږ یې درلوده

"And they volunteered to take our place"

او دوی په خپله خوښه زموږ ځای ونیو

"They went to the temple, instead of one of us"

دوی زموږ د یو پر ځای معبد ته لاړل

The king took his men to the temple.

پاچا خپل سړي معبد ته بوتلل۔

The door of the temple was broken open.

دمعبد دروازه ماته شوه۔

They found the two brothers sleeping.

دوی دواړه ورونه ویده وموندل۔

And the horses were safe in the temple too.

او اسونه هم په معبد کې خوندي وو۔

And the head of the Rakshasi was there too.

او د رکشاسي مشر هم هلته و۔

There was no doubt about who had killed the monster.

په دې کې هیڅ شک نه و چې دا بلا چا وژلې وه۔

The real hero had been discovered.

اصلي اتل کشف شو۔

And the king kept true to his word.

او پاچا په خپله خبره کې رښتینی و۔

He gave the hand of his daughter to Sahasra-Dal.

هغه د خپلي لور لاس سهسرا-دل ته ورکړ۔

And he gave him half his kingdom too.

او هغه ته یې خپله نیمه سلطنت هم ورکړ۔

Champa-Dal remained with his friend.

چمپا-دال د خپل ملګري سره پاتي شو۔

And he rejoiced in Sahasra-Dal's prosperity.

او هغه د سهسرا-دل په سوکالۍ خوشحاله شو۔

And they lived together happily for some time.

او دوی د ځه مودي لپاره په خوښۍ سره یوخپای ژوند وکړ۔

But one day a misunderstanding arose between them.

خو یوه ورځ د دوی ترمنځ غلط فهمي رامنځته شوه۔

The queen-mother had a certain maid-servant.

دملکي مور یوه خانګړي وینځه درلوده۔

This maid-servant was the most useful domestic.

دا وینځه تر ټولو ګټوره کورنۍ وه۔

She could turn her hand to any task.

هغه کولی شي خپل لاس هر کار ته واړوي۔

And she had uncommon strength for a woman.

او هغه د یوې ښځي لپاره غیر معمولي ځواک درلود۔

Her intelligence was not lacking either.

دغي هوښیارتیا هم کمه نه وه۔

And she had a remarkable amount of energy.

او هغي د پام ور انرژي درلوده۔

She would have been quickly missed in the palace.

په ماڼۍ کي به یي ډېر ژر یادونه شوې وای۔

The zenana was completely dependent on her.

زنانه په ښپیره توګه په هغي پوري تړلي وه۔

Hence her services were highly valued.

لـه همدي امله د هغي خدمات ډېر ارزښتناک وو۔

The queen-mother appreciated her very much.

دملکي مور د هغي ډېره ستاینه وکړه۔

And the ladies of the palace valued her too.

او د ماڼۍ میرمنو هم هغي ته ارزښت ورکړ۔

But this valuable woman was not a woman.

خو دا ارزښتناکه ښځه ښځه نه وه۔

What this woman was was a Rakshasi.

دا ښځه یوه رکشاسي وه۔

She had put on the appearance of a woman.

هغي د ښځي ظاهري بڼه اغوستي وه۔

She had her own nefarious reasons for doing this.

هغي د دي کار لپاره خپل ناوړه دلیلونه درلودل۔

And then she took service in the royal household.

او بیا هغي په شاهي کورنۍ کي خدمت پیل کړ۔

At night she used to assume her own real form.

دشپي به هغي خپله اصلي بڼه غوره کوله۔

When everyone in the palace was asleep.

کـله چي په مانۍ کي ټول ويده وو۔

And then she went about in search of food.

او بيا هغه د خوړو په لټه کي لاړه۔

Because her hunger was not satisfied at the palace.

ځکه چي په مانۍ کي د هغي لوږه نه وه پوره شوې۔

A Rakshasi needs much more food than a man or woman.

یو رکشاسي د نارينه يا ښځينه په پرتله ډير خوراک ته اړتيا لري۔

At this time Champa-Dal had no wife.

په دي وخت کي چمپادل ښځه نه درلوده۔

So he often slept outside the zenana.

نو هغه به ډير وخت د زنانه بهر ويده کېده۔

He was not far from the outer gate of the palace.

هغه د مانۍ د بهرنۍ دروازي څخه ډير لري نه و۔

And from there he could observe her.

او له هغه ځايه هغه کولی شوای چي هغه وڅاري۔

He saw her devouring sundry goats and sheep.

هغه وليدل چي هغه ډول ډول وزي او پسونه خوري۔

And he saw her devouring horses and elephants.

او هغه وليدل چي اسونه او فيلان يي خوري۔

This of course was not good for the maid-servant.

البته دا د نوکري لپاره ښه نه وه۔

Champa-Dal was in the way of her supper.

چمپا-دال د هغي د دودۍ په لاره کي خنډ وه۔

So she was determined to get rid of him.

نو هغي هوډ وکړ چي له هغه څخه ځان خلاص کړي۔

One day she went to the queen-mother.

یوه ورځ هغه د ملکي مور ته لاړه۔

"Queen-mother," she said to her.

ملکه مور، هغي ورته وويل۔

"I can no longer work in the palace"

زه نور په مانۍ کي کار نشم کولی

"Why?" asked the queen-mother.

ولي؟ ملکي مور وپوښتل۔

"What is the matter, Dasi" she wanted to know.

څه خبره ده، داسي هغي غوښتل پوه شي۔

"How can I go on without you?"

څنګه کولی شم پرته له تا ژوند وکړم؟

"Tell me your reasons for leaving"

د تګ لپاره خپل دليلونه راته ووایاست

The maid-servant explained her situation.

نوکري خپل حالت بيان کړ۔

"I am but a poor woman in this palace"

زه په دي مانۍ کي يوازي يوه غريبه ښځه يم

"A woman like me can't preserve her honour here"

زما په څير ښځه دلته خپل عزت نشي ساتلی

"Your son-in-law has a friend, Champa-Dal"

ستا د زوم يوه ملګري لري، چمپا-دل

"He always cracks indecent jokes with me"

هغه تل زما سره بی ادبه ټوکي کوي

"I would rather beg for my rice than to lose my honour"

زه به د خپل عزت له لاسه ورکولو پر ځای د خپلي وريجي سوال کول غوره ګنم

"If Champa-Dal remains in the palace I must go away"

که چمپا-دل په مانۍ کي پاتي شي، زه بايد لاړ شم

The maid-servant was irreplicable in the palace.

په مانۍ کي د وينځي سره کومه مرسته نه کېده۔

The queen-mother knew what sacrifice to make.

ملکه مور پوهیده چي څه قرباني ورکړي۔

Champa-Dal was going to have to leave the palace.

چمپا-دل بايد له مانۍ ووځي۔

And she told Sahasra-Dal all her reasons.

او هغي د سهاسرا-دل ټول دليلونه ورته وويل۔

"Champa-Dal is a bad man"

چمپا-دال يو بد سړی دی

"His character and morals are loose"

د هغه شخصيت او اخلاق کمزوري دي

"He must leave this palace at once"

هغه بايد سمدلاسه له دي مانۍ ووځي

Sahasra-Dal did his best to persuade her otherwise.

سهسرا-دال خپله ټوله هڅه وکړه چي هغه په بل دول قانع کړي۔

He earnestly pleaded on behalf of his friend.

هغه د خپل ملګري په استازيتوب په کلکه غوښتنه وکړه۔

But his efforts were in vain.

خو د هغه هڅی بی ګټی وي۔

The queen-mother had made up her mind.

دملکي مور خپله پریکړه کړې وه۔

He had to be driven out of the palace.

هغه باید له مانۍ څخه وشړل شي۔

Sahasra-Dal had not the courage to tell his friend.

سهسرا-دل دا جرئت نه درلود چي خپل ملګري ته ووايي۔

He therefore wrote a letter to him.

له همدي امله یې هغه ته یو لیک ولیکه۔

In the letter he was vague about the reason.

په لیک کي هغه د دلیل په اړه مبهم و۔

But either way, he was going to have to leave.

خو په هر صورت، هغه باید لاړ شي۔

Champa-Dal went to have a bath.

چمپا-دال د غسل کولو لپاره لاړه۔

And the letter was put in his room.

او لیک یې په خپله کوټه کي کیښود۔

Champa-Dal was grieved upon reading the letter.

چمپا-دل د لیک په لوستلو سره غمجنه شوه۔

He mounted his fleet of horses.

هغه د خپلو اسونو بیری سپور کړه۔

And on his horses he left the palace.

او په خپلو اسونو سپاره له مانۍ ووت۔

Champa's horses were uncommonly fleet.

دچمپا اسونه په غیر معمولي ډول بهری وو۔

Soon he had traversed thousands of miles.

ډیر ژر یې زرګونه میله سفر وکړ۔

And eventually he reached a new city.

او بالاخره هغه یو نوي ښار ته ورسید۔

He stood at the gateway of a magnificent palace.

هغه د یوې ښکلي مانۍ په دروازه کي ولاړ و۔

He dismounted from his horse.

هغه له خپل آس څخه ښکته شو۔

And he entered the palace.

او هغه مانۍ ته ننوت۔

But in the palace he met not a single creature.

خو په مانۍ کي هغه له یو مخلوق سره هم ونه لیدل۔

He went from apartment to apartment.

هغه له اپارتمان څخه بل اپارتمان ته لاړ۔

All the rooms were richly furnished.

ټولي خوني په بدايه ډول فرنيچر شوي وي۔

But none of the rooms were lived in.

خو په هيڅ يوه خونه کي نه اوسېدل۔

But in the end he came to a different room.

خو په پای کي هغه بلي کوټي ته راغۍ۔

In this room there was a young lady.

په دي خونه کي يوه ځوانه ښځه وه۔

The young lady was of heavenly beauty.

ځوانه ښځه د آسماني ښکلا څخه وه۔

And she was lying down on a splendid bedstead.

او هغه په يوه ښکلي بستر پروت وه۔

The beautiful young lady was asleep.

ښکلي ځوانه ښځه ويده وه۔

Champa-Dal looked upon the sleeping beauty.

چمپا ـ دال د خوب کوونکي ښکلا ته وکتل۔

He was captivated by what he was seeing.

هغه د هغه څه په ليدو حيران شو چي هغه يي ليدل۔

He had not seen any woman so beautiful.

هغه هيڅ ښځه دومره ښکلي نه وه ليدلي۔

Upon the bed there were two sticks.

دبستر په سر دوه لرګي وو۔

The two sticks were near the woman's head.

دوه لرګي د ښځي سر ته نږدي وو۔

One of the sticks was made of silver.

يوه لرګی د سپينو زرو څخه جوړه شوي وه۔

And the other stick was made of gold.

او بله لنته د سرو زرو څخه جوړه شوي وه۔

Champa took the silver stick into his hand.

چمپا د سپينو زرو لرګی په خپل لاس کي واخيست۔

And with the stick he touched the body of the lady.

او د لرګي سره يي د ميرمني بدن لمس کړ۔

But no change was perceptible to her sleep.

خو د هغي په خوب کي هيڅ بدلون نه ليدل کېده۔

He then took up the gold stick.

بيا يي د سرو زرو لرګی پورته کړ۔

And with the stick he touched the body of the lady.

او د لرګي سره يي د ميرمني بدن لمس کړ۔

This time the young lady did awake.

دا ځل ځوانه ښځه راویښه شوه۔

Eyeing the stranger, she inquired who he was.

هغې د نا اشنا سړي په لټه کي پوښتنه وکړه چي څوک دی۔

"I am Champa-Dal," he told her.

هغه ورته وویل :زه چمپا-دال یم۔

"There was once a poor dimwitted Brahman"

یو وخت یو غریب او بی عقل برهمن وو

"This dimwitted man had a wife, but no children"

دي بی عقل سړي ښځه درلوده، خو اولاد یي نه درلود

"But him not having children was probably for the best"

خو د هغه د اولاد نه درلودل شاید غوره وي

"Because he was barely able to meet his own needs"

ځکه چي هغه په سختۍ سره د خپلو ارتیاوو د پوره کولو توان درلود

"And he could hardly supply enough for his wife"

او هغه په سختۍ سره د خپلې میرمنی لپاره کافي اندازه اکمالات کولی شول

"But his dimwittedness was not even his biggest problem"

خو د هغه کم عقلي حتی د هغه تر ټولو لویه ستونزه نه وه

And he continued the story as we have followed it.

او هغه کیسه همداسي روانه وساتله لکه څنګه چي موږ یي تعقیب کړي ده۔

"My mother concluded her fate was sealed"

زما مور دي پایلي ته ورسېده چي د هغي برخلیک ترل شوی دی

"And she thought my father would meet the same fate"

او هغي فکر کاوه چي زما پلار به هم ورته برخلیک سره مخ شي

"And she did not expect me to be spared either"

او هغي تمه نه درلوده چي زه به هم وژغورل شم

"That night she hardly slept at all"

هغه شپه هغي ته هیڅ خوب نه و

"The Rakshasi had prevented her from seeing my father"

راکشاسي هغه زما د پلار له لیدلو منع کړي وه

"Early next morning I went to school"

بل سهار وختي زه ښوونځي ته لاړم

"Before I went to school she gave me a golden bottle"

مخکي له دي چي زه ښوونځي ته لار شم، هغي ماته د سرو زرو بوتل راکړ

"In the golden bottle was her own breast milk"

په سرو زرو بوتل کي د هغي خپله د مور شیدي وي

"I was told to carefully watch the colour of the milk"

ما ته ویل شوي وو چي د شیدو رنګ په دقت سره وګورم

And he continued the story as we have followed it.

او هغه کیسه همداسي روانه وساتله لکه څنګه چي موږ يي تعقیب کړي ده۔

"We will stand as proxies for your family"

موږ به ستاسو د کورنۍ لپاره د استازو په توګه ودريږو

"There was a great deal of objection to our proposal"

زموږ په وراندیز باندي ډېر اعتراض وشو

"But eventually we persuaded our hosts"

خو بالاخره موږ خپل کوربه قانع کړل

"Finally the hosts consented to the arrangement"

په پای کي کوربه د ترتیب سره موافقه وکړه

And he continued the story as we have followed it.

او هغه کیسه همداسي روانه وساتله لکه څنګه چي موږ يي تعقیب کړي ده۔

"So I often slept outside the zenana"

نو زه به ډیری وخت د زنانه بهر ویده کیدم

"I was not far from the outer gate of the palace"

زه د ماڼۍ د بهرنۍ دروازي څخه لري نه وم

"And from there I could observe her"

او له هغه ځایه زه کولی شم هغه وګورم

"I saw her devouring sundry goats and sheep"

ما هغه ولیده چي ډول ډول وزي او پسونه يي خوړل

"And I saw her devouring horses and elephants"

او ما هغه ولیده چي اسونه او فیلان يي خوري

And he continued the story as we have followed it.

او هغه کیسه همداسي روانه وساتله لکه څنګه چي موږ يي تعقیب کړي ده۔

"One day a letter was put in my room"

یوه ورځ زما په کوټه کي یو لیک کیښودل شو

"I was grieved upon reading the letter"

زه د لیک په لوستلو غمجن شوم

"I mounted my fleet of horses"

ما د خپلو اسونو بیړی سپور کړه

"And on my horses he left the palace"

او زما په اسونو باندي هغه له ماڼۍ ووت

"My horse are uncommonly fleet"

زما اسونه په غیر معمولي ډول بیړی دي

"Soon I had traversed thousands of miles"

ډیر ژر مي زرګونه میله سفر وکړ

"And eventually I reached a new city"

او بالاخره زه یو نوي ښار ته ورسیدم

And he continued the story as we have followed it.

او هغه کیسه همداسي روانه وساتله لکه څنګه چي موږ یي تعقیب کړي ده۔

"I took the silver stick into his hand"

ما د سپینو زرو لرګی د هغه په لاس کي واخیست

"And with the stick I touched your body"

او د لرګي سره ما ستا بدن لمس کر

"But no change was perceptible to your sleep"

خو ستا خوب کي هیڅ بدلون نه لیدل کیده

"I then took up the gold stick"

بیا ما د سرو زرو لرګی پورته کړ

And with the stick he touched your body.

او د لرګي سره یي ستا بدن لمس کړ۔

"This time you did awake from your sleep"

دا ځل ته له خوبه راویښ شوي

The young lady had listened to Champa-Dal's story.

ځواني بنځي د چمپا۔دل کیسه اورېدلي وه۔

The young lady was in fact a princess.

هغه ځوانه بنځه په حقیقت کي یوه شهزادګی وه۔

"Unhappy man! why have you come here?"

بدبخته سړیه۔ته ولي دلته راغلی یي؟

"This is the country of Rakshasas"

دا د رکشاسا هیواد دی

"No less than seven hundred Rakshasas live here"

دلته لږ تر لږه اووه سوه رکشاګان ژوند کوي

"Every morning the Rakshasas leave"

هره سهار رکشاسا ځي

"They go to the other side of the ocean"

دوی د سمندر بلي غاړي ته ځي

"And they search for provisions there"

او دوی هلته د توکو لټون کوي

"And before dusk they return again"

او د ماښام څخه مخکي دوی بیرته راځي

"My father was king in these regions"

زما پلار په دي سیمو کي پاچا وو

"His kingdom had millions of subjects"

د هغه سلطنت په ملیونونو تابعین درلودل

"They lived in flourishing towns and cities"

دوی په پرمختللو ښارونو او ښارونو کي ژوند کاوه

"But some years ago the Rakshasas invaded"

خو څو کاله وراندي رکشاسا يرغل وکړ

"And they devoured all the subjects of the kingdom"

او دوی د سلطنت ټول تابعين وخوړل

"The Rakshasas devoured my father and my mother"

راکشاس زما پلار او مور وخوړل

"The Rakshasas devoured my brothers and sisters"

راکشاس زما ورونه او خويندي وخوړلي

"And they devoured all the cattle of the country"

او دوی د هيواد ټول څاروي وخوړل

"There is no living human being in these regions"

په دي سيمو کي هيڅ ژوندی انسان نشته

"I am the last human living left"

زه وروستی ژوندی انسان يم

"I too would have been devoured long ago"

زه به دېر پخوا خوړل شوی وای

"But an old Rakshasi took a liking to me"

خو يو زوړ رکشاسي زما سره مينه وکړه

"She prevents the other Rakshasas from eating me"

هغه نور رکشاگاني زما د خوړلو څخه منع کوي

"Do you see those sticks of silver and gold?"

ايا ته د سپينو زرو او سرو زرو هغه لرګي ګوري؟

"Every morning she kills me with the silver stick"

هره سهار هغه ما د سپينو زرو په لرګي وژني

"Every evening she re-animates me with the gold stick"

هره ماښنام هغه ما د سرو زرو په لرګي سره بيا ژوندی کوي

"I do not know how to advise you"

زه نه پوهيږم چي څنګه تاسو ته مشوره درکړم

"If the Rakshasas see you, you are a dead man"

که رکشا تا ووينی، ته مر سری يی

Then they talked in a very affectionate manner.

بيا يي په ډيره مينه ناکه ژبه خبري وکړي۔

And they laid their heads together.

او دوی خپل سرونه سره يوځای کړل۔

And they thought to devise a means of escape.

او دوی فکر وکړ چي د تيښتي يوه لاره پيدا کړي۔

Some way to get out of the hands of the Rakshasas.

درکشاسا له لاسونو څخه د وتلو لپاره کومه لاره۔

The hour of the return of the Rakshasas was coming.

درکشاسا د بیرته راستنیدو وخت را رسیدلی و۔

The seven hundred flesh-eaters were soon returning.

اووه سوه غوښنه خورونکي ډیر ژر راستانه شول۔

Keshavati called out to Champa-Dal.

کیشواتي چمپا-دل ته غږ وکړ۔

(Because that was the name of the princess)

((ځکه چي دا د شهزادګی نوم و

"Hide yourself in the heaps of the sacred trefoil"

خان د مقدسو ډبرو په ډیریو کي پټ کړه

But first Champ Dal picked up the silver stick.

خو لومړی چمپ دال د سپینو زرو لرګی پورته کړ۔

He touched Keshavati with the silver stick.

هغه د سپینو زرو لرګي سره کیشواتي ته لاس ورکړ۔

And as soon as he touched her, she died.

او کله چي هغه هغي ته لاس ورکړ، هغه مړه شوه۔

Then he went to the center of the temple of Siva.

بیا هغه د شیوا معبد مرکز ته لاړ۔

And he hid beneath the heaps of sacred trefoil.

او هغه د مقدسو ډبرو لاندي پټ شو۔

From his hiding place he heard the sound of wind rushing.

دخپل پټ ځای څخه یي د باد د چټک غږ واورید۔

Then he heard terrible noises in the palace.

بیا یي په ماڼی کي دارونکي غږونه واورېدل۔

The Rakshasas had come home from their hunt.

رکشاسا له ښکار څخه کور ته راغلي وو۔

They had filled their stomachs with meat.

دوی خپلي ګیډي په غوښنه ډکي کړي وي۔

Sundry goats, sheep, cows, horses, buffaloes.

ډول ډول وزي، پسونه، غواګاني، اسونه، غوایان۔

And they had devoured elephants too.

او هغوی فیلان هم خوړلي وو۔

The old Rakshasi returned to the palace too.

زوړ رکشاسي هم ماڼی ته راستون شو۔

She went to the room of the sleeping princess.

هغه د ویده شهزادګی کوټی ته لاړه۔

And she woke her with the stick made of gold.

او هغې هغه د سرو زرو څخه جوړ شوي لرګي سره راوپينه کړه۔

"Hye, mye, khye! A human being I smell"

هی، زما، خی زه د انسان بوی لرم

"I am the only human being here," said the princess.

شهزادگۍ وويل :زه دلته يوازينۍ انسان يم۔

"Eat me if you like," added Keshavati.

کيشواتي زياته کړه :که غواړي نو ما وخوره۔

To this the Rakshasi replied:

ر:کشاسي په دي ځواب کي وويل

"Let me eat up your enemies"

اجازه راکړئ چي ستا دښمنان وخورم

"Why should I eat you?" she asked the princess.

هغي له شهزادگۍ څخه وپوښتل :زه ولي تا وخورم؟

She laid herself down on the ground.

هغي ځان په ځمکه وغور ځاوه۔

She was as long and high as the Vindhya Hills.

هغه د ويندپا غونديو په څېر اوږده او لوړه وه۔

And in this position she fell asleep.

او په دي حالت کي هغه ويده شوه۔

The other Rakshasas and Rakshasis soon fell asleep too.

نور رکشاسا او رکشاسيان هم ډېر ژر ويده شول۔

Because they were tired from their gigantic labour.

ځکه چي دوی د خپل لوی کار څخه ستړي شوي وو۔

Keshavati also composed herself to sleep.

کيشواتي هم ځان د خوب لپاره چمتو کړ۔

But Champa did not dare to come out from under the leaves.

خو چمپا د پاڼو لاندي د راوتو جرئت ونکړ۔

And he tried his best to pray to the god of repose.

او هغه خپله ټوله هڅه وکړه چي د آرام خدای ته دعا وکړي۔

At daybreak all seven hundred Rakshasas got up again.

دسهار په وخت کي ټول اووه سوه رکشا بيا پورته شول۔

They went on their usual predatory excursion.

دوی په خپل عادي ښکار سفر ته لاړل۔

And along with them went the old Rakshasi.

او د دوی سره زور رکشاسي هم لاړ۔

But first the old Rakshasi picked up the silver stick.

خو لومړی زاره رکشي د سپينو زرو لرګي پورته کړ۔

And she touched Keshavati with the silver stick.

او هغې د سپينو زرو لرګي سره کيشواتي ته لاس ورکر۔

Soon the coast was clear for Champa-Dal.

ډېر ژر د چمپا-دال لپاره ساحل پاک شو۔

And he dared to come out from under the pile of leaves.

او هغه جرئت وکر چي د پانو د ډېری لاندي راووځي۔

He walked back into the room of the princess.

هغه بيرته د شهزادګۍ کوټي ته لار۔

And he touched her with the golden stick.

او هغه يي د سرو زرو لرګي سره لمس کر۔

And the princess revived from her death again.

او شهزادګۍ بيا له خپل مرګ څخه راژوندۍ شوه۔

They sauntered about in the gardens.

دوی په باغونو کي ګرځېدل۔

They enjoyed the cool breeze of the morning.

دوی د سهار له سړي هوا څخه خوند واخيست۔

They bathed in a lucid pool of water.

دوی د اوبو په يوه روښنانه حوض کي غسل وکر۔

And they ate and drank food in the palace.

او هغوی په ماڼۍ کي خواړه وخورل او وڅښل۔

And they spent the day in sweet converse.

او دوی ورځ په خوږو خبرو اترو کي تيره کره۔

And they concocted a plan for their deliverance.

او دوی د خپل خلاصون لپاره يو پلان جوړ کر۔

Keshavaity was going to speak to the old Rakshasi.

کيشويتي غوښتل چي له زاړه رکشاسي سره خبري وکړي۔

She was going to ask on what a Rakshasa's life depended.

هغه غوښتل چي پوښتنه وکړي چي د رکشاسا ژوند په څه پوري اره لري۔

And with that secret they were going to act accordingly.

او د دي راز سره به دوی د هغي مطابق عمل وکړي۔

The hour of the return of the Rakshasas was coming again.

د رکشاسا د بيرته راستنيدو ساعت بيا را روان و۔

And events unfolded as they had the evening before.

او پيښي د تير ماښام په څير راڅرګندي شوې۔

The seven hundred flesh-eaters were returning to the palace.

اووه سوه غوښنه خوړونکي ماڼۍ ته راستنېدل۔

Champ Dal touched Keshavati with the silver stick.

چمپ دال د سپينو زرو لرګي سره کيشواتي ته لاس ورکړ۔

She died like the had died the night before.

هغه داسي مړه شوه لکه څنګه چي تيره شپه مړه شوي وه۔

Champa-Dal went to the centre of the temple of Siva.

چمپا-دل د شيوا معبد مرکز ته لاړه۔

He hid beneath the heaps of sacred trefoil again.

هغه بيا د مقدسو ډبرو لاندي پټ شو۔

He heard the sound of wind rushing.

هغه د باد د چتک غږ واورېد۔

And he heard terrible noises in the palace.

او هغه په ماڼۍ کي ډېر وحشتناک غږونه واورېدل۔

The Rakshasas had come home from their hunt.

رکشاسا له ښکار څخه کور ته راغلي وو۔

They had filled their stomachs with meat.

دوی خپلي ګېډي په غوښه ډکي کړي وې۔

Sundry goats, sheep, cows, horses, buffaloes.

ډول ډول وزي، پسونه، غواګاني، اسونه، غوايان۔

And they had devoured elephants too.

او هغوی فيلان هم خوړلي وو۔

The old Rakshasi returned to the palace too.

زوړ رکشاسي هم ماڼۍ ته راستون شو۔

She went to the room of the sleeping princess.

هغه د ويده شهزادګۍ کوټي ته لاړه۔

And she woke her with the stick made of gold.

او هغي هغه د سرو زرو څخه جوړ شوي لرګي سره راويښه کړه۔

"Hye, mye, khye! A human being I smell"

هي، زما، خي-زه د انسان بوی لرم

"I am the only human being here," said the princess.

شهزادګۍ وويل :زه دلته يوازينی انسان يم۔

"Eat me if you like," added Keshavati.

کيشواتي زياته کړه :که غواړي نو ما وخوره۔

To this the Rakshasi replied:

رکشاسي په دي ځواب کي وويل

"Let me eat up your enemies"

اجازه راکړئ چي ستا دښمنان وخورم

"Why should I eat you?" she asked the princess.

هغي له شهزادګۍ څخه وپوښتل :زه ولي تا وخورم؟

She laid herself down on the ground.

ھغې خُان پہ خُمکہ وغورځاوہ۔

And she looked like a part of the Himalaya mountains.

او ھغہ د ھمالیا د غرونو د یوي برخي پہ څیر بنکاریدہ۔

Keshavati had a phial of heated mustard oil.

کیشواتي د سرپ د ګرمو تیلو یوه بوتل درلود۔

And she approached the foot of the Rakshasi.

او ھغہ د رکشاسي پښنی تہ نزدي شوہ۔

"Mother, your feet are sore from walking"

موري، ستا پښني د تګ لہ املہ درد کوي

"Let me rub your sore feet with oil"

اجازہ راکرئ چي ستا دردمني پښني پہ تیلو ومینځم

And she began to rub with oil the Rakshasi's feet.

او ھغي د رکشاسي پښني پہ تیلو مسح کول پیل کرل۔

Then a few tear-drops fell from the eyes of the princess.

بیا د شھزادګۍ لہ سترګو څخہ د اوښکو څو څاڅکي راوتلي۔

And the tear-drops landed on the monster's legs.

او د اوښکو څاڅکي د بلا پہ پښنو ولګیدل۔

The Rakshasi tasted the tear-drops with her lips.

رکشاسي د اوښکو څاڅکي پہ خپلو شوندو وڅکل۔

And she found the tear-drops tasted briny.

او ھغي د اوښکو څاڅکي مالګہ وموندلہ۔

"Why are you weeping, darling?" asked the Rakshasi.

ګرانہ ولي ژاړي؟ رکشاسي وپوښتل۔

"What aileth thee?" she wanted to know.

څہ ناروغي لري؟ ھغي غوښتل پوہ شي۔

The princess tried to stop herself from crying.

شھزادګۍ ھڅہ وکرہ چي خُان لہ ژرا څخہ وساتي۔

"Mother, I am weeping because you are old"

موري، زہ ژارم ځکہ چي تہ بودا یي

"When you die one of the Rakshasas will devour me"

کلہ چي تہ مر شي، یو لہ رکشاګانو څخہ بہ ما وخوري

"When I die?! Don't be foolish, girl"

کلہ چي زہ مر شم؟ نجلۍ، احمقہ مہ کیږہ

"Don't you know that Rakshasas never die?"

ایا تہ نہ پوھیږي چي رکشا ھیڅکلہ نہ مري؟

"We are not naturally immortal"

موږ پہ طبیعي ډول تلپاتي نہ یو

"There is a secret to our strength"

زمورږ د خُواک لپاره يو راز دی

"But no human can unravel this secret"

خو هيڅ انسان دا راز نشي افشا کولی

"But let me tell you the secret"

خو اجازه راکړئ چي راز درته ووايم

"So that you are comforted a little"

تر څو تاسو ته لږ څه تسلي درکړل شي

"Do you see the pool of water in the palace?"

ايا تاسو په ماڼۍ کي د اوبو حوض وينئ؟

"In that pool of water is a Sphatikasthamba"

د اوبو په هغه حوض کي سپهتيکاستمبا ده

"The Sphatikasthambha is deep in the water"

سپهتيکاستامبا په اوبو کي ژوره ده

"And on the Sphatikasthambha are two bees"

او په سپاتيکاستمبه کي دوه مچۍ دي

"A human being would have to dive into the water"

يو انسان بايد په اوبو کي ډوب شي

"The human being would have to bring the bees onto dry land"

انسان بايد مچۍ وچي خُمکي ته راولي

"Then the human being would have to kill the two bees"

بيا به انسان اړ وي چي دوه مچۍ ووژني

"But not a drop of their blood must touch the ground"

خو د دوی د وينې يو څاڅکی هم بايد خُمکي ته ونه لوېږي

"Only then can a human kill a Rakshasa"

يوازي بيا يو انسان کولی شي رکشا ووژني

"But if the blood touches the ground, a thousand Rakshasas will rise"

خو که وينه خُمکي ته ولګېږي، نو زرګونه رکشاګاني به راپورته شي

"But what human will find out this secret?"

خو کوم انسان به دا راز ومومي؟

"And what human can achieve this feat?"

او کوم انسان دا کارنامي تر لاسه کولی شي؟

"No human knows the secret to the life of a Rakshasa"

هيڅ انسان د رکشا د ژوند راز نه پوهېږي

"And no human can achieve such a feat"

او هيڅ انسان داسي کارنامي نشي تر لاسه کولی

"So there is no reason to be sad, my darling"

نو د غمجن کېدو لپاره هيڅ دليل نشته، زما ګرانه

"I am practically immortal," she confirmed.

هغې تاييد کړه :زه په عملي توګه تلپاتي يم-

Keshavati treasured the secret in her memory.

کيشواتي دا راز په خپل حافظه کي ساتلی و-

And then she went back to sleep.

او بيا هغه بيرته ويده شوه-

Next morning the Rakshasas, as usual, went away.

بل سهار رکشا، د معمول په څير، لاړل-

Champa came out of his hiding-place.

چمپا له خپل پټ ځای څخه راووتله-

And he roused Keshavati from her sleep.

او هغه کيشواتي له خوبه راويښنه کړه-

The princess told him the secret she had learnt.

شهزادګی هغه راز ورته ووايه چي هغي زده کړی و-

Champa-Dal immediately started to prepare himself.

چمپا‌دال سمدلاسه ځان چمتو کول کول پيل کړل-

He brought to the pool a knife.

هغه حوض ته چاقو راوړه-

And he brought a quantity of ashes.

او هغه يو اندازه ايري راوړي-

He took off his heavy clothes.

هغه خپلي درني جامي لري کړي-

He put a drop or two of mustard oil into each ear.

هغه په هر غوږ کي يو يا دوه څاڅکي د سري غوري واچول-

To prevent water from entering into his ears.

ترڅو اوبه يي غوږونو ته ننوځي-

He swam out into the middle of the water.

هغه د اوبو په منځ کي لامبو وواهه-

And from there he dove down into the pool.

او له هغه ځايه يي په حوض کي غوته واچوله-

Soon he reached the top of the crystal pillar.

ډېر ژر هغه د کرستال ستني سر ته ورسېد-

And on Sphatikasthambha were the two bees.

او په سپهتيکاستامبا کي دوه مچی وي-

He caught hold of the two bees he found there.

هغه هلته دوه مچی وموندلي او ونيولي-

And he swam up again in a singular breath.

او هغه بیا په یوه ساه کی لامبو وهله۔

He took the knife he had left at the edge of the water.

هغه چاقو چی د اوبو په غاړه یی پریښوده، واخیست۔

And over the ashes he cut up the bees.

او د ایرو له پاسه یی مچی پری کړی۔

A drop or two of the blood fell from the bees.

دمچیو څخه یو یا دوه څاڅکی وینه توی شوه۔

But their blood did not touch the ground.

خو د دوی وینه ځمکی ته ونه رسیده۔

Instead, their blood landed on the ashes.

پرځای یی، د دوی وینه په ایرو باندی ولګیده۔

A terrible scream was heard at a distance.

له لری واټن څخه یوه وحشتناکه چیغه واورېدل شوه۔

The scream was the wailing of the Rakshasas.

دا چیغه د رکشاسا ژړا وه۔

They were all running home as fast as they could.

دوی ټول څومره چی کولی شول ژر کور ته منډه وهله۔

They wanted to prevent the bees from being killed.

دوی غوښنتل چی د مچیو د وژل کیدو مخه ونیسي۔

But they could not reach the palace in time.

خو دوی په وخت سره مانۍ ته ونه رسېدل۔

Because the bees had already perished.

ځکه چی مچی لا دمخه له منځه تللی وی۔

The moment the bees were killed, all the Rakshasas died.

هغه شېبه چی مچی ووژل شوي، ټول رکشا مړه شول۔

Their carcases fell on the very spot they were standing.

ددوی جسدونه په هغه ځای کی ولوېدل چی دوی ولاړ وو۔

Their carcases now blocked the gateway of the palace.

ددوی جسدونو اوس د مانۍ دروازه بنده کړی وه۔

In this manner the seven hundred Rakshasas were
destroyed.

په دې ډول اووه سوه رکشا له منځه لارل۔

Afterwards Champa-Dal and Keshavati got married.

وروسته چمپا-دل او کیشواتي واده وکړ۔

They made the traditional exchange of garlands of flowers.

دوی د ګلونو د هارونو دودیز تبادله وکړه۔

The princess had never been out of the house.

شهزادگۍ هيڅکله له کوره بهر نه وه تللي.

So she naturally expressed a desire to see the outer world.

نو هغي په طبيعي ډول د بهرنۍ نړۍ ليدلو هيله څرګنده کړه.

Every morning and evening they went on long walks.

هر سهار او ماښام دوی اوږده ګرځېدل.

There was a large river Keshavati wished to bathe in.

کيشواتي يو لوی سيند وو چي غوښتل يې پکي غسل وکړي.

As she bathed one of Keshavati's hairs came off.

کله چي هغي غسل کاوه، د کيشواتي يو ويښتان تري ووتل.

There was a special custom in those times.

په هغه وختونو کي يو ځانګړی دود و.

A woman never threw away a hair away by itself.

يوې ښځي هيڅکله په خپله يو ويښتان هم نه دي غورځولي.

A sea-shell was floating in the water.

يو سمندري خولۍ په اوبو کي لامبو وهله.

So Keshavati tied the strand of hair to the sea-shell.

نو کيشواتي د ويښتانو تار د سمندري خولۍ سره وتړلو.

And then the couple returned to the palace.

او بيا جوړه مانۍ ته راستون شوه.

Meanwhile the sea-shell floated down the stream.

په عين حال کي د سمندر مرمۍ د سيند په غاړه کي لامبو وهله.

And in due time the sea-shell reached another bathing spot.

او په خپل وخت کي سمندري خولۍ بل د حمام ځای ته ورسېده.

This was the bathing spot Sahasra-Dal went to.

دا هغه ځای و چي سهارسرا-دل ورته تللي و.

Here Champa-Dal's brother performed his ablutions.

دلته د چمپا-دل ورور خپل اودس وکړ.

On this day Sahasra-Dal was in the water.

په دي ورځ سهارسرا-دال په اوبو کي و.

He was bathing and swimming with his friends.

هغه له خپلو ملګرو سره حمام او لامبو وهله.

And so the sea-shell floated past the men.

او په دي توګه د سمندر مرمۍ د سړيو له پاسه تېره شوه.

The men were in a playful mood that day.

سړي په هغه ورځ د لوبو په حالت کي وو.

"Whoever gets to the sea-shell first wins"

څوک چي لومړی سمندري خولۍ ته ورسېږي هغه ګټونکی دی

And so they all swam towards the sea-shell.

او په دي توگه دوی ټول د سمندر د خولۍ په لور لامبو وهل۔

Sahasra-Dal was the strongest swimmer among his friends.

سهسرا-دال د خپلو ملګرو په منځ کي تر ټولو پياورى لامبو وهونکى و۔

And so he was the first the reach the sea-shell.

او له همدي امله هغه لومړى کس و چي سمندري خولۍ ته ورسېد۔

Examining the seashell, he found a hair tied to it.

دسمندري خولۍ معاينه کول، هغه يو وېښتان وموندل چي ورسره تړل شوى و۔

But it was a hair of extraordinary length.

خو دا د غير معمولي اوږدوالي وېښتان وو۔

He had never seen such a long hair.

هغه هيڅکله دومره اوږده وېښتان نه وو ليدلي۔

The strand of hair was exactly seven cubits long.

دوېښتانو تار په سمه توگه اووه سانتي اوږد و۔

"This strand of hair must belong to a woman"

دا د وېښتانو تار بايد د يوې ښځي وي

"And this woman must be very remarkable"

او دا ښځه بايد ډيره د پام ور وي

"I must see who this remarkable woman is"

زه بايد وگورم چي دا د پام ور ښځه څوک ده

Sahasra-Dal was determined to find the remarkable woman.

سهسرا-دال هوډمن و چي دا د پام ور ښځه ومومي۔

He went home from the river in a pensive mood.

هغه د سيند څخه کور ته په فکري حالت کي لاړ۔

And he did not proceed to the zenana for breakfast.

او هغه د ناشتي لپاره زنانه ته لاړ نه شو۔

Instead he remained in the outer part of the palace.

پر ځای يي هغه د ماڼۍ په بهرنۍ برخه کي پاتي شو۔

The queen-mother heard about Sahasra-Dal's meloncholy.

دملکي مور د سهسرا-دال د خټکي په اړه واورېدل۔

And she heard he had not come to breakfast.

او هغي واورېدل چي هغه ناشتي ته نه دى راغلى۔

So she went to him and asked the reason.

نو هغه ورته لاړه او لامل يي وپوښت۔

He showed her the strand of hair he had found.

هغه هغي ته د وېښتانو هغه تار وښود چي موندلى يي و۔

"I must see the woman who's head this strand of hair
adorned"

زه باید هغه بنڅه وگورم چې په سر یې دا وینبتان بنکلي دي

The queen-mother was happy to help her son-in-law.

ملکه مور خوشحاله وه چې د خپل زوم سره مرسته وکړي۔

"Very well," she said to him.

ډېر بنه، هغې ورته وویل۔

"You shall soon have that lady in the palace"

ډېر ژر به هغه بنڅه په ماڼۍ کې ولري

"I promise you to bring her here"

زه تاسو سره ژمنه کوم چې هغه به دلته راولپرم

The queen mother already had a plan.

دملکې مور لا دمخه یو پلان درلود۔

Her favourite maid-servant would be good at the job.

دهغې د خوبني نوکره به په دې دنده کې بنه وي۔

Because this maid-servant was very resourceful.

ځکه چې دا وینڅه ډېره هوبنیاره وه۔

Of course the queen-mother did not really know her maid.

البته د ملکې مور په رېښتیا سره خپله وینڅه نه پیژنده۔

She did not know her favourite maid was a Rakshasi.

هغه نه پوهېده چې د هغې د خوبني ور وینڅه رکشي وه۔

"Please find the owner of this strand of hair," she asked.

هغې وپوښتل :مهرباني وکړئ د دې وینبتانو مالک ومومئ۔

And her maid-servant more than politely agreed.

او د هغې نوکرې په ډېر ادب سره موافقه وکړه۔

"It would my pleasure to find this woman"

دا به زما لپاره خوښي وي چې دا بنڅه ومومم

"I will soon bring her to the palace"

زه به ډېر ژر هغه ماڼۍ ته راوړم

"I will need a boat build from Hajol wood"

زه به د هاجول لرگیو څخه د کبنتي جوړولو ته ارتیا ولرم

"The oars of the boat must be made from Mon-Paban wood"

د کبنتي چپوگاني باید د مون-پابان لرگیو څخه جوړې شي

The boat makers soon made the boat.

دکبنتي جوړونکو ډېر ژر کبنتي جوړه کړه۔

And the boat was launched on the stream.

او کبنتي په سیند کې روانه شوه۔

The maid-servant went on board of the boat.

نوکره په کبنتي کې سپور شوه۔

With her she took some baskets of wicker.

هغې له خان سره د لرگيو ټو توکری واخيستي.

The baskets of wicker were of curious workmanship.

دلرگيو توکری په زره پوري کاريگری وي.

She also took with her some sweetmeats.

هغې ځينې خواږه هم له خان سره يوړل.

Into the sweetmeats some poison had been mixed.

په خوږو کي يو ټه زهر گډ شوي وو.

She snapped her fingers thrice.

هغې دري ځله خپلي ګوتي وخوځولي.

And then she uttered the following charm:

ا:و بيا هغې لاندي جادو وويل

"Boat of Hajol! Oars of Mon Paban!"

د هجول کشتۍ، د پير پابان اوبسانو.

"Take me to the Ghat,"

،ما گهاټ ته بوځه

"The Ghat in which Keshavati bathes"

هغه غر چي کيشواتي پکي غسل کوي

The boat heeded to her command.

کښتۍ د هغې امر ته غوږ ونيو.

And the boat flew like lightning over the waters.

او کښتۍ د اوبو په سر د برېښنا په څېر الوتنه وکړه.

And the boat left many towns and cities behind.

او کشتۍ دېر بنارونه او بنارونه پرېښنودل.

At last the boat stopped at a bathing-place.

بالاخره کښتۍ د حمام په ځای کي ودرېده.

The Rakshasi maid-servant had reached her goal.

درکشاسي وينځي خپل هدف ته رسېدلي وه.

She concluded it was the bathing ghat of Keshavati.

هغې پايله وکړه چي دا د کيشواتي د حمام گاټ و.

She landed with the sweetmeats in her hand.

هغه د خوږو سره په لاس کي را ښکته شوه.

She went to the gate of the palace, and cried aloud:

ه:غه د مانۍ دروازي ته لاړه، او په لوړ غږ يي وويل

"Oh Keshavati! Keshavati! I am your aunt"

او کيشواتي-کيشواتي ـ زه ستا ترور يم

"Oh Keshavati, I am your mother's sister"

او کيشواتي، زه ستا د مور خور يم

"I have come to see you, my darling"

زه ستا د لیدو لپاره راغلی یم، زما گرانه

"I have come after so many years"

زه له دېرو کلونو وروسته راغلی یم

"Are you home, Keshavati?" she asked.

کېشواتي، ته کور یې؟ هغې وپوښتل۔

The princess heard the words of the false-aunt.

شهزادگۍ د جعلي ترور خبري واورېدي۔

She came out of her room and to the entrance of the palace.

هغه له خپلي کوټي راووته او د ماڼۍ دروازي ته راغله۔

She had no doubt that it was really her aunt.

هغې ته هیڅ شک نه و چي دا په رښتینیا د هغې ترور وه۔

And she embraced and kissed her aunt.

او هغې خپله ترور په غېږ کي ونیوه او ښکل یي کړه۔

They both wept rivers of joy.

دواړو د خوښۍ سیندونه وژړل۔

Although you should know the Rakshasi wept first.

که څه هم تاسو باید پوه شئ چي رکشاسي لومړی ژړل۔

Keshavati wept with her out of empathy.

کېشواتي د خواخوږۍ له امله ورسره وژړل۔

Champa-Dal also believed the Rakshasi to be her aunt.

چمپا-دل هم رکشي خپله عمه گڼله۔

They all ate and drank and enjoyed the happy occasion.

ټولو وخوړل، وڅښل او له خوښۍ ډکي موقعي څخه یي خوند واخیست۔

And then they took rest in the middle of the day.

او بیا یي د ورځي په منځ کي استراحت وکړ۔

And they celebrated again in the evening.

او دوی ماښام بیا جشن ولمانځه۔

The next day the celebrations continued at breakfast.

بله ورځ جشنونه د ناشتي تر وختـه دوام وکړ۔

Champa-Dal had a habit of sleeping after breakfast.

چمپا-دال عادت درلود چي د سهار له ناشتي وروسته ویده شي۔

Towards afternoon, the supposed aunt said to Keshavati:

د:ماسپښین په لور، فرضي ترور کیشواتي ته وویل

"Let us both go to the river and wash ourselves:

:راځئ چي دواړه سیند ته لاړ شو او ځانونه ومینځو

Keshavati replied, "How can we go now?"

کېشواتي خواب ورکړ، اوس څنگه لاړ شو؟

"My husband is sleeping," she explained.

هغې تشریح کړه :زما میره ویده دی۔

"Do not worry about your husband's sleep," said the aunt.

د خپل میره د خوب په اړه اندیښنه مه کوه، ترور وویل۔

"Let him sleep as much as he likes"

هغه ته اجازه ورکړئ چي څومره چي وغواړي ویده شي

"Let me put these sweetmeats near his bedside"

اجازه راکړئ چي دا خوارره د هغه د بستر تر څنګ کیږدم

"That way, when he awakes, he has something to eat"

په دې توګه، کله چي هغه راویښ شي، هغه د خوړلو لپاره یو څه لري

Then they then went to the river-side.

بیا دوی د سیند غاړي ته لاړل۔

They went close to the spot where the boat was.

دوی هغه ځای ته نږدې لاړل چي کښتۍ وه۔

From a distance Keshavati saw the baskets of wicker-work.

کېشواتي له لري څخه د لرګیو د کار توکرى ولیدلي۔

"Aunt, what beautiful things are those!"

ترور، دا څومره ښکلي شیان دي۔

"I wish I could get some of those wicker baskets"

کاش چي زه د دي بېکر توکرى څخه ځیني ترلاسه کړم

Her aunt happily obliged her.

دهغي ترور په خوښۍ سره هغي ته غاړه کیښنوده۔

"Come, my child, and look at the wicker baskets"

راشه زما ماشومه، او د لرګیو توکرى وګوره

"You can have as many baskets as you like"

تاسو کولى شئ هر څومره چي وغواړئ توکرى ولرئ

Keshavati at first refused to go into the boat.

کېشواتي په لومړي سر کي له کښتۍ ته له تګ څخه انکار وکړ۔

But her aunt was very persuasive.

خو د هغي ترور ډېره قانع کوونکي وه۔

And finally she went onto the boat.

او بالاخره هغه کښتۍ ته لاړه۔

But once on the boat her aunt did a strange thing.

خو کله چي په کښتۍ کي د هغي ترور یو عجیب کار وکړ۔

The aunt snapped her fingers thrice and said:

ت:رور یي دري ځله ګوتي وخوخولي او ویي ویل

"Boat of Hajol! Oars of Mon-Paban!"

د هجول کشتۍ، د مون پابان اوبنانو۔

"Take me to the Ghat,"

،ما گهاټ ته بوخه

"The Ghat in which Sahasra-Dal bathes"

هغه غر چی سهسرا-دل پکي غسل کوي

And the boat heeded to her command.

او کښتی د هغي امر ته غوږ ونیو۔

And the boat flew like an arrow over the waters.

او کښتی د اوبو په سر د تیر په څير الوتنه وکړه۔

Keshavati was frightened and began to cry.

کیشواتي وهرپهدلي او ژړل یی پیل کړل۔

But the boat went on despite her crying.

خو کښتی د هغي د ژړا سره سره روانه شوه۔

And the boat left behind many towns and cities.

او کشتی ډیر ښارونه او ښارونه پرهښنودل۔

In a trice the boat reached its destination.

په څو شیبو کي کښتی خپل منزل ته ورسیده۔

The ghat where Sahasra-Dal was in the habit of bathing.

هغه غره چیرته چی سهارسرا-دل د حمام کولو عادت درلود۔

Keshavati was taken to the palace.

کیشواتي مانۍ ته یوړل شوه۔

Sahasra-Dal admired her beauty and the length of her hair.

سهسرا-دل د هغي د ښکلا او د ویښتانو اوږدوالی ستایلو۔

And the ladies of the palace tried their best to comfort her.

او د مانۍ میرمنو خپله توله هڅه وکړه چی هغي ته تسلیت ورکړي۔

But she set up a loud cry of protest.

خو هغي د احتجاج لوړ غږ پورته کړ۔

And she wanted to be taken back to her husband.

او هغي غوښتل چی بیرته خپل میره ته یوړل شي۔

Finally she saw that she had been taken captive.

بالاخره هغي ولیدل چی هغه نیول شوي وه۔

So she spoke to the ladies of the palace.

نو هغي د مانۍ له میرمنو سره خبري وکړي۔

"Upon marriage I made a vow to my husband"

په واده کی ما له خپل میره سره ژمنه وکړه

"I promised not to look upon the face of any other man"

ما ژمنه کړي وه چی د بل چا مخ ته به نه ګورم

"I promised to uphold this vow for six months"

ما ژمنه وکړه چی دا ژمنه به تر شپږو میاشتو پوري پوره کوم

She was then lodged away from the others in the palace.

بیا هغه د ماڼی له نورو څخه لری وساتل شوه۔

And she was given a small house to live in.

او هغی ته د اوسېدو لپاره یو کوچنی کور ورکړل شو۔

The window of the house overlooked the road.

دکور له کرکی څخه سرک ښکارېده۔

There she spent the livelong day.

هلته هغی ټوله ورځ تېره کړه۔

And there she spent the livelong night.

او هلته یی اوږده شپه تېره کړه۔

Because she had very little sleep.

ځکه چی هغی ډېر لږ خوب کاوه۔

Because her time was spent in sighing and weeping.

ځکه چی د هغی وخت په آه او ژړا کی تېر شو۔

In the meantime Champa-Dal awoke from his sleep.

په همدی وخت کی چمپا-دل له خوبه راویښ شو۔

He was distracted with the grief of not finding his wife.

هغه د خپلی میرمنی د نه موندلو په غم کی مغشوش و۔

His suspicions turned to the aunt of Keshavati.

دهغه شک د کیشواتي ترور ته واوښت۔

He knew she was a cheat and an impostor.

هغه پوهیده چی هغه یوه دوکه بازه او دوکه بازه وه۔

It must have been her who carried away Keshavati.

دا باید هغه وه چی کیشواتي یی وړله۔

He did not eat the sweetmeats left for him.

هغه هغه خواړه ونه خوړل چی ورته پاتی وو۔

Because he suspected the sweets to have been poisoned.

ځکه چی هغه شک درلود چی خواړه مسموم شوي دي۔

He threw one of the sweets to a crow.

هغه یوه خوږه کارغه ته وغورځوله۔

The moment the crow ate the sweet, it dropped down dead.

کله چی کارغه خواړه وخوړل، نو مړ شو۔

This confirmed his suspicion of the pretend aunt.

دی کار د جعلي ترور په اړه د هغه شک تایید کړ۔

Maddened with grief, he rushed out of the house.

له غمه لیونی، له کوره ووت۔

He was determined to go wherever his feet took him.

هغه هود درلود چي هر ځای ته چي پښي يي ورې لار شي۔

Like a madman he blubbered, "Oh Keshavati! Oh Keshavati!"

هغه د لېوني په څېر په ژړغوني غږ وويل :اوه کیشواتي۔اوه کیشواتي -

He travelled on foot day after day.

هغه هره ورځ په پښو سفر کاوه۔

And he followed whatever way his feet took him.

او هغه په هره لاره چي پښي يي ورلي تعقيب کړ۔

Six months he spent travelling in this wearisome manner.

شپږ میاشتي یي په دې ستري کوونکي ډول سفر وکړ۔

After six month he reached the capital of Sahasra-Dal.

شپږ میاشتي وروسته هغه د سهارسرا-دل پلازمیني ته ورسید۔

He passed by the gate of the palace.

هغه د ماڼۍ له دروازي تېر شو۔

And from the road he could see a small house.

او له سړک څخه هغه یو کوچنی کور لیدلی شو۔

And from in the house he could hear sighs.

او له کور څخه یي د اوښنکو غږونه اورېدل کېدل۔

Champa-Dal instantly recognized his wife.

چمپا-دل سمدلاسه خپله ښځه وپیژندله۔

And Keshavita instantly recognized her husband.

او کیشویتا سمدلاسه خپل میره وپیژند۔

Keshavita told her husband everything that had happened.

کیشویتا خپل میره ته هرڅه وویل چي پیښ شوي وو۔

"The woman asked to go bathing after breakfast"

ښځي وغوښنتل چي د ناشتي وروسته حمام ته لار شي

"At the river there was a boat"

په سیند کي یوه کښتۍ وه

"The woman persuaded me onto the boat"

ښځي ما په کښتۍ کي وهڅولم

"And then the boat took us to this place"

او بیا کښتۍ موږ دې ځای ته بوتلو

"I realized that I had been made captive"

زه پوه شوم چي زه اسیر شوی وم

"So I told them of my vows to you"

نو ما هغوی ته زما د قسمونو په اړه وویل

"But tomorrow will be the end of six month"

خو سبا به د شپږو میاشتو پای وي

There was a custom in those days.

په هغو ورځو کي يو دود وو۔

The fulfilments of vows were publicly recited.

دنذرونو پوره کول په عامه توگه ولوستل شول۔

This was normally fulfilled by a learned Brahman.

دا معمولا د يو پوه برهمن لخوا ترسره کيده۔

They planned for Champa-Dal to take on this role.

دوی پلان درلود چي چمپا-دل دا رول په غاړه واخلي۔

And so that evening the palace drum was beat.

او په دي توگه په هغه ماښنام د مانۍ ډول ووهل شو۔

The king wanted a learned Brahman to make a recitation.

پاچا غوښتل چي يو پوه برهمن تلاوت وکړي۔

The story of Keshavati on the fulfilment of her vow.

دکيشواتي کيسه د هغي د نذر د پوره کولو په اړه۔

Champa-Dal touched the drum and volunteered.

چمپا-دال ډول ته لاس ورکړ او په خپله خوښه يي غږ وکړ۔

"I will make the recitation of Keshavita's vows"

زه به د کيشويتا د نذرونو تلاوت وکړم

The next morning all assembled in the courtyard.

بل سهار ټول په انګړ کي راټول شول۔

The old king and the queen mother.

زوړ پاچا او ملکه مور۔

Sahasra-Dal and his wife were there.

سهسرا-دل او د هغه ميرمن هلته وو۔

All the courtiers and the learned Brahmans of the country.

دهيواد ټول درباريان او پوه برهمنان۔

All royalty was under a huge canopy of silk.

ټول شاهي کورنۍ د وريښمو د يوي لويي چترۍ لاندي وه۔

Kashavati was also there, but behind a veil.

کاشواتي هم هلته وه، خو د پردي تر شا۔

So that she wouldn't be exposed to the rude gaze of people.

تر څو هغه د خلکو د بي ادبه نظرونو سره مخ نشي۔

Champa-Dal, the reciter, sat on a dais.

چمپا-دل، قاري، په يوه ستيج کي ناست و۔

And he began to tell the story of Keshavati.

او هغه د کيشواتي کيسه ويل پيل کړل۔

"There was once a poor dimwitted Brahman"

يو وخت يو غريب او بي عقل برهمن وو

"This dimwitted man had a wife, but no children"

دي بي عقل سري بنځه درلوده، خو اولاد يي نه درلود

"But him not having children was probably for the best"

خو د هغه د اولاد نه درلودل شايد غوره وي

"Because he was barely able to meet his own needs"

ځکه چي هغه په سختي سره د خپلو ارتياوو د پوره کولو توان درلود

"And he could hardly supply enough for his wife"

او هغه په سختي سره د خپلي ميرمني لپاره کافي اندازه اکمالات کولی شول

"But his dimwittedness was not even his biggest problem"

خو د هغه کم عقلي حتی د هغه تر ټولو لويه ستونزه نه وه

And he continued the story as we have followed it.

او هغه کيسه همداسي روانه وساتله لکه څنګه چي مورږ يي تعقيب کړي ده۔

And sometimes he turned around to Keshavati.

او کله ناکله به يي کيشواتي ته مخه کړه۔

And he asked her if he was telling the story correctly.

او هغه تري وپوښتل چي ايا هغه کيسه په سمه توګه بيانوي۔

And she told him he was telling the story correctly.

او هغي ورته وويل چي هغه کيسه په سمه توګه بيانوي۔

"The Brahman woman concluded her fate was sealed"

برهمن بنځي پايله وکړه چي د هغي برخليک مهر شوی دی

"And she thought her husband would meet the same fate"

او هغي فکر کاوه چي ميره به يي هم ورته برخليک سره مخ شي

"And she did not expect her son to be spared either"

او هغي تمه نه درلوده چي زوی به يي هم وژغورل شي

"That night she hardly slept at all"

هغه شپه هغي ته هيڅ خوب نه و

"The Rakshasi had prevented her from seeing her husband"

راکشاسي هغه د خپل ميره له ليدلو منع کړي وه

"Early next morning Champa-Dal went to school"

بل سهار وختي چمپا-دال ښوونځي ته لاړه

"Before he went to school, she gave her son a golden bottle"

مخکي له دي چي هغه ښوونځي ته لاړ شي، هغي خپل زوی ته د سرو زرو بوتل ورکړ

"In the golden bottle was her own breast milk"

په سرو زرو بوتل کي د هغي خپله د مور شيدي وي

"Carefully watch the colour of the milk"

د شيدو رنګ ته په دقت سره پام وکړئ

During the recitation the Rakshasi maid-servant grew pale.

دتلاوت په جریان کې د رکشاسي وینځي رنگ ژېر شو۔

She perceived that her real character was going to be
discovered.

هغې پوه شوه چي د هغي اصلي شخصیت به کشف شي۔

And Sahasra-Dal was astonished at the knowledge of the
reciter.

او سهسراـدل د تلاوت کوونکي په پوهه حیران شو۔

The reciter clearly told the history of the prince's life.

قرائت کوونکي په څرگنده توگه د شهزاده د ژوند تاریخ بیان کړ۔

"A drop or two of the blood fell from the bees"

د مچیو څخه یو یا دوه څاڅکي وینه توی شوه

"But their blood did not touch the ground"

خو د دوی وینه ځمکي ته ونه رسیده

"Instead, their blood landed on the ashes"

پرځای یې، د دوی وینه په ایرو کې راښکته شوه

"A terrible scream was heard at a distance"

په لرې واټن کې یوه وحشتناکه چیغه واورېدل شوه

"The scream was the wailing of the Rakshasas"

چیغه د رکشاسا ژړا وه

"They were all running home as fast as they could"

دوی ټول څومره چي کولی شول ژر کور ته منډه کړه

"They wanted to prevent the bees from being killed"

دوی غوښتل چي د مچیو د وژل کیدو مخه ونیسي

"But they could not reach the palace in time"

خو دوی په وخت ماڼۍ ته ونه رسېدل

"Because the bees had already been killed"

ځکه چي مچۍ لا دمخه وژل شوي وي

"The moment the bees were killed, all the Rakshasas died"

هغه شیبه چي مچۍ ووژل شوې، ټول راکشا مړه شول

"Their carcasses fell on the very spot they were standing"

د دوی جسدونه په هغه ځای کې ولوېدل چي دوی ولاړ وو

"Their carcasses now blocked the gateway of the palace"

د دوی جسدونو اوس د ماڼۍ دروازه بنده کړې ده

"In this manner the seven hundred Rakshasas were
destroyed"

په دې ډول اووه سوه رکشا له منځه لارل

All where enthralled by the story of the Rakshasas.

ټول د رکشاسا کیسې څخه متاثره شوي دي۔

Because the story was being told by a true storyteller.

ځکه چي د يو رښتيني کيسه ويونکي لخوا ويل کيده.

All enjoyed the story except for the maid-servant.

ټولو له کيسي څخه خوند واخيست، پرته له نوکري څخه.

Because her real character was bound to be discovered.

ځکه چي د هغي اصلي شخصيت بايد کشف شي.

"Champa-Dal touched the drum and volunteered.

چمپا-دال درم ته لاس ورکړ او په خپله خوښه يي غږ وکړ.

"I will make the recitation of Keshavita's vows"

زه به د کيشويتا د نذرونو تلاوت وکړم

"The next morning all assembled in the courtyard"

بل سهار ټول په انګړ کي راټول شول

"The old king and the queen mother"

زوړ پاچا او ملکه مور

"Sahasra-Dal and his wife were there"

سهاسرا-دال او د هغه ميرمن هلته وو

"All the courtiers and the learned Brahmans of the country"

د هيواد ټول درباريان او پوه برهمنان

"All royalty was under a huge canopy of silk"

ټول شاهي کورنۍ د ورپښنمو د يوې لويې چترۍ لاندي وه

"Kashavati was also there, but behind a veil"

کاشواتي هم هلته وه، خو د پردي تر شا

"So that she wouldn't be exposed to the rude gaze of people"

تر څو هغه د خلکو د بي ادبه سترګو سره مخ نشي

"Champa-Dal, the reciter, sat on a dais"

چمپا-دل، قاري، په يوه سټيج ناست و

"And he began to tell the story of Keshavati"

او هغه د کيشواتي کيسه ويل پيل کړل

Sahasra-Dal jumped up from his seat.

سهسرا-دال له خپلي څوکۍ پورته شو.

And he embraced the reciter of the story.

او هغه د کيسي لوستونکي ته غېږ ورکړه.

"You can be none other than my brother Champa-Dal"

ته بل څوک نه شي کېدای مګر زما ورور چمپا-دل

Then the prince was inflamed with rage.

بيا شهزاده په غوسه شو.

He ordered the maid-servant to come into his presence.

هغه د نوکري ته امر وکړ چي د هغه حضور ته راشي.

A hole the height of a man was dug in the ground.

په ځمکه کې د يو سړي په اندازه سوری کيندل شوی و۔

And the maid-servant was put into the hole, standing.

او وينځه په سوري کې واچول شوه، ولاړه وه۔

Prickly thorns were heaped around her.

دغې شاوخوا اغزي ډېری شوي وو۔

Up to the crown of her head she was covered in thorns.

دسر تر تاج پورې هغه په اغزو پوښلي وه۔

In this way the maid-servant was buried alive.

په دې توګه، د وينځې ژوندی ښخ شوه۔

After this all lived happily together for many years.

له دې وروسته ټولو د ډېرو کلونو لپاره په خوښۍ سره يوځای ژوند وکړ۔

Sahasra-Dal and his princess, and Champa-Dal and
Keshavati.

سهسرا دال او د هغه شهزاده، او چمپا دال او کيشاوتي۔

The Story of Swet and Bachanta
د سویټ او بچنتا کیسه

There was once upon a time a rich merchant.

یو وخت یو ښتمن سوداگر وو۔

This rich merchant had only one son.

دي ښتمن سوداگر یوازي یو زوی درلود۔

And he loved his only son very much.

او هغه له خپل یوازیني زوی سره ډیره مینه درلوده۔

He gave to his son whatever he wanted.

هغه خپل زوی ته هغه څه ورکرل چي هغه یي غوښتل۔

Of course his son wanted a beautiful house.

البته د هغه زوی یو ښکلی کور غوښتل۔

And he also wanted to have a large garden.

او هغه هم غوښتل چي یو لوی باغ ولري۔

So a beautiful house was built for him.

نو د هغه لپاره یو ښکلی کور جوړ شو۔

And a fine garden was made for him too.

او د هغه لپاره یو ښکلی باغ هم جوړ شو۔

The merchant's son was pleased with the garden.

دسوداگر زوی د باغ څخه خوښ و۔

And he enjoyed walking in the garden.

او هغه په باغ کي له گرځیدو څخه خوند واخیست۔

One day a bird's nest caught his attention.

یوه ورځ د مرغۍ خالي د هغه پام خانته راواړاوه۔

This bird happens to be called Toontooni.

دا مرغۍ په اتفاق سره تونتوني نومیږي۔

He put his hand into the small bird's nest.

هغه خپل لاس د کوچني مرغۍ په خاله کي دننه کړ۔

And in the nest he found an egg.

او په خاله کي یي یوه هگۍ وموندله۔

He took the egg out of its nest.

هغه هگۍ له خالي څخه راوویستله۔

There was an almirah in the wall of his house.

دهغه د کور په دیوال کي یوه الماره وه۔

So he put the egg in the almirah.

نو هغه هگۍ په الماری کي واچوله۔

He closed the door of the almirah.

هغه د الماری دروازه وترله۔
And then he thought no more of the egg.
او بیا یی نور د هګی په اړه فکر ونه کړ۔
The merchant's son had a house of his own.
دسوداګر زوی خپل کور درلود۔
But he had a house without a household.
خو هغه بی کوره کور درلود۔
So in his house there was no cook.
نو په کور کي یی پخلی کوونکی نه و۔
But he had no need for his own cook.
خو هغه د خپل پخلي ارتیا نه درلوده۔
Because his mother regularly sent him food.
ځکه چی مور یی په منظم ډول هغه ته خواړه لیږل۔
In the morning she sent him breakfast.
سهار یی ناشته ورته واستوله۔
And every day she had dinner sent to him.
او هره ورځ به یی ډوډی ورته لیږله۔
One day the egg in the almirah burst.
یوه ورځ په المیره کی هګی وچاودپده۔
But it was not a bird that came out of the egg.
خو دا مرغی نه وه چی له هګی راووته۔
Out of the egg came a beautiful infant.
له هګی څخه یو ښنکلی ماشوم راووت۔
The infant was not a bird, but a human girl.
ماشومه مرغی نه وه، بلکی یوه انساني نجلی وه۔
But the merchant's son knew nothing of the event.
خو د سوداګر زوی د دی پیښی په اړه هیڅ نه پوهیده۔
He had forgotten everything about the egg.
هغه د هګی په اړه هرڅه هیر کړي وو۔
The door of the wall-almirah had been kept closed.
دالمیره دیوال دروازه تړلي ساتل شوي وه۔
However, the merchant's son did not lock the door.
خو د سوداګر زوی دروازه بنده نه کړه۔
The child grew up within the wall-almirah.
ماشوم د المیره دیوال دننه لوی شو۔
She had no knowledge of the merchant's son.
هغی د سوداګر د زوی په اړه هیڅ معلومات نه درلودل۔
Nor did she know of anyone else.

او نه هم هغه د بل چا په اړه معلومات درلوده۔

When the child could walk it grew curious.

کـله چې ماشوم په حرکت وتوانېد، نو لیواله شو۔

And out of curiosity she opened the door.

او د تجسس له امله هغې دروازه خلاصه کړه۔

That day, too, the mother had sent breakfast.

هغه ورځ هم مور ناشته راليږلې وه۔

And the breakfast had been put on the floor.

او ناشته په فرش اېښودل شوي وه۔

The child saw the food that was on the floor.

ماشوم هغه خواړه ولیدل چې په فرش باندي وو۔

Of course the child ate from the food.

البته ماشوم له خوړو څخه وخوړل۔

And then the child returned into the wall.

او بیا ماشوم بیرته دیوال ته ولوېد۔

The merchant's mother always made a lot of food.

دسوداگر مور تل ډېر خواړه جوړول۔

It was more food than he could possibly eat.

دا د هغه د خوړلو څخه ډېر خواړه وو۔

So he didn't notice that any food was missing.

نو هغه پام ونه کړ چې کوم خواړه ورک دي۔

The girl of the wall-almirah came out every day.

ددیوال المیره نجلۍ هره ورځ بهر راتلله۔

And every day she ate a part of the food.

او هره ورځ به يې د خوړو یوه برخه خوړله۔

After eating the food she returned to the almirah.

دخوړو له خوړلو وروسته هغه المیره ته راستنه شوه۔

But with time the girl got older and older.

خو د وخت په تېرېدو سره نجلۍ زړي او زړي شوه۔

And with age she got bigger and bigger.

او د عمر سره هغه لویه او لویه شوه۔

And the bigger she got the hungrier she got.

او هر څومره چې يې قد لوی شو، هغومره يې وږی هم زیات شو۔

And she began to eat more of the food each day.

او هغې هره ورځ ډېر خواړه خوړل پیل کړل۔

Eventually the merchant's son noticed the missing food.

بالاخره د سوداگر زوی د ورک شوي خواړه پام وکړ۔

But he had no way of knowing where the food went.

خو هغه هيڅ لاره نه درلوده چي پوه شي خواره چيرته ځي.

The last thing he suspected was a girl from inside the almirah.

وروستی شی چي هغه پري شک درلود هغه د الماری دننه يوه نجلی وه۔

And so he came to a very different conclusion.

او له همدي امله هغه يوي دېری بلي پايلي ته ورسېد۔

"Why is mother sending such a small quantity of food?".

ولي مور دومره لږ مقدار خواره ليږي؟

And he had a message sent to his mother.

او هغه خپلي مور ته يو پيغام واستاوه۔

"Why am I being sent insufficient food?".

ولي ماته کافي خواره نه ليږل کيږي؟

"And why is the dish served so slovenly?".

او ولي دا ډوډی دومره بی خونده ورکول کيږي؟

Of course we know why the food was insufficient.

البته موږ پوهيږو چي ولي خواره ناکافي وو۔

And we know why the food was presented slovenly.

او موږ پوهيږو چي ولي خواره په بي ادبی سره وراندي شوي وو۔

The girl from in the wall ate from his food.

ددیوال څخه نجلی د هغه له خوړو څخه وخوړل۔

And as she ate she fingered the rice and curry.

او کله چي هغي وخوړله، هغي وريجي او قورمه په ګوتو کړه۔

And she always hurried back into her cell in the wall.

او هغه تل په بيړه بيرته په ديوال کي خپلي کوتی ته تلله۔

So that she would not be seen by anyone.

ترڅو هغه د چا لخوا ونه ليدل شي۔

She had no time to put the rice in proper order.

هغي وخت نه درلود چي وريجي په سمه ترتيب سره واچوي۔

The mother was astonished at her son's complaint.

مور د خپل زوی په شکايت حيرانه شوه۔

She gave him more than he could eat.

هغي هغه ته د خوړلو څخه ډير ډه ورکړل۔

The food was served up on a silver plate.

خواره د سپينو زرو په لوښي کي وراندي شول۔

And she neatly arranged the food herself.

او هغي پخپله خواره په ښنه توګه تنظيم کړل۔

But her son repeated the same complaint again.

خو زوی يي بيا ورته شکايت تکرار کړ۔

Day after day he complained of the small portions.

هغه هره ورځ د کوچنیو برخو څخه شکایت کاوه۔

Day after day he complained of the messy food.

هغه به هره ورځ د خرابو خوړو څخه شکایت کاوه۔

And so his mother began to suspect foul play.

او له همدي امله د هغه مور د بد چلند شک پیل کړ۔

She told her son to watch over the food.

هغي خپل زوی ته وویل چي د خوړو څارنه وکړي۔

"See if anyone is eating your food".

وگوره چي څوک ستا خواره خوري۔

The next day a servant brought the food.

بله ورځ یو نوکر خواره راوړل۔

The servant laid the food in a clean place.

نوکر خواره په یوه پاک ځای کي کېښودل۔

Normally the merchant's son took a bath.

معمولا د سوداگر زوی غسل کاوه۔

But this day he did not go for a bath.

خو نن ورځ هغه د حمام لپاره نه دی تللی۔

Instead, on this day he hid himself nearby.

پرځای یي، په دي ورځ هغه ځان نږدي پټ کړ۔

From his hiding place he could see the food.

دخپل پټ ځای څخه هغه خواره لیدلی شو۔

The merchant's son did not have to wait for long.

دسوداگر زوی ډېر انتظار ونه کړ۔

Soon he saw the wall-almirah open.

ډېر ژر یي د دیوال المیره پرانیستی ولیده۔

And he saw a beautiful damsel step out.

او هغه یوه ښنکلي انجلی ولیده چي راووتله۔

She could not have been more than sixteen.

هغه له شپاړس کلنی څخه زیاته نه وه۔

She sat on the carpet by the breakfast.

هغه د ناشتي تر څنگ په غالی کي ناسته وه۔

And she began to eat from the food left on the floor.

او هغي په فرش باندي پاتی شوي خواره خوړل پیل کړل۔

The merchant's son came out of his hiding-place.

دسوداگر زوی له خپل پټ ځای څخه راووت۔

And the damsel could not escape from him.

او نجلی له هغه څخه وتښتېده۔

"Who are you, beautiful creature?".

ته څوک يې، ښکلی مخلوقه؟

"You do not seem to be earth-born".

ته داسي نه ښکاري چي په ځمکه کي زيږيدلی يې۔

"Are you one of the daughters of the gods?".

ايا ته د خدايانو له لونو څخه يې؟

The girl replied, "I do not know who I am".

نجلۍ ځواب وركړ، زه نه پوهيږم چي زه څوک يم۔

"But there is one thing I do know," the girl continued.

نجلۍ دوام وركړ: خو يو شی شته چي زه يي پيژنم۔

"One day I found myself in the almirah in the wall".

يوه ورځ ما ځان د ديوال په الماری کي وموند۔

"And since then I have been living in the wall".

او له هغه وخت راهيسي زه په ديوال کي ژوند کوم۔

The merchant's son thought her story was strange.

دسوداگر زوی د هغي کيسه عجيبه وگڼله۔

But then he thought a bit more about the story.

خو بيا يي د کيسي په اړه يو څه نور فکر وکړ۔

And he remembered what happened sixteen years ago.

او هغه ته شپارس کاله دمخه څه پيښ شوي وو ياد شول۔

He remembered the nest of the toontoori bird.

هغه ته د تونتوري مرغی ځاله را په ياد شوه۔

And he remembered finding an egg in the nest.

او هغه په ځاله کي د هگۍ موندل په ياد ول۔

And he remembered putting the egg in the almirah.

او هغه په ياد ول چي هگۍ يي په الميره کي اچولي وه۔

The wall-almirah girl was of uncommon beauty.

دديوال الميره نجلۍ غير معمولي ښکلا وه۔

And the merchant's son was struck by her beauty.

او د سوداگر زوی د هغي ښکلا ته حيران شو۔

Her beauty made a deep impression on his mind.

دهغي ښکلا د هغه په ذهن ژوره اغيزه وکړه۔

And he resolved in his mind to marry her.

او په ذهن کي يي هوډ وکړ چي له هغي سره واده وکړي۔

From then on the girl didn't stay in the almirah.

له هغه وروسته نجلۍ په الميره کي پاتي نه شوه۔

She was given a room in the merchant's son's house.

هغي ته د سوداگر د زوی په کور کي يوه کوټه وركړل شوه۔

The next day the merchant's son wrote a message.

بله ورځ د سوداگر زوی يو پيغام وليکه.

And he had the message sent to his mother.

او هغه پيغام خپلي مور ته واستاوه.

You can guess the general theme of the message.

تاسو کولی شئ د پيغام عمومي موضوع اټکل کرئ.

The merchant's son said he would like to get married.

دسوداگر زوی وويل چي هغه غواړي واده وکړي.

The mother of the merchant's son reproached herself.

دسوداگر د زوی مور ځان ملامت کړ.

She had not tried to find a wife for his son.

هغي د خپل زوی لپاره د ښځي د موندلو هڅه نه وه کړي.

She felt she should have thought of his marriage.

هغي احساس وکړ چي بايد د هغه د واده په اره فکر کړی وای.

And so she promptly replied to her son's message.

او له همدي امله هغي سمدلاسه د خپل زوی پيغام ته ځواب ورکړ.

She and her father were going to send out ghataks.

هغه او پلار يي غوښتل چي گاټکونه واستوي.

The ghataks were going to go to different countries.

گاتکونه مختلفو هيوادونو ته تللِ.

There they were going to look for suitable brides.

هلته دوی د مناسبو ناوو په لټه کي وو.

But the merchant's son said there would be no need.

خو د سوداگر زوی ووېل چي ارتيا نشته.

He had secured himself a lovely young lady.

هغه ځان ته يوه ښکلي ځوانه ښځه خوندي کړي وه.

If they had no objection, he would introduce her to them.

کـه دوی کوم اعتراض نه درلود، نو هغه به هغه دوی ته معرفي کړي.

And so the young lady was taken to the merchant's house.

او په دي توګه ځوانه ښځه د سوداگر کور ته يوړل شوه.

The merchant and his wife welcomed the stranger.

سوداگر او د هغه ميرمني د اجنبي هرکلی وکر.

And they were also struck by her unmatched beauty.

او دوی د هغي بی ساري ښکلا هم حيران کړل.

The girl was of perfect loveliness and grace.

نجلی په بشپړه توګه ښکلي او زړه راښکونکي وه.

The parents made no questions to her birth.

مور او پلار د هغي د زيږون په اره هيڅ پوښتنه ونه کړه.

And the nuptials were celebrated there and then.

او واده هلته او بیا ولمانځل شو۔

In the course of time the merchant's son had two sons.

دوخت په تیریدو سره د سوداگر زوی دوه زامن درلودل۔

The elder of the sons he named Swet.

دمشر زامنو نوم یی سویت کېښود۔

And the younger son he named Basanta.

او کشر زوی یی بسنتا نوم کېښود۔

After the passing of more time the old merchant died.

ددېر وخت تېرېدو وروسته زوړ سوداگر مړ شو۔

So the merchant's son now became the merchant.

نو د سوداگر زوی اوس سوداگر شو۔

And after some time his mother died too.

او څه موده وروسته یی مور هم مړه شوه۔

Swet and Basanta grew up to be fine lads.

سویت او بسنتا ښه هلکان شول۔

And the elder son was in due time married.

او مشر زوی یی په خپل وخت واده کړی و۔

Sometime after Swet's marriage his mother also died.

دسویت له واده څخه څه موده وروسته د هغه مور هم مړه شوه۔

The girl from in the wall was no more.

هغه نجلی چی له دیوال څخه وه نوره نه وه۔

The widower lost no time in marrying again.

کوندی ښځی وخت ضایع نه کړ او بیا یی واده وکړ۔

And he had a new young and beautiful wife.

او هغه یوه نوی ځوانه او ښنگلي ښځه درلوده۔

Swet's wife was older than his stepmother.

دسویت ښځه د هغه د میری مور څخه مشره وه۔

So his wife became the mistress of the house.

نو د هغه ښځه د کور مالکه شوه۔

The stepmother was like all stepmothers are.

دا ناسکه مور د ټولو ناسکه میندو په څېر وه۔

She hated Swet and Basanta with a perfect hatred.

هغی له سویت او بسنتا څخه په بشپړ ډول کرکه کوله۔

And the two ladies also couldn't stand each other.

او دواړه میرمنی هم یو بل نه شو زغملی۔

It so happened one day that a fisherman came.

یوه ورځ داسې وشول چي یو کب نیونکی راغی۔

The fisherman brought to the merchant a fish.

کـب نیونکي سوداگر ته یو کب راور۔

This fish was of singular and remarkable beauty.

دا کب یوازینی او د پام ور بنکلا درلوده۔

It was unlike any other fish that had been seen.

دا د نورو لیدل شویو کبانو په څیر نه و۔

And the fish had other qualities too.

او کب نور ځانگړتیاوي هم درلودي۔

The fisherman explained the wonders of the fish.

کـب نیونکي د کب حیرانتیاوي تشریح کړي۔

"Two things will happen if you eat this fish".

که تاسو دا کب وخورئ نو دوه شیان به پیښ شي۔

"When you laugh maniks will drop from your mouth".

کله چي ته خاندي، ستا له خولي به میني څڅېږي۔

"And when you weep pearls will drop from your eyes".

او کله چي ته ژاړي نو ستا له سترگو څخه به مرغلري وبهېږي۔

The merchant was astounded by what he had heard.

سوداگر د هغه څه له املھ حیران شو چي هغه اوریدلي وو۔

And he wanted the wonderful properties of the fish.

او هغھ د کبانو حیرانونکي ځانگړتیاوي غوښتل۔

And so he bought the fish at one thousand rupees.

او لھ همدي املھ یې کب په زر روپیو واخیست۔

And he put the fish into the hands of Swet's wife.

او هغھ کب د سویټ د میرمني په لاس کي ورکړ۔

Because Swet's wife was the mistress of the house.

ځکھ چي د سویټ ښنځھ د کور مالکھ وھ۔

He strictly instructed her to cook the fish well.

هغھ پھ کلکھ هغي تھ لارښوونھ وکړه چي کب ښھ پخ کړي۔

And he told her to give the fish to him alone to eat.

او هغھ ورتھ وویل چي کب یوازي هغھ تھ د خوړلو لپاره ورکړي۔

The house-mother however knew the fish's secret.

خو د کور مور د کب راز پوهیده۔

She had overheard what the fisherman had said.

هغي د کب نیونکي خبري واورېدي۔

Secretly she made a different plan in her mind.

پھ پتھ هغي پھ خپل ذهن کي یو بل پلان جوړ کړ۔

She was going to cook the fish for her husband.

هغه د خپل ميره لپاره کب پخولو ته روانه وه.

And she was going to share the fish with his brother.

او هغه غوښتل چي کب د هغه له ورور سره شريک کړي.

For her father-in-law she was going to prepare a frog.

هغه د خپل خسر لپاره د چنګبني چمتو کول غوښتل.

Soon she had finished cooking the marvelous fish.

ډېر ژر هغې د بنکلي کب پخول پای ته ورسول.

And she had finished cooking a frog too.

او هغې د چنګبني پخول هم بشپړ کړي وو.

But from the kitchen she could hear a squable.

خو له پخلنځي څخه هغې د چيغو اواز واورېد.

She could hear who it was that was arguing.

هغې اورېدلی شو چي څوک وو او بحث يي کاوه.

Her stepmother-in-law and her husband's brother.

دهغې ناسکه خوابنی او د هغې د ميره ورور.

And she understood the cause of the argument.

او هغې د شخړي لامل پوه شو.

Basanta was still but a young lad.

بسنتا لا هم ځوان هلک و.

But he was passionately fond of his pigeons.

خو هغه د خپلو کوترو سره ډېره مينه درلوده.

And he tamed his pigeons very well.

او هغه خپل کوترې ډېري ښي روزلي.

Nonetheless, one of his pigeons had escaped.

سره له دې، د هغه يوه کوتره تښتېدلی وه.

And the pigeon flew into his stepmother's room.

او کوتره د خپلي ميري کوټي ته والوته.

His stepmother hid the pigeon in her clothes.

دهغه ناسکه مور کوتره په خپلو جامو کي پټه کړه.

Basanta rushed after the pigeon into the room.

بسنتا په کوتر پسي منډه کړه او کوټي ته ننوت.

And he loudly demanded to have the pigeon back.

او هغه په لوړ غږ د کوتري د بيرته راوړلو غوښتنه وکړه.

His stepmother denied having the pigeon.

دهغه ناسکه مور د کوتري درلودل رد کړل.

Swet, however, did know she had the pigeon.

خو سويټ پوهيده چي کوتره لري.

And the older brother forcibly took the bird.

او مشر ورور يې په زور سره مرغۍ واخيسته۔

And he freed the pigeon from her clothes.

او هغه کوتره د هغې له جامو څخه آزاده کړه۔

And he gave the pigeon back to his brother.

او هغه کوتر بيرته خپل ورور ته ورکر۔

The stepmother cursed and swore, and added;

ميري لعنت ووبل او قسم يې وکړ، او زياته يې کړه؛

"Wait until the head of the house comes home".

تر هغه چې د کور مشر کور ته راشي انتظار وکړئ۔

"He will get no water till he sheds your blood".

هغه به اوبه ونه مومي تر هغه چې ستا وينه توی نه کړي۔

Swet's wife called her husband and said to him;

دسويټ ميرمنې خپل ميره ته زنګ وواهه او ورته يې وويل؛

"My dearest lord, that woman is a most wicked woman".

زما ګرانه ربه، دا ښځه ډېره بده ښځه ده۔

"And she has boundless influence over my father-in-law".

او هغه زما په خسر باندي بې حده نفوذ لري۔

"She will make him do what she has threatened".

هغه به هغه مجبور کړي چې هغه څه وکړي چې هغې ګواښلي دي۔

"All our lives are in imminent danger".

زموږ د ټولو ژوند په جدي خطر کې دی۔

"But let us first eat a little," she added.

هغې زياته کړه :خو راځئ چې لومړی لږ څه وخورو۔

"And then let us all three run away from this place".

او بيا راځئ چې دري واره له دي ځای څخه وتښتو۔

Swet forthwith called Basanta to him.

سويټ سمدلاسه بسنتا راوغوښته۔

And he told him what he had heard from his wife.

او هغه څه يې ورته وويل چې له خپلې ميرمنې څخه يې اوريدلي وو۔

They resolved to run away before nightfall.

دوی هوډ وکړ چې د شپې له راختلو مخکي وتښتي۔

The woman placed before her husband the fish.

ښځي کب د خپل ميره مخي ته کېښود۔

And her brother-in-law ate of the fish too.

او د هغې لپور هم کب وخور۔

And they ate of the fish heartily.

او دوی په زړه پوري کب وخور۔

The woman packed up all her jewels in a box.

ښځې خپل ټول ګاڼي په يوه بکس کي واچولي۔

There was only one horse in the stables.

په اصطبل کي يوازي يو آس و۔

But the horse was of uncommon fleetness.

خو اس غير معمولي چټک و۔

They could all sit on the horse together.

دوی ټول کولی شول چي يوځای په آس باندي کښيني۔

Swet held the reins of the horse.

سويټ د آس باګ په لاس کي ونيو۔

The woman sat in the middle of the horse.

ښځه د آس په منځ کي کښيناست۔

And she had the jewel-box in her lap.

او د هغي په غيږ کي د جواهراتو صندوق و۔

And Basanta sat on the rear of the horse.

او بسنتا د آس په شا کي ناست و۔

The horse galloped with the utmost swiftness.

آس په ډير سرعت سره منډي وهلي۔

They passed through many a plain and noted town.

دوی د ډيرو ساده او مشهورو بنارونو څخه تير شول۔

After midnight they found themselves in a forest.

دنيمي شپي وروسته دوی ځانونه په يوه ځنګله کي وموندل۔

And they were not far from the banks of a river.

او دوی د سيند له غاړي لري نه وو۔

Here the most untoward event took place.

دلته تر ټولو بده پيښه وشوه۔

Swet's wife began to feel the pains of child-birth.

دسويټ ميرمني د ماشوم زيږون دردونه احساسول پيل کړل۔

They dismounted from the horse without delay.

دوی پرته له ځنډه له آس څخه ښکته شول۔

And within an hour Swet's wife gave birth to a son.

او په يوه ساعت کي د سويټ ميرمني يو زوی وزيږول۔

What were the two brothers to do in this forest?

دوه ورونه په دي ځنګله کي څه کول؟

They knew that a fire had to be kindled.

دوی پوهيدل چي اور بايد بل شي۔

The mother and the new-born baby needed warmth.

مور او نوي زيږيدلي ماشوم تودوخه ته اړتيا درلوده۔

But from where was there fire to be gotten?

خو اور له کومه شو؟

There were no human habitations visible.

هلته د انسانانو استوگنځايونه نه ليدل کېدل۔

Nonetheless, a fire had to be procured.

سره له دې، اور بايد ولگول شي۔

And it was the winter month of December.

او دا د دسمبر د ژمي مياشت وه۔

The mother and the baby would certainly perish.

مور او ماشوم به خامخا له منځه لار شي۔

Swet told Basanta to sit beside his wife.

سويت بسنتا ته وويل چې د خپلي ميرمنۍ تر څنگ کېني۔

And he set out in the darkness of the night.

او هغه د شپي په تياره کي روان شو۔

And he went in search of wood to make a fire.

او هغه د اور د بلولو لپاره د لرگيو د لټه کي لار۔

Swet walked many a mile through the darkness.

سويت په تياره کي ډېر ميله مزل وکړ۔

But despite the distance he saw no human habitations.

خو سره له دې چې لري واتن وو، هغه هيڅ انساني استوگنځای ونه ليد۔

But eventually his eyes were given some help.

خو بالاخره د هغه سترگو ته يو څه مرسته ورکړل شوه۔

The genial light of Sukra somewhat illumined his path.

دسکرا د زړه راښکونکي رڼا د هغه لاره يو څه روښنانه کړه۔

And he saw at a distance what seemed a large city.

او هغه له لري واتن څخه يو لوی ښار وليد۔

He was congratulating himself on his journey's end.

هغه د خپل سفر په پای کي ځان ته مبارکي ويله۔

And he congratulated himself for finding fire.

او هغه ځان ته د اور موندلو مبارکي ورکړه۔

The fire that was going to benefit his poor wife.

هغه اور چې د هغه بې وزله ميرمنۍ ته به ګټه رسوي۔

His wife that was lying cold in the forest.

دهغه ښنځه چې په ځنګله کي سره پرته وه۔

The fire that was going to save his new-born child.

هغه اور چې د هغه د نوي زيږيدلي ماشوم د ژغورلو لپاره روان و۔

The new-born baby born into the coldness.

نوی زيږيدلی ماشوم په سړه هوا کي زيږيدلی۔

Suddenly an elephant shot across his path.

ناڅاپه يو فيل د هغه په لاره کي دز وکر۔

The elephant was gorgeously caparisoned.

فيل ډېر ښکلی او جوړ و۔

And the elephant gently picked him with his trunk.

او فيل په نرمۍ سره هغه د خپل خرطوم سره پورته کړ۔

He placed him on the rich howdah on its back.

هغه يې په بدايه هوده باندي د هغي په شا کېښنود۔

The elephant then walked rapidly towards the city.

بيا فيل په چټکۍ سره د ښار په لور روان شو۔

Swet was quite taken aback by the events.

سويټ د دې پيښو له املھ ډېر حيران شو۔

He did not understand the elephant's actions.

هغه د فيل په کړنو نه پوهيده۔

And he wondered what was in store for him.

او هغه حيران شو چې د هغه لپاره څه شی دی۔

A crown is that which was in store for him.

تاج هغه څه دي چې د هغه لپاره په پام کي نيول شوي وو۔

He was being taken to the chief city of a kingdom.

هغه د يوي سلطنت اصلي ښار ته وړل کېده۔

In this kingdom every morning a king was elected.

پھ دې سلطنت کي هره سهار يو پاچا ټاکل کېده۔

Because the kings of this city lasted but a day.

ځکه چې د دې ښار پاچاهان يوازي يوه ورځ دوام وکړ۔

Every night the new king joined the queen in her room.

هره شپه نوی پاچا د ملکي سره د هغي په خونه کي يوځای شو۔

And every morning the previous king was found dead.

او هر سهار به پخوانی پاچا مړ وموندل شو۔

No one knew what caused the deaths of the kings.

هيڅوک نه پوهېدل چې د پاچاهانو د مړيني لامل څه و۔

Not even the queen knew what caused their death.

حتى ملکه هم نه پوهيده چې د دوی د مرګ لامل څه و۔

So this kingdom had its own king-maker.

نو دې سلطنت خپل پاچا جوړونکی درلود۔

The elephant who suddenly took hold of Swet.

هغه فيل چې ناڅاپه يې سويټ ونيو۔

Early in the morning the elephant roamed about.

سهار وختي فيل شاوخوا ګرځېده۔

Sometimes the elephant went to distant places.

کـله کله فيل لري خايونو ته تللو۔

And every evening the elephant returned with a man.

او هر ماښام به فيل له يو سړي سره راستون شو۔

The man on the elephant's became their king.

دفيل سپور سړی د دوی پاچا شو۔

The elephant majestically marched through the streets.

فـيل په شانداره توګه د سرکونو له لاري روان شو۔

A crowd of people welcomed their new king.

دخلکو ګڼه ګونه د خپل نوي پاچا هرکلی وکړ۔

But Swet did not yet understand their cheers.

خو سويټ لا تر اوسه د دوی په خوشحالی نه پوهيده۔

The elephant entered the kingdom's palace.

فـيل د سلطنت ماڼی ته ننوت۔

And the elephant placed Swet on the throne.

او فيل سويټ په تخت کيښنود۔

Amid much rejoicing he was proclaimed king.

دډېرو خوشحاليو په منځ کي هغه پاچا اعلان شو۔

But there were lamentations in the crowd too.

خو په ګڼه ګونه کي هم ژړاګاني وي۔

In the course of the day he heard of the curse.

دورځي په اوږدو کي هغه د لعنت په اړه واوريدل۔

The nightly death of every newly elected king.

دهر نوي ټاکل شوي پاچا د شپي مرينه۔

But Swet was possessed of great discretion.

خو سويټ ډېر احتياط درلود۔

And he had the courage not to try an escape.

او هغه جرئت درلود چي د تيښتي هڅه ونه کړي۔

He took every precaution that he could take.

هغه هر هغه احتياط چي کولی شي واخيست۔

But he did not know how to avert the catastrophe.

خو هغه نه پوهيده چي څنګه د ناورين مخه ونيسي۔

And he knew not what expedients to adopt.

او هغه نه پوهيده چي کوم مصلحتونه غوره کړي۔

Because he didn't know the nature of the danger.

ځکه چي هغه د خطر ماهيت نه پوهيده۔

He resolved, however, upon two things;

خو هغه په دوو شيانو هوډ وکړ؛

He was going to go armed into the bedchamber.

هغه غوښتل چي په وسله وال دول د خوب خوني ته لار شي۔

And he was going to stay awake the whole night.

او هغه به ټوله شپه ويښ پاتي شي۔

The queen was young and of exquisite beauty.

ملکه ځوانه او ډېره ښکلي وه۔

Guileless and benevolent was the expression of her face.

دهغي د مخ څرګندونه بي حيايي او مهرباني وه۔

It was impossible to attribute her any malice.

دا ناشوني وه چي هغي ته کوم بد چلند منسوب شي۔

No one believed she caused all the kings' deaths.

هيچا باور نه کاوه چي هغه د ټولو پاچاهانو د مرگ لامل شوي ده۔

In the queen's chamber Swet spent an agreeable evening.

سويټ د ملکي په خونه کي يوه بنه ماښنام تيره کړه۔

As the night advanced the queen fell asleep.

لکه څنګه چي شپه اوږده شوه ملکه ويده شوه۔

But Swet kept awake, and was on the alert.

خو سويټ ويښ پاتي شو، او په بيداري کي و۔

He looked at every creek and corner of the room.

هغه د خوني هري ويالي او کونج ته وکتل۔

And he expected every minute to be murdered.

او هغه هره دقيقه تمه درلوده چي ووژل شي۔

But the queen did not rise to murder him.

خو ملکه د هغه د وژلو لپاره راپورته نه شوه۔

And no one entered the room to murder him either.

او هيڅوک هم د هغه د وژلو لپاره خوني ته نه وو ننوتلي۔

Nor did he feel anything other than sleepiness.

او نه يي د خوب پرته بل څه احساس کړل۔

But in the dead of night he perceived something.

خو د شپي په نيمايي کي هغه يو څه احساس کړل۔

A thread was coming out the queen's nostril.

دملکي له پوزي څخه يو تار راووت۔

The thread was so thin that it was almost invisible.

تار دومره نری و چي تقريبا نه ليدل کېده۔

Slowly the thread reached several yards in length.

ورو ورو تار څو ګزه اوږدوالي ته ورسېد۔

And eventually all the thread came out.

او بالاخره ټوله تار راووت۔

Only then did the thread begin to grow thicker.

یوازي بیا تار غټ شو۔

Soon the thread took on its real shape.

ډېر ژر تار خپل اصلي بڼه واخیسته۔

The thread was in fact a huge serpent.

دا تار په حقیقت کي یو لوی مار و۔

Immediately Swet cut off the head of the serpent.

سمدلاسه سویت د مار سر پري کړ۔

The body of the serpent wriggled violently.

دمار بدن په زوره لرزیده۔

He sat quiet in the room, expecting other adventures.

هغه په خونه کي غلی ناست و، د نورو ساهسکونو په تمه و۔

But nothing else happened the rest of the night.

خو د شپې پاتي برخه کي بل څه ونه شول۔

The queen slept longer than usual.

ملکه د معمول څخه اوږده ویده شوه۔

Because she had been relieved of the huge snake.

ځکه چي هغه د لوی مار څخه خلاصه شوي وه۔

Early next morning the ministers came.

سبا سهار وختي وزیران راغلل۔

They were expecting to hear of the king's death.

دوی د پاچا د مرگ په تمه وو۔

The ladies of the bedchamber knocked at the door.

دخوب خوني میرمنو دروازه وټکوله۔

But to their astonishment Swet come out.

خو د دوی حیرانتیا ته سویت راووت۔

The folk learned the mystery of all the kings' deaths.

خلکو د ټولو پاچاهانو د مرگ راز زده کړ۔

And now the country rejoiced their permanent king.

او اوس هیواد د خپل دایمي پاچا څخه خوشحاله شو۔

There is a strange thing you probably noticed.

یوه عجیبه خبره شته چي تاسو یي شاید لیدلي وي۔

Swet did not remember his wife he left behind.

سویت خپله هغه ښځه په یاد نه درلوده چي هغه یي پرېښوده۔

It is a strange thing, nevertheless it is true.

دا یوه عجیبه خبره ده، خو بیا هم رښتینتیا ده۔

Nor did he remember the defenceless new-born babe.

او نه یي هغه بې دفاع نوی زیږیدلی ماشوم یاد کړ۔

And he did not remember his brother either.

او هغه خپل ورور هم په یاد نه درلود۔

He had no time to remember when the elephant came.

هغه وخت نه درلود چي په یاد ولري چي فیل کله راغی۔

On the first night he had to worry for his own life.

په لومړی شپه هغه باید د خپل ژوند په اړه اندېښمن وي۔

And now the crown brought on his forgetfulness.

او اوس تاج د هغه هېرول راوړل۔

But he had entrusted his wife and child to Basanta.

خو هغه خپله ښځه او ماشوم بسنتا ته سپارلي وو۔

And his brother sat waiting for many weary hours.

او د هغه ورور د ډېرو ستړیو ساعتونو لپاره په انتظار کي ناست و۔

Every moment he expected to see Swet return with fire.

هره شیبه یي تمه درلوده چي سویټ به له اور سره بیرته راشي۔

But the whole night passed away without his return.

خو ټوله شپه د هغه له راستنېدو پرته تېره شوه۔

At sunrise he went to the bank of the river.

دلمر ختو په وخت کي هغه د سیند غاړي ته لاړ۔

There he anxiously looked about for his brother.

هلته هغه په اندېښنه سره د خپل ورور په لټه کي شو۔

But his waiting and searching were all in vain.

خو د هغه انتظار او لټون ټول بي ګټي وو۔

Distressed beyond measure, he wept at the riverside.

هغه ډېر خفه و، د سیند په غاړه یي وژړل۔

As he was weeping a boat was passing by.

کله چي هغه وژړل، یوه کښتۍ تري تېرېده۔

In the boat a merchant was returning from business.

په کښتۍ کي یو سوداګر له سوداګری څخه راستنېده۔

The boat was not far from the shore.

کښتۍ له ساحل څخه ډېره لري نه وه۔

So the merchant could see Basanta weeping.

نو سوداګر بسنتا ژړل لیدلی شو۔

Something struck the attention of the merchant.

یو څه د سوداګر پام ځانته راواړوه۔

By the weeping man appeared to be a pile of pearls.

دژړا کوونکي سړي په نظر د مرغلرو ډېری ښکارېده۔

The merchant requested the boatman to halt.

سوداګر د کښتۍ چلوونکي څخه وغوښتل چي ودرېږي۔

And the merchant went to the weeping man.

او سوداگر ژړل شوي سړي ته لاړ۔

By the weeping man was in fact a pile of pearls.

دژړا کوونکي سړي قسم په حقیقت کي د مرغلرو یوه ډیری وه۔

And the pearls were of the highest quality.

او مرغلري د لوړ کیفیت وي۔

And another thing astonished the merchant.

او یوه بله خبره سوداگر حیران کړ۔

The pile of pearls grew larger every second.

دمرغلرو ډیری هره ثانیه لویه کېدله۔

Because the man was crying, but not tears.

ځکه چي سړی ژړل، خو اوښکي نه۔

Because his tears turned to pearls on the ground.

ځکه چي د هغه اوښکي په ځمکه باندي په مرغلرو بدلي شوي۔

The merchant stowed away the pearls into his boat.

سوداگر مرغلري په خپله کښتۍ کي واچولي۔

Then the merchant got his servants to help him.

بیا سوداگر خپل نوکران راوغوښتل چي ورسره مرسته وکړي۔

And together they captured the crying man.

او په گډه یي ژړونکی سړی ونیولو۔

They put him on board of the vessel.

هغوی هغه په کښتۍ کي واچاوه۔

And he tied him to one of the ship's masts.

او هغه یي د کښتۍ په یوه مستول پوري وتړلو۔

Basanta, of course, tried his best to resist.

البته، بسنتا د مقاومت لپاره خپله ټوله هڅه وکړه۔

But what could he do against so many sailors?

خو هغه د دومره ډیرو سمندري ځواکونو په وراندي څه کولی شي؟

He thought of his brother who never returned.

هغه د خپل ورور په اړه فکر وکړ چي هیڅکله بیرته نه دی راغلی۔

He thought of his sister-in-law in the forest.

هغه په ځنگله کي د خپلي خور په اړه فکر وکړ۔

And he thought of his newly born niece.

او هغه د خپلي نوي زیږیدلي خورزي په اړه فکر وکړ۔

And he cried even more bitterly than before.

او هغه د پخوا په پرتله نور هم په ژړا شو۔

His weeping mightily pleased the merchant.

دهغه ژړا سوداگر ډیر خوښ کړ۔

Because even more pearls were falling to the ground.

څکه چي نور هم مرغلري څمکي ته غورځيدلي وي.

And the merchant became richer and richer.

او سوداگر نور هم شتمن شو.

Eventually the merchant reached his native town.

بالاخره سوداگر خپل پلرني ښار ته ورسيد.

When they got there he confined Basanta in a room.

کله چي دوی هلته ورسيدل، هغه بسنتا په يوه خونه کي بند کړ.

At stated hours every day he had him whipped.

هره ورځ به يي په ټاکل شويو ساعتونو کي په درو وهل.

In order to make him shed yet more tears.

ددي لپاره چي هغه نوري اوښکي توی کړي.

And every tear converted into a bright pearl.

او هره اوښکه په روښنانه مرغلره بدله شوه.

The merchant one day said to his servants;

سوداگر يوه ورځ خپلو نوکرانو ته وويل؛

"The fellow is making me rich by his weeping".

هغه سړی په ژړا سره ما شتمن کوي.

"Let us see what he gives me by laughing".

راځئ وگورو چي هغه ماته د خندا له لاري څه راکوي.

Accordingly, he began to tickle his captive.

په همدي اساس، هغه خپل بندي ته گوتي وهل پيل کړل.

Upon being tickled Basanta began to laugh.

کله چي بسنتا گونگټي کړي، نو وخندل.

Of course he was not laughing out of happiness.

البته هغه له خوښۍ نه خانده.

But none the less maniks dropped from his mouth.

خو بيا هم له خولي يي مانيکونه ووتل.

After this Basanta was not just whipped anymore.

له دي وروسته بسنتا نور يوازي په وهلو نه وهل کيده.

Now he was alternately whipped and tickled.

اوس هغه په وار وار په وهلو او تکولو سره وهل کيده.

All day and far into the night he was exploited.

ټوله ورځ او تر شپي پوري له هغه څخه ناوړه گټه پورته شوه.

The merchant's wealth increased day and night.

دسوداگر شتمني ورځ په ورځ زياته شوه.

Soon he became the wealthiest man in the land.

ډير ژر هغه د څمکي تر ټولو شتمن سړی شو.

But let us return to Basanta's subjugation later.

خو راځئ چي وروسته د بسنتا د تسلط ته راستون شو۔

Now let us turn our attention to Swet's wife.

اوس راځئ چي خپل پام د سويټ ميرمني ته واړوو۔

Swet's abandoned wife was still in the forest.

دسويټ پريښودل شوې ميرمن لا هم په ځنګله کي وه۔

She had just given birth to her child.

هغي تازه خپل ماشوم زيږولى و۔

But now she was alone in the forest.

خو اوس هغه په ځنګله کي يوازي وه۔

First her husband had abandoned her.

لومړى يي ميړه هغه پريښوده۔

And now her brother-in-law abandoned her too.

او اوس د هغي لېور هم هغه پريښوده۔

Imagine how overwhelmed with grief she felt.

تصور وکړئ چي هغه څومره له غم څخه ډکه وه۔

Alone, and in a forest, far from civilization.

يوازي، او په ځنګل کي، له تمدن څخه لري۔

Her case was indeed deserving of sympathy.

دهغي قضيه په حقيقت کي د خواخوږۍ وړ وه۔

She wept rivers of sad and lonely tears.

هغي د غمجنو او يوازيتوب اوښکو سيندونه وژړل۔

Excessive grief, however, brought her relief.

خو، ډېر غم هغي ته سکون ورکر۔

She fell asleep with the new-born in her arms.

هغه د نوي زيږيدلي ماشوم په غېږ کي ويده شوه۔

While she was deep in sleep another tragedy took place.

پداسي حال کي چي هغه په ژوره خوب کي وه، يوه بله غميزه رامنځته شوه۔

It so happened that the Kotwal was passing by.

داسي پيښ شول چي کوتوال له هغه ځايه تېربده۔

He had recently suffered his own misfortune.

هغه په دې وروستيو کي له خپلي بدبختۍ سره مخ شوى و۔

But his misfortune was of a different nature.

خو د هغه بدبختي بل ډول وه۔

The children his wife bore died shortly after birth.

هغه ماشومان چي د هغه ميرمني زيږولي وو د زيږون څخه لږ وروسته مړه شول۔

And he was now going to bury the last infant.

او هغه اوس غوښتل چي وروستی ماشوم هم ښخ کړي۔

He was heading to the banks of the river.

هغه د سيند غاړي ته روان و۔

The place where the other infants were buried.

هغه ځای چي نور ماشومان پکي ښخ شوي وو۔

But then he saw the woman sleeping in the forest.

خو بيا يي هغه ښځه وليده چي په ځنګله کي ويده وه۔

And in her arms he saw her holding a baby.

او د هغي په غيږ کي يي هغه وليده چي يو ماشوم يي په لاس کي نيولی و۔

The infant was a lively and beautiful boy.

ماشوم يو ښنکلی او ژوندی هلک و۔

His liveliness did not disturb his mother's sleep.

دهغه ژوندون د هغه د مور خوب ګډوډ نه کړ۔

The Kotwal wanted the lovely infant very much.

کوتوال ډېر ښنکلی ماشوم غوښتل۔

He quietly took the child from his mother.

هغه په خاموشۍ سره ماشوم له خپلي مور څخه واخيست۔

And in her arms he placed his own dead child.

او خپل مړ يي ماشوم يي د هغي په غيږ کي کېښود۔

Of course this is not what he could tell his wife.

البته دا هغه څه نه دي چي هغه خپلي ميرمني ته ويلای شي۔

"We both thought that our son had died".

موږ دوارو فکر کاوه چي زوی مو مړ شوی دی۔

"And I carried his body to the river bank".

او ما د هغه جسد د سيند غاړي ته يوړ۔

"And that was when a miracle occurred".

او دا هغه وخت و چي يوه معجزه وشوه۔

"Once more our son opened his young eyes".

يو ځل بيا زموږ زوی خپلي ځوانۍ سترګي پرانيستي۔

"And now we have a beautiful and lively boy".

او اوس موږ يو ښنکلی او فعال هلک لرو۔

But Swet's wife did not know the true events.

خو د سويټ ميرمني د اصلي پيښو په اړه معلومات نه درلودل۔

When she woke she held the dead child in her arms.

کله چي هغه راويښه شوه، مړ ماشوم يي په غيږ کي ونيو۔

And she thought it was her child that had died.

او هغي فکر کاوه چي دا د هغي ماشوم دی چي مړ شوی دی۔

The distress of her mind may easily be imagined.

دغې د ذهن کراو په اسانۍ سره تصور کیدی شي۔

The whole world became dark to her.

ټوله نړۍ ورته تیاره شوه۔

She was distracted by the loss of her child.

هغه د خپل ماشوم د له لاسه ورکولو له امله مغشوش شوې وه۔

And in her distraction she formed a resolution.

او په خپل ګډوډۍ کي هغې یوه پریکړه وکړه۔

She had resolved to take her own life.

هغې د خپل ژوند د خان اخیستو هوډ کری و۔

The river was not far from where she had slept.

سیند له هغه ځایه لري نه و چي هغه ویده شوې وه۔

And she determined to drown herself in the river.

او هغې هوډ وکړ چي خان په سیند کي ډوب کړي۔

She took in her hand the bundle of jewels.

هغې د جواهراتو بنډل په خپل لاس کي واخیست۔

And then she proceeded to the river-side.

او بیا هغه د سیند غاړي ته لاړه۔

An old Brahman was at no great distance.

یو زوړ برهمن ډیر لري نه و۔

The Brahman was performing his morning ablutions.

برهمن سهار اودس کاوه۔

He noticed the woman going into the water.

هغه ښځه ولیده چي اوبو ته ننوته۔

Naturally he thought that she was going to bathe.

په طبیعي ډول هغه فکر کاوه چي هغه به غسل وکړي۔

But then he saw her going into the deep waters.

خو بیا یي هغه ولیده چي ژورو اوبو ته ننوځي۔

Something akin to suspicion arose in his mind.

دهغه په ذهن کي د شک په خیر یو څه راڅرګند شول۔

The Brahman discontinued his devotions.

برهمن خپل عبادتونه بند کړل۔

He too waded out towards the river's depth.

هغه هم د سیند د ژوروالي په لور وخوځید۔

And he ordered the woman to come to him.

او هغه ښځي ته یي امر وکړ چي هغه ته راشي۔

Swet's wife heard the old man calling her.

دسویت میرمنۍ د زاره سړي غږ واورید۔

So she retraced her steps to the old man.

نو هغې خپل ګامونه بيرته د زاره سرې په لور وخوڅول۔

"What were your intentions?" asked the Braham.

برهام وپوښتل :ستا ارادي څه وي؟

And the woman confirmed his suspicions.

او ښڅي د هغه شکونه تاييد کړل۔

"I was going to put an end to my life".

زه غوښتل چي خپل ژوند ته د پای تکی کيردم۔

And she thanked the Brahman for saving her.

او هغې د برهمن څخه مننه وکړه چي هغه يي وژغورله۔

"Accept these jewels as a sign of appreciation".

دا جواهرات د ستايني نښه په توګه ومنئ۔

The Brahman accepted the sign of appreciation.

برهمن د ستايني نښه ومنله۔

But he was more interested in her story.

خو هغه د هغې په کيسه کي ډيره علاقه درلوده۔

And at his request she related her story.

او د هغه په غوښتنه هغې خپله کيسه بيان کړه۔

She had escaped from her stepmother in law.

هغه د خپلي ناسکه خواښي څخه تښتيدلي وه۔

In the forest she gave birth to a child.

په ځنګله کي هغې يو ماشوم وزيږاوه۔

First her husband went looking for fire.

لومړی يي ميړه د اور په لټه کي لاړ۔

But her husband never came back to her.

خو ميړه يي هيڅکله بيرته هغې ته رانغی۔

Then her brother-in-law looked for her husband.

بيا د هغې لېور د هغې د ميړه په لټه کي شو۔

But her brother-in-law did not return either.

خو د هغې لېور هم راستون نه شو۔

Eventually she fell asleep with her child.

بالاخره هغه د خپل ماشوم سره ويده شوه۔

But when she woke her child was dead.

خو کله چي هغه راويښه شوه نو ماشوم يي مړ و۔

And that's when she decided to drown herself.

او دا هغه وخت و چي هغې پريکړه وکړه چي ځان ډوب کړي۔

She felt the relieve of telling her fate.

هغې د خپل برخليک په ويلو سره د راحت احساس وکړ۔

The Brahman invited the woman to his house.

برهمن بنځه خپل کور ته راوبللـه۔

And the woman was accepted into his family.

او بنځه یی په کورنۍ کي ومنل شوه۔

The Brahman's wife treated her like a daughter.

دبرهمن بنځي ورسره د لور په څیر چلند کاوه۔

And she spent years with her new family.

او هغی کلونه د خپلي نوي کورنۍ سره تیر کرل۔

Swet spend those years in his kingdom.

سویت هغه کلونه په خپل سلطنت کي تیر کرل۔

Basanta spent those years being tortured.

بـسنتا هغه کلونه په شکنجه کي تیر کرل۔

And the adopted son of the Kotwal grew up.

او د کوتوال زوی لوی شو۔

The Brahman's house was not far from the Kotwal's.

دبرهمن کور د کوتوال له کوتي څخه ډیر لري نه و۔

So the Kotwal's son met the Brahman's adopted daughter.

نو د کوتوال زوی د برهمن له لور سره ولیدل۔

And the lad thought he fell in love with her.

او هلک فکر کاوه چی هغه ورسره مینه لري۔

He spoke to his father about the woman.

هغه د خپل پلار سره د بنځي په اره خبري وکړي۔

And the father spoke to the Brahman about the woman.

او پلار یی برهمن ته د بنځي په اره خبري وکړي۔

The Brahman's rage knew no bounds.

دبرهمن غوسه هیڅ حد نه درلود۔

"What is this insolence!" the Brahman protested.

دا څه بی عزتي ده۔برهمن اعتراض وکړ۔

"Your son is the son of an infidel".

ستا زوی د کافر زوی دی۔

"How can he aspire to the hand of a Brahman's daughter!?".

څنګه کولی شي د برهمن د لور لاس ته هیله ولري۔؟۔

"A dwarf may as well aspire to catch hold of the moon!".

یو بونی هم ممکن د سپوږمۍ د نیولو هیله ولري۔۔

But the Kotwal's son determined to have her by force.

خو د کوتوال زوی هوډ وکړ چی هغه په زور سره ولري۔

One day he scaled the wall of the Brahman's house.

یوه ورځ هغه د برهمن د کور دیوال ته وخوت۔

He got upon the thatched roof of the cow-house.

هغه د غواگانو د کور د خپنتو چت ته ورښد۔

And from that lofty position he reconnoitered.

او له هغه لوړ مقام څخه يي بيا کتنه وکړه۔

And he saw two young calves below him.

او هغه دوه ځوان خوسکي د هغه د لاندي وليدل۔

And he overheard the conversation of two young calves.

او هغه د دوو ځوانو خوسکيو خبري واورېدې۔

"Men accuse us of brutish ignorance and immorality".

نارينه موږ په وحشيانه ناپوهى او بد اخلاقى تورنوي۔

"But in my opinion men are fifty times worse".

خو زما په نظر سړي پنځوس ځله بدتر دي۔

"What makes you say so, brother?" the calf asked.

خوسکي وپوښتل :ولې ته داسي وايي، وروره؟

"Have you witnessed instances of human depravity?".

ايا تاسو د انساني فساد مثالونه ليدلي دي؟

"Who is a greater monster than the Kotwal's son?".

د کوتوال له زوى څخه لوى شيطان څوک دى؟

"The same lad standing on the thatched roof".

همغه هلک چي د خپنتو په بام ولاړ دى۔

"The roof of this hut above our heads".

زموږ د سرونو پورته د دي کوټي چت۔

"I thought he was just the son of our Kotwal".

ما فکر کاوه چي هغه زموږ د کوتوال زوى دى۔

"I never heard that he was exceptionally vicious".

ما هيڅکله نه دي اوريدلي چي هغه په استثنايى ډول ظالم و۔

"You may have never heard of his wickedness".

تاسو شايد هيڅکله د هغه د بدکاري په اړه نه وي اوريدلي۔

"But now you will hear of his wickedness from me".

خو اوس به ته زما څخه د هغه د بدکاري په اړه واوري۔

"This wicked lad is now making immoral plans".

دا بدکار هلک اوس غير اخلاقي پلانونه جوړوي۔

"He is trying get married to his own mother!".

هغه هڅه کوي چي له خپلي مور سره واده وکړي۔۔

The First Calf then related the whole story.

بيا لومړي خوسکي ټوله کيسه بيان کړه۔

And the inquisitive Second Calf listened.

او پلټونکي دوهم خوسکي غوږ ونيو۔

And the calf told Swet's and Basanta's story.

او خوسکي د سويت او بسنتا کيسه وکړه۔

"A merchant built a house for his son"

يو سوداگر د خپل زوی لپاره کور جوړ کړ

"In the garden of the house was a Toontooni bird"

د کور په باغ کي يو تونټوني مرغۍ وه

"In the nest of the Toontooni bird was an egg"

د تونټوني مرغۍ په ځاله کي يوه هگۍ وه

"The merchant's son put the egg in a almirah"

د سوداگر زوی هگۍ په الميره کي واچوله

"Out of the egg came a beautiful girl"

له هگۍ څخه يوه ښکلي نجلۍ راووتله

"Eventually the merchant's son married this beautiful girl"

بالاخره د سوداگر زوی له دي ښکلي نجلۍ سره واده وکړ

"Together they had two children; Swet and Basanta"

دوی يوځای دوه ماشومان درلودل؛ سويټ او بسنتا

"Some time later the grandfather of the children died"

څه وخت وروسته د ماشومانو نيکه مړ شو

"Some time later again their grandmother died too"

څه وخت وروسته بيا د دوی انا هم مړه شوه

"At the right time, the oldest son, Swet, got married"

په سم وخت کي، مشر زوی، سويټ، واده وکړ

"His mother, the Toontooni woman, died sometime later"

د هغه مور، د تونټوني ښځه، څه موده وروسته مړه شوه

"Soon after their father married a younger woman"

ډير ژر وروسته د دوی پلار له يوي ځواني ښځي سره واده وکړ

"But their new stepmother hated her stepsons"

خو د دوی نوي ميري مور له خپلو ميندو زامنو څخه کرکه کوله

"And she also hated her new stepdaughter-in-law"

او هغي د خپلي نوي ناوي څخه هم کرکه کوله

"One day a fisherman happened to visit the merchant"

يوه ورځ يو کب نيونکی سوداگر ته راغی

"The Fisherman had sold the merchant a magical fish"

کب نيونکي سوداگر ته يو جادويي کب پلورلی و

"Whoever ate the fish would laugh maniks"

چا چي کب خورلی و، هغه به خاندي

"And whoever ate the fish would weep pearls"

او هر چا چي کب وخور، مرغلري به يي وژرلي

"The same day there was an argument over some pigeons"

په همدې ورځ ورخ د ځينو کوترو په اره شخره وشوه

"The stepmother was terribly vengeful to her stepsons"

د ناسکه مور د خپلو ناسکه زامنو سره ډېره غچ اخيستونکي وه

"And she swore revenge on her stepsons"

او هغې د خپلو ناسکه زامنو څخه د غچ اخيستلو قسم وخوړ

"That day Swet, his wife, and Basanta escaped"

په هغه ورځ سويت، د هغه ميرمن، او بسنتا وتښتېدل

"But before leaving they ate the magical fish"

خو د تگ دمخه يي جادويي کب وخوړ

"On their journey Swet's wife gave birth to a baby boy"

د دوی په سفر کي د سويت ميرمني يو ماشوم هلک وزيږول

"Swet went to look for wood to make a fire"

سويت د اور بلولو لپاره د لرگيو په لټه کي لاړ

"But he was carried away by an elephant"

خو هغه د فيل لخوا وړل شو

"He was taken to a Queen haunted by a snake"

هغه يوې ملکي ته يوړل شو چي مار يي خوړولی و

"But he succeeded in killing the serpent"

خو هغه د مار په وژلو کي بریالی شو

"And so he became king of the land""Basanta went looking for his brother"

او په دې توگه هغه د ځمکي پاچا شو باسانتا د خپل ورور په لټه کي لاړ

"But he was captured by a merchant"

خو هغه د يو سوداگر لخوا ونيول شو

"And now he's flogged and tickled daily"

او اوس هغه هره ورځ په دورو وهل کيږي او گونگټي وهل کيږي

"And he cries pearls and laughs maniks"

او هغه مرغلري ژاړي او خاندي مينيکونه

"The Kotwal's son had died that night"

د کوتوال زوی په هغه شپه مړ شوی و

"So the Kotwal exchanged the two babies"

نو کوتوال دوه ماشومان بدل کړل

"The mother couldn't bear the loss of her child"

مور د خپل ماشوم له لاسه ورکول نه شو زغملی

"So she made the decision to drown herself"

نو هغې پریکړه وکړه چي ځان ډوب کړي

"But there was a Brahman that saved her life"

خو يو برهمن وو چي د هغې ژوند يي وژغوره

"And this Brahman took her into his home"

او دي برهمن هغه خپل کور ته بوتله

"The Kotwal's son grew up a hardy boy"

د کوتوال زوی يو زرور هلک شو

"And he fell in love with the woman"

او هغه له ښځي سره مينه وکره

"And now he stands on the roof"

او اوس هغه په بام ولاړ دی

"And he's intent on having the woman"

او هغه د ښځي د لرلو اراده لري

All this the Kotwal's son heard.

دا ټول د کوتوال زوی واورېدل۔

And he was struck with horror.

او هغه په وحشت سره وخپل شو۔

He forthwith got down from the thatch.

هغه سمدلاسه له خبنتو ځخه ښکته شو۔

And he went home to his father.

او هغه د خپل پلار کور ته لاړ۔

And he said he must speak with the king.

او هغه ووېل چي هغه بايد له پاچا سره خبري وکري۔

The father protested against the request.

پلار يي د غوښتنې پر وراندي اعتراض وکړ۔

But he got an interview with the king.

خو هغه د پاچا سره مرکه وکړه۔

He told the king about the two calves.

هغه پاچا ته د دوو خوسکيو په اړه ووېل۔

And he repeated the whole story.

او هغه ټوله کيسه تکرار کړه۔

The king now remembered his poor wife.

پاچا ته اوس خپله بيچاره ښځه را په ياد شوه۔

So a servant was sent to the Brahman.

نو يو نوکر برهمن ته واستول شو۔

And the Brahman was richly rewarded.

او برهمن ته ډېر انعام ورکړل شو۔

And his wife was brought back to the palace.

او د هغه ښځه بيرته مانۍ ته راوړل شوه۔

His wife was put in her proper position.

دهغه ښځه په خپل مناسب مقام کېښنودل شوه۔

And she became queen of the kingdom.

او هغه د سلطنت ملکه شوه۔

The reputed son of the Kotwal was readopted.

دکوتوال مشهور زوی بیا غوره شو۔

And he was proclaimed heir to the throne.

او هغه د تخت وارث اعلان شو۔

Basanta was brought out of the dungeon.

بسنتا له زندان څخه راوویستل شوه۔

And the wicked merchant was buried alive.

او ظالم سوداګر ژوندی ښخ شو۔

And thorns were put in his burying-place.

او د هغه په قبر کې اغزي کېنودل شول۔

And all lived together happily for many years.

او ټول د ډیرو کلونو لپاره په خوښۍ سره یوځای ژوند کاوه۔

Swet, his wife and son, and Basantas.

سویټ، د هغه میرمن او زوی، او بسنتاس۔

The Evil Eye of Sani
د ثاني بد نظر

Once upon a time Sani and Lakshmi fell out with each other.

یو وخت ثاني او لکشمي یو بل سره شخره وکړه۔

Sani, also known as Saturn, is the God of bad luck.

ثاني، چي د زحل په نوم هم پيژندل کيږي، د بدبختي خدای دی۔

And Lakshmi is the Goddess of good luck.

او لکشمي د نيکمرغۍ الهه ده۔

And these two Gods fell out with each other in heaven.

او دا دوه خدايان په جنت کي يو بل سره ولوېدل۔

Sani said he was higher in rank than Lakshmi.

ثاني وويل چي هغه د لکشمي په پرتله لور رتبه لري۔

And Lakshmi said she was higher in rank than Sani.

او لکشمي وويل چي هغه د ثاني په پرتله لوړه رتبه لري۔

But there were just as many Gods as there were Goddesses.

خو د خدايانو په څېر دېر خدايان هم وو۔

Therefore the dispute could not be settled in heaven.

له همدي امله دا شخره په جنت کي نه شي حل کېدای۔

The contending deities agreed to refer the matter to humans.

دسيالو خدايانو موافقه وکړه چي دا موضوع انسانانو ته راجع کړي۔

The humans had a name for wisdom and justice.

انسانانو د حکمت او عدالت لپاره نوم درلود۔

There lived at that time upon earth a man named Sribatsa.

په هغه وخت کي په ځمکه کي يو سړی ژوند کاوه چي سرييتسا نومېده۔

(Sri is another name of Lakshmi).

(سري د لکشمي بل نوم دی)۔

(And"batsa" is another word for child).

(او بتسا د ماشوم لپاره بله کلمه ده)۔

(so Sribatsa literally means"the child of fortune").

(نو د سرييتسا لفظي معنی د بخت ماشوم ده)۔

Sribatsa had as much wisdom as he had wealth.

سرييتسا هومره حکمت درلود لکه څنګه چي هغه شتمني درلوده۔

And he was as fair as he was rich, too.

او هغه هومره عادل وو او لکه څنګه چي شتمن وو۔

He was therefore a good judge for the dispute.

له همدي امله هغه د شخري لپاره يو ښه قاضي و۔

And the God and Goddess agreed he could judge their case.

او خدای او معبود موافقه وکړه چي هغه کولی شي د دوی قضیه قضاوت کړي۔

One day, accordingly, Sribatsa was contacted.

یوه ورځ، په همدي اساس، له سریبتسا سره اړیکه ونیول شوه۔

He was told that Sani and Lakshmi would come to him.

هغه ته وویل شول چي ثاني او لکشمي به هغه ته راشي۔

And he was told they wished for him to settle their dispute.

او هغه ته وویل شول چي دوی غواړي چي هغه د دوی شخړه حل کړي۔

This put Sribatsa in a delicate situation.

دي کار سریبتسا په یوه نازک حالت کي واچوله۔

He could say Sani was higher in rank than Lakshmi.

هغه ویلی شو چي ثاني د لکشمي په پرتله لوړ رتبه لري۔

But then she would be angry with him and forsake him.

خو بیا به هغه پري غوسه شي او هغه به پریږدي۔

He could say Lakshmi was higher in rank than Sani.

هغه ویلی شو چي لکشمي د ثاني په پرتله لوړه رتبه لري۔

But then Sani would cast his evil eye upon him.

خو بیا به ثاني خپله بده سترگه پري واچوله۔

He made up his mind not to say anything directly.

هغه هود وکړ چي په مستقیم ډول هیڅ ونه وايي۔

The god and the goddess had to observe his actions.

خدای او الهه باید د هغه کړني وڅاري۔

And from his actions they could gather their opinions.

او د هغه له کړنو څخه دوی کولی شي خپل نظرونه راټول کړي۔

Sribatsa ordered two chairs to be made.

سریباتسا د دوو څوکیو د جوړولو امر وکړ۔

One of the chairs was made from gold.

یوه څوکی له سرو زرو څخه جوړه شوې وه۔

And the other chair was made from silver.

او بله څوکی د سپینو زرو څخه جوړه شوې وه۔

And he placed the two chairs beside himself.

او هغه دواړه څوکی د ځان تر څنګ کېنودي۔

The day came when Sani and Lakshmi visited Sribatsa.

هغه ورځ راغله کله چي ثاني او لکشمي سریباتسا ته لاړل۔

He told Sani to sit upon the silver chair.

هغه ثاني ته وویل چي د سپینو زرو په څوکی کېني۔

And he told Lakshmi to sit upon the gold chair.

او هغه لکشمي ته وویل چي د سرو زرو په څوکی کېني۔

Sani became mad with rage, and spoke angrily;

ثاني په غوسه کي ليوني شو، او په غوسه يي وويل؛

"You consider me lower in rank than Lakshmi"

ته ما د لکشمي په پرتله ټيټ ګڼي

"I will cast my eye on you for three years"

زه به دري کاله ستا سترګي په تا واچوم

"We shall see how you fare at the end of that period"

موږ به وګورو چي د دي دوري په پای کي ستاسو کار څنګه دی

The god then went away in great anger.

بيا خدای په ډېر قهر سره لاړ۔

Lakshmi, before she went away, said to Sribatsa;

لکشمي، مخکي له دي چي لاړه شي، سريباتسا ته وويل؛

"My child, do not fear. I'll befriend you"

زما ماشومه، مه وېرېږه۔ زه به ستا ملګرتيا وکړم

The god and the goddess then went away.

بيا خدای او الهه لاړل۔

Sribatsa spoke to his wife, Chantamani;

سريباتسا له خپلي مېرمني، چنتاماني سره خبري وکړي؛

"Dearest, the evil eye of Sani will be upon me"

زما ګرانه، د ثاني بده سترګه به زما په سر وي

"I had better go away from the house"

زه بايد له کوره لاړ شم

"If I stay evil will befall you and me"

که زه پاتي شم نو شر به زما او ستا دواړو سره وي

"But if I go, evil will overtake me only"

خو که زه لاړ شم، شر به يوازي ما ونيسي

Chintamani said, "it cannot be that way"

چنتاماني وويل، دا داسي نشي کيدی

"Wherever you go, I will go with you"

هر چيري چي خې، زه به درسره خم

"Your good luck shall be my good luck"

ستاسو نيکمرغه به زما نيکمرغه وي

"And your bad luck shall be my bad luck"

او ستا بدبختي به زما بدبختي وي

The husband tried hard to persuade his wife to stay.

مېړه ډېره هڅه وکړه چي خپله مېرمن وهڅوي چي پاتي شي۔

But all his efforts were of no use.

خو د هغه ټولي هڅي بي ګټي وي۔

She refused to abandon her husband.

هغې د خپل ميړه پرېښودو څخه انکار وکړ۔

Sribatsa told his wife to make an opening in their mattress.

سریباتسا خپلي مېرمني ته وويل چي د دوی په بستر کي يوه سوری جوړ کړي۔

And he told her to stow away all their money and jewels.

او هغه ورته وويل چي د دوی ټولي پيسي او ګاني لري کړي۔

On the eve of leaving their house, Sribatsa invoked
Lakshmi.

دخپل کور څخه د وتلو په شپه، سریباتسا لکشمي ته دعا وکړه۔

Upon being invoked, Lakshmi forthwith appeared.

کـله چي دعا وشوه، لکشمي سمدلاسه را اخرګنده شوه۔

"Mother Lakshmi, the evil eye of Sani is upon us"

مور لکشمي، د ثاني بد نظر پر موږ دی

"We are going away into exile"

موږ جلاوطني ته ځو

"Please befriend us, and take care of our property"

مهرباني وکړئ زموږ سره ملګرتيا وکړئ، او زموږ د ملکيت پاملرنه وکړئ

The goddess of good luck answered.

دنيکمرغۍ خدای ځواب ورکړ۔

"Do not fear; I'll befriend you"

مه وېرېږه؛ زه به ستا ملګرتيا وکړم

"In the end all will be right"

په پای کي به هرڅه سم وي

They then set out on their journey.

بيا دوی خپل سفر ته روان شول۔

Sribatsa rolled up the mattress and put it on his head.

سریباتسا توشک را تاو کړ او پر سر يي کېښنود۔

They had not gone many miles when they saw a river.

دوی ډېر ميله نه وو تللي چي يو سيند يي وليد۔

There was a canoe with a man sitting in it.

يوه کښتۍ وه چي يو سړی پکي ناست و۔

The travelers requested the ferryman to take them across.

مسافرو د کښتۍ چلوونکي څخه وغوښتل چي دوی له پولي هاخوا بوځي۔

The ferryman said he could only take one at a time.

دکښتۍ چلوونکي وويل چي هغه يوازي په يو وخت کي يو وړلی شي۔

"Tere are three of you," he objected.

هغه اعتراض وکړ :تاسو دري تنه ياست۔

"There is you, your wife, and your mattress"

ته، ستا ښځه، او ستا بستر شته

Sribatsa proposed in what order they should ferry over the river.

سریباتسا وراندیز وکړ چي په کوم ترتیب باید دوی د سیند څخه تیر شي۔

"First my wife should be taken across the river"

لومړی باید زما میرمن د سیند څخه هاخوا یورل شي

"After my wife, take the mattress across the river"

زما د میرمني وروسته، توشک د سیند هاخوا یوسه

"And then you can take me across the river"

او بیا تاسو کولی شئ ما د سیند څخه هاخوا بوځئ

But the ferryman would not hear of it.

خو د کښتي چلوونکي دا خبره ونه اورېده۔

"Only one at a time," he repeated.

یوازي یو په یو وخت، هغه تکرار کړ۔

"First let me take across the mattress"

لومړی اجازه راکړئ چي د توشک څخه تیر شم

Sribatsa saw no reason to object to the proposal.

سریباتسا د دې وراندیز په وراندي د اعتراض لپاره هیڅ دلیل ونه لید۔

The ferryman started taking the mattress across the river.

دکښتي چلوونکي د سیند په اوږدو کي توشک ورل پیل کړل۔

He had reached halfway across the river.

هغه د سیند نیمایي ته رسیدلی و۔

But then, from nowhere, a fierce gale arose.

خو بیا، له هیڅ ځایه، یو سخت باد راپورته شو۔

The ferryman lost control of his canoe.

دکښتي چلوونکي د خپلي کښتي کنترول له لاسه ورکړ۔

The mattress was blown into the river.

توشک په سیند کي والوزول شو۔

The river carried everything away with it.

سیند هر څه له خانه سره یورل۔

And the ferrymen, canoe, and mattress were never seen again.

او د کښتي چلوونکي، کښتي او توشک بیا هیڅکله ونه لیدل شول۔

But that was not even the strangest events.

خو دا تر ټولو عجیبه پیښي هم نه وي۔

Because the river also disappeared into thin air.

ځکه چي سیند هم په هوا کي ورک شو۔

Where there was water there was now dry ground.

چیرته چي اوبه وي هلته اوس وچه ځمکه وه۔

Sribatsa knew the evil eye of Sani had been watching.

سریباتسا پوهیده چی د ثانی بد نظر یی څارلی دی۔

Sribatsa and his wife had not a pice in their pockets.

سریباتسا او د هغه میرمنی په جیبونو کی یوه پیسه هم نه درلوده۔

Together, impoverished, they went to a nearby village.

یوځای، بی وزله، دوی نزدی کلي ته لاړل۔

The village was dwelt in mostly by wood-cutters.

په کلي کی ډېری د لرګیو پري کولو کارګران اوسېدل۔

At sunrise the woodcutters went to cut wood.

دلمر ختو په وخت کی لرګي ماتوونکي د لرګیو پري کولو ته لاړل۔

And the wood they cut they sold in a faraway town.

او هغه لرګي چی دوی پري کول، دوی په یوه لری ښار کی پلورل۔

Sribatsa asked to work with the wood-cutters.

سریباتسا وغوښتل چی د لرګیو پري کونکو سره کار وکړي۔

And the wood-cutters agreed to let him cut wood.

او لرګي پري کوونکو موافقه وکړه چی هغه ته د لرګیو پري کولو اجازه ورکړي۔

He could fell trees as well as the best of them.

هغه کولی شوای چی ونی هم پري کړي او غوره یی هم پري کړي۔

But Sribatsa was different from the wood-cutters.

خو سریبتسا د لرګیو پري کونکو څخه توپیر درلود۔

The wood-cutters cut any and every sort of wood.

لرګي پري کوونکو هر ډول لرګي پري کول۔

But Sribatsa cut only the precious types of wood.

خو سریبتسا یوازي د لرګیو قیمتي ډولونه پري کول۔

His efforts were focused on cutting down sandal-wood.

دهغه هڅی د صندل لرګیو په پري کولو متمرکزي وي۔

The wood-cutters brought to market large loads of common wood.

لرګي پري کوونکو د عامو لرګیو لویه اندازه بازار ته راوړله۔

Sribatsa brought only a few pieces of sandal-wood to the market.

سریباتسا یوازي د صندل لرګیو څو ټوټي بازار ته راوړي۔

He was paid a great deal more money than the others.

هغه ته د نورو په پرتله ډېري پیسي ورکړل شوي۔

Things went on this way for some days.

دڅو ورځو لپاره حالات همداسي روان وو۔

And the wood-cutters became jealous of Sribatsa.

او لرګي پري کوونکي له سرييتسا سره حسد وکړ.

In their jealousy they plotted against Sribatsa.

په خپله حسد کي دوی د سرييتسا پر ضد دسيسه جوړه کړه.

And finally they drove Sribatsa and his wife from the village.

او بالاخره يي سرييتسا او د هغه ميرمن له کلي څخه وشړل.

Sribatsa and his wife made their way to another village.

سريباتسا او د هغه ميرمن بل کلي ته لاړل.

In this village there were many women that weaved.

په دي کلي کي ډيري ښځي وي چي اوبدل يي کول.

Here Chintamani made herself useful by spinning cotton.

دلته چنتاماني د پنبي په ګرځولو سره ځان ګټور کړ.

Chintamani was an intelligent and skillful woman.

چنتاماني يوه هوښياره او مهارت لرونکي ښځه وه.

So she spun finer thread than the other women.

نو هغي د نورو ښځو په پرتله ډير نازک تارونه تاوول.

And she got paid more money than the other women.

او هغي ته د نورو ښځو په پرتله ډيري پيسي ورکړل شوي.

This roused the envy of the native women of the village.

دي کار د کلي د اصلي ښځو حسد راپاراوه.

But the envy of the other women was not all.

خو د نورو ښځو حسد يوازي يوازينی شی نه و.

Sribatsa wanted to gain the good grace of the weavers.

سريباتسا غوښتل چي د اوبدونکو ښه مهرباني ترلاسه کړي.

So he invited the women that spun cotton to a feast.

نو هغه هغه ښځي چي پنبه يي اغوستي وه يوي ميلمستيا ته راوبللي.

The dishes of the feat were all cooked by his wife.

ددي کارنامي ټول خواړه د هغه ميرمني پخول.

Chintamani was a good weaver, and an excellent in cook.

چنتاماني يو ښه اوبدونکی و، او په پخلي کي يي هم ډير مهارت درلود.

She placed the delicacies before the women.

هغي خوندور خواړه د ښځو په مخ کي کېښودل.

And the barbarous weavers were quite charmed.

او وحشي اوبدونکي ډير په زړه پوري وو.

The men went to their homes with their bellies full.

سړي په ډکو ګېډو سره خپلو کورونو ته لاړل.

But when they got home, they reproached their wives.

خو کله چي دوی کور ته ورسېدل، نو خپلي مېرمني يي ملامتولي۔

"Why do you not cook like the wife of Sribatsa"

ولي ته د سرېبتسا د مېرمني په څېر پخلي نه کوې

And the men called their wives good-for-nothing women.

او سړيو خپلو مېرمنو ته بدکاري ښځي وېلي۔

This made the women hate Chintamani the more.

دې کار ښځي د چنتاماني څخه کرکه نوره هم زياته کړه۔

One day Chintamani went to the river-side.

یوه ورځ چنتاماني د سيند غاړي ته لاړ۔

She wanted to bathe along with the other women of the
village.

هغي غوښتل چي د کلي د نورو ښځو سره يوځای غسل وکړي۔

A boat had been lying on the bank, stranded on the sand.

یوه کښتۍ د سيند په غاړه پرته وه، په شګو کي بنده وه۔

The boat had been stranded there for many days.

کښتۍ د ډېرو ورځو راهيسي هلته بنده وه۔

They had tried to move the boat, but in vain.

دوی هڅه کړې وه چي کښتۍ حرکت ورکړي، خو بې ګټي وه۔

It so happened that Chintamani touched the boat.

دا داسي وشول چي چنتاماني کښتۍ ته لاس ورکړ۔

It was an accident, for she did not mean to touch the boat.

دا يوه حادثه وه، ځکه چي هغي نه غوښتل چي کښتۍ ته لاس ورکړي۔

But whether she meant to or not, the boat moved.

خو که هغي اراده درلوده يا نه، کښتۍ حرکت وکړ۔

And soon the boat was heading off to the river.

او ډېر ژر کښتۍ د سيند په لور روانه شوه۔

The boatmen were astonished by what they had seen.

دکښتۍ چلوونکي د هغه څه له امله حيران شول چي دوی يي ليدلي وو۔

They thought that the woman had uncommon power.

دوی فکر کاوه چي ښځه غير معمولي ځواک لري۔

And so they thought she might be useful in future.

او له همدې امله دوی فکر کاوه چي هغه ممکن په راتلونکي کي ګټوره وي۔

They therefore caught hold of her, against her will.

له همدې امله دوی هغه د هغي د خوښي خلاف ونيوله۔

And they put her in the boat, and rowed off.

او هغوی هغه په کښتۍ کي واچوله او لاړل۔

The women of the village were present for this kidnapping.

دكلي ښڅي د دې تښتونې پر مهال حاضرې وي۔

But they did not offer Chintamani any assistance.

خو هغوی چنتاماني ته هيڅ مرسته ونه کړه۔

Because Chintamani had put them in a bad light.

ځکه چې چنتاماني دوی په بده رڼا کې اچولي وو۔

Sribatsa heard how his wife had been carried away by boatmen.

سريباتسا واورېدل چې څنګه یې ميرمن د کښتۍ چلوونکو له خوا وړل شوې وه۔

I will let you imagine how he became mad with grief.

زه به تاسو ته تصور وکړم چې هغه څنګه د غم څخه ليوني شو۔

He left the village and went to the river-side.

هغه له کلي ووت او د سيند غاړې ته لاړ۔

And he resolved to follow the course of the stream.

او هغه هود وکړ چې د جريان لاره تعقيب کړي۔

Along the stream he was sure to meet the kidnappers' boat.

دويالي په اوږدو کې هغه ډاډه و چې د تښتوونکو کښتۍ به ورسره مخ شي۔

He travelled on and on, along the side of the river.

هغه د سيند په غاړه سفر کاوه او پرله پسې يي۔

And he travelled till it eventually became dark.

او هغه تر هغه وختﻪ پورې سفر وکړ چې بالاخره تياره شوه۔

Where he was there were no huts to be seen.

چيرته چې هغه وو، هلته هيڅ کوټي نه ليدل کېدې۔

So he climbed into a tree to sleep for the night.

نو هغه د شپې د خوب لپاره يوې ونې ته وخوت۔

In the next morning he got down from the tree.

په سبا سهار هغه له ونې څخه ښکته شو۔

At the foot of the tree he saw a Kapila-cow.

دوني په پېنه کې يې يوه کاپيلا غوا وليده۔

A Kapila-cow never has any calves of her own.

دکاپيلا غوا هيڅکله خپل بچيان نه لري۔

But she can be milked at all hours of the day.

خو هغه د ورځي په ټولو ساعتونو کې شيدې ورکولی شي۔

Sribatsa milked the cow without her objecting.

سريباتسا پرته له دې چې اعتراض وکړي غوا شيدي کړي۔

And he drank the milk to his heart's content.

او هغه شيدي د زړه په رضايت سره وڅښلي۔

And then he noticed something else about the cow.

او بیا یې د غوا په اړه بل څه ولیدل۔

The dung of the cow was of a bright yellow color.

دغوا غوايي روښانه ژیر رنگ درلود۔

In fact, the dung of the cow was made of pure gold.

په حقیقت کې، د غوا غوايي د خالص سرو زرو څخه جوړه شوې وه۔

The golden cow dung was still in a soft state.

دسرو زرو غوايي لا هم په نرم حالت کې وه۔

So he was able to write his name in the golden dung.

نو هغه وکولای شول چې خپل نوم په سرو زرو کې ولیکي۔

During the course of the day the dung hardened.

دورځي په اوږدو کې غوايي سخته شوه۔

And finally the dung looked like a brick of gold.

او بالاخره د سرو زرو د خښتي په څیر ښکاریده۔

The tree he had slept in grew on the river-side.

هغه ونه چې هغه پکي ویده وه د سیند په غاړه کي راولوېدلي وه۔

And the Kapila-cow supplied him with milk all day.

او د کاپیلا غوا ټوله ورځ هغه ته شیدې ورکولي۔

So Sribatsa decided to wait there for the boat.

نو سریبتسا پریکړه وکړه چې هلته د کښتۍ لپاره انتظار وکړي۔

In the morning the cow deposited the precious article.

سهار غوا قیمتي شی په کي واچاوه۔

And at night the cow deposited the precious article.

او د شپې غوا قیمتي شی په کي واچاوه۔

So the gold bricks increased every day.

نو د سرو زرو خښتي هره ورځ زیاتېدې۔

And on each golden brick he had engraved his name.

او په هره طلایي خښته یې خپل نوم کښلی و۔

He stacked the bricks on top of each other.

هغه خښتي د یو بل په سر کي کېښنودې۔

From a distance it looked like a hillock of gold.

له لري څخه دا د سرو زرو د غوندۍ په څیر ښکاریده۔

But now we must leave Sribatsa to stack his gold.

خو اوس موږ باید سریباتسا پریږدو ترڅو د هغه سره زر ذخیره کړو۔

And we must turn our attention to Chintamani.

او موږ باید خپل پام چنتاماني ته واړوو۔

Chintamani was a graceful woman of great beauty.

چنتاماني يوه ډېره ښکلي او ښکلي ښځه وه۔

She had worried her beauty might be her ruin.

هغي اندېښنه درلوده چي ښايي د هغي ښکلا د هغي تباهي وي۔

So she offered a prayer as she was being kidnapped.

نو هغي د تښتتول کېدو په وخت کي لمونځ وکړ۔

"Lakshmi, O Mother Lakshmi! have pity upon me"

لکشمي، اي موري لکشمي۔په ما رحم وکړه

"Thou hast made me beautiful, you have"

تا ما ښکلي کړي دی، تا کړی دی

"But now my beauty will undoubtedly be my ruin"

خو اوس به زما ښکلا بي له شکه زما تباهي وي

"I am bound to loss my honor and my chastity"

زه به خپل عزت او عفت له لاسه ورکړم

"I therefore beseech thee, gracious Mother;"

له همدي امله زه تاته زاري کوم، مهرباني موري؛

"Take my beauty from me, and make me ugly"

زما ښکلا له ما څخه واخلئ، او ما بدرنګه کړئ

"Cover my body with some loathsome disease"

زما بدن په يو ناوړه ناروغي پوښ کړئ

"That way the boatmen might not touch me"

په دي توګه ممکن د کښتۍ چلوونکي ما ته لاس ونه رسوي

Chintamani was in the arms of the boatmen.

چنتاماني د کښتۍ چلوونکو په غېږ کي و۔

But the Goddess of good fortune heard her prayer.

خو د بخت خدايه د هغي دعا واورېده۔

In the twinkling of an eye her form changed.

دسترګو په رپ کي د هغي بڼه بدله شوه۔

Her naturally beautiful form faded away.

دهغي طبيعي ښکلي بڼه ورکه شوه۔

And she was turned into a vile carcass.

او هغه په يوه ناپاکه جسد بدله شوه۔

The boatmen were putting her down in the boat.

دکښتۍ چلوونکو هغه په کښتۍ کي ښکته کړه۔

They found her body was covered with loathsome sores.

دوی وموندل چي د هغي بدن په ناوړه زخمونو پوښنل شوی و۔

And the sores were giving out a disgusting stench.

او زخمونه يې يو ناوړه بوی خپروه۔

They therefore threw her into the hold of the boat.

له همدي امله دوی هغه د کښتۍ په غاړه کي وغورځوله۔

And they left her amongst the cargo of the ship.

او هغوی هغه د کښتۍ د بارونو په مینځ کي پرېښوده۔

Morning and evening they sent her some food.

سهار او ماښام به یي هغي ته یو څه خواړه لیږل۔

A little boiled rice, and some water to drink.

لږ جوش شوي وریجي، او د څښلو لپاره لږ اوبه۔

Chintamani was miserable in the hull of the ship.

چنتاماني د کښتۍ په بدن کي بدبخته و۔

But she greatly preferred misery to the alternative.

خو هغي د بدیل په پرتله بدبختي غوره وگڼله۔

She would rather be miserable than loss her chastity.

هغه به د خپلي عفت له لاسه ورکولو پر ځای بدبخته وي۔

The boatmen had gone to some port to sell cargo.

دکښتۍ چلوونکي د سامان پلورلو لپاره کوم بندر ته تللي وو۔

While sailing back they caught sight something.

دبیرته راستنیدو په وخت کي دوی یو څه ولیدل۔

By the river-side there seemed to be a hillock of gold.

دسیند غاړي ته د سرو زرو یوه غوندۍ ښکاریده۔

Sribatsa had been keeping watch by the river.

سریباتسا د سیند په غاړه څارنه کوله۔

So he was delighted to see a boat approach him.

نو هغه ډېر خوښ شو چي یوه کښتۍ یي نږدي ولیده۔

Because he fondly imagined his wife might be on board.

ځکه چي هغه په مینه سره تصور کاوه چي ممکن د هغه میرمن هم په دي سفر کي وي۔

The boatmen went greedily to the hillock of gold.

کښتۍ چلوونکي په حرص سره د سرو زرو غوندۍ ته لاړل۔

Of course Sribatsa told them the gold was his.

البته سریبتسا ورته وویل چي سره زر د هغه دي۔

But that didn't help Sribatsa very much.

خو دي له سریبتسا سره ډېره مرسته ونه کړه۔

The sailors took him prisoner on the boat.

مانوگانو هغه په کښتۍ کي بندي کړ۔

And they loaded the gold onto their vessel.

او دوی سره زر په خپل لوښي کي بار کړل۔

They happened to imprison him close to the ugly woman.

دوی په اتفاق سره هغه د بدصورتي بنځي سره نږدي بندي کړ۔

Of course the husband and wife recognized each other.

البته چي ميره او ميرمني يو بل وپيژندل۔

In spite of the change Chintamani had undergone.

سره له دي چي چنتاماني بدلون سره مخ شوی و۔

And despite their excitement they kept their composure.

او د دوی د جوش سره سره دوی خپل ارام وساته۔

And they thought it prudent not to speak to each other.

او دوی دا هوښنيار وگنله چي له يو بل سره خبري ونه کړي۔

Instead they communicated their ideas through gestures.

پرځای يي دوی خپل نظرونه د اشارو له لاري شريک کړل۔

There is something you should know about the boatmen.

دکښتۍ چلوونکو په اړه يو څه بايد پوه شئ۔

These boatmen were very fond of playing at dice.

دغو کښتيو چلوونکو د دايس لوبي سره ډېره مينه درلوده۔

Sribatsa appeared to them to be a respectable man.

سريباتسا دوی ته د يو درناوي وړ سړی ښکاريده۔

So they always asked him to join in the game.

نو دوی تل له هغه څخه وغوښتل چي په لوبه کي برخه واخلي۔

Sribatsa happened to be an expert dice player.

سريباسا په اتفاق سره د دايس وهلو يو ماهر لوبغاړی و۔

Despite their efforts he won almost every game.

ددوی د هڅو سره سره، هغه تقريبا هره لوبه وگټله۔

You can imagine how the sailors felt about losing.

تاسو تصور کولی شئ چي ماڼوگانو د بايللو په اړه څنگه احساس کاوه۔

And in jealousy the boatmen threw him overboard.

او په حسد کي د کښتۍ چلوونکو هغه په کښتۍ کي وغورځاوه۔

Chintamani saw the men throw her husband overboard.

چنتاماني وليدل چي سړيو د هغي ميړه په اوبو کي وغورځاوه۔

Fortunately for Sribatsa, his wife had great presence of
mind.

له نيکه مرغه د سريباسا لپاره، د هغه ميرمني ډېره حاضر دماغه وه۔

The boatmen had allowed her a pillow to rest her head.

دکښتۍ چلوونکو هغي ته د سر د ارامولو لپاره بالښت ورکړی و۔

And she simultaneously threw this pillow into the water.

او هغي په ورته وخت کي دا بالښت په اوبو کي وغورځاوه۔

Sribatsa was able to grab hold of the pillow.

سريباتسا وتوانېده چي بالښت ونيسي۔

And the pillow helped him float down the stream.

او بالښت ورسره مرسته وکړه چي د سيند لاندي تير شي۔

Up until nightfall the river carried him downstream.

تر شپي پوري سيند هغه لاندي راوست۔

At nightfall he arrived at what seemed to be a garden.

دشپي په تياره کي هغه هغه ځای ته ورسيد چي يو باغ ښکاريده۔

Because it was dark there was nothing he could do.

ځکه چي تياره وه، هغه هيڅ نه شوای کولی۔

So all night he stayed in the garden, cold and wet.

نو ټوله شپه هغه په باغ کي پاتي شو، سره او لوند۔

I should tell you who this garden belonged to.

زه بايد تاسو ته ووايم چي دا باغ د چا ملکيت دی۔

This was the garden of an old widowed woman.

دا د يوي زړي کونډي ښڅي باغ و۔

This woman used to supply flowers for the king.

دي ښڅي به پاچا ته ګلونه راوړل۔

But one day some blight had come over her garden.

خو يوه ورځ د هغي په باغ کي يو ډۀ آفت راغی۔

Almost all the trees and plants ceased flowering.

تقريبا ټولو ونو او بوټو ګل ورکول بند کړل۔

She had therefore given up the business she had.

له همدي امله هغي خپل کاروبار پرېښود۔

And she was no longer the royal flower supplier.

او هغه نور د شاهي ګلونو عرضه کوونکي نه وه۔

However, Sribatsa's arrival had rejuvenated her garden.

خو، د سريبتسا راتګ د هغي باغ بيا تازه کړ۔

She could scarcely believe her eyes in the morning.

سهار يي په خپلو سترګو باور نه شو کولی۔

The whole garden was ablaze with flowers again.

ټول باغ يو ځل بيا په ګلونو غوړېدلی و۔

There was no plant that was not in bloom.

داسي هيڅ بوټی نه و چي غوړېدلی نه وي۔

And every tree she had was begemmed with flowers.

او هره ونه چي هغي درلوده په ګلونو پوښل شوي وه۔

She had no way of knowing the cause of the miracle.

هغي د دي معجزي د لامل د پوهېدو لپاره هيڅ لاره نه درلوده۔

And so she took a walk through the garden.

او له همدي امله هغي په باغ کي ګرځېده۔

But she soon found the cause of all the flowers.

خو هغې ډېر ژر د ټولو ګلونو لامل وموند۔

At the edge of her garden was a cold, wet man.

دهغې د باغ په څنډه کې يو سره، لوند سړی و۔

He was shivering and almost dead from hypothermia.

هغه لرزېده او د هايپوترميا له امله نږدې مړ شوی و۔

She immediately brought the man into to her cottage.

هغې سمدلاسه سړی خپلي کوټي ته راوست۔

And she lighted a fire to give him some warmth.

او هغې اور بل کړ ترڅو هغه ته تودوخه ورکړي۔

She nursed him and showed him every attention.

هغې د هغه پالنه وکړه او ټوله پاملرنه يي ورته وکړه۔

And she ascribed the miracle to his presence.

او هغې معجزه د هغه شتون ته منسوب کړه۔

She made him as comfortable as she could.

هغې هغه ته د امکان تر حده آرام ورکړ۔

And then she ran to the king's palace.

او بيا هغه د پاچا مانۍ ته منډه کړه۔

She asked to speak to the king's chief servant.

هغې وغوښتل چې د پاچا د مشر خدمتګار سره خبري وکړي۔

And she told him the good fortune she had had.

او هغې هغه ته د هغه نيکمرغۍ په اړه وويل چې هغې درلوده۔

"I can again supply the palace with flowers"

زه بيا کولی شم مانۍ ته ګلونه ورکړم

Her flowers had been very much missed at the palace.

په مانۍ کې د هغې ګلان ډېر ياديدل۔

So she was immediately restored to her former position.

نو هغه سمدلاسه خپل پخواني مقام ته راستنه شوه۔

She was again the flower-woman of the royal household.

هغه بيا د شاهي کورنۍ د ګلونو بنځه وه۔

Sribatsa spent a few more days recovering his health.

سريباتسا د خپلي روغتيا په رغولو کي څو نوري ورځي تېري کړي۔

And eventually he had all his vitality back.

او بالاخره هغه خپل ټول ژوند بيرته ترلاسه کړ۔

He asked the woman if he could speak with a minister.

هغه له بنځي وپوښتل چې ايا هغه کولی شي له وزير سره خبري وکړي۔

So the woman took him to the palace with her.

نو بنځي هغه له خان سره مانۍ ته بوتله۔

One of the king's ministers gave him an appointment.

دپاچا يو وزير هغه ته د ملاقات وخت وركړ۔

And he was at once found to be a man of intelligence.

او سمدلاسه هغه يو هوښيار سړی وموندل شو۔

So was offered a position in the king's service.

نو د پاچا په خدمت کي د دندې وراندیز وشو۔

In fact, he was allowed to choose what job he wanted.

په حقيقت کي، هغه ته اجازه وركړل شوې وه چي هغه دنده غوره کړي چي هغه يي غواړي۔

He asked to be collector of tolls on the river.

هغه وغوښتل چي د سيند د محصول راټولونکی شي۔

The minister was happy to give Sribatsa the job.

وزير خوشحاله و چي سريبتسا ته يي دنده وركړه۔

The kingdom needed someone to collect river-tolls.

سلطنت د سيندونو د محصول راټولولو لپاره يو چا ته ارتيا درلوده۔

And Sribatsa immediately started his new job.

او سريباتسا سمدلاسه خپله نوې دنده پيل کړه۔

It wasn't long before his plan came to fruition.

ډېر وخت نه و تېر شوی چي د هغه پلان عملي شو۔

The boat his wife was on was coming down the river.

هغه کښتۍ چي د هغه ميرمن پکي وه، د سيند څخه ښکته راښکته شوه۔

Under the king's authority he detained the boat.

دپاچا په امر يي کښتۍ ونيوله۔

And he charged the boatmen with the theft of gold-bricks.

او هغه د کښتۍ چلوونکي د سرو زرو د خښتو په غلا تورن کړل۔

The king liked the sound of a boat full of gold.

پاچا د سرو زرو څخه ډکي کښتۍ غږ خوښ کړ۔

So the king himself came to the river-side.

نو پاچا پخپله د سيند غاړي ته راغی۔

Even he was amazed by the quantity of gold they had.

حتی هغه د هغو سرو زرو د اندازې څخه حيران شو چي دوی يي درلودل۔

And every gold brick had Sribatsa's inscription.

او په هره سرو زرو خښته د سريبتسا ليکنه وه۔

At the same time he rescued his wife from the boatmen.

په ورته وخت کي هغه خپله ښځه د کښتۍ چلوونکو څخه وژغورله۔

Back on dry land she returned to her previous beauty.

په وچه ځمکه کي هغه بيرته خپل پخواني ښکلا ته راستنه شوه۔

He told the king the story of their misfortune.

هغه پاچا ته د دوی د بدبختی کیسه وکړه.

And the king had them as a guest in his palace.

او پاچا هغوی په خپل مانۍ کی د میلمه په توگه راوستل.

The king gave them presents of horses and elephants.

پاچا هغوی ته د اسونو او فیلانو دالی ورکړي.

And on the horses and elephants they rode to their country.

او په اسونو او فیلانو سپاره شول او خپل هیواد ته لاړل.

The evil eye of Sani was now turned away from Sribatsa.

دثاني بد نظر اوس له سرییاتسا څخه واوښت.

And he again became what he formerly was.

او هغه بیا هغه څه شو چی پخوا وو.

He was again Sribatsa; the Child of Fortune.

هغه بیا سریبتسا و؛ د بخت ماشوم.

The Boy whom Seven Mothers Suckled
هغه هلک چي اوو ميندو يي شيدي ورکړي وي

Once on a time there reigned a king who had seven queens.
يو وخت يو پاچا واکمني کوله چي اووه ملکي يي درلودي۔

He was very sad, for the seven queens were all barren.
هغه ډير غمجن و ، ځکه چي اووه ملکي ټولي شنډي وي۔

One day, however, he met a holy mendicant.
خو يوه ورځ هغه له يو مذهبي راهب سره مخ شو۔

The holy mendicant told the king about a certain forest.
سپيڅلي پير پاچا ته د يو ځانګړي ځنګل په اړه وويل۔

In this forest there grew a special kind of tree.
په دي ځنګل کي يو ځانګړی ډول وني وده کړي وه۔

On a branch of this tree hung seven mangoes.
ددي وني په يوه څانګه کي اووه آمونه ځړول شوي وو۔

These mangos could restore the fertilities of his queens.
دا آمونه کولی شي د هغه د ملکي حاصلخيزي بيرته راولي۔

But the king had to pluck the mangoes himself.
خو پاچا مجبور شو چي پخپله آمونه راوباسي۔

The king followed the advice of the mendicant.
پاچا د فقير مشوره ومنله۔

And he set off to go to the forest with the mango tree.
او هغه د امو وني سره ځنګل ته د تګ لپاره روان شو۔

Soon he had found the tree the mendicant spoke of.
ډير ژر يي هغه ونه وموندله چي اروابناد يي په اړه خبري کولي۔

And he plucked the seven mangoes that grew upon one
branch.
او هغه اووه آمونه چي په يوه څانګه کي کرل شوي وو ، راوويستل۔

He gave a mango to each of the queens to eat.
هغه هري ملکي ته د خوړلو لپاره يوه يوه آم ورکړه۔

In a short time the king's heart was filled with joy.
په لنډ وخت کي د پاچا زړه له خوښۍ ډک شو۔

He was told that the seven queens were all with child.
هغه ته وويل شول چي اووه ملکي ټولي اميندواره وي۔

One day the king was out hunting.
يوه ورځ پاچا ښکار ته وت۔

On his path he saw a young lady of peerless beauty.

په لاره کې یې یوه بې ساري ښکلي ښځه ووانه ښځه ولیده۔

He instantly fell in love with the beautiful woman.

هغه سمدلاسه د ښکلي ښځي سره مینه وکره۔

And he brought her to his palace, and married her.

او هغه یې خپل ماڼۍ ته بوتله، او واده یې ورسره وکړ۔

This lady was, however, not a human being.

خو دا ښځه انسانه نه وه۔

But what this woman was was a Rakshasi.

خو دا ښځه یوه رکشاسي وه۔

But the king of course did not know this.

خو پاچا البته دا نه پوهیده۔

The king became dotingly fond of her.

پاچا په هغي ډیر مین شو۔

And he did whatever she told him to do.

او هغه هر هغه څه وکرل چي هغي ورته وویل۔

One day she made a very particular request of the king.

یوه ورځ هغي له پاچا څخه یوه ځانګړي غوښتنه وکړه۔

"You say that you love me more than anyone else"

ته وایې چي ته ما سره تر بل هر چا ډیره مینه لري

"Let me see whether you really love me as much as you say"

راځئ وګورم چي ایا ته په ریښتیا هم ما سره دومره مینه لري لکه څنګه چي ته وایي

"If you love me, make your seven other queens blind"

که ته زما سره مینه لري، نو خپلي اووه نوري ملکي رندي کړه

"And once they are blind, let them be killed"

او کله چي دوی رانده شي، نو باید ووژل شي

The king became very sad at the terrible request.

پاچا په دي ناوړه غوښتنه ډیر غمجن شو۔

He was especially sad because the queens were all pregnant.

هغه په ځانګړي ډول غمجن و ځکه چي ټولي ملکي امیندواره وي۔

But he had no choice but to comply with her request.

خو هغه بله چاره نه درلوده پرته له دي چي د هغي غوښتنني ته غاړه کیږدي۔

The eyes of the queens were plucked out of their sockets.

دملکي سترګي له خپلو ساکتونو څخه ایستل شوي وي۔

And the queens were delivered up to the chief minister.

او ملکي وزیر اعلی ته وسپارل شوي۔

It was up to the chief minister to destroy the queens.

دا د وزير اعلی پوري اړه درلوده چي ملکي له منځه يوسي۔

But the chief minister was a merciful man.

خو اعلی وزير يو مهربان سړی و۔

In the side of the hill there was secret a cave.

دغوندی په څنډه کي يوه پټه غار وه۔

Instead of killing the queens, the minister hid them.

وزير د ملکي د وژلو پر ځای، هغوی پټي کړي۔

In course of time the eldest of the seven queens gave birth.

دوخت په تيريدو سره د اوو ملکانو مشري لور ماشوم وزېږاوه۔

"What shall I do with the child," said she.

هغي وويل :زه به د ماشوم سره څه وکړم؟

"we are blind and are dying for want of food?"

موږ ړانده يو او د خوړو د نشتوالي له امله مره کيږو؟

"Let me kill the child," she proposed.

هغي ورانديز وکړ :اجازه راکړئ چي ماشوم ووژنم۔

"let us all eat of the child's flesh" she added.

هغي زياته کړه :راځئ چي ټول د ماشوم غوښه وخورو۔

Just as she said she would, she killed the infant.

لکه څنګه چي هغي وويل، ماشوم يي وواژه۔

She gave to each of her sister-queens a part of the child.

هغي خپلي هري خور ـ ملکي ته د ماشوم يوه برخه ورکړه۔

And the sister queens ate their part of the child.

او د ملکي خويندو د ماشوم خپله برخه وخوړله۔

But the youngest queen did not eat her share.

خو تر ټولو کوچنی ملکي خپله برخه ونه خوړله۔

Instead, she laid her part of the child beside her.

پرځای يي، هغي د ماشوم خپله برخه د هغي تر څنګ کېښنوده۔

In a few days the second queen also was delivered of a child.

په څو ورځو کي دوهمي ملکي هم ماشوم وزېږاوه۔

She did with her child as her eldest sister had done with
hers.

هغي د خپل ماشوم سره هغه ډول چلند وکړ لکه څنګه چي يي مشري خور د
هغي سره کړی و۔

So did the third, the fourth, the fifth, and the sixth queen.

همداسي دريمه، څلورمه، پنځمه او شپږمه ملکه هم وه۔

Eventually the seventh queen gave birth to a son.

بالاخره اوومي ملکي يو زوی وزېږاوه۔

But she did not follow the example of her sister-queens.

خو هغې د خپلي خور ملکي مثال تعقيب نه کړ۔

Instead, she resolved to raise the child.

پرځای یې، هغې پریکړه وکړه چي ماشوم لوی کړي۔

The other queens demanded their portions of the newly-born.

نورو ملکانو د نوي زیږیدلي ماشوم څخه د خپلي برخي غوښتنه وکړه۔

But she still had the portions she had not eaten.

خو هغې لا هم هغه برخي درلودې چي هغې نه وي خوړلي۔

And she gave her sister-queens back their children's parts.

او هغې د خپلو خویندو ملکي ته د هغوی د ماشومانو برخي بیرته ورکړي۔

The other queens at once perceived that their portions were dry.

نورو ملکي سمدلاسه پوه شوې چي د دوی برخي وچي دي۔

Therefore the parts could not be of the newly born child.

له همدي امله دا برخي د نوي زیږیدلي ماشوم نه شي کیدی۔

"I have decided not to kill me child," she explained.

هغې تشریح کړه :ما پریکړه کړې چي ماشومه نه وژنم۔

"I will not eat him, but try to raise him instead"

زه به هغه ونه خورم، خو هڅه به وکړم چي هغه لوی کړم

The others were glad to hear this news.

نور د دي خبر په اوریدو خوښ شول۔

They all said that they would help her in nursing the child.

ټولو وویل چي دوی به د ماشوم په پالنه کي ورسره مرسته وکړي۔

And so the child was suckled by seven mothers.

او په دي توګه ماشوم ته اوو میندو شیدي ورکړي۔

And the child became the hardiest and strongest boy that ever lived.

او ماشوم تر ټولو سخت او پیاوړی هلک شو چي تر اوسه ژوندی پاتي شو۔

In the meantime the Rakshasi-queen was doing infinite mischief.

په عین حال کي، د رکشاسي ملکه بي شمیره شرارتونه کول۔

And she got the royal household into all sorts of trouble.

او هغې شاهي کورنی په ډول ډول ستونزو کي واچوله۔

What she ate at the royal table did not fill her capacious stomach.

هغه څه چي هغې په شاهي میز کي خوړل د هغې ډکه ګیډه نه ډکوله۔

She therefore, in the darkness of night, went hunting.

له همدې امله، د شپې په تیاره کې، ښکار ته لاړه۔

Gradually she ate up all the members of the royal family.

ورو ورو هغې د شاهي کورنۍ ټول غړي وخورل۔

She ate all the king's servants, and his attendants.

هغې د پاچا ټول نوکران او خدمتګاران وخورل۔

She ate all his horses, elephants, and cattle.

هغې د هغه ټول اسونه، فیلان او غواګانې وخورلي۔

And eventually only her royal consort and the king were left.

او بالاخره یوازې د هغې شاهي میرمن او پاچا پاتي شول۔

After that she used to go out in the evenings into the city.

له هغې وروسته به هغه ماښام بنار ته تلله۔

And she ate up stray human beings wherever she found any.

او هغې به هر ځای چي کوم انسان وموند، هغه به یې خورل۔

The king was left without any servants.

پاچا پرته له نوکرانو پاتي شو۔

There was no person left to cook for him.

دهغه لپاره د پخلي لپاره څوک نه وو پاتي۔

Because no one would accept this job.

ځکه چي هیڅوک به دا دنده ونه مني۔

But at last someone volunteered their services.

خو بالاخره یو چا خپل خدمتونه په رضاکارانه توګه وراندې کرل۔

The boy who had been suckled by seven mothers.

هغه هلک چي اوو میندو یي شیدي خورلي وي۔

He had now grown up to be a stalwart youth.

هغه اوس لوی شوی و او یو زرور ځوان و۔

He attended on the king and prepared his food.

هغه د پاچا خدمت وکړ او خواره یې چمتو کرل۔

But he took every care while with the queen.

خو هغه د ملکي سره په اوږدو کي هر ډول پاملرنه وکړه۔

And he made sure that she did not swallow him up.

او هغه داد ترلاسه کړ چي هغه یې تیر نه کړي۔

The Rakshasi-queen seized her victims only at night.

درکشاسي ملکي خپل قربانیان یوازي د شپي ونیول۔

So the boy he went home long before nightfall.

نو هلک، هغه د شپي له راختلو ډیر مخکي کور ته لار۔

So she had to find another way to get rid of the boy.

نو هغي باید د هلک څخه د خلاصون لپاره بله لاره ومومي۔

The boy always boasted that he could do any work.

ملک تل ويار کاوه چي هغه هر کار کولی شي۔

So the queen invented a disease for herself.

نو ملکي د ځان لپاره يوه ناروغي اختراع کره۔

She said that there was a cure for her disease.

هغي وويل چي د هغي د ناروغي لپاره درمل شته۔

But she said the cure was not easy to get.

خو هغي وويل چي درملنه يي اسانه نه وه۔

This made the boy even more interested in the task.

دي کار هلک ته په دي کار کي نوره هم علاقه پيدا کړه۔

She said there was a melon which cured her disease.

هغي وويل چي يو خټکی شته چي د هغي ناروغي يي درملنه کړي ده۔

The melon was twelve cubits in length.

دخټکي اوږدوالی دولس سانتي وو۔

But the stone of the lemon was thirteen cubits long.

خو د ليمو ډبره ديارلس سانتي اوږده وه۔

The fruit could only be gotten from her mother.

ميوه يوازي د هغي له مور څخه ترلاسه کيدی شي۔

And her mother lived on the other side of the ocean.

او مور يي د سمندر په بلي غاړي کي اوسېده۔

She gave him a letter of introduction to her mother.

هغي هغه ته د خپلي مور د معرفي کولو ليک ورکر۔

But actually the note told her to eat the boy.

خو په حقيقت کي يادښت هغي ته وويل چي هلک وخوري۔

The boy had suspected there was some foul play.

ملک شک درلود چي کومه ناوړه لوبه شوي ده۔

So he tore up the letter and proceeded on his journey.

نو هغه ليک څيري کر او خپل سفر ته يي دوام ورکر۔

The dauntless youth passed through many lands.

بي زړه ځواني له ډېرو هېوادونو څخه تېره شوه۔

After much travel he stood on the shore of the ocean.

له ډېر سفر وروسته هغه د سمندر په غاړه ودرېد۔

On the other side of the ocean was the country of the Rakshasis.

دسمندر په بل ارخ کي د رکشايانو هېواد وو۔

He then bawled as loud as he could, and said;

بيا يي څومره چي کولی شو لور غږ وکړ، او وي يي ويل؛

"Granny! granny! come and save your daughter"

انيا۔انا ـراشه او خپله لور وژغوره

"Your daughter, my mother, is dangerously ill"

ستا لور، زما مور، په خطرناکه توگه ناروغه ده

On the other side of the ocean an old Rakshasi heard him.

دسمندر په بله غاړه کي يو زاړه رکشاسي د هغه غږ واورېد۔

The old Rakshasi crossed the ocean to the boy.

زوړ رکشاسي د سمندر څخه تير شو او هلک ته ورغی۔

The boy told her the message of the queen.

هلک هغي ته د ملکي پيغام وواېه۔

And the Rakshasi took the boy on her back.

او رکشاسي هلک په خپله شا وخوځاوه۔

She re-crossed the ocean to the land of the Rakshasi.

هغه بيا له سمندر څخه تيره شوه او د رکشاسي ځمکي ته لاړه۔

And the boy was at once given the medicinal melon.

او هلک ته سمدلاسه طبي ختکی ورکړل شو۔

The Rakshasi told him to hurry back to her daughter.

رکشاسي ورته وويل چي ژر تر ژره خپلي لور ته لاړ شي۔

But the boy said he was too tired to keep travelling.

خو هلک وويل چي ډېر ستړی شوی دی او سفر ته دوام نشي ورکولی۔

And he begged to be allowed to rest one day.

او هغه وغوښتنه چي يوه ورځ د آرام کولو اجازه ورکړل شي۔

The old Rakshasi consented to her grandson's wishes.

زړي رکشاسي د خپل لمسي غوښتنې ومنلي۔

The boy noticed interesting things in the Rakshasi's room.

هلک د رکشاسي په خونه کي په زړه پوري شيان وليدل۔

There was a stout club and a rope hanging in the room.

په خونه کي يو کلک کلی او رسۍ ځړېدلي وه۔

The boy inquired what the stout club and rope were for.

هلک پوښتنه وکړه چي دا قوي کلچه او رسۍ د څه لپاره دي؟

"Child, with that club and rope I cross the ocean"

ماشومه، په دي لبنته او رسۍ سره زه سمندر ته ځم

"One just has to take the club and the rope in his hands"

يو څوک بايد يوازي ډنډ او رسۍ په لاسونو کي واخلي

"And then you have to say the following magical words:"

:او بيا تاسو بايد لاندي جادويي کلمي وواياست

"O stout club! O strong rope!"

اي قوي كلابندي۔اي قوي رسى ۔

"Take me at once to the other side"

يو خل مي بلي غاري ته بوخُه

"Then they will take him to the other side of the ocean"

بيا به دوى هغه د سمندر بلي غاري ته بوخُي

The boy noticed another interesting thing in the room.

هلک په كوته كي يو بل په زړه پوري شى وليد۔

There was a bird in a cage in the corner of the room.

دخوني په كونج كي په يوه پنجره كي يوه مرغۍ وه۔

The boy also wanted to know what this bird was for.

هلک هم غوښتل چي پوه شي چي دا مرغۍ د څه لپاره ده۔

"The bird contains a secret, my child"

زما ماشومه، مرغۍ يو راز لري

"But that secret must not be disclosed to mortals"

خو دا راز بايد انسانانو ته ښکاره نشي

"But how can I hide this secret from my own grandchild?"

خو زه څنگه دا راز له خپل لمسی څخه پټولى شم؟

"That bird, child, contains the life of your mother.

هغه مرغۍ، ماشومه، ستا د مور ژوند پكي دى۔

"If the bird is killed, your mother will at once die"

كه مرغۍ ووژل شي، ستا مور به سمدلاسه مړه شي

Armed with these secrets, the boy went to bed that night.

هلک په دي رازونو سمبال و، هغه شپه ويده شو۔

Next morning the old Rakshasi went to distant countries.

بل سهار زور ركشاسي لري هيوادونو ته لار۔

Together with all the other Rakshasis, she went to forage.

هغه د نورو ټولو راكشيانو سره يوځاى د څارويو د ښکار لپاره لاړه۔

The boy took down the bird-cage from the ceiling.

هلک د مرغۍ پنجره له چت څخه ښکته كړه۔

And the boy took the club and the rope.

او هلک ډنډه او رسى واخيسته۔

And then he spoke the magic words to the club and rope.

او بيا يي جادويي كلمي كلمي او رسى ته وويلي۔

"O stout club! O strong rope!"

اي قوي كلابندي۔اي قوي رسى ۔

"Take me at once to the other side"

يو خل مي بلي غاري ته بوخُه

In the twinkling of an eye the boy was put on this side of the ocean.

ملک د سترګو په رپ کي د سمندر دې غاړي ته واچول شو۔

He then retraced his steps, back to the queen.

بيا يي خپل ګامونه بيرته تعقيب کړل، بيرته ملکي ته۔

To her astonishment he really had the medicinal lemon.

هغي ته حيرانتيا دا وه چي هغه په ريښتيا سره طبي ليمو درلود۔

But the bird in the cage he kept carefully concealed.

خو هغه مرغۍ چي په پنجره کي وه، په ډېر احتياط سره پټه کړه۔

In the course of time the people of the city came to the king.

دوخت په تيريدو سره د ښار خلک پاچا ته راغلل۔

And they told the king of their troubles.

او دوی پاچا ته د خپلو ستونزو په اړه وويل۔

"A monstrous bird comes from the palace every evening"

هره ماښام له مانۍ څخه يو وحشتناک مرغۍ راځي

"The bird seizes the people in the streets"

مرغۍ په کوڅو کي خلک نيسي

"And the bird swallows the people up whole"

او مرغۍ خلک ټول تيروي

"This has been going on for a long time"

دا له ډېري مودي راهيسي روان دي

"And now the city has become almost desolate"

او اوس ښار تقريبا ويجاړ شوی دی

The king did not know what this monstrous bird was.

پاچا نه پوهيده چي دا ډېر لوی مرغۍ څه ده۔

But the king's servant, the boy, said he knew.

خو د پاچا نوکر، ملک، وويل چي هغه پوهيږي۔

"I will kill the monstrous bird," he offered.

هغه وراندیز وکړ :زه به هغه لويه مرغۍ ووژنم۔

"But the queen has to stand beside us," he added.

هغه زياته کړه :خو ملکه بايد زمورږ تر څنګ ودريږي۔

The king saw no reason to object to the proposal.

پاچا د دې وراندیز په وراندي د اعتراض لپاره هيڅ دليل ونه ليد۔

And so the queen was made to stand beside the king.

او په دي توګه ملکه د پاچا تر څنګ ودرول شوه۔

The boy then took the bird out from its cage.

ملک بيا مرغۍ له پنجري څخه راوويستله۔

On seeing the bird she fell into a fainting fit.

د مرغۍ په لیدلو سره هغه بی هوښه شوه۔

Then the boy turned to the king, and spoke.

بیا هلک پاچا ته مخ واراوه، او خبري یی وکړي۔

"King, you will soon perceive who the monstrous bird is"

پاچاه، ډیر ژر به پوه شي چي دا لوی مرغۍ څوک ده

"You will see what devours your people every evening"

تاسو به وګورئ چي ستاسو خلک هره ماښنام څه خوري

"I tear off each limb of this bird"

زه د دي مرغۍ هر غړی پری کوم

"The corresponding limb of the man-eater will fall off"

د آدم خور اروونده برخه به راپرېوځي

The boy then tore off one leg of the bird in his hand.

هلک بیا د مرغۍ یوه پنه چي په لاس کي وه، پری کړه۔

All assembled were astonished at what happened next.

ټول راټول شوي کسان حیران وو چي وروسته څه پیښ شول۔

One of the legs of the queen fell off.

دملکي یوه پنه ولوېده۔

Then the boy squeezed the throat of the bird.

بیا هلک د مرغۍ ستونی ونیو۔

And as he squeezed the bird, the queen gave up the ghost.

او کله چي هغه مرغۍ په زور ونیوله، ملکي روح پرېینود۔

The boy then retold his history to the king.

هلک بیا خپله کیسه پاچا ته تکرار کړه۔

"You used to have seven barren wives"

تاسو اووه بانجھ میرمني درلودي

"To treat their barrenness, you gave them each a mango"

د دوی د بی اولادی د درملني لپاره، تاسو هر یو ته یوه یوه آم ورکره

"And each of your wives fell pregnant with a child"

او ستاسو هري میرمني د ماشوم سره امیندواره شوه

"However, you then married an eighth wife"

خو بیا تا اتمه ښڅه واده کړه

"This wife ordered you to blind your other wives"

دي ښڅي تاسو ته امر کړی چي خپلي نوري میرمني ړندي کړئ

"And she ordered you to have your other wives killed"

او هغي تاته امر وکړ چي خپلي نوري میرمني ووژنئ

"Your minister blinded your seven wives"

ستا وزیر ستا اووه میرمني ړندي کړئ

"But he was too good hearted to kill your wives"

خو هغه ډېر ښه زړه درلود چي ستا مېرمني ووژني

"Your seven wives were taken to a hiding place"

ستا اووه مېرمني پټ ځای ته ورل شوې وي

"And in this hiding place they each gave birth"

او په دې پټ ځای کي دوی هر یو زېږیدلی

"But they were forced to eat their newly born children"

خو دوی ار شول چي خپل نوي زېږیدلي ماشومان وخوري

"Only my mother did not let me be eaten"

یوازي زما مور ماته اجازه نه راکوله چي وخورم

"Instead, I was suckled by seven mothers"

پرځای یي، اوو مېندو ماته شیدي ورکړي

"And I grew up strong and capable"

او زه قوي او ور لوی شوم

"Eventually I came to work in your palace"

بالاخره زه ستا په ماڼۍ کي د کار لپاره راغلم

"Your wife, my stepmother, sent me on a mission"

ستا مېرمن، زما ناسکه مور، ما په یوه ماموریت لیږلی دی

"She sent me to her mother for a medicine"

هغې زه خپلي مور ته د درملو لپاره ولیږلم

"However, her mother was a Rakshasi"

په هرصورت، د هغې مور یوه رکشاسي وه

"From her I found the secret of your wife's life"

له هغې څخه مي ستا د مېرمني د ژوند راز وموند

"And so I brought the bird that held your wife's life"

او نو ما هغه مرغۍ راوړه چي ستا د مېرمني ژوند یي ساتلی و

The king had listened to the story his son told him.

پاچا هغه کیسه واورېده چي زوی یي ورته وېلي وه۔

The seven queens were brought back to the palace.

اووه ملکي بیرته ماڼۍ ته راوړل شوي۔

And their eyes were miraculously restored.

او د دوی سترګي په معجزه توګه بیرته راستنۍ شوي۔

The boy that was suckled by seven mothers was crowned.

هغه هلک ته تاج په سر شو چي اوو مېندو یي شیدي ورکړي وي۔

And he was recognized by the king as his rightful heir.

او هغه د پاچا لخوا د خپل حقیقي وارث په توګه وپېژندل شو۔

And they lived together happily.

او دوی په خوښۍ سره یوځای ژوند کاوه۔

The Story of Prince Sobur
د شهزاده سوبور کیسه

Once upon a time there lived a merchant.

یو وخت یو سوداگر ژوند کاوه۔

This merchant had seven daughters.

دي سوداگر اووه لونی درلودي۔

One day the merchant asked them a question.

یوه ورځ سوداگر له هغوی څخه یوه پوښتنه وکړه۔

"From whose fortune do you live?"

ته د چا په بخت ژوند کوي؟

The eldest daughter answered first.

مشري لور لومړی ځواب ورکړ۔

"Papa, I live from your fortune"

پاپا، زه ستا له بخت څخه ژوند کوم

The second daughter gave the same answer.

دوهمی لور هم ورته ځواب ورکړ۔

The same answer was given by the third daughter.

ورته ځواب د دریمی لور لخوا ورکړل شو۔

His fourth daughter also lived from his fortune.

دهغه څلورمه لور هم د هغه له بخت څخه ژوند کاوه۔

His fifth daughter was no different.

دهغه پنځمه لور هم توپیر نه درلود۔

And his sixth daughter was like the rest.

او د هغه شپږمه لور د نورو په څېر وه۔

But his youngest daughter surprised him.

خو د هغه کشره لور هغه حیران کړ۔

She had a very different answer.

هغي ډېر مختلف ځواب درلود۔

"I live from my own fortune"

زه له خپل بخت څخه ژوند کوم

He did not like this answer.

هغه دا ځواب خوښ نه کړ۔

Her answer made the merchant very angry.

دهغي ځواب سوداگر ډېر په غوسه کړ۔

"You are very ungrateful," he told her.

هغه ورته وویل :ته ډېره ناشکره یی۔

"See how well you do on your own"

وګوره چي ته پخپله ځومره بنه کار کوي

"I am kicking you out of my house"

زه تا له خپل کوره وشړم

"You will not have a rupee in your pocket"

ستا په جيب کي به يوه روپۍ هم نه وي

He called his palanquins to come.

هغه خپلي پالکي راوغوښتي چي راشي۔

And he ordered them to take the girl away.

او هغه هغوی ته امر وکړ چي نجلۍ بوځي۔

"Leave her in the midst of a forest"

هغه د ځنګل په مينځ کي پريږده

The girl begged to be allowed one thing.

نجلۍ زاري وکړي چي يو شی ته اجازه ورکړل شي۔

"Please let me take my work-box"

مهرباني وکړئ اجازه راکړئ چي زما د کار بکس واخلم

"In the box are my needles and threads"

په بکس کي زما ستني او تارونه دي

Her father allowed her to take her box.

پلار یي اجازه ورکړه چي خپل بکس واخلي۔

She got into the seat of the palanquins.

هغه د پالکيانو په څوکۍ کي کښېناست۔

And the bearers lifted her up.

او بار وړونکو هغه پورته کړه۔

And they put her onto their shoulders.

او هغوی هغه په خپلو اوږو واچوله۔

As the bearers ran they chanted.

کـله چي بار وړونکي منډه وهله، نو دوی شعارونه ورکول۔

"hoon! hoon! hoon! hoon! hoon!"

هون۔هون ۔هون ۔هون ۔هون ۔

But they didn't get very far.

خو دوی ډېر لرې نه شول۔

An old woman stood in their way.

یوه زړه بنځه د دوی په لاره کي ولاړه وه۔

She came up to the carriage.

هغه ګاډۍ ته راغله۔

"Where are you taking my daughter?"

زما لور چيرته وړي؟

She was the maid of the child.

هغه د ماشوم وینځه وه۔

"We have been given orders by the merchant"

موږ ته د سوداگر لخوا امرونه ورکړل شوي دي

"He told us to take her away"

هغه موږ ته وويل چي هغه بوځو

"We will leave her in a forest"

موږ به هغه په ځنگله کي پریږدو

"We are going to do his bidding"

موږ به د هغه داوطلبي ترسره کړو

"I must go with her," said the old woman.

زړي ښنځي وویل :زه باید ورسره لار شم۔

But the bearers were not sure.

خو بار وړونکي ډاده نه وو۔

Bearers run when they carry a sedan chair.

بار وړونکي هغه وخت منډي وهي کله چي دوی د سیدان څوکی وړي۔

"How will you be able to keep pace with us?"

څنگه به وکولی شئ چي له موږ سره رفتار وکړئ؟

The old woman was not deterred.

بوډی ښنځه ونه وېرېده۔

"It does not matter how I do it"

دا مهمه نه ده چي زه دا څنگه کوم

"I must go where my daughter goes"

زه باید هلته لار شم چي زما لور ځي

The youngest daughter begged the bearers.

تر تولو کوچنی لور یې له بار وړونکو څخه زاری وکړي۔

"Please carry my mother with me"

مهرباني وکړئ زما مور له ځانه سره یوسئ

And the bearers gracefully agreed.

او بار وړونکو په مهرباني سره موافقه وکړه۔

They carried mother and child to the forest.

دوی مور او ماشوم څنگله ته بوتلل۔

"hoon! hoon! hoon! hoon! hoon!"

هون۔هون ۔هون ۔هون ۔هون ۔

In the afternoon they reached a dense forest.

ماسپښین دوی یو کن ځنگل ته ورسیدل۔

They went deeper and deeper into the forest.

دوی په ځنگله کي نور هم ژور لاړل۔

Towards sunset they reached their goal.

دلمر لوېدو په لور دوی خپل هدف ته ورسېدل.

They stopped at the foot of an old tree.

دوی د یوې زړي ونی په پښه کې ودرېدل.

They lowered the girl and the old woman.

هغوی نجلی او زړې ښځې ته ښکته کړل.

And they left them in the forest.

او دوی یی په ځنګله کی پرېښودل.

Then they retraced their steps home.

بیا دوی بیرته خپل کور ته لاړل.

The merchant's youngest daughter looked around.

دسوداگر تر ټولو کوچنی لور شاوخوا وکتل.

You would not have wanted to be in her shoes.

ته به نه غوښتل چی د هغی په ځای واوسی.

Her situation was truly pitiable.

دهغی وضعیت واقعا د خواشینی وړ و.

She was hardly fourteen years old.

هغه په سختی سره څوارلس کلنه وه.

She had grown up in luxury.

هغه په عیش او عشرت کی لویه شوی وه.

But now there was no luxury for her.

خو اوس د هغی لپاره هیڅ عیش او عشرت نه و.

She was in the heart of a dark forest.

هغه د تیاره ځنګل په زړه کی وه.

She had not a rupee in her pocket.

دهغی په جیب کی یوه روپۍ هم نه وه.

And she had nothing for protection.

او هغی د ساتنی لپاره هیڅ نه درلودل.

Nothing except an old, decrepit, woman.

له یوی زړی، خرابی ښځی پرته بل څه نه دي.

Even the trees of the forest pitied her.

حتی د ځنګل ونی هم پری رحم وکړ.

The young girl and old woman sat together.

ځوانه نجلی او بوډی ښځه یوځای ناست وو.

They were at the foot of an old tree.

دوی د یوی زړی ونی په پښو کی وو.

And together they cried over their situation.

او یوځای یی د خپل حالت په اړه ژړل.

I should say this all happened long ago.

زه باید ووایم چي دا ټول ډیر وخت دمخه پیښ شوي وو۔

In these times the trees could talk.

په دې وختونو کي ونې خبري کولی شوي۔

And the old tree spoke to the girl.

او زرې ونې له نجلی سره خبري وکړي۔

"Unhappy women, I much pity you"

ناخوښه میرمنو، زه پر تاسو ډېر خواشینی یم

"There are wild beasts in this forest"

په دې ځنګل کي وحشي ځناور شته

"Soon they will come out of their lairs"

ډیر ژر به دوی له خپلو پټنځایونو څخه راووځي

"They will roam about for prey"

دوی به د ښکار لپاره ګرځي

"And they are sure to devour you two"

او دوی به خامخا تاسو دواړه وخوري

"But I can help you, if you want"

خو که غواړې زه ستا سره مرسته کولای شم

"I will make an opening for you"

زه به ستا لپاره یوه دروازه پرانیزم

"When you see the opening, go into it"

کله چي تاسو پرانیسته ووینئ، نو دننه لار شئ

"And then I will close the opening up"

او بیا به زه پرانیستل وتړم

"As long as you are in me you'll be safe"

تر هغه چي ته په ما کي یې، ژوندي به یې

"This way the wild beasts can't touch you"

په دې توګه وحشي ځناور تاسو ته لاس نه شي رسولی

And then the tree split itself in two.

او بیا ونه په دوه برخو ووېشل شوه۔

The two women went inside the tree.

دواړه ښځې د ونې دننه لاړي۔

And the old tree resumed its natural shape.

او زرې ونې خپل طبیعي شکل بیا پیل کړ۔

The shade of night darkened the forest.

دشپې سیوري ځنګل تیاره کړ۔

Everything the tree had said was true.

هر څه چي وني ويلي وو رښتيا وو۔

The wild beasts came out of their lairs.

وحشي ځناور له خپلو پټنځايونو راووتل۔

The fierce tiger came out at night.

ډارن پړانگ د شپي راووت۔

The wild bear left his lair.

وحشي يږ له خپلي غولي څخه ووت۔

The rhinoceros roamed the forest.

گېنډه په ځنگله کي گرځېده۔

The bushy bear was there that night.

هغه شپه بوټی لرونکی يږ هلته و۔

The great elephant could be heard.

دلوی فيل غږ اورېدل کېده۔

And there was the horned buffalo.

او هلته ښکر لرونکی غوا وه۔

They all growled as they circled the tree.

دوی ټول د وني شاوخوا گرځېدل او چيغي يي وهلي۔

They had gotten the scent of human blood.

دوی د انسانانو د ويني بوی ترلاسه کړی و۔

They could hear the growls of the beasts.

دوی د ځناورو د غرغبنت غږ اورېدلی شو۔

The beasts came dashing against the tree.

ځناور د وني سره په ټکر کي راغلل۔

They broke the old tree's branches.

دوی د زړې وني څانگي ماتي کړي۔

Their horns pierced the tree's trunk.

ددوی ښکرونه د وني له تني څخه سوري شول۔

They scratched its bark with their claws.

دوی د خپلو پنجو سره د هغي پوتکی خارښ کړ۔

But all their efforts were in vain.

خو د دوی ټولي هڅي بي گټي وي۔

The girl and woman were safe in the tree.

نجلی او ښڅه په وني کي خوندي وي۔

Towards dawn the wild beasts went away.

دسهار په وخت کي وحشي ځناور لاړل۔

After sunrise the good tree spoke again.

دلمر ختو وروسته ښني وني بيا خبري وکړي۔

"The wild beasts have gone back"

وحشي ځناور بيرته تللي دي

"They are in their lairs again"

دوی بيا په خپلو پټنځايونو کې دي

"But they did their best to torment me"

خو دوی خپله ټوله هڅه وکړه چي ما ځوروي

"The sun has risen up again"

لمر بيا راپورته شو

"So you can come out now"

نو ته اوس بهر راځي

The tree split itself into two again.

ونې بيا ځان په دوه برخو ووېشل۔

The girl and the old woman came out.

نجلۍ او زړه ښځه راووتل۔

They saw the extent of the damage.

دوی د زيان کچه وليدله۔

The tree's branches had been broken off.

دونې څانګی ماتی شوي وي۔

The tree's trunk had been pierced.

دونې تنه سوری شوی وه۔

The bark had been stripped off.

پوستکی يی پری شوی و۔

"Good mother, we thank you"

ښه موري، مورِ له تا مننه کوو

"You have been very kind to us"

تاسو له مورِ سره ډېر مهربان وئ

"You gave us shelter from the beasts"

تا مورِ ته د ځناورو څخه پناه راکړه

"But it was at a great cost to yourself"

خو دا ستا لپاره په ډېره لوړه بيه وه

"You have many wounds from the wilds beasts"

تاسو د وحشي ځناورو څخه ډېر ټپونه لرئ

"You must be in great pain?"

ته بايد ډېر درد ولري؟

Close by there was a flowing river.

نږدي يو بهېدونکی سيند و۔

The young girl went to the river bank.

ځوانه نجلۍ د سيند غاړي ته لاړه۔

At the bank of the river she found mud.

دسیند په غاړه هغې ختّه وموندله۔

She covered the tree with the mud.

هغې ونه په خټو پوښله۔

She especially covered the damaged parts.

هغې په ځانګړي توګه زیانمني برخي پوښلي۔

The tree thanked her for the treatment.

وني د درملني لپاره له هغې څخه مننه وکړه۔

"My good girl, I thank you"

زما ښه نجلۍ، زه ستا څخه مننه کوم

"I am greatly relieved of my pain"

زه له خپل درد څخه ډېر راحت شوم

"I am, however, more concerned for you"

خو، زه ستا لپاره ډېر اندېښمن یم

"You must be hungry"

ته باید وږی وي

"You have not eaten since yesterday"

تاسو له پرون راهیسي نه دي خوړلي

"But what can I give you?"

خو زه تاسو ته څه درکولی شم؟

"I have no fruit of my own"

زه خپله میوه نه لرم

"But I do have some advice"

خو زه یو څه مشوره لرم

"Give the old woman whatever money you have"

هر څه چي لرئ زړي ښځي ته یي ورکړئ

"Let her go into the city"

پرېږده چي ښار ته لاړه شي

"In the city she can buy some food"

په ښار کي هغه کولی شي یو څه خواړه واخلي

They explained their situation to the tree.

دوی خپل وضعیت وني ته تشریح کړ۔

"We have been sent out with no money"

مور پرته له پیسو لیږل شوي یو

But she searched through her work-box anyway.

خو هغې په هر صورت د خپل کاري بکس له لاري لټون وکړ۔

And in the box she found five cowries.

او په بکس کي هغې پنځه غواګاني وموندلي۔

The tree continued to give its advice.

وني خپلو مشورو ته دوام وركړ۔

"Go with your cowries to the city"

خپلو غواګانو سره بنار ته لاړ شه

"Use the cowries to buy some fried rice"

د غواګانو څخه د غوړو وريجو د اخيستلو لپاره کار واخلئ

So the old woman went to the city.

نو زړه بنڅه بنار ته لاړه۔

Fortunately the city was not far away.

لہ نېکه مرغه بنار ډېر لري نه و۔

She went to the first shopkeeper she found.

هغه لومړني دوکاندار ته لاړه چي هغي وموند۔

"Please give me five cowries worth of rice"

مهرباني وکړئ ماته پنځه غواګانی د وريجو په ارزبنت راکړئ

The shopkeeper laughed at her.

دوکاندار پري وخندل۔

"Where can rice be had for five cowries?"

د پنځو غواګانو لپاره وريجي چېرته کېدی شي؟

"Be off, you old hag," he told her.

هغه ورته وويل :ورځه، زړي بودی۔

So she tried to barter at another shop.

نو هغي هڅه وکړه چي په بل دوکان کي معامله وکړي۔

This shopkeeper could see her distress.

دي دوکاندار د هغي کړاو لیدلی شو۔

And the shopkeeper took pity on her.

او دوکاندار پري رحم وکړ۔

She gave her a large quantity of rice.

هغي هغي ته ډېر وريجي ورکړي۔

The old woman returned with the rice.

زړه بنڅه د وريجو سره راستنه شوہ۔

And the tree gave further instructions.

او وني نوري لاربنووني وکړي۔

"Eat less than half of the rice"

له نيمايي څخه لږ وريجي وخورئ

"Go to the embankments of the river bank"

د سيند غاري ته لاړ شه

"Cast the remaining rice on the river bank"

پاتي وريجي د سيند په غاره واچوئ

They did not understand the sense of it.

دوی د دي په معنی نه پوهیدل۔

"Why sow the riverbank with rice?"

ولي د سیند په غاړه وریجي وکرو؟

But they did as they were advised.

خو هغوی هغه څه وکړل لکه څنګه چي ورته مشوره ورکړل شوي وه۔

And they threw their rice onto the ground.

او خپلي وریجي یي په ځمکه وغورځولي۔

They spent the day lamenting their fate.

دوی ورځ د خپل برخلیک په غم کي تیره کړه۔

Just as before the beasts came out at night.

لکه څنګه چي مخکي به حیوانات د شپي راوتل۔

The tree housed them inside of its trunk again.

وني دوی بیا د خپلي تنی دننه ځای پر ځای کړل۔

Again they mutilated and tortured the tree.

بیا یي وني توته توته کړه او شکنجه یي کړه۔

But that night something else happened.

خو هغه شپه بل څه پیښ شول۔

The women only saw it the next day.

ښځو دا یوازي په بله ورځ ولیدل۔

The rice had attracted hundreds of peacocks.

وریجو په سلګونو طاووسان جذب کړي وو۔

The peacocks competed for the rice.

طاووسانو د وریجو لپاره سیالي وکړه۔

And their feathers fell on the floor.

او د هغوی بنکي په فرش ولوېدي۔

The tree had known what would happen.

وني پوهیده چي څه به پیښ شي۔

And the tree advised them what to do next.

او وني هغوی ته مشوره ورکړه چي بیا څه وکړي۔

"Go back to the bank of the river"

بیرته د سیند غاړي ته لاړ شه

"Go to where you cast the rice"

هغه ځای ته لاړ شه چیري چي وریجي اچوې

"There you will see many feathers"

هلته به دېري بنکي وویني

"Collect all the feathers you can find"

ټول هغه بنکي راټولي کړئ چي تاسو یي موندلی شئ

"Use the feathers to make a beautiful fan"

د ښکلي پکه جوړولو لپاره د بڼکو څخه کار واخلئ

"And take the feather-fan to the city"

او د بڼکي پنکه بنار ته بوځه

The two women did as they were advised.

دوارو ښحو هغه څه وکړل چي ورته مشوره ورکړل شوې وه۔

It was good the girl had taken her work-box.

ښه وه چي نجلۍ خپله د کار بکس واخيست۔

In her work-box was some string.

دغي د کار په بکس کي يو څه تار وو۔

The tied the feathers together.

بڼکي يي سره وتړلي۔

And she had made a fan from the feathers.

او هغي د بڼکو څخه يوه پکه جوړه کړي وه۔

She took the feather fan to the city.

هغي د بڼکو مينه وال بنار ته بوتلو۔

The son of the king happened to be there.

دپاچا زوی په اتفاق سره هلته و۔

He admired the feathers greatly.

هغه د بڼکو ډېره ستاينه وکړه۔

He paid a large sum of money for the feathers.

هغه د بڼکو لپاره ډېرې پيسې ورکړې۔

Each morning a quantity of feathers was collected.

هر سهار به يوه اندازه بڼکي راټولېدي۔

And each day a feather fan was made and sold.

او هره ورځ به د بڼکو يوه فين جوړ او پلورل کېده۔

Within a short time the two women got rich.

په لنډ وخت کي دواړه بڼحي شتمني شوي۔

The tree then advised them to build a house.

بيا ونې دوی ته مشوره ورکړه چي کور جوړ کړي۔

"Employ men to burn bricks for you"

سړي وگماري چي ستاسو لپاره خښتي وسوځوي

"Get them to cut beams and rafters"

له هغوی څخه د لرگيو او تختو پرې کولو غوښتنه وکړئ

"Make them plaster the walls with lime"

دوی دې ديوالونه د ليمو سره پلستر کړي

In a few months a stately house was built.

په څو مياشتو کي يو شاندار کور جوړ شو۔

The tree was pleased for the women.

ونی د ښځو لپاره خوښ وه۔

"You should add a garden to your house"

تاسو باید خپل کور ته یو باغ جوړ کړئ

"And you want to be able to store water"

او تاسو غواړئ چي اوبه ذخیره کړئ

"Dig a water tank in your garden"

په خپل باغ کي د اوبو ټانکی وکیندئ

The girl had not had much time.

نجلۍ ډېر وخت نه درلود۔

So she didn't think of her family.

نو هغې د خپلي کورنۍ په اړه فکر نه کاوه۔

The merchant's luck had taken a turn.

دسوداگر بخت بدل شو۔

The goddess of wealth frowned upon him.

دشتمنی خدایه ورته مخ واړاوه۔

He was struck by a sudden misfortune.

هغه د ناڅاپي بدبختۍ سره مخ شو۔

All at once he lost all of his money.

په یو وخت کي یې خپلي ټولي پیسي له لاسه ورکړي۔

He was forced to sell his house.

هغه اړ شو چي خپل کور وپلوري۔

But he made a great loss on the property.

خو هغه په ملکیت کي ډېر زیان ورساوه۔

He and his family were left penniless.

هغه او د هغه کورنۍ بې وسه پاتې شول۔

So they were forced to live elsewhere.

نو دوی اړ شول چي بل ځای کي ژوند وکړي۔

They happened to move to a nearby village.

دوی په اتفاق سره نږدې کلي ته کډه شول۔

The palace was not far from their new house.

ماڼۍ د دوی له نوي کور څخه ډېره لري نه وه۔

But the merchant was not rich anymore.

خو سوداگر نور شتمن نه و۔

And he still had to support his family.

او هغه لا هم باید د خپلي کورنۍ ملاتړ وکړي۔

He had been reduced to doing manual labour.

هغه د لاسي کارونو کولو ته عادت شوی و۔

He applied for the job at the palace.

هغه په ماڼۍ کې د دندي لپاره غوښتنه وکړه۔

He was going to dig the hole for the water.

هغه غوښتل چي د اوبو لپاره کنده وباسي۔

His wife also offered to work with him.

دهغه میرمني هم د هغه سره د کار کولو وراندیز وکړ۔

But they got there too late to work.

خو دوی د کار لپاره ډېر ناوخته هلته ورسېدل۔

The water tank had already been finished.

داوبو ټانک لا دمخه بشپړ شوی و۔

And they did not know whose house it was.

او دوی نه پوهېدل چي دا د چا کور دی۔

The merchant's daughter was looking out the window.

دسوداګر لور له کرکي بهر کتل۔

She happened to see her parents in the garden.

هغي په ناڅاپي ډول خپل مور او پلار په باغ کي ولیدل۔

She could see the rags they were wearing.

هغي هغه جامي لیدلي چي دوی یي اغوستي وي۔

Her eyes filled with tears at the sight.

دهغي سترګي په دي لیدو سره له اوبنکو ډکي شوي۔

She could not believe what she saw.

هغي په هغه څه باور نه شو کولي چي هغي ولیدل۔

Her parents had come to her for work.

دهغي مور او پلار د کار لپاره هغي ته راغلي وو۔

She immediately called her servants.

هغي سمدلاسه خپلو نوکرانو ته زنګ وواهه۔

"Outside in the garden are my parents"

په باغ کي بهر زما مور او پلار دي

"Please offer them these fine clothes"

مهرباني وکړئ دا ښکلي جامي ورته وراندي کړئ

"And ask them to come into the palace"

او له هغوی وغواړئ چي ماڼۍ ته راشي

Her servants did as they were told.

دهغي نوکرانو هماغسي وکړل لکه څنګه چي ورته ویل شوي وو۔

But her parents were frightened beyond measure.

خو د هغي مور او پلار له اندازي ډېر وېرېدلي وو۔

They had seen that the tank was finished.

دوی ولیدل چی ټانک بشپړ شوی و۔

There used to be a strange tradition.

پخوا يو عجيب دود وو۔

In those days human sacrifices were offered.

په هغو ورځو کې به د انسانانو قربانی ورکول کېدي۔

One of those occasions was after digging a pool.

یو له دغو پیښو څخه د حوض کیندلو وروسته و۔

You can imagine her parents' fear.

تاسو د هغي د مور او پلار ويره تصور کولی شئ۔

They had come to dig the water tank.

دوی د اوبو ټانک کیندلو لپاره راغلي وو۔

But now servants were calling them.

خو اوس نوکرانو ورته غږ کاوه۔

They thought they going to be sacrificed.

دوی فکر کاوه چی قرباني به شي۔

"Throw away your rags" they said.

هغوی وويل :خپلي ټوټي وغورځوئ۔

"Here, wear these fine clothes"

دلته، دا ښکلي جامي واغوندئ

And their fears increased even more.

او د دوی ويره نوره هم زياته شوه۔

But they did not have to fear for long.

خو دوی د اوږدي مودي لپاره ويره نه درلوده۔

Their rich daughter came out to meet them.

ددوی شتمنه لور د دوی لیدو ته راووتله۔

She hugged and kissed her parents.

هغي خپل مور او پلار په غېږ کي ونيول او ښکل یي کړل۔

And she told them everything that had happened.

او هغي هغوی ته هر څه وويل چی پیښ شوي وو۔

The father felt that she had been right.

پلار یي احساس وکړ چی هغه سمه وه۔

"You do live from your own fortune"

تاسو د خپل د بخت څخه ژوند کوئ

The daughter did not blame her father.

لور خپل پلار ملامت نه کړ۔

And she gave him a large fortune.

او هغي هغه ته ډېره شتمني ورکړه۔

With the money he moved back to the city.

دپیسو سره هغه بیرته بنار ته لاړ۔

Soon he became a merchant again.

دېر ژر هغه بیا سوداگر شو۔

And he went to distant countries for trade.

او هغه د سوداگری لپاره لري پرتو هېوادونو ته لاړ۔

One day he got ready for another business venture.

یوه ورځ هغه د بل سوداگریز کار لپاره چمتو شو۔

But that day something strange happened.

خو هغه ورځ یو عجیبه پېښه وشوه۔

The ship was ready to leave the port.

کښتۍ د بندر پرېښودو ته چمتو وه۔

But for some reason the ship did not move.

خو د کوم دلیل له امله کښتۍ حرکت ونه کړ۔

No one could explain what was happening.

هیڅوک نشو کولی تشریح کړي چي څه پېښېږي۔

But the merchant had an idea.

خو سوداگر یو نظر درلود۔

"Perhaps my daughters would like presents"

ښايي زما لونې دالی غواړي

"I need to ask them what they would like"

زه باید له هغوی څخه وپوښتم چي دوی څه غواړي

He went to see his daughters.

هغه د خپلو لونو لیدو ته لاړ۔

He asked them what they would like.

هغه له هغوی وپوښتل چي څه غواړي۔

And he promised to bring them presents.

او هغه ژمنه وکړه چي دوی ته دالی راوړي۔

But the ship would still not move.

خو کښتۍ به بیا هم حرکت ونه کړي۔

He had not asked all his daughters.

هغه له خپلو ټولو لونو نه پوښتنه کړی وه۔

His youngest daughter was not there.

دهغه کشره لور هلته نه وه۔

She was living in a different city.

هغه په بل بنار کي اوسېده۔

So he ordered his servants go to her palace.

نو هغه خپلو نوکرانو ته امر وکړ چي د هغي مانۍ ته لاړ شي۔

The messenger came at the wrong time.

قاصد په غلط وخت کي راغی۔

The young girl was engaged in devotions.

ځوانه نجلی په عبادت بوخته وه۔

But the messenger asked her anyway.

خو قاصد په هرصورت له هغې وپوښتل۔

She just told him"sobur"

هغې ورته وويل سُبُر

The meaning of this was"wait"

ددي معنی انتظار وه

But the messenger didn't know this.

خو پیغمبر په دی نه پوهېده۔

He thought she wanted something called"sobur"

هغه فکر کاوه چي هغه د سوبر په نوم يو څه غواړي۔

So he went back to the city of the merchant.

نو هغه بیرته د سوداگر بنار ته لاړ۔

And he delivered the message he received.

او هغه هغه پيغام وراندي کړ چي هغه ترلاسه کړی و۔

"Your daughter wants something called 'sobur'"

ستاسو لور د 'سوبر 'په نوم يو څه غواړي

This time the ship could move again.

دا ځل کښتی بیا حرکت کولی شي۔

So the merchant started on his travels.

نو سوداگر خپل سفرونه پیل کړل۔

He visited many ports on his journey.

هغه په خپل سفر کي له ډېرو بندرونو څخه لیدنه وکړه۔

And he made good profits from his trades.

او هغه له خپلو سوداگری څخه ښه گټه ترلاسه کړه۔

Finding the presents was not difficult.

دډالیو موندل ستونزمن نه وو۔

He found everything his oldest daughters wanted.

هغه هر هغه څه وموندل چي د هغه مشري لونی يي غوښتل۔

But his youngest daughter's wish was difficult.

خو د هغه د کشري لور هیله سخته وه۔

He could not find the thing called"sobur"

هغه د سوبر په نوم شی ونه موند۔

He asked at every port he came to.

هغه په هر بندر کي چي راغی پوښتنه يي وکړه۔

"Do you have something called 'sobur'?"

ايا تاسو د 'سوبر 'په نوم يو څه لرئ؟

But the merchants all shook their heads.

خو سوداګرو ټولو خپل سرونه وخوځول۔

"We've never heard of 'sobur'"

مور هيڅکله د 'سوبر 'په اره نه دي اوريدلي

His voyage had almost come to its end.

دهغه سفر تقريبا پای ته رسيدلی و۔

He was soon going to head back home.

هغه ډير ژر کور ته راستون شو۔

But he wanted"sobur" for his daughter.

خو هغه د خپلي لور لپاره صبر غوښتل۔

So he went calling through the streets."

نو هغه په کوڅو کي غږونه کول۔

"Sobur, does anyone have sobur?!"

سوبر، ايا څوک سوبر لري؟۔

The son of the King was in his castle.

دپاچا زوی په خپله کلا کي و۔

He happened to be looking out the window.

هغه په اتفاق سره له کړکي بهر کتل۔

And the calls attracted his attention.

او زنګونو د هغه پام څانته راواړاوه۔

Because his name happened to be Sobur.

ځکه چي د هغه نوم په اتفاق سره سوبور وو۔

He came to the merchant to speak with him.

هغه سوداګر ته راغی چي ورسره خبري وکړي۔

"I have the Sobur that you want"

زه هغه سوبر لرم چي ته يي غواړي

"Take this box, but be careful with it"

دا بکس واخله، خو له دي سره محتاط اوسه

"In the box is a magical feather fan and mirror"

په بکس کي يو جادويي بنکی فين او هنداره ده

"This is the Sobur your daughter wishes for"

دا هغه سوبور دی چي ستا لور يي غواړي

The merchant thanked the prince for the box.

سوداګر د شهزاده څخه د بکس لپاره مننه وکړه۔

And he returned back to his country.

او هغه بيرته خپل هيواد ته راستون شو۔

He gave the box to his daughter.

هغه صندوق خپلي لور ته ورکړ۔

But the daughter didn't think about it.

خو لور يي په دي اړه فکر نه کاوه۔

She thought it was just a common box.

هغي فکر کاوه چي دا يوازي يو عام بکس دی۔

She had forgotten about the messenger.

هغي د پيغمبر په اړه هېره کړي وه۔

But one day she decided to open the box.

خو يوه ورځ هغي پرېکړه وکړه چي بکس پرانيزي۔

Inside the box she found a beautiful fan.

دبکس دننه هغي يو بنکلی پکی وموند۔

In the feather fan there was a beautiful mirror.

دبنکو په پنکه کي يو بنکلی هنداره وه۔

She waved the feather fan to cool herself.

هغي د ځان د يخولو لپاره د بنکي پنکه وښنوروله۔

And Prince Sobur appeared before her.

او شهزاده سوبور د هغي په وراندي راڅرګند شو۔

"You called me, so here I am," he said.

هغه وويل :تاسو ما ته زنګ ووهه، نو زه دلته يم۔

"What is it you wish for?" he asked.

هغه وپوښتل :ته څه غواړي؟

She was astonished at what she saw.

هغه د هغه څه په ليدلو حيرانه شوه چي هغي وليدل۔

A handsome prince had suddenly appeared!

یو بنکلی شهزاده ناڅاپه راڅرګند شو۔

"Who are you?" she asked the prince.

هغي له شهزاده څخه وپوښتل :ته څوک يي؟

"And how did you suddenly appear?"

او ته څنګه ناڅاپه راڅرګند شوي؟

The Prince explained what had happened.

شهزاده تشريح کړه چي څه پيښ شوي وو۔

"Your father was looking for 'sobur'"

ستا پلار د 'سوبر 'په لټه کي و

"I am prince Sobur," he explained.

هغه تشريح کړه :زه شهزاده سوبور يم۔

"I gave your father a box"

ما ستا پلار ته يو بکس ورکړ

"In this box there is a feather fan and mirror"

په دې بکس کي د بنکو پنکه او هنداره شته

"When you shake the feather fan I will appear"

کله چي ته د بنکي پنکه وخوڅوي زه به راٱوگند شم

She asked the prince to stay as a guest.

هغي له شهزاده څخه وغوښتل چي د ميلمه په توگه پاتي شي۔

And for two days the prince stayed with her.

او دوه ورځي شهزاده د هغي سره پاتي شو۔

And she entertained him in her palace.

او هغي په خپل ماڼۍ کي هغه ته ميلمستيا ورکړه۔

During that time the two fell in love.

په دي موده کي دواړه په مينه کي شول۔

They made their vows to each.

دوی هر يو ته خپلي ژمني وکړي۔

And they became husband and wife.

او دوی ميره او بنڅه شول۔

After this the prince returned to his father.

له دي وروسته شهزاده خپل پلار ته راستون شو۔

He told him that he had selected a wife.

هغه ورته وويل چي هغه يوه بنڅه غوره کړي ده۔

The day for the wedding was decided.

د واده ورځ وټاکل شوه۔

All the family was invited.

ټوله کورنۍ رابلل شوي وه۔

And they had a beautiful wedding.

او دوی يو بنکلی واده وکړ۔

But there was a death in the marriage bed.

خو د واده په بستر کي مرگ وو۔

The six daughters of the merchant were envious.

د سوداگر شپږ لوڼي حسد کولي۔

They were jealous of their sister's success.

دوی د خپلي خور د برياليتوب څخه حسد کول۔

So they decided to destroy her happiness.

نو دوی پریکړه وکړه چي د هغي خوښي له منځه يوسي۔

They broke several glass bottles.

دوی څو شيشي بوتلونه مات کړل۔

And they ground the glass into fine powder.

او دوی ګیلاس په ښه پوډر کی مینځي۔

Then they scattered the powder on the bed.

بیا یې پوډر په بستر باندې وشیند۔

The prince suspected no danger.

شهزاده د کوم خطر شک نه درلود۔

He laid himself down in the bed.

هغه ځان په بستر کی وغورځاوه۔

Soon he felt an acute pain.

ډېر ژر یې یو شدید درد احساس کړ۔

All of his whole body ached.

ټول بدن یې درد کاوه۔

The powder had gone through his skin.

پوډر د هغه له پوستکي تېر شوی و۔

The prince became restless through pain.

شهزاده د درد له امله بې هوښه شو۔

And he started to kick and scream.

او هغه په لغتو وهلو او چیغو وهلو پیل وکړ۔

He was taken away to his own country.

هغه خپل هیواد ته یوړل شو۔

The king and queen were very worried.

پاچا او ملکه ډېر اندېښمن وو۔

They consulted all the kingdom's physicians.

دوی د سلطنت له ټولو ډاکټرانو سره مشوره وکړه۔

But their efforts were in vain.

خو د دوی هڅې بې ګټې وې۔

Day and night the young prince was screaming.

ځوان شهزاده شپه او ورځ چیغې وهلې۔

No one could ascertain the disease.

هیڅوک نشو کولی چی ناروغي معلومه کړي۔

So they had no way of knowing the remedy.

نو دوی د درملنې د پوهیدو لپاره هیڅ لاره نه درلوده۔

You can imagine the grief of his wife.

تاسو د هغه د میرمنی غم تصور کولی شئ۔

The marriage knot had only just been tied.

دواده غوټه تازه تړل شوې وه۔

She thought a terrible disease had attacked him.

هغې فکر کاوه چی یوې خطرناکي ناروغی پرې حمله کړې ده۔

Then he was carried hundreds of miles away.

بيا هغه سلگونه ميله لري يوړل شو۔

She had never been to his country.

هغه هيڅکله د هغه هيواد ته نه وه تللي۔

But she was determined to go there.

خو هغې هوډ درلود چي هلته لاړه شي۔

And she was determined to nurse him better.

او هغې هوډ درلود چي هغه ته ښه پالنه وکړي۔

She put on the garb of a Sannyasi.

هغې د سنياسي جامي واغوستلي۔

And she carried a dagger in her hand.

او هغې په لاس کي خنجر درلود۔

And then she set out on her journey.

او بيا هغې خپل سفر پيل کړ۔

The princess was still relatively young.

شهزادگۍ لا هم نسبتا ځوانه وه۔

She was unaccustomed to long journeys.

هغه د اوږدو سفرونو سره عادت نه وه۔

And she wasn't used to walking so far.

او هغه د دومره لري تگ عادت نه درلود۔

She soon got weary of walking.

هغه ډېر ژر له تگ څخه ستړي شوه۔

So she sat under a tree to rest.

نو هغه د آرام کولو لپاره د يوي وني لاندي کښېناست۔

On the top of the tree there was a nest.

دوني په سر کي يوه خاله وه۔

It was the nest of two divine birds.

دا د دوو الهي مرغانو خاله وه۔

Bihangami and Bihangama lived here.

بهنگامي او بهنگاما دلته اوسېدل۔

They were not in their nest at the time.

هغه وخت دوی په خپل خاله کي نه وو۔

But two of their chicks were in the nest.

خو د دوی دوه چرگان په خاله کي وو۔

Suddenly the chicks gave a scream.

ناڅاپه چرگورو چيغي وکړي۔

This roused the half-drowsy princess.

دي كار نيمه ويده شهزادگی راوبښ كړه۔

The little birds had seen huge serpent.

كـوچنيو مرغيو يو لوی مار ليدلی و۔

The snake was about to climb the tree.

مار نږدي و چې ونې ته وخېژي۔

This would have been the end of the birds.

دا به د مرغانو پای و۔

But the Sannyasi took out her dagger.

خو سنياسي خپله خنجر راووېست۔

And she cut the serpent in two.

او هغې مار په دوه برخو ووهښت۔

Of course even this frightened the young birds.

البته چې دي كار ځوان مرغان هم ډار كړل۔

And they flew from the nest screaming.

او دوی په چیغو چیغو له خالي ځخه وتښتيدل۔

Bihangama and Bihangami were on their way back.

بهانگاما او بهانگامي بيرته راستنيدل۔

They came sailing through the air.

دوی د هوا له لاري راغلل۔

They thought they already knew what had happened.

دوی فكر كاوه چې دوی دمخه پوهيږي چې څه پېښ شوي دي۔

“I don't expect to see our children”

زه د خپلو ماشومانو د ليدلو تمه نه لرم

“The nest will be empty again”

ځاله به بيا خالي وي

“All our previous children were eaten”

زموږ ټول پخواني ماشومان خوړل شوي وو

“They were eaten by our great enemy the serpent”

دوی زموږ د لوی دښمن مار لخوا وخوړل شول

“They will have met the same fate”

دوی به له ورته برخليک سره مخ شوي وي

“I do not hear the cries of my young ones”

زه د خپلو ماشومانو ژړا نه اورم

The two birds got to their nest.

دوه مرغۍ خپلي ځالي ته ورسيدي۔

And as predicted, the nest was empty.

او لكه څنګه چې وراندوينه شوي وه، ځاله خالي وه۔

This seemed to confirm their suspicions.

دا د دوی شکونه تاییدول ښکاره ېدل۔

But soon the young birds returned.

خو ډېر ژر ځوان مرغان بیرته راغلل۔

The divine birds were pleasantly surprised.

الهي مرغان په خوښۍ سره حیران شول۔

The young birds told them what had happened.

ځوانو مرغانو ورته وویل چی څه پیښ شوي وو۔

"There was a young Sannyasi under the tree"

د ونې لاندي یو ځوان سنیاسي و

"He destroyed the serpent"

هغه مار له منځه یور

"He cut the snake in two with his dagger"

هغه مار په خپل خنجر سره دوه ټوټې کړ

The parents went to foot of the tree.

مور او پلار د ونې پښو ته لاړل۔

Two halves of the snake were still there.

دمار دوه نیمي برخي لا هم هلته وي۔

"The young Sannyasi has saved our offspring"

ځوان سنیاسي زمورږ اولادونه وژغورل

"I wish we could do him some service in return"

کاش چی مورږ په بدل کي هغه ته یو څه خدمت کولی شوای

The divine bird Bihangama replied.

الهي مرغۍ بهانگاما ځواب ورکړ۔

"We shall do our service to HER"

مورږ به د هغي خدمت وکړو

"The Sannyasi under the tree is not a man"

د ونې لاندي سنیاسي سړی نه دی

"The Sannyasi under the tree is a woman"

د ونې لاندي سنیاسي یوه ښڅه ده

"Last night she got married to Prince Sobur"

تیره شپه هغي د شهزاده سوبور سره واده وکړ

"Shortly after their marriage he was poisoned"

د دوی له واده لږ وروسته هغه مسموم شو

"His skin was pierced with small shards of glass"

د هغه پوستکی د شیشې د کوچنیو ټوټو سره سوری شوی و

"His sisters-in-law envied his wife"

د هغه د خویندو مېره د هغه له میرمني سره کینه کوله

"Her sisters spread the powder over the bed"

د هغې خویندو پوډر په بستر باندې خپور کړ

"He is still suffering from his pain"

هغه لا هم له خپل درد څخه رنځ وړي

"But he is in his native land"

خو هغه په خپل پلرني ټاټوبي کي دی

"And now he is at the point of death"

او اوس هغه د مرگ په درشل کي دی

"Beneath the tree is his heroic bride"

د ونی لاندی د هغه اتله ناوي ده

"She is wearing the garb of a Sannyasi"

هغې د سنياسي جامي اغوستي دي

"And she is going to nurse him"

او هغه به هغه ته پالنه وکړي

The Bihangami asked the Bihangama.

بهنگامي له بهنگاما وپوښتل۔

"Is there no cure for the prince?"

ايا د شهزاده لپاره کومه درملنه نشته؟

"Yes, there is a cure" replied the Bihangama.

بهانگاما ځواب ورکړ :هو، درملنه شته۔

"There is hardened dung lying on the ground"

په ځمکه باندي سخت شوي خوشايي پراته دي

"She must take this hardened dung"

هغه بايد دا سخت شوی خوشای واخلي

"Then she must reduce the dung to powder"

بيا هغه بايد د کثافاتو پوډر کم کړي

"And then she must bathe the prince"

او بيا هغه بايد شهزاده غسل کړي

"She must bathe him in seven jars of water"

هغه بايد هغه په اوو لوبنو اوبو کي غسل کړي

"Then she must bathe him in seven jars of milk"

بيا بايد هغه په اوو لوبنو شيدو غسل کړي

"Then she must apply the powder to his body"

بيا هغه بايد پوډر د هغه په بدن ولگوي

"After this Prince Sobur will get well"

له دي وروسته به شهزاده سوبر روغ شي

"I have no doubts about this remedy"

زه د دي درملني په اړه هيڅ شک نلرم

The Bihangami saw a problem though.

خو بهانگامي يوه ستونزه وليده۔

"The princess is but a young girl"

شهزادگۍ يوازي يوه ځوانه نجلۍ ده

"She cannot walk such a distance"

هغه دومره واټن نشي وهلی

"The journey would take her many days"

سفر به هغي ته دېري ورځي ونيسي

"By that time the poor prince will have died"

تر هغه وختہ پوري به غريب شهزاده مړ شوی وي

"I can," replied the Bihangama.

زه کولی شم، بهانگاما ځواب ورکړ۔

"I will take the young lady on my back"

زه به ځوانه بنځه په شا ونيسم

"I will fly her to Prince Sobur's city"

زه به هغه د شهزاده سوبر بنار ته الوتنه وکړم

"If she takes no presents, I will fly her back"

که هغه ډالۍ ونه اخلي، زه به يي بيرته الوتنه وکړم

The merchant's daughter heard this conversation.

دسوداگر لور دا خبري واورېدي۔

She begged the Bihangama to take her on his back.

هغي بهانگاما ته زاری وکړي چي هغه په خپل شا بوخي۔

And of course the bird willingly consented.

او البته مرغۍ په خپله خوښه موافقه وکړه۔

First she gathered some of the birds dung.

لومړی هغي د مرغيو ځيني فضله راټوله کړه۔

And then she reduced the dung to fine powder.

او بيا هغي د خوشايو بنه پودر ته راتيت کړ۔

She was armed with this potent drug.

هغه په دي قوي مخدره توکو سمبال وه۔

And she got on the back of the kind bird.

او هغه د مهربان مرغۍ په شا سپور شوه۔

The Bihangama flew as fast as lightning.

بهانگاما د برېښنا په څېر گړندی الوتنه وکړه۔

They soon reached Prince Sobur's city.

دوی دېر ژر د شهزاده سوبر بنار ته ورسېدل۔

The young Sannyasi went up to the palace.

ځوان سنياسي مانۍ ته لاړ۔

And she spoke to the guards at the gate.

او هغي په دروازه کي ساتونکو سره خبري وکړي۔

"Send word to the king that I have a drug"

پاچا ته خبر راکړه چي زه يو درمل لرم

"This drug will save the prince's life"

دا درمل به د شهزاده ژوند وژغوري

"Within hours I will have cured the prince"

په څو ساعتونو کي به زه شهزاده روغ کړم

The king had tried all the best doctors.

پاچا ټول غوره ډاکټران آزمويل۔

But no doctor had been able to cure his son.

خو هيڅ ډاکټر د هغه د زوی درملنه ونشوه کولی۔

So he didn't believe the Sannyasi's words.

نو هغه د سنياسي په خبرو باور نه کاوه۔

But his councilors advised him otherwise.

خو د هغه سلاکارانو هغه ته بل ډول مشوره ورکړه۔

The Sannyasi ordered for seven jars of water.

سنياسي د اوبو اووه منګي امر وکړ۔

And seven jars of milk were ordered.

او د شيدو اووه مرتبانونه وغوښتل شول۔

He poured a jar of water on the prince.

هغه په شهزاده باندې د اوبو يو منګی واچاوه۔

And he poured a jar of milk on the prince.

او هغه په شهزاده باندې د شيدو يو لوښی واچاوه۔

He had a feather from the divine bird.

هغه د الهي مرغۍ بنکه درلوده۔

And he used the feather to apply the powder.

او هغه د پودر لګولو لپاره د بنکي څخه کار واخيست۔

All of the prince's body was covered.

دشهزاده ټول بدن پوښل شوی و۔

This was repeated another six times.

دا شپږ ځله نور تکرار شو۔

The last treatment did the magic.

وروستی درملنی جادو وکړ۔

The prince started to feel well again.

شهزاده بيا ښه احساس وکړ۔

The king was happier than words can describe.

پاچا د الفاظو په پرتله ډېر خوشحاله و۔

"Give the Sannyasi the finest treasures"

سنياسي ته غوره خزاني وركړئ

But the Sannyasi refused to take presents.

خو سنياسي د داليو اخيستلو څخه انکار وکړ۔

"Let me have the ring on the prince's finger"

راځئ چي د شهزاده په ګوته کي حلقه ولرم

The king and the prince were happy.

پاچا او شهزاده خوشحاله وو۔

And they gave him what he wanted.

او هغه څه يي وركړل چي هغه غوښتل۔

The merchant's daughter hastened back.

دسوداګر لور په چټکی سره بيرته راغله۔

The Bihangama was waiting at the sea-shore.

بهانګاما د سمندر په غاړه انتظار کاوه۔

They reached the tree of the divine birds.

دوی د الهي مرغيو وني ته ورسېدل۔

The young bride walked back to her palace.

ځوانه ناوي بيرته خپل مانۍ ته لاړه۔

The following day she shook the magical feather fan.

بله ورځ هغي جادويي بڼکي فين وخوځوله۔

Just as before, her husband appeared.

لکه څنګه چي مخکي وه، د هغي ميره راڅرګند شو۔

Of course he was happy to see his wife.

البته هغه د خپلي ميرمني په ليدو خوشحاله و۔

But he was infinitely surprised.

خو هغه بي حده حيران شو۔

She had his ring on her finger.

دهغي په ګوته کي د هغه ګوتمی وه۔

His own wife was his doctor.

دهغه خپله ښځه د هغه ډاکټره وه۔

It was his wife that had cured him!

دا د هغه ميرمن وه چي هغه يي روغ کړ۔

The prince took his bride to his palace.

شهزاده خپله ناوي خپل مانۍ ته بوتله۔

He forgave his sisters-in-law.

هغه خپلو خويندو ته بخښنه وکړه۔

They lived happily for many years.

دوی د ډیرو کلونو لپاره په خوښۍ سره ژوند وکړ.

And they were blessed with children.

او دوی ته د ماشومانو برکت ورکړل شو.

The Origins of Opium
د اپينو اصليت

Once upon on a time there lived a Rishi.

یو وخت یو ریشي ژوند کاوه۔

He lived on the banks of the holy Ganges.

هغه د مقدس گنگا په غاړه کي ژوند کاوه۔

This Rishi was a very religious man.

دا رشي ډېر مذهبي سړی وو۔

He spent his days performing religious rites.

هغه خپلي ورځي په مذهبي مراسمو کي تېري کړي۔

From sunrise to sunset he sat on the river bank.

له لمر ختو څخه تر لمر لوېدو پوري هغه د سیند په غاړه ناست و۔

For the whole time he sat engaged in devotion.

ټول وخت هغه په عبادت کي بوخت ناست و۔

At night he took shelter in his hut.

دشپي یی په خپله کوټه کي پناه واخیسته۔

His hut was made from palm-leaves.

دهغه کوټه د خرما له پاڼو څخه جوړه شوې وه۔

The palms he had grown from saplings.

هغه د خرما وني چي هغه له بوټو څخه کرلي وو۔

There was no one around for miles.

شاوخوا څو میله لري څوک نه وو۔

However, in the hut there was a mouse.

خو، په کوټه کي یو موږک و۔

She lived from what the Rishi left for her.

هغي له هغه څه ژوند کاوه چي رشي ورته پرېښود۔

The Rishi was a kind-hearted man.

رشي یو مهربانه سړی وو۔

He would not hurt any living thing.

هغه به هیڅ ژوندي شی ته زیان ونه رسوي۔

So our mouse never ran away from him.

نو زموږ موږک هیڅکله له هغه څخه نه تښتېده۔

In fact, our mouse went to him.

په حقیقت کي، زموږ موږک هغه ته لاړ۔

She touched his feet when he was sitting.

کله چي هغه ناست و، هغي یی پښي لمس کړي۔

And she enjoyed playing with him.

او هغې د هغه سره لوبي کول خوښول۔

The Rishi also liked the little mouse.

رشي هم کوچنۍ موږک خوښ کړ۔

So he wanted to be kind to her.

نو هغه غوښنتل چي له هغې سره مهربانه وي۔

And he wanted someone to talk to.

او هغه غوښنتل چي يو څوک ورسره خبري وکړي۔

So he gave her the power of speech.

نو هغه هغې ته د خبرو کولو ځواک ورکړ۔

One night the mouse stood up.

يوه شپه موږک ودرېد۔

She got onto her hind legs.

هغه په خپلو شاته پښو ودرېده۔

And she stood in front of the Rishi.

او هغه د رشي مخي ته ودرېده۔

And she put her front paws together.

او هغې خپلي مخکيني پښي سره يوځای کړي۔

"Holy Sage, you have been kind to me"

سپيڅلی بابا، ته زما سره مهربان يي

"And you have given me human language"

او تا ماته انساني ژبه راکړې ده

"I hope it doesn't displease your reverence"

زه هيله لرم چي دا ستاسو درناوی ناراضه نه کړي

"But I have one more boon to ask"

خو زه يو بل نعمت غوارم

The Rishi listened to his mouse.

رشي خپل موږک ته غوږ ونيو۔

"What is it?" asked the Rishi.

څه شی دی؟ رشي وپوښنتل۔

"Say what you want, little mouse"

څه چي غواړي ووايه، کوچني موږک

The mouse answered the Rishi.

موږک رشي ته ځواب ورکړ۔

"By day your reverence goes to the river"

ستاسو درناوی ورځ په ورځ سيند ته ځي

"And there you practice your devotions"

او هلته تاسو خپل عبادتونه ترسره کوئ

"During this time a cat comes to the hut"

په دي وخت کي يوه پيشو کوټي ته راځي

"This cat has been trying to catch me"

دا پيشو هڅه کوله چي ما ونيسي

"She still has some fear of your reverence"

هغه لا هم ستا له درناوي څخه وېره لري

"Otherwise she would have eaten me long ago"

که نه نو هغي به دېر مخکي ما خوړلی وای

"But I fear the cat will eat me someday"

خو زه وېرېږم چي پيشو به يوه ورځ ما وخوري

"So I have one prayer to ask of you"

نو زه له تاسو څخه يوه دعا لرم

"Please may I be changed into a cat!"

مهرباني وکرئ زه په پيشو بدل شم.

"Then I would be a match for my foe"

بيا به زه د خپل دښمن لپاره سيال شم

The Rishi understood the mouse's plight.

رشي د موږک حالت درک کړ.

He threw some holy water on the mouse.

هغه په موږک باندي يو څه مقدس اوبه واچولي.

And the mouse instantly turned into a cat.

او موږک سمدلاسه په پيشو بدل شو.

She had lived as a cat for some days.

هغي څو ورځي د پيشو په توګه ژوند کاوه.

One night she went to the Rishi again.

يوه شپه هغه بيا رشي ته لاړه.

And the Rishi spoke to his pet.

او رشي له خپل څاروي سره خبري وکړي.

"Well, little kitty, how are you!"

ښه، کوچنی پيشو، څنګه يې.

"How do you like your present life!"

ته خپل اوسني ژوند څنګه خوښوي.

The cat thought about what to say.

پيشو فکر وکړ چي څه ووايي.

But she didn't have to say anything.

خو هغي اړتيا نه درلوده چي څه ووايي.

The Rishi could tell by her expression.

رشي د خپل ظاهر له مخي پوه شو۔

"Why don't you like it?" asked the sage.

ولي دي نه خوښبږي؟ هوښيار وپوښتل۔

"Are you not as strong as the other cats!"

ايا ته د نورو پيشوگانو په څير قوي نه يي۔

"Yes, I am strong enough," answered the cat.

پيشو ځواب ورکر :هو، زه کافي قوي يم۔

"Your reverence has made me a strong cat"

ستا درناوي ما يو پياوړی پيشو کړی دی

"As strong as any cat in the world"

د نړی د هری د پيشو په څير قوي

"Now I do not fear cats anymore"

اوس زه نور له پيشوگانو نه وبريږم

"But now I have got a new foe"

خو اوس زه يو نوی دښمن لرم

"By day your reverence goes to the river"

ستاسو درناوی ورځ په ورځ سيند ته ځي

"During this time dogs come to the hut"

په دي وخت کي سپي کوټي ته راځي

"These dogs have been barking at me"

دا سپي په ما غپا کوي

"And I have been frightened for my life"

او زه د خپل ژوند لپاره ويره لرم

"So I have one more prayer to ask of you"

نو زه له تاسو څخه يوه بله دعا غواړم

"Please may I be changed into a dog!"

مهرباني وکړئ زه په سپي بدل شم۔

The Rishi understood the cat's plight.

رشي د پيشو حالت درک کړ۔

He threw some holy water on the cat.

هغه په پيشو باندې يو څه مقدس اوبه واچولي۔

And the cat instantly became a dog.

او پيشو سمدلاسه سپی شوه۔

She lived as a dog for some days.

هغې څو ورځي د سپي په توگه ژوند وکړ۔

But one night she spoke to the Rishi.

خو يوه شپه هغې له رشي سره خبري وکړي۔

"I cannot thank your reverence enough"

زه ستاسو د درناوي څخه کافي مننه نشم کولی

"You have been most kind to me"

ته زما سره ډېر مهربان وې

"I was but a poor mouse"

زه يوازې يو غريب موږک وم

"You not only gave me speech"

تا نه يوازې ماته وينا راکړه

"But you also turned me into a cat"

خو تا زه هم پيشو کړم

"And your kindness didn't end there"

او ستا مهرباني دلته پای ته نه ورسېده

"Then you changed me into a dog"

بيا تا ما په سپي بدل کړ

"As a dog, however, I suffer greatly"

په هرصورت، د سپي په توګه، زه ډېر خوريږم

"I do not get enough to eat"

زه کافي خواړه نه خورم

"My only food is what you leave me"

زما يوازينۍ خواړه هغه دي چې ته يې ما پرېږدي

"That was fine when I was a mouse"

کله چې زه موږک وم نو دا بنه وه

"But you have made me much larger"

خو تا ما ډېر لوی کړی دی

"And it is not enough to fill my mouth"

او دا زما د خولي ډکولو لپاره کافي ندي

"OH your reverence, how I envy those monkeys"

اوه ستا درناوی، زه له دې بيزوګانو سره څومره حسد کوم

"They jump about from tree to tree"

دوی له يوې ونې څخه بلې ونې ته ټوپ وهي

"They eat all sorts of delicious fruits!"

دوی ډول ډول خوندوري ميوي خوري.

"Please may reverence not get angry"

مهرباني وکړئ درناوی غوسه مه کوئ

"I pray to be changed into an monkey"

زه دعا کوم چې په بيزو بدل شم

The sage was a very understanding man.

حکيم يو ډېر پوه سړی وو.

His heart was filled with patience.

زړه يي له صبر ډک شو۔

He was happy to grant his pet's wish.

هغه خوشحاله و چي د خپل څاروي هيله يي پوره کړه۔

He threw some holy water on the dog.

هغه په سپي باندي يو څه مقدس اوبه واچولي۔

And the dog instantly became an monkey.

او سپی سمدلاسه په بيزو بدل شو۔

Our monkey was at first wild with joy.

زموږ بيزو په لومړي سر کي له خوښۍ څخه لېونی وه۔

She leaped from one tree to another.

هغي له يوي ونې څخه بلي ته توپ وواهه۔

She sucked every luscious fruit.

هغي هره خوندوره ميوه وخوړله۔

But her joy was short-lived again.

خو د هغي خوښۍ بيا لنډمهاله وه۔

Summer had brought with it its drought.

اوړی له ځان سره وچکالي راوړي وه۔

Monkeys find it hard to climb down.

بيزوګانو ته ښکته کېدل ګران وي۔

So she couldn't drink from the river.

نو هغه د سيند څخه اوبه نه شو څښلی۔

She saw how the wild boars lived.

هغي وليدل چي وحشي خنزيرونه څنګه ژوند کوي۔

All day they splashed in the water.

ټوله ورځ يي په اوبو کي اوبه وشيندي۔

She envied their life now.

هغي اوس د دوی له ژوند سره کينه کوله۔

"Oh how happy those wild boars are!"

او دا وحشي خنزيرونه څومره خوشحاله دي۔

"All day their bodies are cooled"

ټوله ورځ د دوی بدنونه يخ وي

"All day they are refreshed by water"

ټوله ورځ دوی د اوبو په واسطه تازه کيږي

"How I wish I were a wild boar"

څومره کاش چي زه وحشي خنزير وای

That night she went to the Rishi.

هغه شپه هغه رشي ته لاړه۔

She recounted her troubles to him.

هغې خپلي ستونزي ورته بيان کړي۔

She told him all about the wild boars.

هغې ورته د وحشي خنزيرانو په اړه هرڅه وويل۔

"Oh how pleasant their lives must be"

او د دوی ژوند به څومره خوندور وي

And she begged to be changed again.

او هغې بيا د بدلولو غوښتنه وکړه۔

"I pray to be changed into a wild boar"

زه دعا کوم چي په وحشي خنزير بدل شم

The sage's kindness knew no bounds.

د حکيم مهرباني هيڅ حد نه درلود۔

and he complied with his pet's request.

او هغه د خپل څاروي غوښتنه ومنله۔

He threw some holy water on the monkey.

هغه په بيزو باندې يو څه مقدس اوبه واچولي۔

And the monkey instantly became a wild boar.

او بيزو سمدلاسه په وحشي خنزير بدل شو۔

Our boar was now very content.

زموږ خنزير اوس ډېر مطمئن و۔

She kept her body soaking wet.

هغې خپل بدن لوند وساته۔

Every day she went to the river.

هغه هره ورځ سيند ته تلله۔

She splashed about in her favorite element.

هغې په خپل غوره عنصر کي وشينده۔

But life is not safe for wild boars.

خو د وحشي خنزيرانو ژوند خوندي نه دی۔

One day the king was out hunting.

يوه ورځ پاچا ښکار ته ووت۔

He was riding on an adorned elephant.

هغه په يوه ښکلي فيل باندې سپور و۔

Only by luck did our wild boar escape.

يوازي د بخت له مخي زموږ وحشي خنزير وتښتېد۔

She thought a lot about her experience.

هغې د خپلي تجربې په اړه ډېر فکر وکړ۔

She dwelt on the dangers of her life.

هغې د خپل ژوند په خطرونو فکر کاوه۔

And she envied the stately elephant.

او هغې د ښکلي فيل سره کينه وکړه۔

The elephant was more fortunate than her.

فيل د هغې په پرتله ډېر بختور و۔

He got to carry the king on his back.

هغه بايد پاچا په شا يوسي۔

Now she longed to be an elephant.

اوس هغې د فيل کېدو ارمان کاوه۔

And at night she besought the Rishi.

او د شپې هغې د رشي څخه زاري وکړې۔

Our elephant was roaming the wilderness.

زموږ فيل په دښته کې ګرځېده۔

On her adventures she saw the king.

په خپلو سفرونو کې هغې پاچا وليد۔

Our elephant went towards the king's suite.

زموږ فيل د پاچا د کوټې په لور روان شو۔

She had every intention of being caught.

هغې د نيول کېدو پوره اراده درلوده۔

The king saw the elephant from a distance.

پاچا له لرې څخه فيل وليد۔

He couldn't help but admire her beauty.

هغه د هغې د ښکلا له ستايني پرته نشو کولی۔

He gave his orders to his servants.

هغه خپلو نوکرانو ته امرونه ورکړل۔

"Catch and tame this elephant"

دا فيل ونيسئ او کنټرول يې کړئ

Our elephant was easily caught.

زموږ فيل په اسانۍ سره ونيول شو۔

She was taken into the royal stables.

هغه شاهي اصطبل ته يوړل شوه۔

And she was tamed without any trouble.

او هغه پرته له کومي ستونزي څخه اداره شوه۔

One day the queen had a wish.

يوه ورځ ملکي يوه هيله درلوده۔

She wished to go to the holy Ganges.

هغې غوښتل چي مقدس ګنګا ته لاړه شي۔

She wished to bathe in the holy waters.

هغې غوښتل چي په مقدسو اوبو کې غسل وکړي۔

The king wanted to accompany his wife.

پاچا غوښتل چي له خپلي ميرمني سره لاړ شي۔

So he made his orders to his servants.

نو هغه خپلو نوکرانو ته امر وکړ۔

"Bring us the newly caught elephant"

نوی نیول شوی فیل موږ ته راوړه

The king and queen mounted on her back.

پاچا او ملکه د هغي پر شا سپاره شول۔

Our elephant had gotten her wish.

زموږ فیل خپله هیله پوره کړه۔

Well... she seemed to have gotten her wish.

هں۔۔۔ داسي ښکاريده چي هغي خپله هیله پوره کړي ده۔

The king had mounted on her back.

پاچا د هغي پر شا سپور و۔

But no, the elephant didn't get her wish.

خو نه، فیل خپله هیله پوره نه کړه۔

She looked upon herself as a lordly beast.

هغې ځان ته د یو بادار حیوان په سترګه کتل۔

She could not a woman riding on her back.

هغه ښځه په شا سپور نشوه۔

It wasn't enough that she was a queen.

دا کافي نه وه چي هغه ملکه وه۔

She could not bear the idea of it.

هغي دا خيال نه شو زغملی۔

She felt she had been degraded.

هغي احساس وکړ چي هغه بي عزته شوي ده۔

She jumped up as violently as elephants can.

هغي د فيلانو په څير په زور سره پورته شوه۔

Both the king and queen fell to the ground.

پاچا او ملکه دواړه په ځمکه ولوېدل۔

The king carefully picked up the queen.

پاچا په ډېر احتياط سره ملکه پورته کړه۔

He took the queen in his arms.

هغه ملکه په غېږ کې ونيوله۔

He asked her whether she had been hurt.

هغه تری وپوښتل چی ایا تپي شوی ده؟

He wiped off the dust from her clothes.

هغه د هغي له جامو څخه دوړي پاکي کړي۔

And he tenderly kissed her a hundred times.

او هغه په نرمی سره سل ځله ښکل کړه۔

Our elephant witnessed the king's caresses.

زمورږ فیل د پاچا د مینې شاهد و۔

And she scampered off to the woods.

او هغه ځنګل ته وتښتېده۔

She ran as fast as her legs could carry her.

هغه دومره ګړندی منډه کړه چی پښې یې ورلی شي۔

As she ran, she thought within herself;

کله چی هغي منډه کړه، هغي په ځان کي فکر وکړ؛

"I have experienced many different lives"

ما ډېر مختلف ژوندونه تجربه کړي دي

"And I have experienced different happiness"

او ما مختلفي خوښي تجربه کړي دي

"But those lives cannot be compared"

خو دا ژوندونه نشي پرتله کېدای

"A queen is the happiest creature of all"

ملکه تر ټولو خوشحاله مخلوق ده

"Of what infinite regard is she the object of!"

هغه د څومره بی حده درناوي وړ ده۔

"The king lifted her off the ground"

پاچا هغه له ځمکي پورته کړه

"And he carefully took her in his arms"

او هغه یی په احتیاط سره په غیږ کي ونیوله

"He made many tender inquiries to her"

هغه له هغي څخه ډېري نرمي پوښتنی وکړي

"And he wiped off the dust from her clothes"

او هغه د هغي له جامو څخه دوړي پاکي کړي

"And he kissed her a hundred times!"

او هغه سل ځله ښکل کړه ۔

"Oh, the happiness of being a queen!"

او، د ملکي کېدو خوشحالي۔

"I must ask the Rishi to make me a queen!"

زه باید له رشي څخه وغوارم چی ما ملکه کړي۔

The sun was just about to set.

لمر د لوېدو په حال کې و۔

Our elephant made it back to the hut.

زموږ فیل بیرته کوټي ته ورسید۔

The Rishi had just finished his devotions.

رشي خپل عبادتونه یوازې پای ته رسولي وو۔

She fell on the ground at his feet.

هغه د هغه په پښو کې په ځمکه ولوېده۔

She was still the little mouse.

هغه لا هم کوچنی موږک وه۔

And he was still the holy sage.

او هغه لا هم مقدس بابا و۔

“What's the news?” inquired the Rishi.

څه خبر دی؟ رشي وپوښتل۔

“Why have you left the king's palace!”

ولې د پاچا ماڼۍ پرېښنودي۔

Our elephant thought about her words.

زموږ فیل د هغې د خبرو په اړه فکر وکړ۔

“What shall I say to your reverence!”

ستاسو درناوي ته څه ووایم۔

“You have been very kind to me”

تاسو زما سره ډېر مهربان وئ

“You have granted every wish of mine”

تا زما هره هیله پوره کړه

“I was a mouse and you gave me speech”

زه موږک وم او تا ماته وینا راکړه

“But as a mouse my life was in danger”

خو د موږک په توګه زما ژوند په خطر کې و

“You saved me by turning me into a cat”

تا ما په پیشو بدلولو سره وژغوره

“But as a cat my life was no safer”

خو د پیشو په توګه زما ژوند خوندي نه و

“And you helped me become a dog”

او تا ما سره مرسته وکړه چې سپی شم

“But as a dog I had not enough to eat”

خو د سپي په توګه ما د خوړلو لپاره کافي نه درلودل

“You provided for me again”

تا بيا زما لپاره چمتو کړ

"And you turned my into a monkey"

او تا زه په بیزو بدل کړم

"I had all I could wish to eat"

ما هر څه درلودل چي غوښتل مي وخورم

"But I had no way of cooling my body"

خو ما د خپل بدن د سړولو لپاره کومه لاره نه درلوده

"You helped me with this too"

تا هم پدي کي زما سره مرسته وکړه

"And you turned me into a wild boar"

او تا ما په وحشي خنزیر بدل کړ

"Wild boars have a comfortable life"

وحشي خنزیران آرام ژوند لري

"But they don't live without danger"

خو دوی له خطر پرته ژوند نه کوي

"And again you protected me"

او بيا تاسو ما وژغوره

"And you turned me into an elephant"

او تا زه په فیل بدل کړم

"Being an elephant has increased my bulk"

د فیل کیدو زما وزن زیات کړ

"But being an elephant has not increased my happiness"

خو د فیل کیدل زما خوښي نه ده زیاته کړي

"I have one more boon to ask of you"

زه له تاسو څخه یو بل نعمت غوارم

"It will be the last boon I ask for"

دا به وروستی نعمت وي چي زه یي غوارم

"I see now who the happiest creature is"

زه اوس ګورم چي تر ټولو خوشحاله مخلوق څوک دی

"A queen is the happiest in the world"

ملکه په نړی کي تر ټولو خوشحاله ده

"Holy father, please make me a queen"

سپیڅلی پلاره، مهرباني وکړئ ما ملکه جوړه کړه

"Silly child," answered the Rishi.

احمق ماشوم، رشي ځواب ورکړ۔

"How can I make you a queen!"

څنګه کولی شم تا ملکه کړم۔

"Where can I get a kingdom for you!"

زه ستا لپاره پاچاهي له کومه راوړم۔

"Where would I find a royal husband!"

زه به شاهي میره چیرته پیدا کړم۔

But the Rishi was still patient.

خو رشي لا هم صبر وکړ۔

"There is one thing I can do for you"

یو کار شته چي زه یي ستا لپاره کولی شم

"I can change you into a beautiful girl"

زه کولی شم تا په یوی ښکلي نجلی بدل کړم

"You will be as beautiful as a queen"

ته به د ملکي په څېر ښکلي شي

"You will possess all the charms you need"

تاسو به ټول هغه ښکلاوي ولرئ چي تاسو ورته ارتیا لرئ

"Your charms can captivate a prince's heart"

ستاسو ښکلاوي د شهزاده زړه جذبولی شي

"But you must wait for what the gods decide"

خو تاسو باید د خدایانو د پریکړي انتظار وکړئ

"They will grant you an interview"

دوی به تاسو ته د مرکي اجازه درکړي

"Tou will have your chance with a prince!"

تاسو به د یو شهزاده سره چانس ولرئ۔

Our elephant agreed to the change.

زموږ فیل د بدلون سره موافقه وکړه۔

The beast was transformed by the Rishi.

حیوان د رشي لخوا بدل شو۔

And now she was a beautiful young lady.

او اوس هغه یوه ښکلي ځوانه ښځه وه۔

The holy sage named her Postomani.

سپېڅلي بابا هغي ته پوستومانی نوم ورکړ۔

Her name meant 'the poppy-seed lady'.

دغي نوم د د کوکنارو تخم لرونکي ښځه معنی درلوده۔

Postomani lived in the Rishi's hut.

پوستومانی د رشي په کوټه کي اوسېده۔

She spent her time tending the flowers.

هغي خپل وخت د ګلونو په ساتنه کي تېر کړ۔

And she watered the plants in the garden.

او هغي په باغ کي بوټو ته اوبه ورکړي۔

One day she was sitting at the hut.

یوه ورځ هغه په کوټه کي ناسته وه۔

The Rishi was at the holy Ganges.

رشي په مقدس ګنګا کي وو۔

A richly dressed man came towards the cottage.

یو شتمن کالي اغوستی سړی د کوټي په لور راغی۔

She stood up to welcome the man.

هغه د سړي د هرکلي لپاره ودرېده۔

And she asked the stranger who he was.

او هغي له اجنبی څخه وپوښتل چي هغه څوک دی۔

"What have you come for?" she asked.

هغي وپوښتل :ته د څه لپاره راغلی یي؟

"I have been on a hunt"

زه په ښکار تللی وم

"But we chased the deer in vain"

خو موږ بی ګټي هوسۍ تعقیب کړه

"Now I am thirsty from the heat"

اوس زه د ګرمی له امله تږی یم

"I thought that a Rishi lives here"

ما فکر کاوه چي دلته یو ریشي ژوند کوي

"I had come to ask him for water"

زه راغلی وم چي له هغه څخه اوبه وغوارم

"But now I see you live here"

خو اوس زه ګورم چي ته دلته ژوند کوي

Postomani answered the stranger.

پوستومانۍ اجنبي ته ځواب ورکړ۔

"Look upon this hut as your own"

دې کوټي ته خپل وګڼئ

"I am sorry, but we are poor"

بخښنه غوارم، خو موږ غریب یو

"We cannot offer you any entertainment"

موږ تاسو ته هیڅ تفریح نه شو وړاندې کولی

"But let me make your visit comfortable"

خو اجازه راکړئ چي ستاسو لیدنه آرامه کړم

"Because, I believe you are a king"

ځکه چي، زه باور لرم چي ته پاچا یي

"If I am not mistaken," she added.

هغي زیاته کړه :که زه غلط نه یم۔

The stranger smiled in recognition.

اجنبي په پيژندنه کي وخندل۔

Postomani then brought a pot of water.

بيا پوستوماني د اوبو يو لوښی راور۔

She went to wash her royal guest's feet.

هغه د خپل شاهي ميلمه د پښو مينځلو لپاره لاړه۔

But the visitor did not let her do this.

خو ميلمه هغي ته دا کار کولو اجازه ورنه کړه۔

"Holy maid, do not touch my feet"

سپيڅلي وينځي، زما پښي مه لمسوه

"I am only a Kshatriya," he confessed.

هغه اعتراف وکړ :زه يوازي کشتريه يم۔

"And you are the daughter of a holy sage"

او ته د يو مقدس بابا لور يي

"Noble sir;" Postomani begun to confess.

عالي صاحب؛ پوستوماني اعتراف پيل کړ۔

"I am not the daughter of the Rishi"

زه د رشي لور نه يم

"And am I not a Brahmani girl either"

او زه هم برهمني نجلۍ نه يم

"There is no harm in me touching your feet"

ستاسو د پښو لمس کول زما لپاره هيڅ زيان نلري

"Besides, you are my guest"

سربيره پردي، ته زما ميلمه يي

"And I am bound to wash your feet"

او زه مجبور يم چي ستا پښي ومينځم

"Forgive my impertinence," the king wished.

پاچا وغوښت :زما بي ادبي وبخښه۔

"What caste do you belong to?" he asked.

هغه وپوښتل :ته له کومي قبيلي سره تړاو لري؟

"I only know what the sage told me"

زه يوازي هغه څه پوهيږم چي حکيم راته وويل

"I heard my parents were Kshatriyas"

ما اوريدلي وو چي زما مور او پلار کشتريان وو

The stranger wanted to know more.

اجنبي وغوښتل چي نور پوه شي۔

"May I ask whether your father was a king!"

ایا زه پوهنتته کولی شم چی آیا ستا پلار پاچا وو۔

"You have an uncommon beauty," he said.

هغه وویل :ته یو غیر معمولي ښکلا لري۔

"And you possess a stately demeanor"

او ته یو باعزته چلند لري

"These qualities cannot be worked for"

د دې خانګرتیاوو لپاره کار نشي کیدی

"It shows that you were born a princess"

دا ښیي چی ته شهزادگی زیږیدلی یی

Postomani avoided answering the question.

پوستوماني د پوښتنې له ځواب ورکولو څخه ډډه وکړه۔

Instead she went inside the hut.

پرځای یی هغه کوټی ته لاړه۔

She brought out a tray of delicious fruits.

هغې د خوندورو میوو یوه ټری راوویسته۔

And she set the fruits before the king.

او هغې میوی د پاچا په وراندې کیښودې۔

The king, however, did not touch the fruits.

خو پاچا میوو ته لاس ورنه کړ۔

He waited until his question was answered.

هغه تر هغه وخته پوري انتظار وکړ چی د هغه پوښتنې ځواب شي۔

"I only know what the holy sage says"

زه یوازي هغه څه پوهیږم چی مقدس بابا وایی

"He says that my father was a king"

هغه وایي چی زما پلار پاچا وو

"But he was overcome in a battle"

خو هغه په یوه جګړه کې مات شو

"So he, with my mother, fled into the woods"

نو هغه، زما د مور سره، ځنګل ته وتښتید

"My poor father was eaten by a tiger"

زما غریب پلار د پړانگ د لخوا وخوړل شو

"My mother closed her eyes as I opened mine"

کله چی ما خپلي سترگی پرانیستی، مور می خپلي سترگی وتړلی

"There was a bee-hive on the tree"

په ونې کې د مچیو خاله وه

"I lay at the foot of that tree"

زه د هغې ونی په پښو کې پروت وم

"Drops of honey fell into my mouth"

د شاتو څاڅکي زما په خوله کي راغلل

"The honey maintained the spark inside me"

شاتو زما دننه رنا ساتلي وه

"And then the kind Rishi found me"

او بيا مهربان ريشي زه وموند

"The holy sage brought me into his hut"

سپيڅلي بابا ما خپلي کوټي ته راوست

"This is the simple story of this wretched girl"

دا د دي بدبختي نجلۍ ساده کيسه ده

"The girl who now stands before the king"

هغه نجلۍ چي اوس د پاچا په وراندي ولاړه ده

"Call not yourself wretched," replied the king.

پاچا ځواب ورکر :ځان بدبخت مه بوله.

"You are the most beautiful of women"

ته د ښځو تر ټولو ښنکلي يي

"And you are the loveliest of women"

او ته تر ټولو ښځو ښنکلي يي

"You would adorn the grandest palaces"

تاسو به لويي ماڼی سينګار کړئ

Postomani had gotten her interview.

پوستوماني د هغي مرکه ترلاسه کړي وه.

She fell in love with the king.

هغه د پاچا سره مينه وکړه.

And the king fell in love with her.

او پاچا د هغي سره مينه وکړه.

The Rishi joined them in marriage.

رشي ورسره په واده کي يوځای شو.

Postomani became the king's favourite queen.

پوستوماني د پاچا د خوښني ملکه شوه.

And the former queen was in disgrace.

او پخوانۍ ملکه په شرم کي وه.

But Postomani's happiness was short-lived.

خو د پوستوماني خوښني لندمهاله وه.

One day as she was standing by a well.

يوه ورځ کله چي هغه د څاه په غاړه ولاړه وه.

She was overcome by a moment of giddiness.

هغه د يوي شيبي د سرګردانۍ له امله مغلوبه شوه.

Fortune had her fall into the water.

بخت هغه په اوبو کي ولوېده۔

And she died in the water of the well.

او هغه د کوهي په اوبو کي مړه شوه۔

The Rishi then came to the king.

بیا رشي پاچا ته راغی۔

"O king, grieve not over the past"

ای پاچا، د تیرو وختونو په اړه مه خفه کیږه

"What is fixed by fate must come to pass"

هغه څه چي د تقدیر لخوا ټاکل شوي وي باید پیښن شي

"The queen drowned in your well"

ملکه ستا په څاه کي ډوبه شوه

"But she was not of royal blood"

خو هغه د شاهي ویني نه وه

"She was born to a family of mice"

هغه د موږکانو په کورنۍ کي زیږیدلي وه

"Each evening she came to my hut"

هره ماښنام هغه زما کوټي ته راتله

"And I gave her the power of speech"

او ما هغي ته د خبرو کولو ځواک ورکړ

"With speech she could express her wishes"

هغه کولی شي خپلي هیلي د خبرو په واسطه څرګندي کړي

"I changed her according to her wishes"

ما هغه د هغي د هیلو سره سم بدله کړه

"As a mouse she feared the cat"

د موږک په توګه هغه له پیشو څخه وېرېده

"And so I changed her into a cat"

او نو ما هغه په پیشو بدله کړه

"As a cat she feared the dogs"

د پیشو په توګه هغه له سپیو څخه وېرېده

"And so I changed her into a dog"

او نو ما هغه په سپي بدله کړه

"As a dog she had not enough to eat"

د سپي په توګه هغي د خوړلو لپاره کافي نه درلودل

"And so I changed her into a monkey"

او نو ما هغه په بیزو بدله کړه

"As a monkey she couldn't bear the heat"

د یوي بیزو په توګه هغي تودوخه نشو زغملی

"And so I changed her into a wild boar"

او نو ما هغه په وحشي خنزير بدله کړه

"As a boar her life was not safe"

د خنزير په توګه د هغې ژوند خوندي نه و

"And so I changed her into an elephant"

او نو ما هغه په فيل بدله کړه

"That was the elephant you caught"

دا هغه فيل وو چي تا نيولی وو

"But as an elephant she was not loved"

خو د فيل په توګه هغه مينه نه وه

"And so I changed her one last time"

او نو ما هغه وروستی ځل بدله کړه

"I changed her into a beautiful girl"

ما هغه په يوه ښکلي نجلۍ بدله کړه

"That is the girl that you married"

دا هغه نجلۍ ده چي تا ورسره واده کړی دی

"And that is the girl that drowned"

او دا هغه نجلۍ ده چي ډوبه شوه

"Take into favor your former queen"

خپلي پخوانی ملکي ته درناوی وکړه

"And don't worry for my daughter"

او زما د لور په اړه اندېښنه مه کوه

"I will make her name immortal"

زه به د هغې نوم تلپاتي کړم

"Let her body remain in the well"

پرېږده چي د هغې جسد په څاه کي پاتي شي

"Fill the well up with earth"

څاه له خاوري ډکه کړئ

"In her flesh there is a seed"

د هغې په غوښنه کي تخم شته

"From her bones a tree will grow"

د هغې له هډوکو څخه به يوه ونه وده وکړي

"We will name this tree after her"

موږ به دا وني د هغې په نوم نوموو

"The tree shall be called 'Posto'"

وني به 'پوستو 'نومول کېږي

"This means 'the Poppy tree'"

دا د 'د کوکنارو وني 'معنی لري

"From this tree there will come a drug"

له دې ونې څخه به يو درمل راوځي

"This drug will be called opium"

دا مخدره مواد به اپین بلل کیږي

"Opium will be a powerful medicine"

تریاک به یو پیاوړی درمل وي

"People will consume opium in every epoch"

خلک به په هره دوره کې اپین وخوري

"Opium will either be swallowed or smoked"

تریاک به یا تیر شي یا به څکول شي

"And opium will be a wonderful narcotic"

او اپین به يو ښه مخدره مواد وي

"Opium will be used till the end of time"

تریاک به د وخت تر پایه پورې وکارول شي

"You will recognize the opium smoker"

تاسو به د اپینو څکونکی وپیژنئ

"He will have many different qualities"

هغه به ډېر مختلف خصوصيات ولري

"One quality for each of the animals"

د هر څارويو لپاره يو کیفیت

"The animals which Postomani had lived as"

هغه څارويو چې پوستوماني يې ژوند کاوه

"He will be mischievous, like a mouse"

هغه به شرارتي وي، لکه موږک

"He will be fond of milk, like a cat"

هغه به د پیشو په څیر د شیدو سره مینه ولري

"He will be quarrelsome, like a dog"

هغه به د سپي په څیر جنجالي وي

"He will be filthy, like a monkey"

هغه به ناپاک وي، لکه بیزو

"He will be savage, like a boar"

هغه به وحشي وي، لکه د خنزیر

"He will be confident, like an elephant"

هغه به د فیل په څیر ډاډه وي

"And he will be high-tempered, like a queen"

او هغه به د ملکي په څیر لور مزاجه وي

Strike, but Listen First.

اعتصاب وکړه، خو لومړی واوره۔

There was once a king who had three sons.

یو وخت یو پاچا وو چي دري زامن یې درلودل۔

His royal subjects came to him one day and said;

یوه ورځ د هغه شاهي رعیت ورته راغی او ویې ویل؛

"Oh incarnation of justice! hear our plea"

اې د عدالت مجسمه۔زمور غوښتنه واورئ

"The kingdom is infested with thieves and robbers"

سلطنت په غلو او غلو ډک دی

"Our property is not safe from their thievery"

زمور ملکیت د دوی له غلا څخه خوندي نه دی

"We pray your majesty to catch hold of these thieves"

مور ستا عظمت ته دعا کوو چي دا غله ونیسي

"We beg you punish them to the full extent of the law"

مور له تاسو څخه غوښتنه کوو چي دوی ته د قانون په بشپړه توګه سزا ورکرئ

The king said to his sons, "Oh, my sons, I am old"

پاچا خپلو زامنو ته وویل، اې زما زامنو، زه بوډا شوی یم

"But you are all in the prime of manhood"

خو تاسو ټول د سړیتوب په لوړوالي کي یاست

"How is it that my kingdom is full of thieves?"

څنګه زما سلطنت له غلو ډک دی؟

"I look to you to catch hold of these thieves"

زه ستا په تمه یم چي دا غله ونیسي

The three princes then made up their minds.

بیا دري واړو شهزادګانو خپل ذهن جوړ کړ۔

They were going to patrol the city every night.

دوی به هره شپه په ښار کي ګزمه کوله۔

They set up a watch out in the outskirts of the city.

دوی د ښار په څنډو کي یو څارګر ځای جوړ کړ۔

The early part of the night had arrived.

دشپی لومړی برخه راورسېده۔

So the eldest prince took on his duties.

نو مشر شهزاده خپلي دندي په غاړه واخیستی۔

He rode upon his horse through the whole city.

هغه په خپل آس سپور شو او په ټول ښار کي یې وګرځاوه۔

But did not see a single thief anywhere he looked.

خو هر ځای چی یی وکتل یو غل یی هم ونه لید۔

He came back to the policing station.

هغه بیرته د پولیسو مرکز ته راغی۔

The middle part of the night had arrived.

دشپی منځنۍ برخه راورسیده۔

So the second prince took on his duties.

نو دوهم شهزاده خپلی دندی په غاړه واخیستی۔

And he too rode through every part of the city.

او هغه هم د ښار په هره برخه کی په موټر سایکل سپور شو۔

But he did not see or hear of a single thief.

خو هغه یو غل هم ونه لید او نه یی اوریدلی۔

He came also back to the policing station.

هغه هم بیرته د پولیسو مرکز ته راغی۔

The latter part of the night had arrived.

دشپی وروستی برخه راورسیده۔

So the youngest prince took on his duties.

نو تر ټولو ځوان شهزاده خپلی دندی په غاړه واخیستی۔

He went near the gate of his father's palace.

هغه د خپل پلار د مانۍ دروازې ته نږدې شو۔

There he saw a beautiful woman leaving the palace.

هلته یی یوه ښکلی ښځه ولیده چی له مانۍ څخه راووته۔

The prince asked the woman, "who are you?"

شهزاده له ښځی وپوښتل، ته څوک یی؟

"Where are you going at this hour of the night?"

د شپی په دی ساعت کی چیرته ځی؟

The woman answered the young prince.

ښځی ځوان شهزاده ته ځواب ورکړ۔

"I am Rajlakshmi, the guardian deity of this palace"

زه راجلکشمي یم، د دی مانۍ ساتونکي معبوده

"The king will be killed this night"

پاچا به نن شپه ووژل شي

"I am therefore not needed here"

له همدي امله زه دلته اړتیا نلرم

"And that is why I am going away"

او له همدي امله زه ځم

The prince did not know what to make of this message.

شهزاده نه پوهیده چی د دی پیغام څخه څه وکړي۔

After a moment's reflection he said to the goddess;

دیوی شیبی فکر وروسته هغه خدای ته وویل؛

"But, suppose the king is not killed tonight"

خو، فرض کړئ چی پاچا نن شپه ونه وژل شي

"Have you any objection to return to the palace?"

ایا تاسو مانۍ ته د بیرته ستنیدو لپاره کوم اعتراض لرئ؟

"I have no objection," replied the goddess.

زه هیڅ اعتراض نه لرم، خدای خواب ورکړ.

The prince then begged the goddess to go back.

شهزاده بیا له خدایه وغوښتل چی بیرته لار شي.

And he promised to do his best to protect the king.

او هغه ژمنه وکړه چی د پاچا د ساتنی لپاره به خپله ټوله هڅه وکړي.

Then the goddess entered the palace again.

بیا خدایه بیا مانۍ ته ننوتله.

Within a moment she disappeared into the palace.

په یوه شیبه کی هغه په مانۍ کی ورکه شوه.

The prince went straight into the palace too.

شهزاده هم مستقیم مانۍ ته لار.

And he went into the bedroom of his royal father.

او هغه د خپل شاهي پلار د خوب خوني ته لار.

There his father lay immersed in deep sleep.

هلته یی پلار په ژور خوب کی پروت و.

The king had a second, younger wife.

پاچا دوهمه، کشره ښڅه درلوده.

This woman was the stepmother of our prince.

دا ښڅه زموږ د شهزاده میره وه.

She was sleeping in another bed in the room.

هغه د کوټی په بل بستر کی ویده وه.

There was a light that was burning dimly.

یو رنا وه چی په تیاره توګه بلیده.

But then the prince saw something that surprised him!

خو بیا شهزاده یو څه ولیدل چی هغه یی حیران کړ.

A huge cobra going round and round the golden bedstead.

یو لوی مار د سرو زرو د تخت شاوخوا ګرڅي.

The bedstead on which his father was sleeping.

هغه بستر چی پلار یی پری ویده و.

The prince with his sword cut the serpent in two.

شهزاده په خپله توره مار دوه ټوټی کړ.

But he was not satisfied with killing the cobra.

خو هغه د کوبرا مار په وژلو راضي نه و۔

So he cut the cobra up into a hundred pieces.

نو هغه مار په سل توتو ووېشت۔

And he put the pieces of the cobra inside a pan.

او د مار توتي يي په يوه لوښي کي واچولي۔

But while cutting the cobra a misfortune happened.

خو د کوبرا مار د پري کولو پر مهال يوه بدبختي رامنځته شوه۔

A drop of blood fell on the breast of his stepmother.

د ويني يو څاڅکی د هغه د ميري په سينه ولوېد۔

The prince was in great distress by what had happened.

شهزاده د هغه څه له امله چي پېښ شوي وو ډير غمجن و۔

"I have saved my father, but killed my stepmother"

ما خپل پلار وژغوره، خو خپله ناسکه مور مي ووژله

How could he remove the drop of blood from her breast?

هغه څنګه کولی شو د هغي له سيني څخه د ويني څاڅکی وباسي؟

He wrapped round his tongue a piece of cloth sevenfold.

هغه د خپلي ژبي شاوخوا اووه توتي توکر تاو کر۔

And with the cloth he licked up the drop of blood.

او د توکر سره يي د ويني څاڅکی وڅټلو۔

But his stepmother's sleep was not so deep.

خو د هغه د ناسکه مور خوب دومره ژور نه و۔

And in his attempt to save her he awoke her.

او د هغي د ژغورلو په هڅه کي يي هغه راويښه کره۔

When opening her eyes she saw it was her stepson.

کله چي يي سترګي پرانيستي، هغي وليدل چي دا د هغي د ناسکه زوی و۔

The young prince rushed out of the room.

ځوان شهزاده په منډه له کوټي ووت۔

The queen, hated her stepson, the youngest prince.

ملکي، د خپل ناسکه زوی، تر ټولو ځوان شهزاده څخه کرکه کوله۔

And she had every intention to ruin his reputation.

او هغي د هغه د شهرت د خرابولو لپاره هر ډول اراده درلوده۔

She called out to her husband, "My lord, my lord"

هغي خپل ميره ته غږ وکړ، زما مالک، زما مالک

"Are you awake? are you awake? Rouse yourself up"

ته ويښ يي؟ ته ويښ يي؟ ځان راويښ کره

"Here is a nice piece of news for you"

دلته ستاسو لپاره يو ښه خبر دی

The king on awaking inquired what the matter was.

پاچا چی کله راویښ شو پوښتنه یی وکړه چی څه خبره ده؟

"What the matter is, my lord, let me tell you"

څه خبره ده، زما ربه، اجازه راکړئ تاسو ته ووایم

"Your worthy son was just here in this room"

ستاسو ور زوی دلته په دې خونه کې و

"The youngest prince, of whom you speak so highly"

تر تولو ځوان شهزاده، چی ته یی په اړه ډېر لوړ غږېږي

"I caught him in the act of touching my breast"

ما هغه زما د سینې د لمس کولو په عمل کې ونیول

"I don't doubt he came with wicked intents"

زه شک نه لرم چی هغه د بدو ارادو سره راغلی و

The king was horror-struck by what he heard.

پاچا د هغه څه په اورېدو سره ډېر ودار شو چی هغه واورېدل۔

The prince went back to where his brothers kept watch.

شهزاده بیرته هغه ځای ته لاړ چېرته چی ورونو یی څارنه کوله۔

But he told them nothing of what had happened.

خو هغه هغوی ته د هغه څه په اړه چی پیښ شوي وو هیڅ ونه ویل۔

Early in the morning the king called his eldest son.

سهار وختي پاچا خپل مشر زوی ته زنگ وواهه۔

"I entrust my life and my honor to men"

زه خپل ژوند او عزت خلکو ته سپارم

"But what if one of these men prove faithless?

خو که چیری د دې سړیو څخه یو یی بې وفا ثابت شي نو څه به وشي؟

"How should such a man be punished?"

داسی سړي ته باید څنگه سزا ورکړل شي؟

The eldest prince replied to his father, the king.

مشر شهزاده خپل پلار، پاچا ته ځواب ورکړ۔

"Doubtless such a man's head should be cut off"

بی له شکه د داسی سړي سر باید پری شي

"But first you should establish the facts"

خو لومړی باید حقایق ثابت کړئ

"You must see whether the man is really faithless"

تاسو باید وگورئ چی ایا سړی واقعیا بې وفا دی

"What do you mean?" inquired the king.

پاچا وپوښتل :ستا مطلب څه دی؟

"Let your majesty be pleased to listen"

ستاسو جلالتمآب دې په اوربدو خوشحاله شي

Once upon on a time there lived a goldsmith.

یو وخت یو زرگر هلته اوسېده۔

This goldsmith had a son who had a wife.

دې زرگر یو زوی درلود چي ښڅه یې درلوده۔

His wife had the rare faculty of understanding beasts.

دهغه میرمن د حیواناتو د پوهیدو نادره ورتیا درلوده۔

But she never told anyone about her uncommon gift.

خو هغې هیڅکله د خپلي غیر معمولي ډالی په اره چا ته ونه ویل۔

Not even her husband knew she could understand animals.

حتی د هغې میره هم نه پوهیده چي هغه څاروي پوهیږي۔

One night she was lying in bed beside her husband.

یوه شپه هغه د خپل میره تر څنگ په بستر کي پروت وه۔

From the river by their house she heard a jackal howl.

ددوی د کور تر څنگ د سیند څخه هغې د گیدر چیغه واورېده۔

"There goes a carcass floating on the river"

یو مړی په سیند کي لامبو وهي

"There's a diamond ring on the dead man's finger"

د مړ سړي په گوته کي د الماس حلقه ده

"Will anyone take the ring and give me the corpse?"

ایا څوک به دا حلقه واخلي او مړی به راته راکړي؟

The woman understood the jackal's language.

ښڅه د گیدر ژبه پوهیده۔

She got up from bed and went to the river-side.

هغه له بستره پورته شوه او د سیند غاړې ته لاړه۔

The husband had not been in deep sleep.

میره یې په ژور خوب کي نه و۔

So with his wife's movements he woke up too.

نو د خپلي میرمنې د حرکتونو سره هغه هم راویښ شو۔

And he followed his wife to see where she went.

او هغه د خپلي میرمنې پسي روان شو ترڅو وگوري چي هغه چیرته ځي۔

But he kept his distance, so that he could observe her.

خو هغه خپل واټن وساته، ترڅو هغه وڅاري۔

The woman went into the water next to their house.

ښڅه د دوی د کور تر څنگ اوبو ته لاړه۔

She tugged the floating corpse towards the shore.

هغې لامبو وهونکی مړی د ساحل په لور کش کړ۔

And she saw the diamond ring on the finger.

او هغې په ګوته کي د الماس حلقه ولیده۔

She was unable to loosen the ring with her hand.

هغه نشوای کولی چي په خپل لاس سره حلقه خلاصه کړي۔

Because the fingers of the dead body had swelled.

ځکه چي د مري ګوتي پړسیدلي وي۔

So she bit off the finger with her teeth.

نو هغې په غاښونو سره ګوته پري کړه۔

And she put the dead body upon land, for the jackal.

او هغې مړی د ګیدړ لپاره په ځمکه کیښنود۔

Then she returned to bed, where her husband already was.

بیا هغه بیرته بستر ته لاړه، چیرته چي د هغي میړه لا دمخه و۔

The young goldsmith lay almost petrified with fear.

ځوان زرګر تقریبا له وېري په ویره کي پروت و۔

He was convinced he was lying next to a Rakshasi.

هغه ډاډه و چي هغه د رکشاسي تر څنګ پروت دی۔

He spent the rest of the night tossing in his bed.

هغه پاتي شپه په خپل بستر کي په غورځېدو تېره کړه۔

And early in the morning spoke to his father.

او سهار وختي یي له خپل پلار سره خبري وکړي۔

"The woman thou hast given me is not a real woman"

هغه ښځه چي تا ماته راکړي ده، هغه ریښتینې ښځه نه ده

"The woman thou hast given me to wife is a Rakshasi"

هغه ښځه چي تا ماته واده ته راکړي ده، یوه رکشاسي ده

"Last night I was lying in bed with her"

تیره شپه زه د هغي سره په بستر کي پروت وم

"By the river I heard the howl of a jackal"

د سیند په غاړه مي د ګیدړ چیغه واورېده

"My wife too, heard the howl of the jackal"

زما میرمني هم د ګیدړ چیغه واورېده

"Thinking I was asleep; she went towards the howl"

فکر مي کاوه چي زه ویده یم؛ هغه د چیغي په لور لاړه

"I was surprised to see her go out of bed alone"

زه حیران شوم چي هغه یوازي له بستره راووتله

"Suspecting some sort of evil, I followed her outside"

د یو ډول شر شکمن کیدو سره، زه بهر د هغي تعقیب کړم

"But she could not see that I had followed her"

خو هغه نه شوای لیدلی چي زه یې تعقیبوم

"What did she do, do you think? O horror of horrors!"

هغې څه وکړل، ته فکر کوې؟ اې د وحشتونو وحشت.

"From the stream she dragged a dead body out"

هغې له ويالې څخه يو مړی را ايستلی و

"And what do you think she did with the dead body?"

او ته څه فکر کوې چې هغې د مړي سره څه وکړل؟

"She wasted no time devouring the dead man!"

هغې د مړ سړي په خوړلو کې وخت ضايع نه کړ۔

"All this I had the misfortune to see with my own eyes"

دا ټول ما بدبختانه په خپلو سترګو وليدل

"While she feasted on the carcass I went back to bed"

کله چې هغې د مړي ډوډی خوړله، زه بيرته بستر ته لاړم

"In a few minutes she also returned to bed"

په څو دقيقو کې هغه هم بيرته بستر ته راغله

"She bolted the door shut, and lay beside me"

هغې دروازه وتړله، او زما تر څنګ کيناست

"Oh my father, how can I live with a Rakshasi?"

او زما پلاره، زه څنګه د رکشاسي سره ژوند کولی شم؟

"She will certainly kill me and eat me up one night"

هغه به خامخا ما ووژني او يوه شپه به مې وخوري

You can imagine the shock of the old goldsmith.

تاسو د زاړه زرګر د تکان تصور کولی شئ۔

Both father and son agreed about what should be done.

پلار او زوی دواړه په دې موافق وو چې څه بايد وشي۔

The woman should be taken deep into the forest.

ښځه بايد ژور ځنګل ته يوړل شي۔

And she should be left for wild beasts to devoured.

او هغه بايد د وحشي څناورو د خوړلو لپاره پرېينودل شي۔

Accordingly, the young goldsmith spoke to his wife.

په همدي اساس، ځوان زرګر له خپلي مېرمني سره خبري وکړي۔

"My dear love," he said to his wife.

زما ګرانه، هغه خپلي مېرمني ته وويل۔

"You had better not cook much this morning"

نن سهار به ډېر پخلی نه وای کړی

"Boil a little rice and burn a brinjal"

لږ وريجي جوش کړئ او يو بينګن وسوزوئ

"Because today we are going to see your parents"

ځکه چې نن مو ِر ستا مور او پلار سره ګورو

"Your mother and father are dying to see you"

ستا مور او پلار ستا د لیدو لپاره ستړي دي

The woman was full of joy at the unexpected news.

ښځه د ناڅاپي خبر په اورېدو سره له خوښۍ ډکه شوه۔

She loved returning to her father's house.

هغي د خپل پلار کور ته راستنيدل خوښول۔

And she finished the cooking in no time.

او هغي په لږ وخت کي پخلی ښپير کړ۔

The husband and wife snatched a hasty breakfast.

ميړه او ميرمني په بيره ناشته وکړه۔

And soon after breakfast they started their journey.

او د ناشتي نه وروسته يي خپل سفر پيل کړ۔

The way to her father's house was through dense jungle.

دهغي د پلار کور ته لاره د ګڼ ځنګل له لاري وه۔

It was the perfect place to abandon his wife.

دا د خپلي ميرمني د پريښنودو لپاره مناسب ځای و۔

She was bound to be eaten up by wild beasts there.

هغه هلته د وحشي ځناورو له خوا ضرور وخوړل شوه۔

But while they were walking the woman heard a snake.

خو کله چي دوی روان وو، ښځي د مار غږ واورېد۔

"Oh passer-by, in yonder hole there is a frog"

اي لارويه، په دي سوري کي يو چنګبنه ده

"How thankful I would be if you caught the frog"

که تاسو چنګبنه ونيسئ نو زه به څومره مننه وکړم

"And the hole is full of gold and precious stones"

او سوری د سرو زرو او قيمتي ډبرو څخه ډک دی

"Give me the frog, and take the treasure for yourself"

ماته چنګبنه راکړه، او خزانه د ځان لپاره واخله

The woman forthwith went to the frog's hole.

ښځه سمدلاسه د چنګبنی سوري ته لاړه۔

And she began digging the hole with a stick.

او هغي د لرګي په واسطه د کندي کيندلو پيل وکړ۔

The young goldsmith was now quaking with fear.

ځوان زرګر اوس له وېري لړزېده۔

He thought his Rakshasi-wife was about to kill him.

هغه فکر کاوه چي د هغه د رکشاسي ميرمن به هغه ووژني۔

And then his wife called for him to help her.

او بيا يي ميرمني هغه ته د مرستي لپاره غږ وکړ۔

"Take all this gold and these precious stones"

دا ټول سره زر او دا قیمتي ډبري واخله

The goldsmith did not understand her request.

زرگر د هغې د غوښتنه ونه منله۔

Timidly he went to where she had dug the hole.

په ډار سره هغه هغه ځای ته لاړ چې هغې کنده کیندلي وه۔

But he was infinitely surprised by what he saw.

خو هغه د هغه څه له امله چې ولیدل بې حده حیران شو۔

The hole was full of gold and precious stones.

سوری د سرو زرو او قیمتي ډبرو څخه ډک و۔

"How did you know there was a treasure here?"

تاسو څنګه پوه شول چې دلته خزانه شته؟

And finally his wife told him of her gift.

او بالاخره یې میرمني ورته د خپلي ډالی په اړه وویل۔

"I can understand all the beasts in the forest"

زه د ځنګله ټول حیوانات درک کولی شم

"Just over there, there is a snake coiled up"

هلته، یو مار تاو شوی دی

"She had told me there was a treasure here"

هغې راته ویلي وو چې دلته یوه خزانه شته

The husband now felt very blessed with his wife.

میره اوس د خپلي میرمني سره ډیر برکت احساس کړ۔

"My love, it has gotten very late today"

زما ګرانه، نن ډیر ناوخته شوی دی

"I don't think we will reach your father's house"

زه فکر نه کوم چې موږ به ستا د پلار کور ته ورسیږو

"Nightfall will catch us before we get there"

شپه به موږ هلته له رسیدو دمخه ونیسي

"If we stay we might be devoured by wild beasts"

که موږ پاتي شو، ممکن د وحشي ځناورو لخوا وخوړل شي

"I propose therefore that we both return home"

زه له همدي امله وړاندیز کوم چې موږ دواړه بیرته کور ته راستانه شو

You can imagine the wife's disappointment.

تاسو د میرمني د مایوسۍ تصور کولی شئ۔

But she agreed with her husband's assessment.

خو هغې د خپل میره له ارزوني سره موافقه وکړه۔

It took them a long time to reach home.

کور ته د رسیدو لپاره یې ډیر وخت ونیو۔

They were laden with a large quantity of gold.

دوی د سرو زرو یوه لویه اندازه بار کړي وه۔

And they were carrying many precious stones.

او دوی ډېر قیمتي ډبري لېږدولي۔

But eventually the got close to their home.

خو بالاخره خپل کور ته نږدې شول۔

"My dear, go by the back door," said the goldsmith.

زرگر ووېل :زما گرانه، د شا دروازې له لاري شه۔

"I will go by the front door and see my father"

زه به د دروازې مخې ته لاړ شم او خپل پلار به وگورم

"And I will show him all this treasure"

او زه به هغه ته دا ټوله خزانه وښیم

So she entered the house by the back door.

نو هغه د شا دروازې له لاري کور ته ننوتله۔

But the old goldsmith had reason to be there too.

خو زاړه زرگر هم هلته د شتون دلیل درلود۔

He had gone there to collect a hammer.

هغه هلته د څټک راټولولو لپاره تللی و۔

The old goldsmith saw his Rakshasi daughter-in-law.

زاړه زرگر خپله رکشاسي نږور ولیده۔

He concluded she had swallowed up his son.

هغه پایله وکړه چې هغې د هغه زوی تیر کړی دی۔

And he therefore struck her with the hammer.

او له همدې املې یې هغه په څټک ووهله۔

The blow immediately killed his daughter-in-law.

گوزار سمدلاسه د هغه نږور ووژلو۔

At that moment the son came into the house.

په دې وخت کې زوی کور ته راغی۔

But it was too late for him to explain.

خو د هغه لپاره ډېر ناوخته و چې وضاحت یې وکړي۔

And so the eldest prince's story concluded.

او په دې توگه د مشر شهزاده کیسه پای ته ورسیده۔

"You might have to cut a man's head off"

تاسو ممکن د یو سړي سر پرې کړئ

"But first you should establish the facts"

خو لومړی باید حقایق ثابت کړئ

"You must see whether the man is really faithless"

تاسو باید وگورئ چې ایا سړی واقعیا بی وفا دی

The king then called his second son to him.

پاچا بیا خپل دوهم زوی راوغوښت۔

"I entrust my life and my honor to men"

زه خپل ژوند او عزت خلکو ته سپارم

"But what if one of these men prove faithless?

خو که چیری د دې سړیو څخه یو یې بی وفا ثابت شي نو څه به وشي؟

"How should such a man be punished?"

داسي سړي ته باید څنګه سزا ورکړل شي؟

The second prince replied to his father, the king.

دوهم شهزاده خپل پلار، پاچا ته ځواب ورکړ۔

"Doubtless such a man's head should be cut off"

بی له شکه د داسي سړي سر باید پرې شي

"But first you should establish the facts"

خو لومړی باید حقایق ثابت کړئ

"What do you mean?" inquired the king.

پاچا وپوښتل :ستا مطلب څه دی؟

"Let your majesty be pleased to listen"

ستاسو جلالتمآب دي په اوربدو خوشحاله شي

Once upon a time there reigned a king.

یو وخت یو پاچا واکمني کوله۔

This king was very fond of going out hunting.

دا پاچا د ښکار کولو ډیر شوق درلود۔

One day his horse took him into a dense forest.

یوه ورځ یې آس هغه یوه ګڼ ځنګل ته بوتلو۔

He went far from his followers, deep into the woods.

هغه له خپلو پیروانو څخه لري لار، په ځنګلونو کي ژور۔

He rode on and on through the endless, quiet forest.

هغه په بی پایه، ارام ځنګل کي په سپور روان و۔

He saw neither villages nor towns, only trees.

هغه نه کلي ولیدل او نه ښارونه، یوازي وني۔

On the long, lonely journey he became very thirsty.

په اوږده، یوازي سفر کي هغه ډیر تږی شو۔

He could see no pond, nor lake, nor stream.

هغه نه حوض، نه جهیل، او نه هم ویاله لیدله۔

But then he saw something dripping from a tree.

خو بیا یې له یوې وني څخه یو څه څاڅکي ولیدل۔

He concluded it was rainwater resting in a cavity.

هغه پایله وکړه چي دا د باران اوبه وي چي په یوه غار کي پاتي شوی وي۔

He stood on horseback beneath the tree, cup in hand.

هغه د ونې لاندي په آس باندي ولاړ و، پياله يي په لاس کي وه۔

He caught the drops slowly dripping into the small cup.

هغه څاڅکي ونيول چي ورو ورو په کوچني پياله کي څاڅي۔

The water, however, was not rain from the sky.

خو اوبه د اسمان څخه باران نه وو۔

A huge cobra sat on top of the tall tree.

يو لوی کوبرا مار د لوړي ونې په سر ناست و۔

The snake had struck the tree in rage with its sharp fangs.

مار په غوسه کي په خپلو تيزو غاښونو سره ونه وهلي وه۔

The snake's poison came out and fell downward in heavy drops.

دمار زهر راووت او په درنو څاڅکو کي لاندي ولوېد۔

The king thought the falling liquid was simple rainwater.

پاچا فکر کاوه چي راوتلی مايع ساده باراني اوبه دي۔

The horse sensed the danger and tried to warn him.

آس خطر احساس کړ او هڅه يي وکړه چي هغه ته خبرداري ورکړي۔

The cup was nearly filled with the deadly snake-poison.

پياله تقريبا د وژونکي مار زهر څخه ډکه وه۔

The king raised the cup and prepared to drink.

پاچا پياله پورته کړه او د څښلو لپاره يي چمتو شو۔

But the horse moved wildly, with the king on its back.

خو آس په بي رحمی سره حرکت وکړ، پاچا يي په شا و۔

The cup fell from his hand, and the poison spilled.

پياله يي له لاس څخه ولوېده، او زهر يي توی شول۔

The king became angry and struck the horse's neck.

پاچا په غوسه شو او د آس په غاړه يي ووهله۔

The blow from the sword immediately killed his horse.

دتوري ګوزار سمدلاسه د هغه آس مړ کړ۔

And so the second prince's story concluded.

او په دې توګه د دوهم شهزاده کيسه پای ته ورسېده۔

"You might have to cut a man's head off"

تاسو ممکن د يو سړي سر پرې کړئ

"But first you should establish the facts"

خو لومړی بايد حقايق ثابت کړئ

"You must see whether the man is really faithless"

تاسو بايد وګورئ چي ايا سړی واقعيا بي وفا دی

The king then called to him his third youngest son.

پاچا بیا خپل دریم کشر زوی راوغوښت۔

"I entrust my life and my honor to men"

زه خپل ژوند او عزت خلکو ته سپارم

"But what if one of these men prove faithless?

خو که چیری د دي سړیو څخه یو یی بی وفا ثابت شي نو څه به وشي؟

"How should such a man be punished?"

داسي سړي ته باید څنګه سزا ورکړل شي؟

"Doubtless such a man's head should be cut off"

بی له شکه د داسي سړي سر باید پرې شي

"But first you should establish the facts"

خو لومړی باید حقایق ثابت کړئ

"What do you mean?" inquired the king.

پاچا وپوښتل :ستا مطلب څه دی؟

"Let your majesty be pleased to listen"

ستاسو جلالتمآب دي په اورېدو خوشحاله شي

Once long ago there reigned a wise and noble king.

ډېر پخوا یو هوښنیار او شریف پاچا واکمني کوله۔

In his palace he kept a bird of Suka species.

په خپل ماڼۍ کي یی د سوکا ډوله مرغۍ ساتله۔

One day the bird went out flying into the fields.

یوه ورځ مرغۍ په پټیو کي الوتنه وکړه۔

There he saw his father and mother calling from above.

هلته یی خپل پلار او مور ولیدل چي له پورته څخه یی زنګ وهلی و۔

They asked him to come visit them in their nest.

هغوی له هغه څخه وغوښتل چي د دوی په ځاله کي د دوی لیدو ته راشي۔

The nest was far away in a distant hidden land.

ځاله ډېره لری په یوه پټه ځمکه کي وه۔

The Suka said, "I'll come if I get king's leave"

سوکا وویل، که د پاچا اجازه راکړم نو زه به راشم

"I'll speak to the king today and return tomorrow"

زه به نن له پاچا سره خبري وکړم او سبا به بیرته راشم

"Please wait at this same spot in the morning"

مهرباني وکړئ سهار په همدې ځای کي انتظار وکړئ

That very day, Suka spoke with the gentle, kind king.

په هماغه ورځ، سوکا د نرم او مهربان پاچا سره خبري وکړې۔

The king gave permission for the bird to leave.

پاچا مرغۍ ته د تګ اجازه ورکړه۔

Although he was sad to part with his bird.

که څه هم هغه د خپلي مرغۍ سره د جلا کیدو لپاره غمجن و۔

The next morning, Suka met his parents again.

بله سهار، سوکا بیا له خپل مور او پلار سره ولیدل۔

He flew with them to their nest on a tall tree.

هغه له دوی سره په یوې لوړې ونې کي د دوی خالي ته والوت۔

The three birds lived together happily in peaceful joy.

دري مرغۍ په خوښۍ او سوله ییزه خوښۍ کي یوځای ژوند کاوه۔

They stayed like this for a fortnight of lovely days.

دوی د څو اونیو ښکلي ورځي همداسي پاتي شول۔

But even those quiet and pleasant days had to end.

خو حتی هغه ارامه او خوندوري ورځي باید پای ته ورسیږي۔

Suka said, "Beloved parents, the king gave me two weeks"

سوکا وویل، گرانو مور او پلار، پاچا ماته دوه اونۍ وخت راکړ

"That time is now over, so I must return tomorrow"

هغه وخت اوس تېر شوی، نو زه باید سبا بیرته راشم

His father and mother agreed and blessed his decision.

دهغه پلار او مور موافقه وکړه او د هغه پریکړي ته یي برکت ورکړ۔

They told him to carry a gift for the king.

هغوی ورته وویل چي د پاچا لپاره ډالۍ یوسي۔

After some talk, they chose some fruit as a gift.

دیو څه خبرو اترو وروسته، دوی د ډالۍ په توگه یو څه میوه غوره کړه۔

The fruit had grown from the Immortality Tree.

میوه د امرت ونې څخه وده کړې وه۔

Early the next morning, Suka went to the tree.

بل سهار وختي، سوکا ونې ته لاړ۔

And he plucked a magical glowing fruit.

او هغه یو جادویي ځلیدونکی میوه راواخیسته۔

He held the fruit gently in his beak, full of care.

هغه میوه په نرمۍ سره په خپله مښنوکه کي ونیوله، په پوره پاملرنې سره۔

The fruit was heavy and slowed his swift flying pace.

میوه درنه وه او د هغه د الوتنې چټک سرعت یي ورو کړ۔

He could not reach the city before night arrived.

هغه د شپې له رارسېدو مخکي ښار ته نشو رسېدلی۔

Suka stopped to rest in a tree along the way.

سوکا د لاری په اوږدو کي په یوه ونې کي د استراحت لپاره ودرېد۔

He feared the fruit might drop while he slept.

هغه وېرېده چي ښایي د خوب پر مهال میوه وغورځېږي۔

If he kept the fruit in his beak, it could fall.

که هغه میوه په خپل مښوکه کي وساتي، نو غور خیدلی شي۔

But he saw a hole in the trunk of the tree.

خو هغه د ونې په تنه کي یو سوری ولید۔

He placed the fruit safely inside the dark tree.

هغه میوه په خوندي ډول د تیاره ونې دننه کیښوده۔

But inside the hole, there lived a poisonous black snake.

خو د سوري دننه، یو زهرجن تور مار اوسېده۔

In the night, the snake bit the fruit with venom.

په شپه کي، مار میوه په زهرو سره چیچله۔

And the fruit became smeared with deadly poison.

او میوه په وژونکي زهر ککړه شوه۔

At dawn Suka took the fruit back in his beak.

سهار وختي سوکا میوه بیرته په خپله مښوکه کي واخیسته۔

He flew again on his journey to the king's palace.

هغه بیا د پاچا مانۍ ته په خپل سفر الوتنه وکړه۔

As he reached the palace the king was sitting with ministers.

کله چي هغه مانۍ ته ورسېد، پاچا له وزیرانو سره ناست و۔

The king was overjoyed to see Suka return once more.

پاچا د سوکا د بیا راستنیدو په لیدو دیر خوښ شو۔

He greatly admired the beautiful, shining fruit gift.

هغه د ښکلي او ځلیدونکي میوي ډالۍ دیره ستاینه وکړه۔

The fruit was lovely to look at and admire.

میوه د لیدلو او ستاینې لپاره ښکلي وه۔

It was the finest fruit found across the earth.

دا په ټوله ځمکه کي موندل شوې غوره میوه وه۔

And anyone who ate the fruit was granted immortality.

او هر هغه چا چي میوه وخوړله هغه ته ابدیت ورکړل شو۔

The king was about to eat the beautiful fruit.

پاچا د ښکلي میوي خوړلو ته نږدي و۔

But his ministers warned him the fruit might be poisoned"

خو د هغه وزیرانو هغه ته خبرداری ورکړ چي میوه ممکن زهرجنه وي

"It would be better to test the fruit before you eat it"

غوره به وي چي د میوي خوړلو دمخه یې و ازموئ

He threw the fruit to a crow sitting on the wall.

هغه میوه په دیوال ناست کارغه ته وغورځوله۔

The crow ate from the fruit, and dropped dead instantly.

کارغه میوه وخوړله، او سمدلاسه پرېوت او مړ شو۔

The king, thinking Suka tried to kill him, grew furious.

پاچا، فکر کاوه چي سوکا هڅه کوي هغه ووژني، په غوسه شو۔

He seized the bird and killed him with his bare hands.

هغه مرغۍ ونیوله او په خپلو تشو لاسونو یي ووژله۔

He ordered the seed to be planted outside the city.

هغه امر وکړ چي تخم دی له ښاره بهر وکرل شي۔

The seed became a tree with the same glowing fruit.

تخم په یوه ونه بدل شو چي ورته ځلیدونکی میوه یي درلوده۔

The king feared the fruit would bring more death.

پاچا وېره درلوده چي میوه به نوره مرګ هم راوري۔

So he had the tree fenced off and guarded.

نو هغه وني ته کڼاره ورکړه او ساتنه یي وکړه۔

There lived in that city an old, poor Brahman man.

په هغه ښار کي یو بوډا، غریب برهمن سړی اوسېده۔

He and his wife survived only on the town's charity.

هغه او د هغه میرمن یوازي د ښار په خیراتونو ژوندي پاتي شول۔

One day the Brahman mourned his long, miserable, life.

یوه ورځ برهمن د خپل اوږد، بدبخت ژوند غمجن شو۔

He said, "Instead of begging, I will eat poison fruit."

هغه وویل، د سوال کولو پر ځای، زه به زهرجنه میوه وخورم۔

"I'll end my life beneath that deadly tree in silence."

زه به خپل ژوند د هغه وژونکي وني لاندي په خاموشۍ سره پای ته ورسوم۔

That very night, he rose quietly and left his home.

په هماغه شپه، هغه په خاموشۍ سره پاڅېد او له کوره ووت۔

His wife suspected and followed behind in silence.

دهغه میرمنې شک وکړ او په خاموشۍ سره یي تعقیب کړه۔

She had decided to die too, alongside her sad husband.

هغې هم د خپل غمجن میړه سره یوځای د مرګ پریکړه کړی وه۔

She loved him deeply and didn't wish to stay behind.

هغې له هغه سره ژوره مینه درلوده او نه یي غوښتل چي شاته پاتي شي۔

The palace guard was asleep that night, unaware of visitors.

دماڼۍ ساتونکی په هغه شپه ویده وو، د لیدونکو څخه بي خبره وو۔

The Brahman reached the garden and plucked a hanging fruit.

برهمن باغ ته ورسېد او یو ځوړند میوه یي راوویستله۔

He looked at it once and ate the entire fruit.

هغه یو ځل ورته وکتل او ټوله میوه یي وخورله۔

His wife cried, "If you die, my life becomes nothing"

ميرمن يې چيغه کړه، که ته مر شي، زما ژوند هيڅ نه کيږي

"I will also eat and die here with you now"

زه به هم اوس دلته ستا سره وخورم او مر به شم

So saying she plucked a fruit and ate it.

په دې ډول هغې يوه ميوه راووېستله او وخوړله۔

They thought the poison would act slowly through the night.

دوی فکر کاوه چي زهر به د شپې له لارې ورو ورو عمل وکړي۔

So they both went home and quietly lay down in bed.

نو دواړه کور ته لاړل او په خاموشۍ سره په بستر کې وپرهوتل۔

They believed they would never again rise from sleep.

دوی باور درلود چي بيا به هيڅکله له خوبه نه راپورته شي۔

To their surprise, they woke up feeling full of life.

ددوی په حيرانتيا سره، دوی له خوبه راويښ شول او د ژوند څخه ډک احساس يې وکړ۔

Not only were they alive, but they were young again.

نه يوازې ژوندي وو، بلکي بيا ځوانان هم وو۔

And they were strong and had new found energy.

او دوی پياوړي وو او نوي موندل شوې انرژي يې درلوده۔

Neighbors hardly recognized them, so changed they looked.

ګاونډيانو يې په سختۍ سره پيژندل، نو د دوی بڼه بدله شوه۔

The old Brahman was now handsome and full of youth.

زوړ برهمن اوس ښکلی او له ځوانۍ ډک و۔

His grey hair vanished, and had colour again.

دهغه خړ وېښتان ورک شول، او بيا يې رنگ واخيست۔

His wrinkled cheeks turned smooth, and his skin shone.

دهغه غونجېدلي ګالونه نرم شول، او پوستکی يې ځلېده۔

And as for his wife, she became extremely beautiful.

او د هغه د ښځې په اړه، هغه ډېره ښکلي شوه۔

She looked as beautiful as any lady of the kingdom.

هغه د سلطنت د هرې ميرمنې په څير ښکلي ښکارېده۔

The king heard of their miraculous transformation.

پاچا د دوی د معجزانه بدلون په اړه واورېدل۔

He asked his guards to send the Brahman to him.

هغه له خپلو ساتونکو وغوښتل چي برهمن ورته واستوي۔

And he asked the Brahman the source of his youth.

او هغه له برهمن څخه د هغه د ځوانۍ سرچينه وپوښتله۔

The Brahman told the king every detail of the story.

برهمن پاچا ته د کیسې هره برخه وویله۔

The king then wept for his poor, loyal pet bird.

پاچا بیا د خپل غریب، وفادار څاروي مرغۍ لپاره وژړل۔

He deeply regretted killing his faithful bird.

هغه د خپل وفادار مرغۍ په وژلو ژوره خواشيني وکړه۔

And he wished he had known the bird's loyalty.

او هغه کاش چې د مرغۍ وفاداري یې پیژندلی وای۔

And so the second prince's story concluded.

او په دې توګه د دوهم شهزاده کیسه پای ته ورسیده۔

"You might have to cut a man's head off"

تاسو ممکن د یو سړي سر پرې کړئ

"But first you should establish the facts"

خو لومړی باید حقایق ثابت کړئ

"You must see whether the man is really faithless"

تاسو باید وګورئ چې ایا سړی واقعیا بې وفا دی

"I know Your Majesty suspects me of evil last night"

زه پوهیږم چې جلالتمآب تیره شپه ما په بدی شکمن کړ

"Please allow me to explain myself before punishing me"

مهربانۍ وکړئ ما ته اجازه راکړئ چې د سزا ورکولو دمخه خان تشریح کړم

"While making rounds I saw a woman leave the palace"

د ګرځېدو پر مهال مي یوه ښځه ولیده چې له مانۍ ووته

"I stopped her, and she said her name was Rajlakshmi"

ما هغه ودروله، او هغې وویل چې نوم یې راجلکشمي دی

"She claimed to be the guardian deity of the palace"

هغې ادعا کوله چې د مانۍ ساتونکې معبوده ده

"She said she was leaving because death was near"

هغې وویل چې هغه ځي ځکه چې مرګ نږدي و

"The king," she said, "would be killed later that night"

هغې وویل، پاچا به په هغه شپه وروسته ووژل شي

"I begged her to go back into the palace"

ما له هغې وغوښتل چې بیرته مانۍ ته لاړه شي

"And I promised to do my best to protect you."

او ما ژمنه وکړه چې ستا د ساتنې لپاره به خپله ټوله هڅه وکړم۔

"I ran quickly into Your Majesty's chamber without delay."

زه پرته له ځنډه په چټکۍ سره ستاسو د جلالتمآب خوني ته منډه کړه۔

"There I saw a cobra circling your golden bedstead."

هلته ما یو مار ولید چې ستا د سرو زرو د بستر شاوخوا ګرځي۔

"I fought the snake and killed it with my blade."

ما د مار سره جګړه وکړه او په خپل تیغ می ووژلو۔

"I chopped the body into many exactly one hundred pieces."

ما بدن په سمه توګه سل توتی کړ۔

"I placed those pieces inside the pan for proof."

ما دا توتی د ثبوت لپاره په لوښي کې دننه کېښودي۔

"But something occurred as I was cutting up the snake."

خو کله چی زه مار پری کاوه، یو څه پېښ شول۔

"A drop of blood fell onto the breast of your wife."

د وینی یو څاڅکی ستا د میرمنی په سینه ولوېد۔

"I feared I had saved my father, but killed my stepmother."

زه وبرېدم چی ما خپل پلار وژغوره، خو خپله ناسکه مور می ووژله۔

"I wrapped my tongue tightly with cloth seven times."

ما خپله ژبه اووه ځله په توکر سره کلکه وتړله۔

"Then I licked up the drop of venomous blood."

بیا ما د زهرجنی وینی څاڅکی وڅټلو۔

"While I was licking the blood, my stepmother awoke."

کله چی زه وینه څټلم، زما ناسکه مور راویښ شوه۔

"She saw me and opened her eyes with confusion."

هغی ما ولید او سترګی یی په مغشوشی سره پرانیستی۔

"This is the truth of what I did last night."

دا د هغه څه حقیقت دی چی ما تیره شپه وکړل۔

"If Your Majesty commands, then cut off my head now."

که ستا عظمت امر وکړي، نو همدا اوس زما سر پری کړه۔

The king, full of love and joy, embraced his son.

پاچا، چی له مینی او خوښی ډک و، خپل زوی په غېږ کی ونیو۔

From that moment, he loved him more than ever before.

له هغی شیبی راهیسی، هغه له هغه سره تر بل هر وخت ډیره مینه درلوده۔